CISNE

Biblioteca

Mary
Balogh

LIGERAMENTE PERVERSO

Traducción de
Ana Isabel Domínguez Palomo
Concepción Rodríguez González
M.ª del Mar Rodríguez Barrena

Título original: *Slightly Wicked*
Diseño de la portada: Departamento de diseño de Random
  House Mondadori / Judith Sendra
Ilustración de la portada: ©Accornero, Franco. Via Agentur
  Schlück GmbH

Primera edición en DeBOLS!LLO: junio, 2008

Printed in Spain – Impreso en España

ISBN: 978-84-8346-695-7 (vol. 67/4)
Depósito legal: B-22.184-2008

Fotocomposición: Lozano Faisano, S. L. (L'Hospitalet)

Impreso en Liberdúplex, S. L. U.
Sant Llorenç d'Hortons (Barcelona)

M 866957

1

$\mathcal{M}$omentos antes al vuelco del coche de postas, Judith Law estaba inmersa en una fantasía que había hecho desaparecer de un modo muy eficaz la desagradable naturaleza de la realidad que la rodeaba.

Viajaba en un coche de postas por primera vez en sus veintidós años de vida. Tras los primeros dos o tres kilómetros ya se había desvanecido cualquier ilusión que jamás hubiera albergado acerca de lo romántico y aventurero que podía llegar a ser ese medio de transporte. Estaba apretujada entre una mujer tan voluminosa que necesitaba al menos un asiento y medio y un hombre delgado e inquieto, todo huesos y codos, que no paraba de removerse para encontrar una postura más cómoda ni de golpearla en el proceso, en ocasiones en los lugares más embarazosos. Enfrente tenía a un hombre corpulento que roncaba sin cesar, lo que suponía un añadido considerable al ya de por sí ruidoso viaje. La mujer que se sentaba a su lado no dejaba de contarle la triste historia de su vida con voz quejicosa a cualquiera que fuera lo bastante estúpido o tuviese la desgracia de cruzar la mirada con ella. Del silencioso hombre que se sentaba al otro lado de la mujer llegaban los efluvios de la falta de aseo mezclados con el olor del ajo y la cebolla. El carruaje traqueteaba, oscilaba y se sacudía con cada piedra y cada bache que encontraba en el camino, o eso le parecía a Judith.

No obstante, pese a todas las incomodidades del viaje, no estaba impaciente por llegar a su destino. Acababa de dejar atrás toda una vida en Beaconsfield, por no mencionar a su hogar y su familia, y no esperaba regresar en mucho tiempo… si acaso regresaba. Se dirigía a casa de su tía Effingham. La vida que siempre había conocido había llegado a su fin. Aunque no quedaba explícito en la carta que su tía le había escrito a su padre, Judith era perfectamente consciente de que no iba a ser una huésped distinguida y consentida en Harewood Grange, sino una pariente pobre de la que se esperaba que se ganara su manutención de la forma en que sus tíos, sus primos y su abuela considerasen apropiada. En pocas palabras: solo esperaba monotonía y arduo trabajo… Nada de pretendientes, matrimonio, casa o familia propias. Estaba a punto de convertirse en una de esas mujeres retraídas y apocadas tan abundantes en la sociedad, que dependían de sus parientes a modo de sirvientes sin sueldo.

La invitación de la tía Effingham había sido extraordinariamente amable, según palabras de su padre… aunque su tía, la hermana de su padre, que había hecho un matrimonio en extremo ventajoso con el adinerado y viudo sir George Effingham cuando ya había dejado bien lejos la flor de su juventud, nunca había destacado por su amabilidad.

Y todo por culpa de Branwell, ese despilfarrador que se merecía que lo fusilaran y después lo ahorcaran, lo ahogaran y lo descuartizaran por sus desconsideradas extravagancias… Judith no había albergado un solo pensamiento amable hacia su hermano desde hacía semanas. Todo aquello había sucedido porque era la segunda hija, la que no tenía ningún cometido que hiciera indispensable su presencia en casa. No era la mayor; Cassandra era un año mayor que ella. Ni mucho menos era la belleza de la familia; su hermana Pamela ocupaba ese lugar. Y no era la pequeña; Hilary, de diecisiete años, tenía ese dudoso honor. Judith era la que avergonzaba a la familia por su falta de delicadeza, la fea, la alegre y la soñadora.

Fue a Judith a quien todos habían mirado después de que su padre se sentara en el salón y leyera en alto la carta de la tía Effingham. Su padre pasaba por graves estrecheces económicas y debía de haberle escrito a su hermana para pedirle la clase de ayuda que ella acababa de brindarle. Todas sabían lo que eso significaría para la elegida que tuviese que ir a Harewood. Judith se había ofrecido voluntaria. Todos habían llorado al escucharla y sus hermanas también se ofrecieron voluntarias… pero ella había sido la primera en hablar.

Judith había pasado su última noche en la rectoría inventando exquisitos métodos de tortura para Branwell.

El cielo que se atisbaba por las ventanillas del carruaje era de color gris y estaba surcado por unas nubes bajas y cargadas de lluvia; el paisaje tenía un aspecto lúgubre. El posadero de la casa de postas en la que se habían detenido hacía una hora para cambiar los caballos les había advertido que más al norte habían caído lluvias torrenciales y que lo más probable era que se toparan con ellas, así como con los caminos llenos de barro; pero el cochero se había echado a reír ante la sugerencia de permanecer en la posada hasta que fuera seguro proseguir el viaje. Sin embargo, no cabía duda de que el camino se volvía más fangoso a cada minuto que pasaba, aun cuando la lluvia causante del lodazal hubiera cesado de momento.

Judith había logrado apartar todo de su mente: el agobiante resentimiento que sentía, la terrible nostalgia de su hogar, el espantoso clima, las incómodas condiciones del viaje y la desagradable perspectiva que tenía por delante… En cambio soñaba despierta, inventando una imaginaria aventura con un héroe imaginario en la que ella era la insólita heroína. Una distracción a la que su mente y su ánimo habían dado la bienvenida hasta un instante antes del accidente.

Estaba soñando con salteadores de caminos. O, para ser más precisos, con un salteador de caminos en particular. Por supuesto que no se parecía a ningún asaltante real que se preciara, uno de esos ladrones depravados, sucios, deshonestos y toscos que le rebanaban el pescuezo a los desafortunados viajeros. Ni mucho menos. El salteador era moreno, apuesto, elegante y risueño; tenía unos dientes blancos y perfectos y unos ojos de un brillo alegre detrás de los agujeros del estrecho antifaz negro. Galopó a través de las verdes praderas iluminadas por el sol hasta el camino, refrenando sin esfuerzo a su poderoso y magnífico semental blanco con una mano mientras con la otra apuntaba una pistola —descargada, faltaría más— hacia el corazón del cochero. Reía y bromeaba alegremente con los pasajeros al tiempo que los despojaba de sus objetos de valor, aunque después se los devolvía a aquellas personas que no podían permitirse la pérdida. No, no... les devolvía todos los objetos a todos los pasajeros, ya que no se trataba de un salteador de verdad, sino de un caballero que pretendía vengarse de un villano al que esperaba encontrar viajando por ese mismo camino.

Era un noble héroe disfrazado de bandido, con unos nervios de acero, un espíritu libre, un corazón de oro y una apariencia que provocaba palpitaciones en el corazón de las pasajeras; palpitaciones que nada tenían que ver con el miedo.

Y en un momento dado desviaba la mirada hacia Judith... y todo el universo se detenía y las estrellas comenzaban a cantar en sus órbitas. Hasta que, por supuesto, él se echaba a reír de buena gana y anunciaba que la despojaría del colgante que pendía sobre su busto, a pesar de que debía de resultarle evidente que carecía de valor. No era más que, que... algo que su madre le había dado en su lecho de muerte, algo que Judith había jurado que jamás se quitaría mientras viviera. De modo que ella se plantaba con valentía ante el salteador, echaba hacia atrás la cabeza y clavaba la mirada en esos ojos risueños sin amilanarse. No le daría nada, le decía con una voz alta y clara que no temblaba ni un ápice, aunque eso le costara la muerte.

Él se echaba a reír de nuevo mientras su caballo se alzaba sobre las patas traseras y se encabritaba un poco antes de que lo controlara con facilidad. En ese caso, si no podía llevarse el collar sin ella, declaró, se lo llevaría con ella. Se acercó con lentitud hacia Judith, tan grande, amenazador y espléndido, y cuando estuvo lo bastante cerca, se inclinó en la silla, la agarró de la cintura con sus poderosas manos —Judith pasó por alto el problema de la pistola, que momentos antes empuñaba en una mano— y la alzó sin esfuerzo alguno hasta la silla de montar.

El estómago le dio un vuelco cuando perdió contacto con el suelo y… y de pronto, algo la devolvió a la realidad. El carruaje había perdido tracción en el camino embarrado y dio un brusco giro antes de zigzaguear y sacudirse sin control. Hubo tiempo suficiente —mucho más que suficiente— para sentir un terror espantoso antes de que derrapara hacia un lado, colisionara con un montículo de hierba, girara bruscamente hacia el camino, se tambaleara en mayor medida y de una forma más alarmante todavía y, a la postre, volcara sobre una zanja de poca profundidad donde por fin quedó inmóvil, apoyado a medias sobre el techo y un lateral.

Cuando Judith recobró el sentido todos sus compañeros de viaje parecían estar gritando o chillando. Pero ella no formaba parte de ese grupo; se estaba mordiendo los labios para evitarlo. Los seis pasajeros del interior, según pudo descubrir, estaban amontonados sobre un lateral del carruaje. Sus juramentos, gritos y gemidos atestiguaban que la mayoría de ellos, si no todos, estaban vivos. Desde fuera llegaban gritos y los relinchos de los caballos asustados. Dos voces, que se escuchaban por encima del resto, se expresaban mediante el más soez y sorprendente de los lenguajes.

Estaba viva, pensó Judith con cierta sorpresa. También estaba —comprobó la conjetura con cautela— ilesa, aunque se sentía bastante maltrecha. De alguna forma, había acabado encima del montón de cuerpos. Trató de moverse, pero en ese preciso instante la puerta que había sobre ella se abrió y alguien —el propio cochero— la miró desde arriba.

—Deme su mano, señorita —le ordenó—. Los sacaremos de ahí en un santiamén. ¡Por el amor de Dios, deje de dar esos chillidos, mujer! —le dijo a la señora parlanchina con una lamentable falta de tacto, teniendo en cuenta que él había sido el culpable de que volcara el carruaje.

Tardó algo más de un santiamén, pero al final todos estuvieron de pie sobre la hierba que cubría el borde de la zanja o sentados sobre las bolsas volcadas, observando con desesperación el carruaje, que obviamente no iba a reanudar el viaje en un futuro cercano. De hecho, resultaba evidente incluso para los ojos inexpertos de Judith que el vehículo había sufrido daños considerables. No había señal de ningún asentamiento humano a ese lado del horizonte. Las nubes estaban bajas y amenazaban con descargar lluvia en cualquier momento. El aire era húmedo y frío. Resultaba difícil creer que fuera verano.

Por algún extraño milagro, incluso los pasajeros que viajaban en el exterior del carruaje se habían librado de heridas graves, aunque dos de ellos estaban cubiertos de barro y esa circunstancia no parecía hacerlos muy felices. A decir verdad, los ánimos estaban muy exaltados. Las voces se alzaban y se blandían los puños. Algunas de esas voces eran furiosas y exigían saber por qué un cochero experto los había llevado directos hacia el peligro cuando en la última parada le habían aconsejado que esperara un rato. Otros gritaban con la intención de que sus sugerencias acerca de lo que había que hacer se escucharan por encima del griterío. Y unos terceros se quejaban de los cortes, magulladuras y otras heridas por el estilo. A la mujer quejumbrosa le sangraba la muñeca.

Judith no emitió queja alguna. Había elegido continuar el viaje aun cuando había escuchado la advertencia y podría haber esperado a un carruaje posterior. Tampoco tenía sugerencia alguna que hacer. Y no sufría ninguna herida. Tan solo se sentía desdichada, por lo que miró a su alrededor en busca de algo que apartara de su mente el hecho de que estaban varados en medio de la nada con una amenaza de lluvia inminente. Comenzó a ocuparse de aquellos que lo necesitaban, si bien la mayoría de las heridas eran más imaginarias que reales. Era algo que podía realizar con seguridad y cierta destreza, puesto que a menudo había acompañado a su madre cuando visitaba a los enfermos. Vendó cortes y contusiones utilizando cualquier material que tuviera a mano. Escuchó una y otra vez todas y cada una de las narraciones individuales acerca del accidente y murmuró palabras reconfortantes mientras les buscaba un asiento a los que se sentían mareados y abanicaba a los desfallecidos. En pocos minutos se había quitado el bonete, que no dejaba de molestarla, y lo había arrojado al interior del carruaje volcado. Se le estaba soltando el pelo, pero no se detuvo para intentar recomponer su peinado. La mayor parte de la gente, descubrió, tenía un horrible comportamiento durante las crisis, aunque aquella no era ni de cerca tan desastrosa como podría haber sido.

No obstante, estaba tan desanimada como los demás. Esto, pensó, era la gota que colmaba el vaso. Era imposible que su vida pudiera ser más deprimente. Había tocado fondo. En cierto sentido incluso resultaba un pensamiento reconfortante. Era poco probable que las cosas pudiesen ir a peor. Tan solo a mejor… o hacia una eterna prosecución de lo mismo.

—¿Cómo es que está tan alegre, querida? —preguntó la mujer que había ocupado sitio y medio.

Judith le sonrió.

—Estoy viva —contestó—, y usted también. ¿Hay algo por lo que no debiera estar alegre?

—Se me ocurren un par de cosas, la verdad —comentó la mujer.

Pero en ese momento las distrajo el grito de uno de los pasajeros que viajaban en los asientos exteriores y que señalaba a lo lejos, en dirección al camino por el que habían llegado minutos antes. Se aproximaba un jinete, un hombre solo a caballo. Algunos de los pasajeros comenzaron a llamarlo, a pesar de que el tipo estaba todavía demasiado lejos para escucharlos. Se mostraban tan entusiasmados como si un salvador sobrehumano se aprestara a rescatarlos. Judith no alcanzaba a imaginar qué habrían pensado que podía hacer un solo hombre para mejorar la penosa situación en la que se encontraban. Sin duda, ellos tampoco sabrían decirlo en caso de que les preguntaran.

Dirigió su atención hacia uno de los desafortunados caballeros empapados, que entre muecas de dolor estaba limpiándose con el pañuelo lleno de barro la sangre de un arañazo en la mejilla. Quizá, pensó ella justo a tiempo de reprimir una sonora carcajada, el desconocido que se acercaba fuera el salteador moreno, alto, caballeroso y risueño de sus fantasías. O quizá fuera un bandido de verdad que venía a robarles, indefensos como estaban, todas sus pertenencias de valor. Quizá las cosas sí pudieran empeorar después de todo.

Aunque se trataba de un viaje largo, lord Rannulf Bedwyn iba a lomos de su caballo; evitaba viajar en carruaje siempre que le era posible. El vehículo que transportaba tanto su equipaje como a su ayuda de cámara rodaba por algún lugar del camino tras él. Su criado, un alma tímida y cauta, a buen seguro habría decidido detenerse en la posada que había dejado atrás hacía cosa de una hora, tras ser advertido de la amenaza de lluvia por un posadero decidido a hacer negocio.

Debía de haber caído un buen chaparrón en esa parte del condado no hacía mucho. Incluso en esos momentos parecía que las nubes estuvieran conteniendo el aliento antes de liberar otra descarga de agua. El camino estaba cada vez más mojado y embarrado, y en esos instantes parecía un resplandeciente lodazal de fango revuelto. Podría haber vuelto atrás, supuso. Pero iba contra su naturaleza agachar las orejas y huir de un desafío, ya fuera humano o de cualquier otra clase. Sin embargo, tendría que detenerse en la siguiente posada que encontrara. Tal vez no le importaran los peligros que pudiera correr su persona, pero debía mostrarse considerado con su caballo.

No tenía ninguna prisa por llegar a Grandmaison Park. Su abuela lo había convocado, como hacía en algunas ocasiones, y él la estaba complaciendo, tal y como solía hacer. La quería mucho, con independencia del hecho de que algunos años atrás lo hubiera nombrado heredero de todas las propiedades y la fortuna que no estaban ligadas al título que ella poseía, pese a tener dos hermanos mayores y uno menor… sin contar a sus dos hermanas, por supuesto. El motivo de su falta de prisa era que, una vez más, su abuela había anunciado que había descubierto una novia adecuada para él. Quitarle a la anciana la impresión de que podía organizarle la vida siempre requería una combinación de tacto, humor y firmeza. No tenía intención alguna de casarse pronto. Solo tenía veintiocho años. Y cuando se casara —si es que lo hacía—, por Dios que sería él quien eligiera a su novia.

Aunque no sería el primero de la familia en caer en las redes del matrimonio. Aidan, uno de sus hermanos mayores, había sucumbido y se había casado en secreto pocas semanas atrás a fin de cumplir una deuda de honor con el hermano de la dama, un oficial con el que había servido en la Península. Por algún extraño milagro, el apresurado matrimonio de conveniencia parecía haberse convertido en una unión por amor. Rannulf había conocido a Eve, ahora lady Aidan, apenas hacía dos días. De hecho, había emprendido el viaje desde su casa esa misma mañana. Aidan había vendido su cargo en el ejército y se estaba adaptando a la vida de un caballero rural con su esposa y sus dos hijos adoptivos, el estúpido enamorado. Pero a Rannulf le había caído bien su cuñada.

A decir verdad, era un alivio saber que se trataba de un matrimonio por amor. Los Bedwyn tenían la reputación de ser desmedidos, arrogantes e incluso fríos. Sin embargo, también había una tradición familiar que los obligaba a permanecer escrupulosamente fieles a sus esposas una vez que se casaban.

Rannulf no podía imaginarse amando a una sola mujer durante el resto de su vida. La idea de permanecer fiel durante toda la vida le resultaba en extremo deprimente. Solo esperaba que su abuela no le hubiese comentado nada sobre el matrimonio en ciernes a la dama en cuestión. Lo había hecho en una ocasión y le había costado la misma vida convencer a la mujer —sin que pareciera que lo hacía, por supuesto— de que en realidad ella no quería casarse con él.

Perdió el hilo de sus pensamientos de pronto cuando apareció delante de él una mancha negra más oscura que las cercas y el barro imperantes. En un principio creyó que se trataba de un edificio, pero a medida que se acercaba se dio cuenta de que era un grupo de personas y un enorme coche de postas. Un vehículo volcado, comprendió al instante, con un eje roto. Los caballos se encontraban en el camino, al igual que unas cuantas personas. La mayoría, no obstante, se amontonaba sobre la hierba adyacente al carruaje volcado, a fin de mantener los pies alejados del barro. Muchos gritaban y le hacían gestos con las manos, como si esperaran que desmontase, apoyara el hombro contra el desvencijado vehículo, volviera a colocarlo en el camino y reparara el eje como por arte de magia antes de meterlos a todos en el interior una vez más y ponerlos en camino hacia el proverbial atardecer.

Habría sido una grosería, desde luego, pasar de largo por el mero hecho de no poder ofrecerles ningún tipo de ayuda práctica. Tiró de las riendas al llegar junto al grupo y esbozó una sonrisa cuando todos trataron de hablarle a la vez. Levantó una mano para detenerlos y preguntó si había algún herido de gravedad. Al parecer no lo había.

—En ese caso, lo mejor que puedo hacer por ustedes —dijo cuando el griterío se acalló de nuevo— es cabalgar tan rápido como pueda y enviarles ayuda desde la aldea o el pueblo que se encuentre más cerca.

—Hay un pueblo con mercado unos cinco kilómetros más adelante, señor —le dijo el cochero al tiempo que señalaba el camino con un dedo.

Un cochero particularmente inepto, juzgó Rannulf, ya que había perdido por completo el control de su carruaje en un camino fangoso y ni siquiera había tenido la ocurrencia de mandar a un postillón con uno de los caballos en busca de asistencia. Claro que el hombre mostraba señales inequívocas de haberse vigorizado contra la humedad y el frío con el contenido de la botella que se veía a través de un agujero en el bolsillo de su gabán.

Uno de los pasajeros, una mujer, no se había unido a la bienvenida que le habían ofrecido los demás. Se inclinaba sobre un caballero cubierto de barro que estaba sentado en una caja de madera, y presionaba algún tipo de venda improvisada sobre su mejilla. El hombre le quitó la venda mientras Rannulf los contemplaba y la mujer se enderezó y se dio la vuelta para mirarlo.

Era joven y alta. Iba ataviada con una capa verde un poco mojada y ligeramente enfangada en el dobladillo. La capa se abrió al frente para dejar al descubierto un ligero vestido de muselina y un busto que al instante incrementó en un par de grados la temperatura corporal de Rannulf. Llevaba la cabeza descubierta. El pelo desordenado le caía parcialmente sobre los hombros. Era de un glorioso y brillante tono dorado rojizo que él jamás había contemplado con anterioridad en un ser humano. El rostro que había más abajo era ovalado, de mejillas sonrosadas y ojos brillantes —los ojos eran verdes, creía— y, para su sorpresa, adorable. Ella le devolvió la mirada con aparente desdén. ¿Qué esperaba esa muchacha que hiciera? ¿Saltar al barro y hacerse el héroe?

Le dirigió una sonrisa lánguida y comenzó a hablar sin apartar mucho la mirada de ella.

—Supongo —dijo— que podría llevar a una persona conmigo. ¿A una dama? Señora, ¿le parece bien?

Las demás pasajeras no tardaron en decirle lo que pensaban tanto de su oferta como de su elección, pero Rannulf no les hizo ni caso. La belleza pelirroja volvió a mirarlo y él llegó a pensar que declinaría la propuesta a juzgar por el desprecio que reflejaba su rostro. No le cupo duda de cuál sería su respuesta cuando uno de sus compañeros de viaje, un individuo delgado como un junco y con una nariz puntiaguda que bien podría tratarse de un clérigo, dio su opinión sin que nadie se la pidiera.

—¡Buscona! —exclamó el hombre.

—Oiga —dijo otra de las pasajeras, una mujer alta y entrada en carnes con las mejillas rojas como tomates y una nariz más colorada aún—, *cuidao* a quién llama ramera, muy señor mío. No crea que no me he *dao* cuenta de cómo la ha *mirao* durante *to* el día, porque sí que me he *dao* cuenta, viejo verde… removiéndose *to* el rato en su asiento *pa* poder manosearla sin que lo notara. Y eso que llevaba un libro de oraciones en la mano y *to*. ¡Vergüenza debería darle! Vaya con él, querida. Yo lo haría si me lo pidiera a mí, aunque no lo hará porque sabe que le partiría el lomo a ese caballo suyo.

La pelirroja le sonrió a Rannulf en ese instante, una sonrisa que creció con lentitud a la par que el rubor de sus mejillas.

—Será un placer, señor —dijo ella con un tono de voz cálido y ronco que recorrió la espalda de Rannulf como un guante de terciopelo.

Cabalgó hasta la ribera del camino, hacia ella.

No se parecía en nada al salteador de caminos de sus fantasías. No era grácil, ni moreno, ni apuesto ni llevaba antifaz; y aunque sonreía, su expresión resultaba más irónica que despreocupada.

Ese hombre estaba macizo. De ningún modo gordo, sino… macizo. El cabello que se apreciaba bajo su sombrero era rubio. Parecía ondulado y sin duda lo llevaba más largo de lo que dictaba la moda. Su rostro era de tez morena, con cejas oscuras y una nariz grande. Los ojos eran azules. No era apuesto en absoluto. Pero tenía algo. Algo irresistible. Algo innegablemente atractivo… si bien esa palabra no era lo bastante fuerte.

Algo ligeramente perverso.

Esos fueron los primeros pensamientos que atravesaron la mente de Judith cuando lo miró. Y estaba claro que no era un salteador, sino un simple viajero que se había ofrecido a ir en busca de ayuda y a llevar a alguien consigo.

A ella.

Su segundo pensamiento fue de pasmo, indignación y afrenta. ¡Cómo se atrevía! ¿Por quién la había tomado para esperar que ella se mostrara de acuerdo en subirse a un caballo con un desconocido y marcharse a solas con él? Era la hija del reverendo Jeremiah Law, cuyas expectativas sobre el estricto decoro y la moralidad de sus fieles solo se veían superadas por lo que esperaba de sus propias hijas… sobre todo de ella.

Su tercer pensamiento fue que a poca distancia —el cochero había dicho que a unos cinco kilómetros— había un pueblo y la comodidad de una posada, que tal vez pudieran alcanzar antes de que cayera un chaparrón. Si aceptaba la oferta del desconocido, claro.

Y entonces recordó una vez más su fantasía; la absurda y encantadora fantasía acerca de un audaz salteador que había estado a punto de llevársela hacia una extraña y fabulosa aventura, liberándola así de todas las obligaciones para con su familia y su pasado, liberándola de la tía Effingham y de la deprimente existencia de trabajo duro que la esperaba en Harewood. Un sueño que se había hecho añicos cuando volcó el carruaje.

En esos momentos se le ofrecía la oportunidad de experimentar una aventura de verdad, por pequeña que fuera. Durante cinco kilómetros y quizá algo más de una hora podría cabalgar delante de ese atractivo desconocido. Podría hacer algo tan escandaloso e impropio como abandonar la seguridad y el decoro que ofrecía la multitud para estar a solas con un caballero. Si su padre llegara a enterarse, le daría una Biblia y la encerraría a pan y agua en su habitación durante una semana; y la tía Effingham bien podría decidir que ni siquiera un mes sería suficiente. Pero ¿quién iba a enterarse? ¿Cómo podría salir malparada?

Fue en ese instante cuando el hombre esquelético la había tildado de buscona.

Por extraño que pudiera parecer, no se sintió indignada. La acusación le pareció tan absurda que a punto estuvo de echarse a reír. Aunque fue como un desafío para ella. Y la mujer gorda la estaba animando. ¿Podría llegar a ser tan patética como para rechazar una oportunidad de las que solo se presentan una vez en la vida? Esbozó una sonrisa.

—Será un placer, señor —dijo y descubrió con cierta sorpresa que no había utilizado su propia voz, sino la de la mujer de sus fantasías, la que se atrevía a hacer cosas como aquella.

Él acercó el caballo hasta ella sin dejar de mirarla a los ojos y se inclinó en la silla.

—En ese caso deme la mano y apoye el pie en mi bota —fueron sus instrucciones.

Judith lo hizo y a partir de ese momento fue demasiado tarde para cambiar de opinión. Con una facilidad y una fuerza que en lugar de asustarla la dejaron sin aliento, el hombre la levantó, la hizo girar y, sin que apenas se diera cuenta, abandonó el suelo y acabó sentada de costado por delante de él, encerrada entre unos brazos que le ofrecían una engañosa sensación de seguridad. Había mucho ruido a su alrededor. Unas cuantas personas se habían echado a reír y la animaban, mientras que otras protestaban por quedarse atrás y le suplicaban al desconocido que se diera prisa y enviara la ayuda necesaria antes de que empezara a llover.

—¿Alguna de esas bolsas de viaje es suya, señora? —preguntó el desconocido.

—Esa de ahí —respondió ella al tiempo que la señalaba con el dedo—. Ah, y el ridículo que está al lado. —Aunque tan solo contenía la pequeña cantidad de dinero de la que su padre había podido desprenderse para que tomara una taza de té y quizá un poco de pan y mantequilla durante el largo viaje, le horrorizaba haber estado a punto de olvidarlo.

—Usted, arrójemelo —le dijo el jinete al cochero—. La bolsa de viaje de la dama puede esperar, ya la recogerán con las demás más tarde.

En cuanto Judith cogió el bolsito de mano, el hombre acercó la fusta al ala de su sombrero y acicateó a su caballo para que se pusiera en marcha. Ella se echó a reír. La patética y pequeña gran aventura de su vida había comenzado y deseó que esos cinco kilómetros duraran eternamente.

Durante unos momentos le preocupó el hecho de encontrarse tan lejos del suelo a lomos de un caballo —nunca había sido muy buena amazona—, por no mencionar que el suelo se había convertido en un océano de barro. Sin embargo, no le llevó mucho tiempo darse cuenta de lo íntima que resultaba esa postura. Sentía la calidez del cuerpo del desconocido en todo el costado izquierdo. Sus piernas —que parecían muy musculosas cubiertas con los pantalones de montar ajustados y las flexibles botas altas— la rodeaban por uno y otro lado. Judith tenía las rodillas apretadas contra una de esas piernas y notaba que la otra le rozaba las nalgas. Percibía el olor del caballo, del cuero y de la colonia masculina. Los peligros del viaje palidecieron al lado de esas otras sensaciones, totalmente desconocidas.

Se estremeció.

—Hace bastante fresco para un día de verano —afirmó el jinete, que la rodeó con un brazo y la inclinó hacia el costado, de modo que su hombro y su brazo estuvieron apretados con firmeza contra el pecho masculino; a Judith no le quedó más remedio que apoyar la cabeza sobre su hombro.

Resultaba de lo más escandaloso… y sin duda emocionante. También le hizo recordar de pronto que no llevaba puesto el bonete. Y no solo eso: con un rápido vistazo de reojo descubrió que al menos una parte de su cabello estaba suelta y caía en desorden sobre sus hombros.

¿Qué aspecto tendría? ¿Qué pensaría de ella?

—Ralf Bed… Bedard a su servicio, señora —dijo.

¿Cómo podría ella presentarse como Judith Law? No se estaba comportando en absoluto tal y como la habían enseñado. Tal vez debiera fingir ser alguien muy distinto… una persona inventada.

—Claire Campbell —dijo ella, juntando los dos primeros nombres que se le vinieron a la cabeza—. ¿Cómo está usted, señor Bedard?

—Por el momento, extremadamente bien —afirmó él con voz ronca y ambos se echaron a reír.

Estaba flirteando con ella, pensó. ¡Qué escandaloso! Su padre habría desalentado semejante impertinencia con unas cuantas palabras mordaces… y después la habría castigado por presumir delante de él. Y esta vez habría tenido razón. Pero no estaba dispuesta a arruinar su preciosa aventura pensando en su padre.

—¿Adónde se dirige? —preguntó el señor Bedard—. Y por favor no me diga que hay un marido esperando en alguna parte a que usted se baje del carruaje. O un novio.

—Ninguna de las dos cosas —respondió ella, que se echó a reír sin otro motivo que no fuese lo alegre que se sentía. Iba a disfrutar de su pequeña aventura hasta el último momento. No pensaba desperdiciar tiempo, energía ni oportunidades en sentirse escandalizada—. Estoy soltera y sin compromiso… como deseo estar. —Mentirosa. Señor, qué mentirosa.

—Acaba usted de devolverme el alma —le aseguró él—. En ese caso, ¿quién la espera al final del viaje? ¿Su familia?

Judith se encogió para sus adentros. No quería pensar en el final del viaje. Sin embargo, lo bueno de las aventuras consistía en que ni eran reales ni duraban mucho. Durante lo que restaba de ese extraño y breve interludio podría decir y hacer —y ser— lo que le viniera en gana. Era como vivir un sueño y estar despierta al mismo tiempo.

—No tengo familia —le dijo—. Al menos ninguna ante la que deba responder. Soy actriz. Me dirijo a York para representar una nueva obra. Un papel protagonista.

Pobre papá, pensó. Le daría una apoplejía. No obstante, ese siempre había sido su sueño más persistente y descabellado.

—¿Una actriz? —inquirió él junto a su oído con voz grave y ronca—. Debí imaginarlo en cuanto puse los ojos sobre usted. Una belleza tan vibrante brillará sobre cualquier escenario. ¿Por qué no la he visto nunca en Londres? ¿Será porque rara vez asisto al teatro? Está claro que tendré que enmendarme.

—Londres… —dijo ella con despreocupado desdén—. A mí me gusta actuar, señor Bedard, no que me devoren con los ojos. Me gusta elegir las obras en las que voy a participar. Prefiero los teatros de provincia. En ellos soy muy conocida, creo.

Se dio cuenta de que todavía hablaba con esa voz que utilizara junto al camino. Y por increíble que pareciera, él había creído su historia. Resultaba evidente por sus palabras y por la expresión que reflejaban sus ojos: alegre, apreciativa y elocuente. Branwell, cuando comenzó las clases en la universidad y empezó a conocer mundo, les había dicho una vez a sus hermanas —en ausencia de su padre— que las actrices de Londres casi siempre incrementaban sus honorarios convirtiéndose en las amantes de algún tipo rico y con título. Judith sabía que se movía en aguas peligrosas. Pero tan solo sería durante cinco kilómetros; tan solo durante una hora.

—Me encantaría verla sobre el escenario —dijo el señor Bedard, que la estrechó con más fuerza y le alzó la barbilla con el dorso enguantado de sus dedos.

La besó. En la boca.

No duró mucho. Después de todo se encontraba a caballo en un camino peligroso con una acompañante que entorpecía sus movimientos y los del animal. No podía permitirse la distracción que supondría un abrazo más largo.

Sin embargo, duró lo suficiente. Lo bastante para una mujer a la que nunca habían besado. Él tenía los labios separados y Judith pudo percibir la humedad de su boca. Unos segundos, o quizá no más de una fracción de segundo, antes de que su cerebro registrara la atrocidad que estaba cometiendo, todo su cuerpo reaccionó. Sintió un hormigueo en los labios que se extendió hasta la boca, la garganta y la nariz. Sintió que se le endurecían los pezones y que un doloroso anhelo se esparcía por su abdomen, su vientre y la cara interna de los muslos.

—Oh —dijo cuando hubo terminado.

Sin embargo, antes de llegar a expresar la indignación que sentía por semejante insolencia, recordó que era Claire Campbell, la famosa actriz de provincias, y que se esperaba que las actrices, incluso cuando no eran las amantes de algún tipo rico y con título, supieran un par de cosas acerca de la vida. Lo miró a los ojos y le dedicó una sonrisa soñadora.

¿Por qué no?, pensó de forma temeraria. ¿Por qué no vivir su fantasía mientras durara aquel breve hechizo y descubrir adónde la conducía? Después de todo, ese primer beso también sería posiblemente el último.

El señor Bedard le devolvió la sonrisa con una mirada lángui-da y burlona.

—Yo no lo habría expresado mejor —dijo.

2

¿*Q*ué demonios estaba haciendo al enzarzarse —y mucho— en un beso cuando a cada paso que daba Bucéfalo corría el riesgo de patinar, romperse una pata y hacer que sus dos jinetes sufrieran un aterrizaje accidentado y fangoso? Rannulf se reprendió mentalmente.

Ella era una actriz que había dejado muy clara su preferencia por interpretar obras dignas de consideración antes que permitir que se la comieran con los ojos en un teatro de moda. Sin embargo, se dejaba el cabello suelto con ese estudiado desorden, un cabello cuyo color era natural si su vista no lo engañaba, y no tenía el menor reparo en apretar todas esas cálidas y voluptuosas curvas contra la parte frontal de su cuerpo. El rubor que le cubría las mejillas también era natural. Tenía una manera de entrecerrar esos magníficos ojos —sí, definitivamente eran verdes— en el gesto de invitación más evidente que él hubiera visto jamás. Y su voz no dejaba de acariciarlo como un guante de terciopelo.

Él le seguía el juego, ¿verdad? Bueno, pues claro que se lo estaba siguiendo. ¿Por qué otro motivo le había dado un nombre falso? ¿Por qué no iba a hacerlo, teniendo en cuenta que todo había surgido del modo más inesperado justo cuando preveía pasar unas cuantas semanas de castidad en compañía de su abuela? Era un hombre de fuertes apetitos carnales y no estaba dispuesto a desechar una invitación tan clara como la que ella le ofrecía.

Pero con todo y con eso… ¿besarse a lomos de un caballo? ¿En un peligroso camino lleno de barro?

Rannulf se rió para sus adentros. De ese material estaban hechos los sueños. Unos sueños deliciosos.

—¿Adónde se dirige? —le preguntó ella—. ¿Va de regreso a casa, junto a su esposa? ¿O en busca de una novia?

—Ninguna de las dos cosas —respondió—. Estoy soltero y sin compromiso.

—Me alegra oírlo —replicó ella—. Detestaría que tuviera que confesarle ese beso a alguien.

Él le sonrió.

—Voy de camino a casa de unos amigos para pasar unas semanas —le explicó—. ¿Eso que veo más adelante son edificios? ¿O me engaña la vista?

La muchacha giró la cabeza para mirar.

—No —respondió—. Creo que está en lo cierto.

En cualquier momento comenzaría a llover de nuevo. Sería maravilloso alejarse del camino embarrado y refugiarse bajo techo. Desde luego era necesario informar del accidente del carruaje tan pronto como fuera posible para que enviaran ayuda. De cualquier forma, Rannulf sintió cierto pesar al ver que estaban llegando tan pronto al pueblo. Aunque tal vez no estuviera todo perdido. Ninguno de los dos podría reanudar el viaje ese día, por muy cerca que se encontrara él de su destino.

—Así pues, dentro de unos pocos minutos —dijo, bajando la cabeza hasta que su boca rozó la oreja de la muchacha— nos encontraremos a salvo en una posada y haremos que envíen ayuda a esos pobres pasajeros abandonados. Usted se relajará en una habitación cálida y seca y yo en otra. ¿Le parece bien?

—Sí, por supuesto —dijo ella con un tono alto y claro, muy diferente al que había utilizado desde que se conocieran.

Vaya. Así que había malinterpretado las señales… Un ligero flirteo a lomos de un caballo era una cosa, pero ¿sus planes no iban más allá? Levantó la cabeza y se concentró en guiar a su caballo por los últimos metros que lo separaban de lo que parecía una casa de postas en las afueras de un pequeño pueblo.

—No —rectificó ella pasados unos momentos, de nuevo con una voz baja y gutural—. No, no me parece bien en absoluto.

Vaya.

El interior de la posada resultaba cálido, estaba seco y por primera vez desde hacía varias horas Judith se sentía físicamente a salvo. Sin embargo, el lugar estaba atestado. Habían encontrado un enorme bullicio en el patio y la gente se abarrotaba en el interior, algunos mirando el cielo a través de las ventanas mientras que otros ya habían decidido pasar la noche allí.

Ella tenía un problema. No disponía de bastante dinero para pagar una habitación. Pero cuando se lo había mencionado al señor Bedard, él se había limitado a esbozar esa sonrisa burlona y no había dicho una palabra. En ese momento, el hombre estaba en el mostrador de recepción hablando con el posadero, mientras ella esperaba a cierta distancia. ¿Sería posible que tuviera intención de pagarle el alojamiento? ¿Debería permitírselo? ¿Cómo podría devolverle el dinero?

Deseó con todas sus fuerzas que su breve y gloriosa aventura no hubiera terminado tan pronto. Quería más. Durante los días y las semanas que estaban por venir reviviría la pasada hora una y otra vez, no le cabía ninguna duda al respecto. Tal vez reviviría ese beso durante toda su vida. Solterona tonta y desesperada, se reprendió. Sin embargo, parecía tener el ánimo pegado a las suelas de sus embarrados botines. Se sentía mucho más deprimida en esos momentos que una hora antes, cuando él había entrado en su vida.

Era un hombre alto y de constitución fuerte. Su cabello, que por fin podía ver después de que se quitara el sombrero, era rizado. Y también abundante y rubio y casi le llegaba a los hombros. Si le añadía mentalmente una barba y un casco con cuernos, podría imaginarlo a la proa de un barco vikingo mientras dirigía un ataque contra una desventurada aldea sajona. Y ella sería una valiente y desafiante aldeana…

El señor Bedard se apartó del mostrador y cruzó la distancia que los separaba. Se acercó mucho a ella y habló en voz baja.

—Ya se han refugiado muchos viajeros aquí —le dijo—. Y los pasajeros del coche de postas también van a necesitar habitaciones. La posada estará a rebosar esta noche. Aunque hay una posada mucho más pequeña y tranquila en el pueblo, cerca de donde ponen el mercado. Se utiliza sobre todo durante esos días, pero me han asegurado que está limpia y que es muy cómoda. Podríamos dejar dos habitaciones libres aquí si fuéramos a esa otra pensión.

Había un brillo en sus ojos que no acababa de ser ni risueño ni burlón. A Judith le resultaba imposible descifrarlo, aunque le provocó unos escalofríos que la recorrieron de arriba abajo hasta la punta de los pies. Se humedeció los labios.

—Como ya le he dicho, señor Bedard —le dijo—, solo tengo unas cuantas monedas conmigo, ya que esperaba llegar a York sin hacer paradas. Me quedaré aquí. Me quedaré en el comedor o junto a una ventana hasta que llegue otro coche de postas y pueda reanudar mi camino.

En realidad, tenía la sospecha de que no se encontraba demasiado lejos de Harewood Grange. Ya estaban en Leicestershire, ¿o no?

Sus ojos le sonrieron con esa expresión que no llegaba a ser del todo burlona.

—El posadero se encargará de hacerle llegar su bolsa de viaje en cuanto llegue —le dijo—. El carruaje tenía un eje roto. Puede que tarden bastante en conseguir otro, una noche como poco. Así pues, bien podría esperar con comodidad.

—Pero es que no puedo permitirme… —comenzó Judith de nuevo.

Él le colocó un dedo sobre los labios, logrando que guardara silencio a causa de la sorpresa.

—Pero yo sí —replicó él—. Puedo permitirme pagar una sola habitación, al menos.

Durante un instante de suprema estupidez no entendió lo que quería decir. Después lo hizo. Se preguntó si el rubor de su rostro no sería tan intenso como para acabar quemando el dedo del hombre. Se preguntó si se le doblarían las rodillas y caería desplomada al suelo. Se preguntó si se echaría a chillar y le abofetearía el rostro con toda la fuerza de la indignación que sentía.

No hizo nada de eso. Muy al contrario, se escondió tras la mundana máscara de Claire Campbell mientras sentía todo el peso de la tentación. Sintió un anhelo casi irresistible de continuar su aventura, su sueño robado. Ese hombre le estaba sugiriendo que compartieran una habitación en otra posada. Y pretendía a buen seguro que compartieran también la cama. Querría mantener relaciones conyugales allí… si bien «conyugal» no era la palabra apropiada, pensó.

Ese día. Esa noche. En las próximas horas.

Esbozó la sonrisa de Claire Campbell y fue consciente al hacerlo de que no haría falta más respuesta. De esa manera evitó tener que tomar una decisión en toda regla o expresar un compromiso verbal. Sin embargo, estaba claro que había tomado una decisión, ya que de otra forma Claire no habría sonreído. Por una vez en su vida necesitaba, necesitaba con desesperación, hacer algo gloriosamente escandaloso, descabellado, atrevido y… del todo desacostumbrado.

Tal vez jamás se le volviera a presentar otra oportunidad en la vida.

—Rescataré mi caballo antes de que se acomode demasiado en el establo —le dijo al tiempo que retrocedía un paso, echándole un concienzudo vistazo antes de dar media vuelta hacia la puerta del patio.

—Sí —convino ella.

Después de todo, nada era definitivo. No pensaba llegar hasta el final. Cuando llegara el momento, se limitaría a pedir disculpas y a explicarle que la había malinterpretado, que ella no era esa clase de mujer. Dormiría en el suelo o en una silla… o en cualquier lugar donde él no lo hiciera. Era un caballero. No la forzaría. Aceptar la proposición de marcharse con él no era más que un modo de prolongar su aventura. No haría nada irreparablemente depravado.

Ya lo creo que lo harás, le dijo una inesperada vocecilla en su cabeza. Ay, querida, ya lo creo que lo harás. Y era la enérgica voz de Judith Law con su tono más sensato.

El Ron y el Tonel era una pequeña posada de mercado. Carecía de huéspedes a pesar de que la taberna estaba bastante llena. El señor y la señora Bedard fueron recibidos con entusiasta hospitalidad y se les ofreció la mejor habitación de la posada, una estancia rectangular bastante pulcra que no tardó en tener un crepitante fuego en la chimenea —una buena manera de contrarrestar la lluvia que golpeaba contra las ventanas— y una jarra de humeante agua caliente en el aguamanil que había tras el biombo. Les aseguraron que les servirían la cena en el saloncito adyacente al dormitorio. Allí se sentirían más cómodos y disfrutarían de privacidad, les explicó la esposa del posadero, con una sonrisa de oreja a oreja como si creyera de corazón que eran una pareja casada.

Claire Campbell se apartó la capucha de la capa cuando se quedaron a solas en la habitación y permaneció de pie, mirando por la ventana. Rannulf se quitó el abrigo y el sombrero y los dejó sobre una silla antes de mirarla. Su cabello había perdido más horquillas y estaba muy desordenado. La capa verde estaba mojada a la altura de los hombros y tenía el dobladillo manchado de barro. Su intención había sido la de tumbarla en la cama tan pronto como llegaran, de modo que ambos pudieran apagar un tanto la sed del deseo que los consumía. Sin embargo, no le parecía el momento oportuno. Era un hombre de apetito voraz, pero no de pasiones desbordadas. El sexo, después de todo, era tanto un arte como una función física necesaria. El arte del sexo requería del ambiente adecuado.

Tenían toda la tarde y la noche por delante. No había prisa.

—Seguro que le gustará refrescarse —le dijo—. Me tomaré una jarra de cerveza y volveré cuando esté lista la cena. Ordenaré que le suban un poco de té.

Ella se giró hacia él.

—Eso sería muy amable de su parte —replicó.

Rannulf estuvo a punto de cambiar de idea. El rubor volvía a colorearle las mejillas y sus párpados estaban ligeramente entornados, en clara invitación. Tenía el cabello alborotado, como si acabara de levantarse de la cama. Y era en la cama donde quería tenerla, con él encima, entre los muslos y hundido en su cuerpo.

En cambio, hizo una burlona reverencia y arqueó una ceja.

—¿Amable? —repitió—. Le aseguro que no suelen acusarme de ser amable, señora.

Pasó casi toda una hora en la taberna, bebiendo cerveza mientras un grupo de lugareños lo incluía con hospitalidad en su círculo para preguntarle su opinión acerca del tiempo y sus impresiones sobre el estado de los caminos al tiempo que daban bocanadas a sus pipas, bebían de sus jarras y acordaban sabiamente que iban a pagar por el caluroso verano que habían disfrutado las últimas semanas.

Subió al comedor privado cuando la mujer del posadero le dijo que estaban a punto de servir la comida. Claire estaba allí, de pie en la puerta que separaba las dos estancias mientras observaba a una criada poner la mesa y servirles la comida.

—Es un pastel de riñones y carne. El mejor en varios kilómetros a la redonda, se lo digo de verdad. Que les aproveche. Llamen cuando quiera que retire los platos —dijo la muchacha con una sonrisa y una reverencia antes de marcharse de la habitación y cerrar la puerta.

—Así lo haremos. Gracias —le dijo Claire.

A Rannulf casi le había dado miedo mirarla antes de que los dejaran a solas. Solo había llegado a atisbar el vestido de muselina por debajo la capa. En ese momento comprobó que se trataba de un vestido de corte sencillo, de una modestia inesperada para una mujer de su profesión. Aunque viajaba en un coche de postas. Era de esperar que necesitara vestir ropas que no llamaran demasiado la atención. De cualquier forma, el vestido no lograba esconder el esplendor del cuerpo que había debajo. No era delgada, a pesar de que sus largas extremidades dieran esa primera impresión. Era una mujer voluptuosa, con una cintura pequeña y unas caderas que se curvaban de forma incitante. Sus pechos, generosos y firmes, eran el sueño de cualquier hombre hecho realidad.

No se había recogido el cabello. Se lo había apartado de la cara y le caía en ondas sobre los hombros hasta la mitad de la espalda. Era de un glorioso y casi increíble tono rojizo con reflejos dorados que brillaban a la luz del atardecer. Su rostro alargado y ovalado había perdido el rubor y parecía tan pálido y delicado como la porcelana. Sus ojos poseían una sorprendente tonalidad de verde. Y —por Dios, sí— su rostro tenía una característica inesperada que la hacía descender al reino de los mortales. Cruzó la distancia que los separaba y le pasó un dedo por encima de la nariz, desde una mejilla a la otra.

—Pecas —dijo. Apenas perceptibles.

Parte del rubor retornó a sus mejillas.

—Fueron mi maldición durante la infancia —replicó—. Una verdadera lástima que nunca desaparecieran del todo.

—Son encantadoras —le dijo él. Siempre había admirado a las diosas. Nunca se había acostado con una. Le gustaba que sus mujeres fueran de carne y hueso. Al entrar en la habitación casi había temido que Claire Campbell fuera una diosa.

—Tengo que ocultarlas con una gruesa capa de maquillaje cuando salgo a escena —le informó.

—Casi —le dijo al tiempo que bajaba la vista hasta sus labios— me has quitado el apetito de comida.

—Casi —repitió ella con esa voz alta y clara que le había escuchado antes—. Pero no del todo. Qué tontería, señor Bedard, cuando su cena lo espera en la mesa y tiene hambre.

—Ralf —la corrigió—. Será mejor que me llames Ralf.

—Ralph —dijo ella—, es hora de cenar.

Y más tarde se darían un festín con el postre, pensó mientras la ayudaba a sentarse a la mesa antes de ocupar su asiento frente a ella. Un dulce placer que saborearían durante toda la noche. Comenzó a hervirle la sangre ante la perspectiva de una buena sesión de sexo. No le cabía la menor duda de que sería bueno. Entretanto, ella tenía razón: su cuerpo necesitaba alimentarse.

A petición de la muchacha le habló de Londres, ya que parecía que ella no conocía la ciudad. Le habló acerca de la vida social durante la temporada: de los bailes, las aglomeraciones, los conciertos; de Hyde Park, Carlton House y los jardines de Vauxhall. Ella habló del teatro a instancia suya, acerca de los papeles que había interpretado y de aquellos que le gustaría interpretar, acerca de sus compañeros y de los directores con los que había trabajado. Lo describió todo muy despacio, con una expresión soñadora y una sonrisa en los labios como si fuera una profesión de la que disfrutara plenamente.

Disfrutaron de la cena. Y aun así, Rannulf se sorprendió una hora después de que hubieran comenzado a comer, cuando bajó la vista hasta la mesa y vio que la mayor parte de las generosas raciones había desaparecido y que la botella de vino estaba vacía. Apenas podía recordar ningún sabor, si bien se sentía satisfecho en general… y enardecido por una persistente chispa de emoción.

Se puso en pie, se acercó a la chimenea y tiró de la campanilla. Quería que se llevaran los platos y que subieran otra botella de vino.

—¿Más? —le preguntó a Claire al tiempo que inclinaba la botella sobre su copa.

Ella la cubrió con una mano.

—Creo que no debería —dijo.

—Pero lo harás. —La miró a los ojos.

La muchacha esbozó una sonrisa.

—Pero lo haré. —Apartó la mano.

Él se reclinó en la silla después de llenar las copas y dar un sorbo. Tal vez hubiera llegado el momento. La exigua luz del día por fin se estaba extinguiendo al otro lado de las ventanas. La lluvia que repiqueteaba contra las ventanas y el fuego que crepitaba en el hogar contribuían a crear un ambiente de acogedora intimidad que resultaba muy inusual en verano. Aunque había algo más.

—Quiero verte actuar —dijo.

—¿¡Qué!? —Claire alzó las cejas y la mano que sostenía la copa se quedó a medio camino de sus labios.

—Quiero verte actuar —repitió él.

—¿Aquí? ¿Ahora? —Dejó la copa en la mesa—. Qué absurdo. No hay escenario, ni decorado, ni otros actores, ni guión.

—Sin duda, una experimentada actriz de talento no requiere guión para ciertos papeles —dijo—. Y tampoco hacen falta escenario ni decorados. Hay muchos monólogos famosos que no requieren la presencia de otros actores. Interpreta uno para mí, Claire. Por favor.

Alzó la copa y la sostuvo en lo alto hacia ella, a modo de silencioso brindis.

La muchacha lo miró fijamente; el rubor había vuelto a sus mejillas. Estaba avergonzada, pensó con cierta sorpresa. Avergonzada por la idea de declamar en una representación privada ante un hombre que estaba a punto de convertirse en su amante. Tal vez le resultara difícil concentrarse en un papel dramático en semejantes circunstancias.

—Bueno, supongo que podría representar el famoso discurso de Porcia —dijo ella.

—¿Porcia?

—*El mercader de Venecia* —explicó ella—. Seguro que conoces el discurso sobre la clemencia.

—Refréscame la memoria.

—Sylock y Antonio estaban en el tribunal —explicó ella, inclinándose ligeramente hacia él sobre la mesa— para decidir si Sylock tenía derecho a reclamar a Antonio una libra de carne. No había duda de que tenía ese derecho; estaba más que claro en el contrato que ambos habían firmado. Pero en ese momento llegó Porcia con la intención de salvar al mejor amigo y benefactor de Basanio, su amor. Llegó disfrazada de letrado para hablar a favor de Antonio. Al principio apela a la naturaleza generosa de Sylock en su famoso discurso acerca de la clemencia.

—Ahora lo recuerdo —dijo él—. Interpreta a Porcia para mí, pues.

Ella se puso en pie y miró a su alrededor.

—Esta es la sala de audiencias —dijo—. Ya no es el comedor privado de una posada, sino un tribunal donde la mismísima vida de un noble pende de un hilo. Es una situación desesperada. No parece haber esperanza alguna. Todos los personajes principales de la obra están presentes. Sylock se sienta en esa silla. —Señaló la silla en la que él se sentaba—. Yo soy Porcia —dijo—. Pero estoy disfrazada de muchacho.

Rannulf frunció los labios en un arranque de humor cuando ella volvió a recorrer la estancia con la mirada. Levantó los brazos, se recogió el cabello, lo retorció y se lo anudó a la altura de la nuca. Después desapareció un instante en el dormitorio para regresar con su abrigo sobre los hombros. Aun con la ropa de hombre, su apariencia era cualquier cosa menos masculina. Cuando hubo acabado de abotonarse la prenda por completo, levantó la vista para mirarlo directamente a los ojos.

Rannulf estuvo a punto de retroceder ante la severa y controlada expresión de su rostro.

—«La clemencia no quiere fuerza...» —dijo con una voz que casaba con su expresión.

Durante un instante y por estúpido que pareciera, creyó que era ella, Claire Campbell, quien se dirigía a él, Rannulf Bedwyn.

—«Es como la plácida lluvia del cielo que cae sobre un campo y lo fecunda...» —continuó mientras se acercaba a él y la expresión de su rostro se suavizaba, tornándose implorante.

Por todos los demonios, pensó, ella era Porcia y él era ese maldito villano, Sylock.

—«Dos veces bendita...»

No era un discurso muy largo, pero para cuando hubo llegado a su fin, Rannulf estaba consumido por la vergüenza y dispuesto a perdonar a Antonio, e incluso a postrarse de rodillas para rogar perdón por haber pensado siquiera en cortarle una libra de carne del cuerpo. Ella estaba inclinada sobre él, con los ojos entrecerrados y una mirada penetrante, a la espera de una respuesta.

—Santo Dios —dijo—, Sylock debía de tener el corazón de piedra.

Se dio cuenta de que estaba medio excitado. Era muy buena. Era capaz de interpretar el papel sin las excéntricas parafernalias que él asociaba con los actores más famosos que había visto en escena.

Claire se enderezó y le sonrió al tiempo que se desabrochaba el abrigo.

—¿Qué otro papel puedes interpretar? —le preguntó—. ¿Julieta?

Ella hizo un gesto desdeñoso con la mano.

—Tengo veintidós años —replicó—. Julieta era unos ocho años menor que yo y una bobalicona, por cierto. Nunca le he visto el atractivo a esa obra.

Rannulf rió entre dientes. Así que no era una romántica.

—¿Ofelia? —sugirió él.

Ella compuso una expresión afligida.

—Supongo que a los hombres les gusta ver a mujeres débiles —comentó ella con cierto desdén en la voz—. Y no puede haber mujer más débil que esa estúpida de Ofelia. Podría haberse limitado a chasquear los dedos en las narices de Hamlet y mandarlo a freír espárragos.

Rannulf echó la cabeza hacia atrás y soltó una estruendosa carcajada. La muchacha estaba toda sonrosada y tenía una expresión contrita cuando volvió a mirarla.

—Haré de lady Macbeth —dijo—. Era una tonta incapaz de sustentar su maldad, aunque no era débil en absoluto.

—¿La escena en la que camina dormida? —le preguntó—. ¿Cuando se lava la sangre de las manos?

—Ahí lo tienes. ¿Ves? —Su semblante volvía a ser desdeñoso cuando lo señaló con un brazo—. Supongo que es la escena preferida de la mayoría de los hombres. Una mujer perversa que a la postre cae en la locura, porque las mujeres normales no pueden mantener su fortaleza para siempre.

—Tampoco es que Macbeth llegara muy cuerdo al final —le recordó él—. Me atrevería a decir que Shakespeare se mostró bastante imparcial en su juicio acerca de la fortaleza de espíritu, tanto masculina como femenina.

—Representaré la escena en la que lady Macbeth intenta convencer a Macbeth de que mate a Duncan —dijo ella.

Y él estaba a punto de convertirse en un silencioso Macbeth, supuso Rannulf.

—Pero primero —comentó ella— me terminaré el vino.

Su copa tenía más de dos tercios de vino. La apuró de un trago y la dejó sobre la mesa. Deshizo el nudo que le sujetaba el cabello en la nuca y agitó la cabeza para liberarlo.

—Macbeth acaba de decirle a su esposa: «Tenemos que renunciar a ese horrible propósito» —dijo—. Macbeth comienza a arrepentirse de la decisión de cometer el asesinato y ella lo está espoleando.

Rannulf asintió y ella le dio la espalda un instante y se quedó muy quieta. Un momento después vio cómo apretaba los puños y se giraba hacia él. Estuvo a punto de saltar de la silla y esconderse detrás. Sus ojos verdes lo atravesaron con una expresión de gélido desprecio.

—«¿Qué ha sido de la esperanza que te alentaba? ¿Por ventura ha caído en embriaguez o en sueño? ¿O está despierta y mira con estúpidos ojos pasmados lo que antes contemplaban con tanta arrogancia?»

Rannulf resistió el impulso de hablar en su defensa.

—«¿Es ese el amor que me mostrabas?» —le dijo ella.

Claire también declamó las frases de Macbeth, inclinada sobre su cuerpo y susurrando en voz tan baja que Rannulf tuvo la impresión de que él mismo estaba hablando sin despegar los labios. Como lady Macbeth, lo apremió con su energía, su desdén y sus falsos incentivos. Para cuando hubo terminado, Rannulf comprendía a la perfección por qué Macbeth había cometido la tamaña estupidez de asesinar a su rey.

La muchacha estaba jadeando cuando profirió la última de sus frases y tenía un aspecto distante, triunfal y ligeramente perturbado.

Rannulf se descubrió a punto de jadear por el deseo. Mientras el personaje que había estado interpretando abandonaba los ojos y el cuerpo de la muchacha, sus miradas se entrelazaron y el aire que los separaba comenzó a crepitar.

—Bueno —dijo él en voz baja.

Ella esbozó una sonrisa torcida.

—Debes comprender —le dijo— que soy un poco provinciana. No he actuado en tres meses y estoy en baja forma.

—Que el cielo nos ayude —replicó Rannulf al tiempo que se ponía en pie— el día que estés en plena forma. Sería capaz de salir bajo la lluvia a la búsqueda del rey más cercano para asesinarlo.

—Entonces, ¿qué te parece? —le preguntó.

—Creo —le contestó él— que es hora de irnos a la cama.

Durante un instante, creyó que ella iba a negarse. Claire lo miró fijamente, se humedeció los labios, inspiró con fuerza como si fuera a decir algo... y luego asintió.

—Sí —dijo.

Rannulf inclinó la cabeza y la besó. Estaba a un paso de tumbarla en el suelo y tomarla en aquel mismo momento, pero ¿para qué pasar por esa incomodidad cuando había una estupenda cama en la habitación contigua? Además, tenía que considerar ciertas necesidades fisiológicas.

—Ve a prepararte —le dijo—. Esperaré abajo unos diez minutos.

Ella volvió a vacilar y se humedeció los labios.

—Sí —asintió y se giró. Un segundo después, la puerta del dormitorio se cerró tras ella.

Los siguientes diez minutos, pensó Rannulf, iban a parecerle una incómoda eternidad.

Por todos los demonios, esa mujer sí que sabía actuar.

3

Judith se quedó de pie con la espalda apoyada contra la puerta del dormitorio y cerró los ojos. La cabeza le daba vueltas, el corazón le latía desbocado y estaba sin aliento. Había tantas razones que explicaban las tres circunstancias anteriores que le resultaba imposible ponerlas en orden para recobrar su acostumbrada compostura.

En primer lugar, había bebido demasiado vino. Cuatro copas en total. Jamás había bebido más de media copa al día y ese hecho excepcional tan solo se había producido en tres o cuatro ocasiones a lo largo de toda su vida. No estaba ebria; podía pensar de modo bastante coherente y caminar en línea recta. Pero aun así, había ingerido todo ese vino.

En segundo lugar, había resultado del todo embriagador actuar frente a una audiencia; por más que dicha audiencia constara tan solo de una persona. La interpretación siempre había formado parte de su vida secreta, algo que hacía cuando tenía la certeza de que se encontraba sola y nadie la observaba. No obstante, nunca había pensado en ello como «interpretar»; siempre lo había visto como un modo de dar vida a otro ser humano a través de las palabras que el dramaturgo le había proporcionado. Siempre había sido capaz de meterse en la piel y en la mente de otra persona y de saber con exactitud qué se sentiría siendo esa persona en esas determinadas circunstancias. Alguna que otra vez había intentado utilizar esa habilidad para escribir historias, pero su talento no residía en la palabra escrita. Necesitaba crear o recrear personajes utilizando su cuerpo y su voz. Cada vez que recitaba los papeles de Porcia o de lady Macbeth se convertía en ellas.

De todos modos, la interpretación de esa noche había sido aún más embriagadora que el vino que había bebido. Había actuado para una audiencia de una sola persona mucho mejor de lo que lo hiciera nunca. Él había representado tanto a Sylock como a Macbeth, si bien no había dejado de ser Ralph Bedard en todo momento; y ella, por extraño que pareciera, se había sentido alegre y entusiasmada por su presencia. Había tenido la sensación de que el aire que los rodeaba restallaba con una energía invisible.

Abrió los ojos de repente y se apresuró a ocultarse tras el biombo que se alzaba al otro lado de la habitación. Solo tenía diez minutos para prepararse… y ya habían pasado unos cuantos. Alguien se había encargado de llevar su bolsa de viaje y de subirla a la habitación, comprobó con alivio. Podría ponerse un camisón.

Sin embargo, se detuvo de modo abrupto mientras se inclinaba para abrir la bolsa. ¿Que se preparara? ¿Para qué? Él acababa de besarla de nuevo. Se reuniría con ella en diez minutos —en menos de diez minutos— para llevarla a la cama. Para hacerle… eso. Ni siquiera sabía a ciencia cierta lo que era «eso» exactamente, salvo de un modo de lo más vago e impreciso. Sentía una especie de debilidad en las rodillas. Apenas podía respirar y la cabeza no dejaba de darle vueltas. No iba a permitir que sucediera… ¿o sí?

Ya era hora de poner fin a la aventura. Aunque había sido —y seguía siendo— una aventura tan maravillosa… Y ya no habría ninguna más. Nunca. Sabía que las mujeres que caían en la pobreza y que vivían como acompañantes sin sueldo en los hogares de sus familiares adinerados tenían pocas posibilidades, o más bien ninguna, de cambiar sus vidas. Lo único que importaba era el presente. Y esa noche.

Judith abrió la bolsa de viaje sin más dilación. Estaba malgastando un tiempo precioso. ¡Qué embarazoso resultaría que él regresara para encontrarla con la enagua o antes de que hubiera aliviado sus necesidades o de que se hubiera lavado y peinado! Ya pensaría más tarde en «eso» y en cómo evitar que sucediera. En la estancia contigua había un banco de madera. Con una almohada, una de las mantas de la cama y su capa podría convertirse en un lugar tolerable para dormir.

A buen seguro que él se estaba demorando más de diez minutos. Judith, ataviada decentemente con su camisón de algodón, estaba de pie frente al fuego cepillándose el cabello cuando escuchó que llamaban a la puerta y que esta se abría antes de que ella pudiera cruzar la habitación para abrir o darle permiso para que entrara. Se sintió desnuda de repente. Y también descubrió que debía de estar bastante más ebria de lo que había supuesto en un principio. En lugar de sentir el horror que sabía que debería estar sintiendo, la recorrió una oleada de deseo. No quería poner fin a la aventura. Quería experimentar «eso» antes de que tanto su juventud como su vida llegaran a un proverbial final. Lo quería todo… y lo quería con Ralph Bedard. Un hombre tan atractivo que la dejaba sin aliento, pensó deseando encontrar palabras más elocuentes para describir su apostura.

Ralph se detuvo con los labios fruncidos y los párpados entornados, y su mirada la recorrió con lentitud desde la cabeza hasta los pies desnudos.

—¿Se trata de tu profesión o de tu instinto —dijo él por fin en voz queda— lo que te ha enseñado a no resaltar tu apariencia? ¡Algodón blanco y ni rastro de frunces ni de volantes! Eres muy inteligente. Tu belleza habla alto y claro por sí sola.

Era fea. Lo sabía. La gente, incluso su propia madre, siempre había comparado su pelo con las zanahorias cuando era pequeña y nunca con la intención de que fuese un cumplido. Su piel siempre había sido demasiado pálida, su cutis siempre había estado desfigurado por las pecas y sus dientes siempre habían sido demasiado grandes. Y justo después, y por una horrible crueldad del destino, cuando por fin su pelo había comenzado a oscurecerse un tanto, cuando lo peor de sus pecas se había atenuado hasta desaparecer y cuando su rostro y su boca se habían ajustado al tamaño de sus dientes, había comenzado a crecer hasta convertirse en una larguirucha. Había crecido hasta igualar la altura de su padre. Disfrutó de un corto alivio cuando la larguirucha comenzó a cobrar forma de mujer. Sin embargo, para añadir aún más humillación a su agravio, esa forma había llegado acompañada de un par de prominentes senos y unas caderas generosas. Siempre había sido una vergüenza para la familia y en mayor medida para sí misma. Su padre se había pasado la vida ordenándole que se vistiera de forma más recatada y que se cubriera el pelo, y constantemente la había culpado por las miradas lascivas que los hombres solían dirigirle. Ser la fea de la familia siempre había resultado una carga muy pesada.

Sin embargo, esa noche estaba dispuesta a aceptar que por alguna extraña razón —probablemente por el vino, ya que él había bebido más que ella—, Ralph Bedard la encontraba atractiva.

Esbozó una lenta sonrisa sin apartar los ojos de él. El vino tenía un efecto extraño. Le daba la sensación de estar desligada de la realidad, como si fuera una simple espectadora que no participaba en los acontecimientos. Era capaz de permanecer en un cuarto en compañía de un hombre, ataviada tan solo con el camisón, sabiendo que él tenía toda la intención de llevársela a la cama en unos instantes y aun así le sonreía de modo seductor sin sentirse responsable en lo más mínimo por lo que estaba haciendo. La observadora no hacía nada para que prevaleciera la virtud y la decencia. Y Judith tampoco deseaba que lo hiciera.

—Supongo que ya te habrán dicho mil veces lo hermosa que eres —le dijo Ralph con un tono de voz maravillosamente ronco.

¡Eso lo decía todo! Estaba borracho.

—Ahora ya son mil y una —replicó ella sin dejar de sonreír—. Y supongo que a ti te habrán dicho mil y una veces lo guapo que eres.

Era una mentira. No era guapo. Tenía la nariz demasiado prominente, las cejas demasiado oscuras, el cabello demasiado alborotado y la piel demasiado atezada. Pero poseía un atractivo abrumador; y en ese preciso momento, «atractivo» resultaba diez veces más seductor que «guapo».

—Ahora ya son mil y dos. —Se acercó a ella y Judith supo que el momento de la verdad había llegado. Sin embargo, Ralph se detuvo a escasa distancia y extendió una mano en lugar de abrazarla—. Dame el cepillo.

Ella se lo tendió, esperando que lo arrojara por encima de su hombro para ponerse manos a la obra. ¿Le permitiría seguir adelante? Se le aceleró la respiración.

—Siéntate —le dijo—. En el borde de la cama.

¿Sentarse? ¿Nada de tumbarse? ¿Acaso le quedarían unos cuantos momentos de los que disfrutar antes de verse obligada a ponerle fin a todo aquello? Mientras estaban en el comedor, alguien se había encargado de apartar las sábanas primorosamente, de encender el fuego, de subir su bolsa de viaje y de llenar con agua limpia el aguamanil que había tras el biombo.

Judith se sentó con los pies juntos sobre el suelo y las manos unidas en el regazo mientras observaba cómo él se despojaba de su ajustada chaqueta, de su chaleco y de su pañuelo. Después se sentó en una silla y se quitó las botas antes de volver a ponerse en pie, descalzo salvo por las medias.

¡Ay, Señor!, pensó Judith. No debería estar contemplando semejante escena. Aunque resultaba todo un espectáculo. Ralph era un hombre grande, aunque habría podido jurar que no había ni una pizca de grasa superflua en él. Un hombre de hombros anchos cuyo cuerpo se estrechaba al llegar a la cintura y las caderas. Tenía unas piernas largas y bastante musculosas. Toda esa musculatura quedaba resaltada al llevar tan solo los pantalones de montar y la camisa.

Él cogió de nuevo su cepillo del pelo y rodeó la cama. Judith sintió que el colchón se hundía tras ella. No se giró para mirar. Ese era el momento en el que debería haberse puesto de pie. Señor, pero es que no quería hacerlo. Y justo entonces sintió el calor que desprendía el cuerpo de Ralph a su espalda, a pesar de que todavía no la había tocado.

Y en ese momento lo hizo… Con el cepillo. Lo colocó justo por encima de su frente —Judith atisbó por el rabillo del ojo derecho la manga de su camisa blanca— y lo deslizó por el pelo hasta llegar a las puntas. ¡Se había arrodillado tras ella con el simple propósito de cepillarle el cabello! Tan pronto como comprendió que sus intenciones eran de lo más inocentes, echó la cabeza hacia atrás y cerró los ojos.

Estuvo a punto de desmayarse por el placer que le proporcionaba. Con cada pasada del cepillo sentía un hormigueo en el cuero cabelludo. Escuchaba cómo crujía su pelo. De vez en cuando podía sentir una de las manos de Ralph que la tocaba para colocarle el pelo detrás de la oreja o apartárselo de los hombros. No le cabía la menor duda de que esa era la sensación más maravillosa del mundo: que alguien le cepillara el cabello... para más señas, un hombre. Podía sentir el calor que emanaba del cuerpo masculino, así como el olor de su colonia. Podía escuchar su respiración. No tardó mucho en relajarse y permitir que la languidez se apoderara de ella, si bien se encontraba extrañamente estimulada y alerta al mismo tiempo. Notaba los pezones tensos. Y había comenzado a percibir un agradable e intenso palpitar entre las piernas.

—¿Te gusta? —le preguntó él poco después con un ronco murmullo.

—Mmm. —Judith fue incapaz de reunir las fuerzas necesarias para ofrecerle una respuesta más elocuente.

Continuó cepillándole el pelo con movimientos lentos y rítmicos hasta que arrojó el cepillo a un lado. Judith escuchó el ruido que hizo al golpear contra el suelo a los pies de la cama. Y en ese momento se percató de que se había acercado a ella. El hombre había separado los muslos y había movido las piernas hasta dejarlas a ambos lados de su cuerpo; si lo deseaba, podía apartar las manos del regazo y apoyarlas sobre sus rodillas. Sintió el roce del torso masculino en la espalda al mismo tiempo que él le deslizaba las manos bajo los brazos para cubrirle la parte inferior de los senos. Judith escuchó cómo tomaba una lenta y sonora bocanada de aire.

El pánico estuvo a punto de hacerle dar un respingo. Los pechos no. Resultaba tan embarazoso... Sin embargo, la ligera embriaguez que la embargaba retardó tanto la angustia como su capacidad de reacción. Esas manos eran tan tiernas y suaves... Y sus pulgares le rozaban los pezones, que de forma extraña estaban duros y muy sensibles. Pese a todo, no le estaba haciendo daño. Al contrario, sus caricias despertaban en ella oleadas de puro anhelo que descendían por su garganta hasta concentrarse entre sus piernas y además se sentía palpitar… por dentro.

Al parecer Ralph no encontraba nada grotesco en sus pechos.

Judith volvió a cerrar los ojos y echó la cabeza hacia atrás para apoyarla sobre uno de sus hombros. Solo un poco más. Unos instantes más. Pronto lo detendría. Los pulgares abandonaron sus pezones y al instante sintió que esas manos le desabotonaban la parte delantera del camisón y apartaban la tela a fin de dejarla expuesta desde los hombros hasta el ombligo. Cuando las manos regresaron hasta sus pechos desnudos para rodearlos, alzarlos y acariciarlos, para tironear, pellizcar y frotar los pezones, supo por fin que su aventura —ese sueño robado— era perfecta.

Eso era lo que siempre había deseado. Justo eso. Desde que se había convertido en una mujer. Sentir las caricias de un hombre, permitir que la viera y que no la juzgara inadecuada. Dejar que la acariciara. Disfrutar sin dejar resquicio a la vergüenza o al miedo. Deseaba que ese momento nunca —¡por favor, por favor, nunca!— acabara.

—Levántate —le murmuró Ralph al oído, y pese a no estar del todo dispuesta a alejarse de sus caricias, lo obedeció y abrió los ojos para ver cómo su camisón caía al suelo.

No sintió el más mínimo asomo de pudor, por curioso que pudiera parecer, a pesar del fuego que crepitaba en la chimenea, de la parpadeante luz de las dos velas colocadas sobre la repisa y del odio que siempre la había embargado cada vez que se contemplaba en un espejo. Volvió a sentarse.

Fue consciente del momento en que el hombre se sacó la camisa por la cabeza y la arrojó al suelo, allí donde yacía su cepillo. Al instante notó su torso desnudo, cálido y sólido, contra la espalda y esas manos volvieron a deslizarse bajo sus brazos. Pasaron sobre sus pechos y los acariciaron con fuerza antes de extenderse sobre sus costillas y seguir bajando hacia la cintura y el abdomen. Judith echó la cabeza hacia atrás y cerró los ojos de nuevo antes de mover los hombros y la espalda para frotarse contra él. El torso masculino estaba ligeramente cubierto de vello. Las manos de Ralph se deslizaron por sus muslos de camino a las rodillas y volvieron a ascender. Judith apartó las manos del regazo y las apoyó sobre los muslos del hombre, rodeándole las rodillas con las manos.

No tardó en comprender que había superado el punto de retorno, ese momento en el que podría haber detenido lo que iba a suceder. Sin embargo, no le importaba. No le importaba en lo más mínimo. El sentido común, el decoro y la moral se encargarían de señalarle la magnitud de su errado comportamiento cuando llegara la cegadora luz de la mañana; pero aunque lo sabía, no le importaba. Esa era la noche que le proporcionaría luz, calidez y sentido al resto de su vida. Lo sabía con absoluta certeza. Una mujer deshonrada… ¿Quién lo iba a averiguar jamás? ¿A quién le iba a importar?

Ralph deslizó la mano derecha hasta su entrepierna, hasta ese lugar cálido y oculto. Debería estar horrorizada. Con todo, escuchó que brotaba un ronco sonido de aprobación desde lo más profundo de su garganta y separó las piernas un poco más para facilitarle el acceso.

Estaba muy caliente en ese lugar. Lo sabía por el contraste con la frescura de los dedos de Ralph. Temía estar también húmeda. Sin embargo, él no se apartó. Sus dedos exploraron el lugar, apartando los pliegues y frotando con suavidad entre ellos hasta encontrar la parte más recóndita e introducirse un poco en ella. Judith escuchaba los sonidos que provocaba la humedad, pero estaba más allá de la vergüenza. No tardó mucho en comprender que Ralph sabía muy bien lo que estaba haciendo. El deseo se apoderó de ella por completo. Y justo entonces, él hizo algo con el pulgar, algo tan suave que no habría sabido decir con exactitud qué fue. Salvo que de repente el deseo se transformó en una especie de acuciante anhelo que traspasó los límites del deseo mucho antes de que fuera capaz de entregarse a la sensación. Arqueó la espalda al tiempo que todos los músculos de su cuerpo se tensaban y gritó mientras se dejaba caer contra él, exhausta y jadeante.

¿Qué… qué diantres había sucedido?

—Sí —le susurró Ralph al oído con un deje de euforia en la voz—. ¡Dios, sí! ¡Magnífica!

Judith se dio cuenta de que respiraba de forma entrecortada.

—Túmbate —le dijo él.

—Sí. —Ya ni siquiera se planteaba la posibilidad de negarse a acostarse con él.

Se sentía un poco mareada, pero no habría sabido decir si era a causa de los efectos del vino o por lo que acababa de experimentar.

Se tendió entre las sábanas mientras Ralph se ponía de pie y observó cómo se despojaba del resto de su ropa. Sin ellas su aspecto era mucho más imponente, una combinación de duros músculos, vientre plano y… Por unos breves instantes se preguntó si debería sentirse asustada después de todo; pero lo deseaba, comprendió. Lo deseaba con desesperación. Deseaba a ese hombre.

Ralph se tumbó encima de ella al tiempo que introducía una rodilla entre sus piernas y la obligaba a separarlas… mucho. Judith dobló las rodillas y apoyó las plantas de los pies sobre el colchón para afianzar su posición. Él alzó la parte superior del cuerpo, se sostuvo sobre los antebrazos e inclinó la cabeza para besarla. El hombre tenía la boca abierta y ella no tardó mucho en imitarlo cuando le dio un lametón y le acarició la suave carne de la parte interna de los labios. Al instante, sintió su lengua en la boca, deslizándose sobre la suya, acariciándole la parte más sensible del paladar y avivando de nuevo la voracidad del deseo.

Cuando él alzó la cabeza, lucía su acostumbrada sonrisa burlona.

—Me temo —le dijo— que es posible que explote en cuanto entre en ti, con la misma rapidez con la que lo has hecho tú. De todos modos, tenemos el resto de la noche para disfrutar a placer. ¿Aceptas mis disculpas por adelantado?

—Estás disculpado. —Judith le sonrió en respuesta, aunque a decir verdad no entendía muy bien lo que pretendía decirle.

Ralph volvió a tumbarse por completo sobre ella antes de colocarle las manos bajo las nalgas para sujetarla con fuerza. Sintió que su duro miembro la penetraba de forma titubeante, pero antes de tener la oportunidad de respirar hondo para calmarse, él se hundió en su cuerpo. Tal vez hubo dolor. No tuvo tiempo de comprobarlo. Tal vez hubo desconcierto. No tuvo tiempo de asimilarlo. Solo tuvo tiempo de experimentar el más absoluto de los asombros al comprobar que un hombre pudiera ser tan grande y estar tan duro, y que aun así su cuerpo fuera capaz de acogerlo. En ese instante él comenzó a moverse, se retiró hasta salir casi por completo de ella y volvió a penetrarla hasta el fondo; lo hizo una y otra vez, cada vez más rápido y con más fuerza, hasta que todo su cuerpo se tensó, dejó escapar un grito y cayó sobre ella con todo su peso. Judith lo envolvió con sus brazos. Estaba acalorado y tenía la piel resbaladiza por el sudor.

Y fue entonces cuando llegó el desconcierto. Su virginidad había desaparecido. Así, sin más. Y con el desconcierto llegó la comprensión. La comprensión no solo de lo que sucedía entre un hombre y una mujer, sino de lo que se sentía. Había resultado decepcionante. Hasta cierto punto. En parte se sentía maravillada. Había yacido con un hombre. No pasaría la vida sin conocer la más básica de las experiencias humanas. Había yacido con él. Aún estaba acostada bajo su cuerpo, con los pechos aplastados bajo su torso, los muslos en torno a sus musculosas piernas y su… esa parte de él aún en su interior.

No se arrepentía. Y si era el vino el que estaba hablando, ya se encargaría al día siguiente de decirle unas cuantas cosas. No se arrepentía. Jamás se arrepentiría. Ralph la había acariciado, la había hecho disfrutar, había logrado que se sintiera tan femenina y hermosa como nunca antes lo había hecho nadie; todos habían hecho lo contrario, más bien. Y además, se había acostado con él y lo había complacido. Se dio cuenta de que estaba dormido. Pesaba mucho. Le costaba trabajo respirar. No tardaría en tener calambres en las piernas. No le cabía duda de que estaría muy sensible en ese lugar. Y sin embargo no deseaba que él se despertara. Así pues, abrazó con fuerza a su magnífico sueño robado.

Una vez que Rannulf despertó y se apartó de ella excusándose por haberle aplastado todos los huesos del cuerpo, Claire Campbell se marchó un instante. Podía escuchar cómo se lavaba tras el biombo y esbozó una sonrisa al tiempo que entrelazaba las manos tras la cabeza. Una amante quisquillosa. No tardaría en tenerla de nuevo húmeda y exudando olor a sexo.

Era fantástica. Su cuerpo y su pelo eran de por sí suficientes para mantener en un estado de perpetua excitación a cualquier hombre de sangre caliente, pero había mucho más en esa mujer además de sus atributos. Estaban sus ojos, que reflejaban esa mirada lánguida de párpados entrecerrados cuando estaba excitada; sus dientes perfectos, y esa voz ronca y seductora. Y sus habilidades interpretativas y sus sonrisas y su risa… Y su conocimiento de las reglas relativas a una aventura.

Una actriz con semejante atractivo y experiencia bien podría haber tomado el control de su encuentro, de modo que hubieran acabado librando una batalla de deseos y voluntades para establecer el dominio y el control durante su primera experiencia como amantes. Tenía la certeza de que lo habría disfrutado —¿cómo podría alguien no disfrutar de un revolcón con una mujer como Claire Campbell?—, aunque no tanto como el juego que él mismo había puesto en práctica y al que ella se había amoldado. El juego de la seducción lenta y pausada.

Mientras le cepillaba esa gloriosa melena pelirroja, la muchacha se había sentado en la cama como una virgen recatada y el deseo lo había inundado como la crecida de un río que lo arrasara todo a su paso tras haber roto el dique. Claire le había permitido liderar cada paso del camino, si bien él había sido consciente del creciente deseo que la embargaba, así como de sus pezones erectos y de la humedad que evidenciaba su estado de excitación. Su orgasmo había estallado con fuerza y le había resultado halagador. Muchas mujeres lo fingían e imaginaban que sus amantes no se percataban del engaño. La autenticidad de su clímax le había otorgado el permiso para alcanzar el suyo propio con rapidez, sin sentirse tan desmañado como un escolar en plena efervescencia sexual.

La muchacha salió de detrás del biombo y rodeó la cama hacia el lugar que estaba vacío. Rannulf sintió que se le secaba la boca al verla. Su mayor pesar radicaba en el hecho de que fuese una aventura de una sola noche. Necesitaría todo un mes cuando menos para explorar por completo las delicias de ese cuerpo y saciar el apetito que despertaba en él.

—No te acuestes —le dijo—. Arrodíllate sobre el colchón.

Ella lo obedeció y se arrodilló frente a él, mirándolo con una expresión interrogante. El fuego había quedado reducido a unos rescoldos incandescentes, pero la luz de las dos velas aún parpadeaba en la habitación.

—Vamos a jugar —le dijo al tiempo que extendía un brazo para tomarla de la mano.

—Muy bien —accedió Claire con seriedad.

Rannulf rió por lo bajo.

—Ya hemos acabado con la señorita Remilgada —le dijo—. Ha sido exquisito, debo admitirlo. Te prometo que no suelo mostrarme tan… frenético en mis relaciones. Solo fue el efecto que tu serena obediencia tuvo en mí. Ya te he tomado según mis deseos. Ahora te toca a ti. ¿Qué te gustaría hacer?

Claire lo contempló durante un buen rato. Incluso la inmovilidad y esa expresión serena eran capaces de excitarlo.

—No lo sé —contestó al fin.

—¿Tan vasto es tu arsenal? —Rannulf le sonrió—. Ojalá la noche durara un mes para que pudieras desplegarlo todo conmigo. ¿Crees que un mes sería suficiente? Decídete. Soy todo tuyo. Tu esclavo, si así lo deseas. Haz lo que quieras conmigo. Hazme el amor, Claire. Disfruta del sexo conmigo. —Extendió los brazos y las piernas sobre el colchón.

La muchacha permaneció inmóvil durante un tiempo. Sin embargo, sus ojos lo recorrieron de arriba abajo con los párpados entornados, comprobó Rannulf mientras la observaba. Hubo un instante en que se lamió los labios; la punta de su lengua se movió muy despacio desde una comisura hasta la otra.

Era mucho más lista y bastante más experimentada de lo que él había supuesto. Había imaginado que se lanzaría sobre él y lo sometería a un buen número de exquisitas y descaradas torturas sexuales que los llevaran a un estado de frenesí precoital. Ya se había percatado de que su forma de vestir era discreta. Lo mismo sucedía con su comportamiento. Rannulf se sintió arder poco a poco bajo ese lánguido escrutinio, estremeciéndose por adelantado.

Y en ese momento Claire se inclinó sobre él y lo tocó con las yemas de los dedos, que estaban frías a causa del agua con la que acababa de lavarse. Le tocó la frente y deslizó los dedos entre su pelo. Deslizó las yemas por su rostro, dejando que el índice trazara el perfil aguileño de su nariz —un legado familiar que compartía con la práctica totalidad de sus hermanos— y después recorrió con suavidad el contorno de sus labios antes de apoyar ambas manos sobre sus hombros e inclinar la cabeza para besarlo en la boca. Oculto por su melena pelirroja, Rannulf sintió el movimiento de su lengua sobre los labios y en cuanto los separó, la muchacha no dudó en hundirse en su boca. Resistió el deseo de succionarla. Debía interpretar un papel pasivo durante un tiempo; un tiempo bastante largo, esperaba. No tenía muy claras las intenciones de Claire, pero hasta ese momento le estaba encantando el jueguecito. Tal vez estuviera haciendo lo mismo que él había hecho con ella: seduciéndolo con lentitud. Y lo estaba consiguiendo. Se sentía embriagado por el placer.

Las manos y la boca de Claire —junto con la lengua y los dientes— descendieron despacio por su cuerpo, deteniéndose allí donde él daba la más ligera muestra de satisfacción. ¡Menuda bruja! Como si no conociera al dedillo todas y cada una de las zonas erógenas de un hombre. Succionó sus pezones y deslizó la lengua sobre ellos con mucha suavidad, hasta que Rannulf estuvo a punto de dar un brinco y acabar con el juego sin ni siquiera haber llegado a la culminación que ella estaba buscando. Permaneció inmóvil y se concentró en respirar.

La muchacha cubrió cada centímetro de su cuerpo con sus livianas, frescas y eróticas caricias, salvo aquel lugar que había vuelto a la vida y que había alcanzado toda su dureza y longitud mucho antes de que ella hubiera acabado. Cuando pasó junto a él lo esquivó. ¡Qué mala pécora! Cada vez le costaba más trabajo controlarse para no jadear.

Y entonces lo tocó allí, tomándolo por completo entre sus frías manos. Al principio lo sostuvo con tanta delicadeza que

Rannulf estuvo a punto de explotar, pero al instante tomó confianza y lo rodeó con los dedos para acariciarlo y deslizar el pulgar sobre la sensible punta.

—¿Te gusta? —le preguntó en un murmullo gutural que estuvo a punto de hacerle rebasar el límite.

—No sabes cuánto, maldita sea —contestó.

Claire giró la cabeza para mirarlo con una sonrisa, se incorporó sobre las rodillas y se colocó el pelo tras los hombros con ambas manos. Permaneció en la misma postura durante un buen rato, sin dejar de mirarlo a los ojos.

—No quiero hacer el resto sola —le dijo.

Liberado de las restricciones que el juego le había impuesto, Rannulf extendió ambos brazos y le rodeó la cintura con las manos para alzarla y dejarla a horcajadas sobre sus caderas. La mantuvo así un momento, deslizando las manos por esas maravillosas curvas mientras ella seguía erguida, con las piernas separadas.

—Vamos, pues —le dijo—. Llévame a tu interior y cabalguemos juntos. Te prometo que será una cabalgada maravillosamente larga. ¿Te gusta cabalgar?

La expresión de la muchacha se tornó de repente seria y a la par incitante.

—Me gusta cabalgar contigo —tras un breve silencio.

¡Menuda bruja! Como si él significara algo para ella. No obstante, sus palabras lograron el efecto deseado.

Era una seductora consumada. O tal vez supiera que las pausas podían resultar tan eróticas como los movimientos. Pasaron apenas unos momentos hasta que ella lo tomó con cuidado con una mano, se colocó en la posición adecuada, apartó la mano y descendió hasta quedar firmemente empalada sobre él. Rannulf la observó y escuchó cómo respiraba hondo. Con una mujer insignificante podría haber sospechado que no era más que una argucia deliberada para hacerle un cumplido a su tamaño. Con ella, sospechaba que el placer era genuino.

Claire se inclinó sobre él, se apoyó sobre las manos y su pelo volvió a ocultarlo como una cortina. Clavó los ojos en los suyos y Rannulf le sujetó las caderas con más firmeza.

—Móntame, pues —le dijo—. Seré una montura mansa bajo tu cuerpo. Tú impondrás el ritmo y la velocidad. Tú decidirás el destino y la distancia que recorreremos antes de llegar. Que sea una larga distancia.

—Cien kilómetros —replicó ella.

—Mil.

—Más.

En un principio comenzó a moverse muy despacio, sintiéndolo en su interior, ajustando su posición para la cabalgada, tensando sus músculos internos en torno a él hasta descubrir el ángulo perfecto. Y después lo montó con más firmeza, dejando que su miembro se hundiera en ella cada vez más, cada vez más confiada. Rannulf jamás se había encontrado con una habilidad tan engañosamente candorosa en ninguna otra mujer. Bien podría ser que Claire le impidiera disfrutar de ninguna otra en el futuro, pensó mientras se acomodaba a su ritmo y alzaba las caderas en contrapunto, embistiéndola cuando ella descendía y saliendo de su cuerpo en cada ascenso; rotando y ajustando su posición para afianzarla sobre él y aumentar su placer sin apartar las manos de sus caderas. Estaba muy excitada y la humedad de su cuerpo lo atraía sin remedio. No tardó en escuchar los eróticos sonidos que esa humedad provocaba con cada movimiento… y los jadeos con los que ambos respiraban. Esa muchacha sabía muy bien cómo utilizar sus músculos internos para excitarlo y llevarlo al borde del clímax sin catapultarlo antes de tiempo.

Rannulf la esperó. Esperó mucho tiempo; habría podido esperarla toda una eternidad de ser necesario. Claire había puesto en marcha un juego exquisito y lento, y él era capaz de mantenerse a su altura durante toda la noche, devolviendo caricia por caricia. Sin embargo, la muchacha se tensó a la postre, apoyó todo su peso sobre las rodillas y la parte inferior de las piernas, cerró los ojos y dejó que las yemas de sus dedos le rozaran el abdomen. Mientras la observaba, se percató de que ella estaba al borde del orgasmo; en realidad llevaba ya un rato al borde, pero no era capaz de alcanzarlo. A diferencia de otras mujeres, no iba a fingir un clímax para halagar sus habilidades ni para dar por terminado el encuentro.

Rannulf apartó una mano de sus caderas y la introdujo entre sus cuerpos, tras lo cual extendió un dedo hasta encontrar el lugar que buscaba y acariciarlo ligeramente.

Claire echó la cabeza hacia atrás mientras su cabello se deslizaba por su espalda como una nube de color cobrizo, tensó todos los músculos y dejó escapar un grito. Rannulf la sujetó por las caderas con más fuerza y se introdujo en ella con un par de poderosas arremetidas que le hicieron alcanzar su propio clímax con un gruñido.

—Al menos dos mil kilómetros —le dijo cuando ella alzó la cabeza y lo miró como si no supiera muy bien dónde se encontraba en ese instante.

—Sí —replicó la muchacha mientras tiraba de ella para girarse en la cama y dejarla tendida a su lado. Acto seguido inclinó la cabeza y le dio un profundo y tierno beso.

—Gracias —le dijo—. Eres maravillosa.

—Y tú también —dijo ella a su vez—. Gracias, Ralph.

La miró con una sonrisa. Le encantaba escuchar el sonido de su nombre en sus labios.

—Creo —comentó— que te has ganado un sueñecito.

—Sí —asintió Claire—. Pero no muy largo.

—¿No?

—Quiero seguir jugando —replicó.

De no haber estado tan exhausto, habría tenido otra erección en ese mismo instante. En cambio, rió por lo bajo.

—En ese sentido —le dijo—, estoy dispuesto a complacerla siempre, señora. Bueno, casi siempre. Antes debemos dormir o no habrá nada con lo que jugar.

La muchacha soltó una pequeña carcajada y Rannulf la rodeó con los brazos antes de arroparlos a ambos con las mantas y quedarse dormido con una sonrisa en los labios. Su último recuerdo consciente fue el repiqueteo de la lluvia en los cristales.

4

La lluvia caía con fuerza contra las ventanas. No había parado en toda la noche. Sin duda sería imposible viajar esa mañana. Tal vez les quedara un poco más de tiempo, después de todo.

Judith no abrió los ojos. Yacía apoyada a medias sobre la espalda y el costado, con un cálido brazo bajo el cuello y el otro apoyado pesadamente sobre su cintura. Tenía las piernas enredadas con otro par de piernas. La respiración de Ralph era profunda, aún estaba dormido. Olía a colonia, a sudor y a hombre. Por curioso que pareciera, resultaba una mezcla agradable.

Debía de haber estado bastante ebria la noche anterior, porque de otra manera jamás se le habría pasado siquiera por la cabeza hacer lo que había hecho. Esa mañana estaba sobria y tenía un ligero dolor de cabeza como recordatorio de que había bebido más de la cuenta. Esa mañana comprendía la gravedad de lo que había hecho. No era solo la cuestión de que se hubiera convertido en una mujer deshonrada; eso le importaba un comino, dado que en breve se convertiría en una pariente acogida y en una solterona marchita. Lo que más le preocupaba era que a partir de ese instante sabría lo que se iba a perder durante el resto de su vida. La noche pasada había creído que los recuerdos bastarían. Esa mañana no estaba tan segura.

Y esa mañana también había pensado en algo más... ¡Señor! No había duda de que había estado muy ebria. Bien podría haberse quedado encinta durante cualquiera de los cuatro encuentros de la noche anterior. Con ese pensamiento llegó el pánico, pero intentó mantenerlo a raya concentrándose en respirar con calma. Bueno, no tardaría en enterarse. Su período tenía que llegar en los próximos días. Si no sucedía nada…

Ya pensaría en eso más tarde.

Desde luego había sido una noche gloriosa. El hecho de que él la creyera una actriz y una cortesana con experiencia había conseguido que se metiera en el papel como nunca antes. Las cuatro copas de vino también habían ayudado, de eso no cabía duda. Apenas podía dar crédito a las cosas que había hecho, a las cosas que él le había hecho, a las cosas que habían hecho juntos y a la increíble diversión de todo el proceso. Y a los exquisitos placeres sensuales.

Jamás había sospechado que Judith Law fuera capaz de desentenderse de toda una vida de estrictas normas morales para convertirse en una desvergonzada. Escuchó la lluvia y deseó que no parara. Todavía no.

Ralph suspiró contra su oreja y después se desperezó sin separarse de ella.

—Mmm —murmuró—, me alegra descubrir que no fue solo un sueño delicioso.

—Buenos días. —Giró el rostro para mirarlo y luego se ruborizó ante la absurda formalidad de esas palabras.

—Sin duda son buenos. —Sus ojos azules la contemplaron con expresión relajada—. ¿Es la lluvia lo que escucho caer contra el cristal?

—Me atrevería a decir —respondió ella— que ningún carruaje se aventurará a viajar por los caminos mientras continúe. ¿Arriesgarías la seguridad de tu caballo o la tuya propia?

—Ninguna de las dos. —Sus ojos se tornaron risueños—. Supongo que eso significa que estamos atrapados aquí durante lo que queda de día y es probable que también otra noche, Claire. ¿Puedes imaginarte un destino más terrible?

—Tal vez si pusiera mucho empeño… —contestó ella, observando la sonrisa que aparecía en el rostro de Ralph.

—Vamos a morir de aburrimiento —predijo él—. ¿Cómo vamos a pasar el tiempo?

—Tendremos que poner nuestra mente a funcionar para solucionar el problema —le respondió con un tono de voz deliberadamente serio—. Tal vez juntos encontremos una solución.

—Si no se nos ocurre nada —comentó él con un suspiro—, no nos quedará otro remedio que quedarnos en la cama y matar las aburridas horas aquí mismo hasta que escampe y los caminos comiencen a secarse.

—Qué aburrido —dijo ella.

Ralph la miró a los ojos.

—Aburrido —repitió él con voz grave—. Sí, sin duda alguna.

Ella comprendió de golpe lo que quería decir, se sonrojó y luego soltó una carcajada.

—El doble sentido fue accidental —le dijo.

—¿Qué doble sentido? —Ella volvió a reír—. De todas formas —comentó él al tiempo que le quitaba el brazo de debajo de la cabeza y se apartaba de ella para sentarse en el borde de la cama—, la parte aburrida del día tendrá que esperar. Abogo por el desayuno. Podría comerme una vaca. ¿Tienes hambre?

La tenía. Mucha. Ojalá tuviera más dinero. Él había pagado la habitación y la cena, y era de suponer que estaba dispuesto a hacer lo mismo esa noche. No podía esperar que siguiera haciendo frente a sus gastos durante todo el día.

—Me bastará con una taza de té —contestó ella.

Ralph se levantó de la cama y se desperezó al tiempo que se giraba para mirarla, ajeno al parecer a su desnudez. Pero claro, ¿por qué debería preocuparse? Tenía un cuerpo increíble. Judith no pudo evitar devorarlo con la mirada.

—Eso no es muy halagador —dijo él mientras la contemplaba con una sonrisa bastante burlona—. Se supone que el buen sexo lo deja a uno hambriento. ¿Y lo único que quieres es una taza de té?

Esa palabra, «sexo», nunca había sido pronunciada en voz alta en la rectoría ni en ningún grupo de personas del que ella hubiera formado parte. Era una palabra que siempre había evitado, incluso en sus pensamientos, reemplazándola con eufemismos. Él la había pronunciado como si formara parte de su día a día... algo que era de lo más probable.

—Sí que ha sido bueno. —Se sentó poniendo mucho cuidado en sujetar la sábana sobre el busto y bajo los brazos, y se abrazó las rodillas—. Lo sabes de sobra.

Él la contempló con detenimiento unos instantes.

—¿Cuán vacía está tu bolsa? —le preguntó.

Judith sintió que se ruborizaba de nuevo.

—Verás, no tenía previsto parar en el camino —explicó—. Solo traje conmigo lo que estimé necesario para un viaje sin interrupciones. Siempre se corre el riesgo de que asalten el carruaje.

—¿Cómo es posible que una actriz de tu talento esté tres meses sin trabajar? —inquirió.

—Bueno, no estaba sin trabajo —le aseguró—. Me tomé un tiempo de descanso porque estaba… estaba harta de encontrarme siempre lejos de casa. Lo hago de vez en cuando. Y sí tengo dinero. El problema es que no lo traje conmigo.

—¿Dónde está tu casa? —le preguntó.

Sus miradas se encontraron.

—Por ahí —contestó—. Es privado. Mi lugar de descanso. Jamás digo dónde está.

—Déjame adivinar —dijo él—: eres una mujer independiente y orgullosa que no permite que ningún hombre la proteja ni la mantenga.

—Exacto —le aseguró. Ojalá fuera verdad…

—Entonces esta ocasión va a ser una especie de excepción —afirmó Ralph—. No te ofreceré dinero por tus servicios. Creo que el deseo y el placer que hemos obtenido al satisfacerlo han sido mutuos. Pero sí pagaré tu hospedaje durante el tiempo que estemos aquí. No tienes que matarte de hambre a base de té y agua.

—¿Puedes permitírtelo? —le preguntó.

—Siempre he creído —respondió él— que cualquier salteador que decidiera atacarme tendría que estar mal de la cabeza; y en caso de que no fuera así, desde luego que lo estaría cuando acabara con él. No viajo con la bolsa vacía. Puedo permitirme pagar tu desayuno y cualquier otra comida durante el tiempo que estemos aquí.

—Gracias. —No podía insinuar que se lo devolvería en un futuro. Jamás tendría dinero suficiente.

—Y ahora —insistió él— dime si fui lo bastante bueno anoche como para que estés hambrienta esta mañana.

—Famélica. —Le sonrió—. Fuiste muy bueno, como muy bien sabes.

—Ajá —murmuró Ralph al tiempo que se inclinaba un poco hacia ella—, otro rasgo humano. Tienes un hoyuelo junto a la comisura derecha de los labios.

Semejante comentario logró que recuperara la seriedad. Ese era el triunvirato que la había asolado durante la infancia: una pecosa cabeza de color zanahoria con un hoyuelo.

—Es absolutamente encantador —le aseguró él—. Voy a asearme y a vestirme antes de bajar, Claire. Puedes reunirte conmigo cuando estés lista. Bien podemos comer en el comedor público esta mañana y ver algo de mundo. Va a ser un día muy largo.

Judith esperaba que se alargara una eternidad. Se abrazó las rodillas con fuerza cuando él desapareció tras el biombo.

A Rannulf se le ocurrió que el destino le había repartido una mano muy buena. Por regla general, quedarse atrapado en la posada de un pueblecito debido a las inclemencias del tiempo habría sido la peor de las pesadillas. En cualquier otra circunstancia, la inactividad lo habría vuelto loco y lo habría llevado a intentar encontrar el modo de que tanto él como su caballo llegaran sanos y salvos a casa de su abuela a pesar del peligro. Se daba perfecta cuenta de que no estaba a más de treinta kilómetros de Grandmaison Park.

No obstante, las circunstancias eran las que eran, y le aliviaba saber que su abuela ni siquiera sabía que estaba de camino, aunque la anciana siempre esperaba su llegada pocos días después de su convocatoria. Si lo deseaban, podría retrasar su llegada al menos una semana sin que se movilizara a todos los alguaciles de la zona para que salieran en su busca.

Cuando apareció en el comedor de la planta baja, Claire

Campbell llevaba un vestido de algodón verde pálido, aún más sencillo que el de muselina del día anterior. Se había peinado el cabello de modo tirante sobre la coronilla para trenzarlo y recogerlo a la altura de la nuca. Rannulf se había acostumbrado a la forma en que ella evitaba resaltar sus encantos. Sin duda era una actriz con clase, decidió al tiempo que se ponía en pie y la saludaba con una reverencia.

Dieron cuenta del copioso desayuno sin prisas, charlando sobre asuntos sin importancia hasta que el posadero les llevó más tostadas y se quedó para discutir la situación de la agricultura y la bendición que suponía la lluvia tras tantas semanas de caluroso y seco verano. Más tarde, su esposa les llevó té recién hecho y se quedó a hablar sobre el horrible clima y todo el trabajo extra que conllevaba para las mujeres, que debían limpiar el suelo sin cesar porque sus maridos y sus hijos, sin importar lo mucho que se los amonestara o se los persiguiera con una escoba, insistían en salir bajo la lluvia, aunque no tuvieran nada que hacer, para después dejar el suelo limpio lleno de agua y lodo. Aunque, según dijo la mujer, perseguirlos con la escoba solo empeoraba la situación, porque en lugar de salir de la casa corrían por ella en busca de refugio; y en caso de que salieran, acababan por volver y todo empezaba de nuevo.

Claire rió y se compadeció de ella.

No pasó mucho tiempo antes de que el posadero y su mujer se aposentaran en sendas sillas y la esposa se sirviera una taza de té mientras el hombre bebía de un pichel de cerveza, ambos dispuestos a mantener una larga conversación.

Rannulf encontraba de lo más gracioso el hecho de estar sentado a una mesa en una posada, que jamás podría calificarse de elegante por mucho que la imaginación lo intentara, mientras confraternizaba con los criados. Bewcastle, su hermano el duque, los habría convertido en dos témpanos de hielo con una sola mirada. Habría cortado de un plumazo sus pretensiones con el mero gesto de un dedo o con una ceja arqueada. Claro que bastaría con una mirada a Bewcastle para que nadie por debajo del rango de barón se atreviera a soñar siquiera con levantar la vista del suelo en su presencia a menos que él se lo indicara.

—¿Por qué —preguntó de repente el posadero— viajaba la señora Bedard en el carruaje mientras que usted iba a caballo, señor?

—Nos picaba la curiosidad —explicó su esposa.

Rannulf buscó la mirada de Claire, que estaba sentada frente a él. Tenía las mejillas encendidas.

—¡Santo Dios! —exclamó—, será mejor que se lo digas tú, Ralph.

Pero ella era la actriz. ¿Por qué no podía inventarse una historia creíble? La contempló unos minutos, pero Claire se limitó a devolverle la mirada con la misma expectación que la otra pareja. Rannulf se aclaró la garganta.

—No tuve en cuenta la delicada sensibilidad de mi esposa durante nuestro almuerzo de bodas —explicó sin apartar la mirada de ella—. Algunos de nuestros invitados habían bebido demasiado vino y unos cuantos (mis primos, de hecho) hicieron algunos comentarios indecentes. Por muy avergonzado que me sintiera, me reí. Mi flamante esposa no lo hizo. Nos informó de que salía un instante y no fue hasta más tarde que descubrí que había huido en nuestra noche de bodas.

El rubor de las mejillas de Claire se intensificó.

—¿Lo ves? —dijo la mujer del posadero al tiempo que le daba un codazo en las costillas—. Te dije que acababan de echarse las bendiciones.

—La alcancé ayer por fin —continuó Rannulf mientras la veía morderse el labio—. Me alegra informarles que me han concedido el perdón por haberme reído cuando no debía y que ahora todo está bien.

La muchacha abrió los ojos de par en par.

La mujer del posadero giró la cabeza para mirar a Claire con una sonrisa tierna.

—Ni caso, palomita —le dijo—. La primera vez es la peor. Aunque para ser sincera no escuché sollozos y no veo rastros de lágrimas esta mañana, así que me atrevo a decir que no fue tan malo como creyó. Espero que el señor Bedard sepa cómo hacerlo bien.

—Se echó a reír con aire conspiratorio y Claire se unió a la mujer.

Rannulf miró con azoramiento al posadero, que lo miró a su vez con idéntica expresión.

Claire y Rannulf salieron al patio tras el desayuno, si bien le sorprendió que la muchacha le pidiera acompañarlo. Rannulf quería ver a su caballo para asegurarse de que no se había hecho daño el día anterior y de que había sido atendido como correspondía. Quería cepillarlo y darle de comer él mismo esa mañana. Claire se puso los botines y la capa, se alzó la capucha y ambos cruzaron el patio descubierto a la carrera, intentando pisar sobre los montones de hierba y así evitar el barro y el estiércol en la medida de lo posible.

La muchacha se sentó sobre un montón de heno limpio mientras él trabajaba. Se había quitado la capucha y se abrazaba las rodillas.

—Menuda historia —comentó.

—¿Te refieres a la de la novia timorata? A mí también me lo pareció. —Le sonrió.

—La posadera en persona va a limpiar nuestras habitaciones y a asegurarse de que se enciende el fuego en las chimeneas de las dos estancias —le informó—. Debe de ser un gran honor que nos atienda ella en lugar de la criada. No me parece justo engañarlos, Ralph.

—¿Acaso preferirías decirles la verdad? —inquirió él. Su caballo no parecía estar en mal estado, si bien no cesaba de resoplar, inquieto. Quería salir y hacer ejercicio.

—No —contestó—. Eso tampoco sería justo. Rebajaría la categoría de su establecimiento.

Él arqueó las cejas, pero no dijo nada.

—¿Cómo se llama tu caballo? —le preguntó.

—Bucéfalo —respondió Rannulf.

—Es precioso.

—Sí.

Guardaron silencio mientras él terminaba de cepillar al caballo, sacaba el heno sucio del establo para sustituirlo por heno limpio y le daba de comer y de beber al animal. Era algo de lo más sorprendente. A la mayoría de las mujeres que conocía les encantaba parlotear, con la notable excepción de su hermana Freyja. Claro que Freyja era una excepción a la mayoría de las reglas. El silencio entre ellos era cómodo. No se sentía cohibido ante el sereno escrutinio de la muchacha.

—Te gustan los caballos —afirmó Claire una vez que él hubo terminado y se apoyó contra un puntal de madera con los brazos cruzados—. Tienes manos delicadas.

—¿En serio? —Esbozó una media sonrisa—. ¿A ti no te gustan los caballos?

—No he tenido mucho contacto con ellos —admitió la muchacha—. Creo que les tengo un poco de miedo.

Sin embargo, antes de que pudieran profundizar la conversación, apareció un mozo de cuadra para informarles que la mujer del posadero les había preparado una jarra de chocolate caliente que los esperaba en el comedor, de modo que atravesaron de nuevo el patio a toda carrera y sorteando una vez más los charcos. La lluvia parecía caer con menos fuerza.

Se sentaron y hablaron durante unas dos horas hasta que el almuerzo estuvo preparado. Hablaron acerca de los libros que habían leído y acerca de la guerra, recién acabada con la derrota y captura de Napoleón Bonaparte. Rannulf le habló de sus hermanos y hermanas sin decirle exactamente quiénes eran. Le habló de Wulfric, el mayor; de Aidan, el oficial de caballería que había vuelto a casa de permiso, se había casado y había decidido abandonar el ejército; de Freyja, que había estado a punto de comprometerse dos veces con el mismo hombre, pero que lo había perdido a manos de otra mujer el pasado año y que estaba hecha una furia desde entonces; de Alleyne, su apuesto hermano menor; de Morgan, la pequeña, la hermana que al parecer iba a ser más hermosa de lo que cualquiera tendría derecho a ser.

—A menos —añadió— que tuviera el cabello del color del fuego, ojos verdes y piel de porcelana. —Y el cuerpo de una diosa, añadió para sus adentros—. Háblame de tu familia.

Ella le habló de sus tres hermanas: Cassandra, la mayor; Pamela y Hilary, que era la pequeña. Y también le habló de su hermano, Branwell. Sus padres aún vivían. Su padre era un clérigo, hecho que explicaba por qué se había apartado de su familia. ¿Qué habría motivado a la hija de un clérigo a convertirse en actriz? No formuló la pregunta y ella no le ofreció información al respecto.

Para cuando terminaron de almorzar, la lluvia se había convertido en una ligera llovizna. Si cesara en la próxima hora, los caminos estarían transitables para el día siguiente. La idea resultaba en cierta forma deprimente. El día parecía estar pasando demasiado deprisa.

—¿Qué podemos hacer para divertirnos en este pueblo? —le preguntó a la posadera cuando esta se acercó para retirar los platos; al parecer los consideraban demasiado importantes para que los atendiera la criada. La criada en cuestión estaba ocupada sirviéndoles cerveza a los parroquianos en la taberna contigua.

—No hay mucho que hacer en un día como este —contestó la mujer al tiempo que se enderezaba, colocaba los brazos en jarras y fruncía el ceño en un gesto de concentración—. No es día de mercado. Lo único que hay es una iglesia, y tampoco es nada del otro mundo.

—¿Hay tiendas? —le preguntó Rannulf.

—Bueno, está la tienda de abastos al otro lado del prado —contestó con jovialidad—, la sombrerería está a su lado y la herrería va después. Aunque no creo que usted necesite los servicios del herrero.

—Nos conformaremos con la tienda de abastos y la sombrerería —respondió él—. Tengo intención de comprarle a mi esposa un bonete nuevo, dado que se escapó sin ninguno.

El de Claire, al menos el único que había llevado consigo, se había quedado olvidado dentro del carruaje, o eso le había dicho antes.

—¡Ni hablar! —protestó—. De verdad que no tienes por qué hacerlo. No podría permitir que...

—Acepte cualquier cosa que le ofrezca, palomita —le aconsejó la posadera con un guiño—. Me atrevería a decir que se lo ganó anoche.

—Además —agregó Rannulf—, se supone que las esposas no

63

deben cuestionar la forma en la que sus maridos gastan el dinero, ¿no es cierto?

—No mientras se lo gasten en ellas. —La mujer se echó a reír de buena gana y desapareció con los platos.

—No puedo permitir que… —comenzó Claire.

Él se inclinó sobre la mesa y colocó una mano sobre las suyas.

—Es más que posible —le dijo— que todos los bonetes de la tienda sean horrendos. Pero de todas maneras iremos a verlos. Quiero comprarte un regalo. No cabe la menor duda de que te lo has ganado. Un regalo no es más que un regalo.

—Pero yo no tengo dinero para comprarte uno —protestó ella.

Él enarcó una ceja y se puso de pie. Resultaba evidente que era una mujer orgullosa. Sería capaz de volver locos a unos cuantos protectores en potencia si alguna vez le daba por asaltar los salones de los teatros de Londres.

Todos los bonetes que estaban a la vista en la sombrerería eran de hecho horrendos. Pero cualquier esperanza que hubiera albergado Judith de evitar la mortificación que supondría recibir un regalo se esfumó cuando la señorita Norton desapareció en la trastienda para luego salir con un bonete en las manos.

—Este —dijo, evaluando a Ralph con la mirada— lo he guardado para un cliente especial.

Judith se enamoró a primera vista. Era un bonete de paja con un ala pequeña y cintas bermejas. En la parte superior del ala, donde se unía con el casco, había una hilera de flores de seda con los intensos colores del otoño. Aunque no por ello era un bonete recargado. La sencillez era su mayor atractivo.

—Y resalta la complexión de la señora —comentó la señorita Norton.

—Pruébatelo —le dijo Ralph.

—Pero…

—Pruébatelo.

Ella así lo hizo, ayudada por las ágiles manos de la señorita Norton, que le ató las anchas cintas en el lado izquierdo de la barbilla y luego sacó un espejo de mano para que Judith pudiera contemplarse.

Sí, era precioso. Podía ver su cabello bajo el bonete, tanto por delante como por la parte posterior. Todos los bonetes que había poseído los había elegido su madre con toda deliberación —aunque contaba con su total beneplácito— para esconder la mayor cantidad de su pelo color zanahoria que fuera posible.

—Nos lo llevamos —anunció Ralph.

—Pero... —Se dio la vuelta para mirarlo a la cara.

—No se arrepentirá, señor —afirmó la señorita Norton—. Hace que la belleza de la señora roce la perfección.

—Sin duda —convino él al tiempo que sacaba un monedero repleto del bolsillo interior del abrigo—. Nos lo quedamos. Se lo llevará puesto.

Judith tragó saliva con incomodidad. No estaba permitido que una dama aceptara un regalo de un caballero que no fuera su prometido. E incluso en ese caso...

¡Qué tontería! Menuda estupidez pensar en lo que haría una dama después de la noche pasada. Y el bonete era la cosa más bonita que había poseído en toda su vida.

—Gracias —le dijo y fue entonces cuando se percató de la cantidad de billetes que le estaba tendiendo a la señorita Norton. Judith cerró los ojos, horrorizada, y sintió el placer contradictorio que suponía poseer algo nuevo, caro y encantador—. Gracias —repitió cuando salieron de la tienda y él abrió sobre sus cabezas el enorme y viejo paraguas que el posadero había insistido en prestarles para cruzar el pantanoso prado que se extendía entre la posada y las tiendas—. Es increíblemente hermoso.

—Aunque queda del todo eclipsado por su dueña —le dijo—. ¿Vamos a ver qué nos ofrece la tienda de abastos?

El establecimiento tenía prácticamente de todo, y la mayoría de los productos eran baratos, chillones y de un gusto execrable. Sin embargo, lo miraron todo, pegados el uno al otro, mientras sofocaban la risa ante los artículos más espantosos. Después, el tendero se enzarzó con Rannulf en una discusión acerca del tiempo, que empezaba a mejorar por fin. El sol brillaría por la mañana, predijo el hombre.

Judith sacó su monedero del bolso de mano y contó a toda prisa las monedas. Sí, tenía lo justo. Aunque esperaba que el coche de postas la llevara a casa de su tía al día siguiente sin mayores dilaciones, ya que no le quedaría nada para comer. Pero no le importaba. Cogió una cajita de rapé de una estantería y la llevó al mostrador. Se habían reído al verla porque tenía una cabeza de cerdo especialmente horrorosa en la tapa. Pagó el importe mientras Ralph se afanaba por cerrar el paraguas, dado que no lo necesitarían en el trayecto de vuelta a través del prado.

Le dio el regalo a la salida de la tienda. Él se echó a reír cuando lo desenvolvió.

—¿Y esto es la medida de la estima que sientes hacia mí? —le preguntó.

—Tal vez así me recuerdes cada vez que disfrutes de un buen estornudo —le contestó.

—Ya lo creo —le dijo al tiempo que se abría el abrigo para guardar la cajita con sumo cuidado en el bolsillo— que te recordaré, Claire. Pero atesoraré tu regalo. ¿Gastaste hasta la última moneda que tenías?

—No, por supuesto que no —le aseguró.

—Mentirosa. —Enlazó su brazo con el de ella—. Casi ha pasado la tarde y el aburrimiento todavía no nos ha conducido de vuelta a la cama. Aunque me parece que está a punto de hacerlo. ¿Crees que encontraremos tedioso el tiempo que pasemos allí?

—No —respondió ella, que se sintió de pronto sin aliento.

—Soy de la misma opinión —afirmó él—. El posadero y su encantadora señora nos han estado alimentando bien. Tendremos que encontrar el modo de abrir el apetito para hacerle justicia a la cena que sin duda nos están preparando. ¿Se te ocurre alguna manera de conseguirlo?

—Sí —respondió ella.

—¿Solo una? —Chasqueó la lengua.

Judith sonrió. Se sentía hermosa con su nuevo bonete, el regalo que ella le había hecho descansaba en su bolsillo y regresaban a la posada… a la cama. Tenían el resto de la tarde y la noche por delante. Haría que durara una eternidad.

Levantó la vista hacia el cielo, pero ya se veían claros entre las nubes y comenzaba a aparecer el cielo azul. No miraría. Aún faltaban horas para que llegara la mañana.

5

—Mira —dijo Claire con una ligera nota de asombro en la voz—. ¿Has visto alguna vez una imagen más maravillosa?

La muchacha estaba junto a la ventana abierta del saloncito privado, con los codos apoyados en el alféizar y la barbilla sobre las manos, observando cómo el sol se ocultaba bajo un cielo cuajado de matices de color anaranjado, rosa y dorado. Llevaba un vestido de seda a rayas beis y dorado, muy acorde con lo que Rannulf empezaba a identificar como su característico estilo sencillo y elegante. El cabello, que le caía suelto por la espalda, parecía oscuro en comparación.

Claire era una constante fuente de sorpresas. ¿Quién habría imaginado que una actriz se maravillaría ante una puesta de sol? ¿O que sus ojos mostrarían tal fascinación por un bonete exquisito en su belleza, pero ni mucho menos ostentoso o caro? ¿O que reiría como una tonta por una cajita de rapé horrorosa y barata en la que se había gastado el último chelín de su asignación para el viaje? ¿O que haría el amor sin ocultar el deleite que le producía?

—¿Ralph? —Claire volvió la cabeza y extendió una mano hacia él—. Ven a mirar.

—Ya estaba mirando —le dijo—. Tú formas parte del cuadro.

—No hace falta que sigas adulándome —replicó—. Ven a mirar.

Rannulf le dio la mano y se colocó junto a ella. El problema de las puestas de sol era que la oscuridad llegaba pisándoles los talones. Al igual que el problema con el otoño era que el invierno no tardaba en seguirlo. Pero ¿qué era lo que lo estaba poniendo tan sensiblero?

—El sol brillará mañana —dijo Claire.

—Sí.

Ella le dio un apretón en la mano.

—Me alegro mucho de que lloviera —prosiguió la muchacha—. Me alegro de que el coche de postas volcara. Me alegro de que no buscases hospedaje en el último pueblo.

—Y yo. —Rannulf apartó la mano de la de ella para rodearle los hombros con el brazo.

Claire se recostó contra él y ambos contemplaron cómo el sol desaparecía tras el lejano horizonte.

Quería acostarse con ella de nuevo. Tenía toda la intención de hacerlo, tantas veces durante la noche como su energía se lo permitiera. Sin embargo, esa noche no sentía el apremio que lo había acompañado la noche anterior ni la lasciva euforia de esa tarde. Esa noche se sentía casi… melancólico. Y no era un estado de ánimo al que estuviera acostumbrado.

Después de regresar de las tiendas, se habían entregado al placer de dos vigorosos revolcones; entre sábanas limpias, según había podido comprobar. Habían dormido un poco y después habían cenado en privado. Claire había representado a Viola y a Desdémona para él. Y justo entonces se había fijado en la puesta de sol.

Se estaba haciendo tarde. El tiempo se agotaba y lamentaba mucho no poder proseguir con esa aventura hasta que concluyera por sí misma de modo natural, tal vez en unos cuantos días o en algo más de una semana.

Claire suspiró y giró la cabeza para mirarlo. Rannulf la besó. Le gustaba el modo de besar de la muchacha, con los labios relajados y abiertos para él, respondiéndole sin urgencia por tomar el control. Su boca sabía a vino a pesar de que solo había bebido una copa durante la cena.

Y fue mientras la besaba cuando se le ocurrió la idea. La brillante idea. La idea más obvia.

—Me marcharé contigo mañana —le dijo nada más alzar la cabeza.

—¿Qué? —Claire lo miró con los párpados entornados.

—Me marcho contigo mañana —repitió Rannulf.

—¿En el coche de postas? —Frunció el ceño.

—Alquilaré un carruaje privado —le dijo—. Debe de haber alguno disponible por aquí cerca. Viajaremos mucho más cómodos. Y...

—Pero ¿qué pasa con tus amigos? —preguntó ella.

—No creo que envíen una partida de búsqueda —contestó—. Ni siquiera les he confirmado una fecha exacta de llegada. Iré contigo a York. Ardo en deseos de verte actuar en un escenario de verdad junto a otros actores. Y lo nuestro aún no ha terminado, ¿cierto?

Ella lo miró sin parpadear.

—No, no —replicó Claire—. No podría causarte semejante molestia. Un carruaje privado costaría una fortuna.

—Mi bolsa está lo bastante llena —afirmó él.

La muchacha negó muy despacio con la cabeza y Rannulf tuvo un repentino presentimiento.

—¿Hay alguien esperándote? —le preguntó—. ¿Acaso otro hombre?

—No.

—¿Otra persona, quizá? —prosiguió él con las preguntas—. ¿Otra persona que pueda sentirse ofendida por el hecho de que yo te acompañe?

—No.

Sin embargo, Claire continuaba expresando su negativa con un lento movimiento de cabeza. A Rannulf se le ocurrió otra posibilidad bastante más sombría.

—¿Lo nuestro ha terminado? —inquirió—. ¿O seguiremos juntos después de compartir otra noche? ¿Te alegrará volver a ser libre mañana y proseguir tu camino en solitario?

De nuevo una negativa, para alivio de Rannulf.

—Quiero más de ti, Claire —insistió—. Quiero más de tu cuerpo, más de ti. Quiero verte actuar. No me quedaré para siempre, solo durante una semana o así, hasta que ambos estemos satisfechos. Eres una mujer independiente a quien no le gusta sentirse atada a un solo hombre, ya me he dado cuenta de eso. Yo soy un hombre que no tiene problemas para seguir adelante tras disfrutar de una breve aventura. Pero mañana es demasiado pronto. Además, no creo que estés desesperada por subirte al coche de postas y sentarte de nuevo junto a otro clérigo esquelético.

Claire no movió la cabeza en esa ocasión. Durante un instante asomó a sus labios una pequeña sonrisa.

—Dime que quieres más de mí —le dijo Rannulf acercándose a su boca.

—Quiero más de ti.

—En ese caso estamos de acuerdo. —Le dio un fugaz beso—. Nos marcharemos juntos mañana. Te acompañaré a York y te veré actuar. Pasaremos unos días más juntos, tal vez una semana. Quizá más. Tanto tiempo como dure.

La muchacha volvió a esbozar una leve sonrisa y le acarició la mejilla con las yemas de los dedos.

—Eso sería estupendo —le dijo.

Rannulf le cubrió la mano con la suya y depositó un beso sobre su palma. ¿Quién iba a imaginarse el día anterior, cuando dejó atrás la casa de Aidan de camino a Grandmaison, que cabalgaría directo a los brazos de una nueva amante y de una tórrida aventura? Había maldecido el barro y la amenaza de lluvia, pero ambos habían acabado por ser una bendición.

—¿Lista para irte a la cama? —le preguntó.

Ella asintió con la cabeza.

Rannulf estaba exhausto. Cuatro veces la noche anterior y dos más esa misma tarde habían hecho mella en su resistencia y sin duda alguna también en la de Claire. No obstante, esa noche no tenía por qué ser tan desesperada como había previsto. No hacía falta que permanecieran despiertos toda la noche para aprovechar al máximo cada momento. Tenían muchos días y muchas noches por delante, tantos como necesitaran.

—Vamos, pues. —La tomó de nuevo de la mano y la precedió hasta el dormitorio—. Disfrutaremos haciendo el amor muy despacio y después dormiremos, ¿te parece bien?

—Sí —respondió ella con un murmullo ronco cuya tentadora y sensual promesa atrapó por completo a Rannulf.

Ya había luz en el exterior, aunque probablemente fuese muy temprano. El coche de postas dejaría la posada a las ocho y media, según les había informado el posadero la anoche anterior, aunque el hombre había supuesto que el señor y la señora Bedard no proseguirían su viaje en él.

Y no lo harían. Pero Judith Law lo haría si tenía la posibilidad.

No podía marcharse con Ralph. ¿Adónde iban a ir?

La aventura había acabado. Su sueño robado se había convertido en algo vacuo y deslustrado. Un dolor sordo le apretaba el pecho como si de una mano enorme se tratara. Tendría que despertar a Ralph dentro de poco y sugerirle que fuese a buscar un carruaje de alquiler sin parecer demasiado ansiosa al respecto. No tenía valor para contarle la verdad, ni tampoco para urdir otra mentira. Era demasiado cobarde para decirle que no, que no se marcharía con él, que continuaría su viaje sola en el coche de postas.

Decirle la verdad sería lo más honorable y tal vez lo más considerado.

Sin embargo, no soportaría tener que decirle adiós.

Ralph había dormido como un tronco durante toda la noche después de hacer el amor muy despacio, casi con languidez. Ella había pasado las horas tendida a su lado, mirando al techo; cerrando los ojos de vez en cuando sin llegar a dormir; observando la ventana en espera de los primeros indicios de luz; deseando que la noche durara una eternidad y así prolongar su agonía.

Le resultaba difícil creer que tan solo dos mañanas antes hubiese sido la Judith Law que había conocido durante toda su vida. En esos momentos ya no sabía quién era Judith Law.

—¿Ya estás despierta? —preguntó Ralph desde el otro lado

de la cama y ella giró la cabeza para sonreírle. Para empaparse de su imagen, para atesorar recuerdos—. ¿Has dormido bien?

—Mmm —murmuró ella.

—Yo también. —Se desperezó—. He dormido como un tronco, tal y como reza el dicho. Sin duda sabes cómo agotar a un hombre, Claire Campbell. De la mejor manera posible, claro está.

—¿Nos marcharemos temprano? —le preguntó.

Ralph puso los pies en el suelo para levantarse de la cama y atravesó la habitación en dirección a la ventana.

—Ni una nube en el cielo —informó tras descorrer las cortinas—. Y ni siquiera se ve un charco en el patio. No hay motivo alguno para demorarse. Tal vez debiera salir en busca de un carruaje en cuanto me haya vestido y afeitado. Podemos desayunar más tarde, antes de partir.

—Me parece un buen plan —dijo ella.

Desapareció tras el biombo y Judith pudo escuchar el ruido del agua al verterse sobre la palangana. Cómo deseaba que se diera prisa. Cómo deseaba que el tiempo se detuviera.

—¿Alguna vez te has dado un revolcón en un carruaje, Claire? —le preguntó.

Judith captó la nota risueña de su voz.

—Te aseguro que no. —Dos días atrás, semejante pregunta la habría escandalizado hasta lo indecible.

—¡Vaya! —exclamó—. En ese caso te prometo que hoy tendrás una nueva experiencia.

Apareció de nuevo unos minutos después, completamente vestido con camisa, chaleco y chaqueta, amén de los pantalones de montar de ante y las botas altas; se había apartado el cabello húmedo del rostro recién afeitado. Caminó hacia la cama donde ella seguía acostada, se inclinó y le dio un rápido beso.

—Así, con el pelo desparramado sobre la almohada y los hombros desnudos —le dijo—, tentarías al más ascético de los santos… entre cuyas filas no me encuentro. Sin embargo, los negocios están antes que el placer. Un carruaje puede convertirse en… una cama de lo más interesante, Claire.

Se enderezó, esbozó una sonrisa, dio media vuelta y se marchó.

Sin más.

Se había ido.

El silencio que dejó tras él resultó ensordecedor.

Durante un instante Judith quedó tan hundida en la tristeza que fue incapaz de moverse. No obstante, entró en acción sin pérdida de tiempo y saltó de la cama para correr hacia el biombo después de coger su ropa. Quince minutos más tarde descendía la escalera con el ridículo en una mano y la pesada bolsa de viaje en la otra.

El posadero, que estaba limpiando una mesa en la taberna, se enderezó para mirarla y clavó los ojos en su bolsa de viaje.

—Tengo que coger el coche de postas —le dijo al hombre.

—¿Sí? —preguntó él.

Su esposa salió en ese preciso momento por una puerta situada a la izquierda de Judith.

—¿Qué ha ocurrido, palomita? —preguntó—. Ha sido brusco con usted, ¿verdad? Le ha hablado con rudeza, ¿a que sí? No se preocupe. Los hombres siempre hablan sin pensar. Tiene que aprender a engatusarlo para congraciarse con él. No le costará trabajo alguno. Ya me he dado cuenta del modo en que la mira. La adora, sí señor.

Judith se obligó a sonreír.

—Tengo que marcharme —dijo. Sin embargo, se le ocurrió algo de repente—. ¿Podrían dejarme papel, pluma y tinta?

La pareja la contempló en silencio durante unos instantes antes de que el posadero corriera hacia el mostrador en busca de las tres cosas.

Estaba malgastando un tiempo precioso, pensó Judith con el estómago encogido por el miedo. Ralph regresaría en cualquier momento y tendría que decírselo en persona. No sería capaz de soportarlo. No podría soportarlo. Escribió a toda prisa, se detuvo un momento y después volvió a inclinar la cabeza para añadir una frase más. Firmó apresuradamente con su nombre —Claire—, secó la tinta y dobló la hoja dos veces.

—¿Le dará esto al señor Bedard cuando regrese? —preguntó.

—Lo haré, señora —le prometió el posadero mientras ella se

agachaba para coger su bolsa de viaje—. Espere, le diré al mozo de cuadra que le lleve la bolsa.

—No tengo dinero para pagarle —dijo Judith con las mejillas sonrojadas.

La posadera chasqueó la lengua.

—¡Válgame Dios! —replicó—. Lo añadiremos a la cuenta de su esposo. Me dan ganas de darle con un rodillo de amasar en la cabeza, en serio se lo digo. Asustarla de este modo…

Volvió a perder un tiempo precioso mientras llamaban al mozo de cuadra, pero por fin Judith abandonó la posada a toda prisa en dirección a la casa de postas, con la cabeza gacha bajo su nuevo bonete. Deseaba, deseaba de todo corazón —¡por favor, Señor!— no toparse con Ralph en el camino.

Y así, media hora después, mientras el coche de postas —uno distinto, con un conductor distinto y con pasajeros distintos en su mayoría— salía del patio de la posada y tomaba el camino del norte, Judith pegó la nariz a la ventana y observó desesperada los alrededores deseando vislumbrar a Ralph. Tenía el estómago revuelto. El dolor de cabeza del día anterior había regresado con fuerza. Estaba tan deprimida que se preguntaba si eso era lo que la gente llamaba desesperación.

Rannulf regresó a la posada cuarenta minutos después de haberla abandonado, tras acordar el alquiler de un carruaje medio decente y de dos caballos a un precio exorbitante. Tardarían una hora en prepararlos. Tendrían tiempo para desayunar. Volvía a sentir un apetito voraz. Esperaba que Claire no estuviera aún en la cama… se sentía también un tanto excitado y el aspecto de la muchacha había sido de lo más tentador cuando él salió de la habitación.

Subió los peldaños de dos en dos y abrió la puerta de un empujón. La cama estaba vacía. Claire no estaba tras el biombo. Abrió la puerta del saloncito privado. Tampoco estaba allí. Maldición, en lugar de esperarlo había bajado ya a desayunar. No obstante, acababa de regresar a la escalera cuando se detuvo en seco, frunció el ceño y dio media vuelta. Entró al dormitorio y echó un vistazo a su alrededor.

Nada. Ni rastro de ropa, horquillas o bolso. Ni de la bolsa de viaje. Apretó los puños a ambos lados del cuerpo y comenzó a sentir una incipiente furia. No podía fingir que se tratara de un malentendido. La muchacha se había escapado y lo había abandonado. Sin una palabra. Ni siquiera había tenido el valor de decirle que se marchaba.

Regresó a la planta baja y se topó cara a cara con el posadero y su esposa; el primero lo miraba con aparente compasión mientras que la mujer lo hacía con los labios apretados y echando chispas por los ojos.

—Supongo —comenzó Rannulf— que se ha ido en el coche de postas.

—Asustadizas —dijo el posadero—. Las recién casadas, me refiero. Algunas son así hasta que se las doma como es debido.

—Las esposas no son caballos —replicó su esposa con severidad—. Supongo que habrán discutido y que usted le habrá dicho algunas cosas feas. Espero que no la golpeara. —La mujer entrecerró los ojos.

—No la he golpeado —afirmó Rannulf, incapaz de creer que se hubiera rebajado a defenderse delante de una pareja de sirvientes.

—En ese caso será mejor que cabalgue tras ella y se trague el orgullo —le advirtió la mujer—. No se le ocurra echarle una reprimenda. Dígale que está arrepentido y que durante el resto de su vida le hablará como Dios manda.

—Lo haré —accedió Rannulf, que se sentía de lo más estúpido... y furioso a más no poder. Ni siquiera había tenido la decencia de...

—Le ha dejado una nota —le dijo el posadero, señalando con la cabeza en dirección al mostrador.

Rannulf giró la cabeza para ver un trozo de papel doblado sobre la tosca madera. Atravesó a grandes zancadas la taberna, la cogió y desdobló el papel.

«No puedo marcharme contigo —rezaba la nota—. Siento

mucho no tener el valor de decírtelo en persona. ¿Sabes? Es cierto que hay otra persona. Atentamente, Claire.»

Había subrayado la palabra «hay» tres veces.

Así que había estado acostándose y pasándolo bien con la amante de otro hombre, ¿no? Asintió con la cabeza un par de veces mientras a sus labios asomaba una sonrisa burlona. Suponía que al final sí había sido un ingenuo al creer que una mujer con su aspecto y su profesión no contaba con la protección de algún hombre adinerado. Arrugó el papel con una mano y lo guardó en uno de los bolsillos de la chaqueta.

—Me imagino que querrá su caballo, señor —le dijo el posadero—. Para ir tras ella.

Maldita fuera, lo que quería era su desayuno.

—Sí —contestó—. Así es.

—Ya está preparado —le informó el hombre—. Me tomé la libertad de hacerlo después de que su señora esposa se marchara de…

—Sí, sí —lo interrumpió Rannulf—. Deme la cuenta y me pondré en camino.

—Y siendo una recién casada desde hace tan solo dos noches… —dijo la mujer—. Cambié la ropa de la cama, señor, como habrá notado. Supuse que anoche no querrían acostarse en unas sábanas manchadas de sangre, ¿no es verdad?

Rannulf, que estaba de cara al mostrador abriendo el monedero, tenía a la mujer a sus espaldas. Se quedó paralizado durante un instante.

¿Sábanas manchadas de sangre?, pensó.

—Sí, me di cuenta —contestó al tiempo que sacaba la suma requerida más una generosa propina—. Gracias.

Mientras se alejaba de la posada a caballo poco después, supuestamente en pos de su asustadiza y enfadada esposa, recitó todas y cada una de las obscenidades y maldiciones que le pasaron por la cabeza.

—¡Estúpido! —exclamó por fin en voz alta—. ¡Era una maldita virgen!

Esa tarde, cuando Judith se apeó del carruaje en el pueblo de Kennon, en Leicestershire, descubrió sin mucha sorpresa que no había calesa, carreta o sirviente alguno de Harewood Grange esperándola. La casa estaba a casi cinco kilómetros, según le informaron; y no, no había ningún lugar seguro donde pudiera dejar su bolsa de viaje. Tendría que llevársela consigo.

Cansada, hambrienta y con el corazón roto, Judith recorrió como pudo los cinco kilómetros, deteniéndose con frecuencia para soltar la bolsa y cambiarla de mano. Llevaba muy pocas cosas en ella —no tenía mucho que llevar—, pero resultaba sorprendente lo que podían llegar a pesar unos cuantos vestidos, zapatos, camisones y cepillos para el pelo. El sol caía con fuerza sobre su rostro desde el cielo despejado. La sed no tardó mucho en convertirse en una necesidad más acuciante que el hambre.

El camino de entrada a la propiedad, que serpenteaba bajo las ramas de unos enormes y oscuros árboles, le resultó interminable; aunque al menos la sombra era de agradecer. La casa, según pudo descubrir cuando por fin apareció ante sus ojos, era toda una mansión; pero claro, no había esperado menos. El tío Effingham era enormemente rico. Ese era el motivo por el que la tía Effingham se había casado con él; o eso fue lo que mamá dijo en una ocasión, enfadada después de leer una carta de su tía cuyo tono le había parecido condescendiente.

Cuando Judith llamó a la puerta principal, apareció un criado que la miró con expresión altanera, como si ella no fuera más que una babosa arrastrada por la lluvia, y le indicó un salón adyacente al enorme vestíbulo de mármol antes de volver a cerrar la puerta. Estuvo esperando en aquel lugar casi una hora, pero no apareció nadie, ni siquiera para llevarle un refrigerio. Deseaba con todas sus fuerzas abrir la puerta y pedir un vaso de agua, pero por absurdo que pareciera se sentía atemorizada tanto por el tamaño de la casa como por las evidentes muestras de riqueza que la rodeaban.

Al fin llegó la tía Effingham, una mujer alta y delgada con una inverosímil mata de rizos negros que le enmarcaba el rostro bajo el borde del bonete. Había cambiado muy poco en ocho años, el tiempo transcurrido desde la última vez que Judith la viera.

—¡Vaya! Así que eres tú, Judith, ¿no? —preguntó al tiempo que se acercaba lo bastante como para besar el aire junto a la mejilla de su sobrina—. No hay duda de que te has tomado tu tiempo. Esperaba que viniera Hilary, puesto que es la más pequeña de vosotras y a buen seguro la más obediente. Pero tendrás que ser tú, qué remedio. ¿Cómo está mi hermano?

—Está bien, gracias, tía Louisa —contestó Judith—. Mamá te envía sus…

—¡Santo cielo, niña, tu pelo! —exclamó su tía de repente—. Sigue siendo tan llamativo como lo recordaba. Qué desgracia más horrible y qué dura experiencia para mi hermano, que siempre ha sido la personificación del decoro y la decencia. ¿En qué estaba pensando tu madre cuando te compró ese bonete? Lo único que consigue es poner en evidencia tu pelo. Tendré que buscarte otro. ¿Has traído cofias para llevar en casa? Te daré algunas.

—Sí que tengo… —comenzó a decir Judith, aunque la mirada de su tía se había trasladado de su ofensivo cabello coronado por el bonete hasta su capa, un tanto entreabierta para aliviar un poco el calor. Las cejas de la tía Louisa se alzaron con horror.

—¿¡En qué estaba pensando mi cuñada al enviarte a mi casa vestida así!? —exclamó.

Bajo la capa, Judith llevaba un sencillo vestido de muselina de recatado escote y cintura alta, según los últimos dictados de la moda. Un poco incómoda, bajó la mirada para observarse.

—¡Ese vestido es indecente! —exclamó su tía con voz atronadora—. Pareces una ramera.

Judith notó que se sonrojaba. Durante un día y dos noches habían logrado que se sintiera hermosa y deseable, pero las palabras de su tía la devolvieron a la realidad de golpe y porrazo. Era fea; embarazosamente fea, tal y como su padre se había empeñado en hacerle entender, si bien nunca había usado palabras tan crueles como las de la tía Effingham. Aunque tal vez pareciera de verdad una ramera. Tal vez fuera ese el motivo por el que Ralph Bedard la había encontrado tan deseable. La idea le resultaba en exceso dolorosa.

—Tendré que inspeccionar toda tu ropa —prosiguió la tía Louisa—. Si todos tus vestidos son como este, tendré que ordenar que les saquen a las costuras para conseguir que parezcan un poco más modestos. Espero que Effingham no se vea obligado a pagarte vestidos nuevos. Al menos no este año, cuando ha tenido que sufragar la presentación de Julianne a la reina y su debut en sociedad, además de todos los gastos adicionales que supondrán la boda y el vestido de novia.

Julianne era la prima de dieciocho años de Judith, a quien llevaba ocho años sin ver.

—¿Cómo está la abuela? —preguntó Judith.

Su abuela vivía con la tía Effingham. Judith no la había visto desde que era una niña. Recordaba de forma muy vaga a una señora cubierta de joyas y ataviada con vestidos muy extravagantes que hablaba muchísimo, se reía a carcajadas, abrazaba a sus nietas a la menor oportunidad, les contaba historias y escuchaba sus parloteos. Judith la había adorado hasta que se hizo evidente que para sus padres resultaba una molestia y poco menos que un motivo de vergüenza.

—Con la gran cantidad de invitados que llegarán en los próximos días, nos serás de utilidad si le haces compañía —se apresuró a contestar la tía Louisa—. No tendrás mucho más que hacer, puesto que no has sido presentada en sociedad ni has asistido a ninguna temporada y sin duda te sentirías incómoda si participaras en las actividades previstas para la fiesta. Y no me cabe la menor duda de que estarás deseando hacer todo lo que esté en tu mano para demostrarle a Effingham tu enorme gratitud por el hecho de que te haya ofrecido vivir aquí.

A Judith no le hacía ninguna falta que le recordaran que había llegado a Harewood en calidad de pariente pobre con el fin de servir a la familia en cualquier cosa que requiriera. Al parecer iba a ser la dama de compañía de su abuela. Sonrió al pensar que no tardaría en desmayarse a menos que comiera o bebiera algo pronto. Pero ¿cómo iba a pedir siquiera un vaso de agua?

—Puedes subir ahora y presentarle tus respetos —dijo la tía Effingham—. Ya ha tomado el té en sus aposentos, dado que Julianne y yo estábamos de visita. Esperábamos tu llegada hace días, aunque creímos que sería Hilary quien vendría, por supuesto. No entiendo por qué se demoró tanto mi hermano en enviarte y en librarse de ese modo de una carga económica.

—El coche de postas en el que viajaba volcó en el barro hace dos días —explicó Judith—. Y después la lluvia nos retrasó.

—Bueno, ha sido de lo más inconveniente no tenerte aquí justo cuando habrías sido de más utilidad —replicó su tía.

La puerta se abrió de nuevo antes de que la tía Effingham llegara hasta ella y una muchacha muy bonita entró en el salón. En ocho años, Julianne había pasado de ser una niña pálida y bastante anodina a convertirse en una joven delgada pero voluptuosa, con un rostro en forma de corazón, grandes ojos azules y delicados rizos rubios.

—¿Quién de ellas es? —preguntó, mirando a su prima de los pies a la cabeza—. ¡Ah! Eres Judith, la del pelo color zanahoria. Pensaba que el tío enviaría a Hilary. Hace días que te estamos esperando. Mamá se enfadó muchísimo, porque enviamos a Tom al pueblo a buscarte y tardó cuatro horas en regresar. Mamá lo acusó de haber estado bebiendo en la posada, pero él lo negó de forma tajante. Mamá, quiero mi té. ¿Es que no vas a venir nunca? Cualquier criada puede acompañar a Judith a los aposentos de la abuela.

Yo también me alegro de verte, Julianne, pensó Judith. Resultaba evidente que no pensaban invitarla al mencionado té.

Al parecer su nueva vida iba a ser tal cual se la había imaginado.

Rannulf había hecho un alto en el camino para desayunar y otro para almorzar. Fue durante esta última parada cuando por fin lo alcanzaron su ayuda de cámara y el carruaje que transportaba su equipaje. Ya estaba bien avanzada la tarde cuando atravesó las puertas de entrada a Grandmaison Park a lomos de su caballo, dejó atrás la solitaria casa de campo y tomó el amplio y recto camino de acceso a la mansión. Un criado lo acompañó hasta el saloncito privado de su abuela. Esta se puso en pie y estudió su aspecto mientras él atravesaba la estancia, aún con las ropas de montar.

—Bueno —le dijo—, ya era hora, Rannulf. Ese pelo necesita un buen corte. Dame un abrazo. —Extendió los brazos hacia él.

—Esa lluvia infernal me detuvo durante dos días —le explicó—. El pelo me creció casi diez centímetros a causa de la humedad mientras esperaba. ¿Estás segura de que no voy a romperte todos los huesos?

Rodeó la diminuta cintura de la anciana con los brazos, la alzó en el aire y depositó un sonoro beso en su mejilla antes de volver a dejarla en el suelo.

—Muchacho desvergonzado… —rezongó su abuela mientras se enderezaba el vestido—. ¿El hambre y la sed están acabando contigo? Ya había ordenado que te trajeran algo de comer y beber a los cinco minutos de tu llegada.

—Tengo tanta hambre que me comería una vaca —contestó Rannulf—. Y podría dejar el mar seco, aunque espero no tener que probar ni una sola taza de té. —Se frotó las manos y miró a la anciana de arriba abajo. Como de costumbre, tenía un aspecto impecable. Si bien parecía un poco más diminuta y estaba más delgada que nunca. Su cabello, recogido en un elegante peinado, era tan blanco como la cofia de encaje que lo cubría.

—¿Y cómo están tus hermanos y hermanas? —le preguntó—. He oído que Aidan se ha casado con la hija de un minero.

Rannulf sonrió.

—Sin embargo, abuela, aunque mirases muy de cerca y con la ayuda de unos impertinentes —le dijo—, no serías capaz de encontrar ni una pizca de carbón bajo sus uñas. Creció y fue educada como una dama.

—¿Y Bewcastle? —le preguntó—. ¿Ha dado alguna señal de llevar al altar a la hija de alguien?

—¿Wulf? —preguntó Rannulf a su vez—. En absoluto. Y pobre de la mujer cuya mano pida en matrimonio. La dejaría congelada entre las sábanas.

—¡Ja! —exclamó su abuela—. No tienes ni la menor idea de

lo atractivos que resultan los hombres como Wulfric, Rannulf. ¿Freyja aún sigue languideciendo por ese vizconde?

—¿Ravensberg? ¿Te refieres a Kit? —le preguntó—. Freyja me dio un puñetazo en la mandíbula cuando le sugerí eso mismo; pero de eso hace ya un año, justo cuando Kit anunció su compromiso con la señorita Edgeworth. Kit y su vizcondesa esperan un feliz acontecimiento para los próximos meses, cosa que tal vez sea algo dolorosa para Freyja, o tal vez no. De todos modos, no demuestra sus sentimientos.

—¿Y cómo está Alleyne? —preguntó—. ¿Tan guapo como siempre?

—Eso parecen opinar las damas —contestó con una sonrisa.

—¿Y Morgan? ¿Wulfric va a presentarla pronto en sociedad?

—El año que viene, cuando cumpla los dieciocho —respondió—. Aunque ella afirma que antes preferiría la muerte.

—Niña tonta —replicó su abuela, que no dijo nada más mientras una criada entraba con una bandeja al salón y hacía una reverencia antes de retirarse.

La bebida no era té, comprobó Rannulf con cierta satisfacción. Se sirvió él mismo y volvió a ocupar su asiento después de que su abuela le indicara con un movimiento de la mano que no quería comer ni beber. Bueno, había llegado el momento de la verdad, pensó Rannulf con un suspiro de resignación para sus adentros, presintiendo que las cortesías preliminares habían llegado a su fin y que la anciana estaba a punto de ir al grano.

—Aidan es el más listo de la familia —comentó—, aunque haya elegido a la hija de un minero. Debe de haber cumplido los treinta y ya iba siendo hora de que empezara a tener hijos. Y tú tienes veintiocho, Rannulf.

—Un simple polluelo, abuela —le dijo con una sonrisa.

—He encontrado a una joven perfecta para ti —le informó—. Su padre es un simple baronet, bien es cierto, pero pertenece a una familia antigua y respetada que no carece de dinero. La muchacha es tan hermosa como un día de verano y fue presentada la primavera pasada. Está decidida a conseguir un matrimonio provechoso.

—¿Acaba de ser presentada? —Rannulf frunció el ceño—. ¿Cuántos años tiene?

—Dieciocho —respondió su abuela—. La edad perfecta para ti, Rannulf. Es lo bastante joven para modelarla a tu voluntad y tiene por delante muchos años para tener hijos.

—¿¡Dieciocho!? —exclamó Rannulf—. ¡No es más que una niña! Preferiría a alguien con una edad más próxima a la mía.

—Pero a esa edad tan avanzada —replicó la anciana de forma desabrida— toda mujer ha dejado atrás la mitad de sus años fértiles. Quiero asegurarme de que mi propiedad estará segura en tus manos y en la de tus descendientes, Rannulf. Tienes hermanos, y a todos ellos les profeso un gran afecto, pero hace mucho tiempo que decidí que tú serías el elegido.

—Aún me quedan muchos años para complacerte —dijo él—. Apenas eres una jovenzuela, abuela.

—Muchacho impertinente… —Chasqueó la lengua—. Pero no tengo todo el tiempo del mundo, Rannulf. Mucho menos, a decir verdad.

Rannulf la estudió con atención, dejando el vaso a medio camino de sus labios.

—¿Qué tratas de decirme? —le preguntó.

—Nada que deba preocuparte en exceso —se apresuró a contestar la anciana—. Un simple problemilla que sin duda me llevará a la tumba unos cuantos años antes de lo que lo hubiera hecho la vejez.

Rannulf dejó el vaso en la mesa y se puso en pie antes de que su abuela pudiera alzar una mano con firmeza.

—No —le dijo—. No quiero compasión alguna, ni palabras melifluas ni consuelo. Se trata de mi vida y de mi muerte, de modo que seré yo quien lidie con ambas, muchísimas gracias. Lo único que quiero es verte casado antes de marcharme, Rannulf. Y tal vez, si te esfuerzas mucho en el cumplimiento de tus obligaciones y yo soy muy afortunada, pueda ver a tu primer hijo en su cuna antes de partir.

—Abuela… —Se pasó los dedos de una mano por el pelo. Odiaba pensar en sus familiares como seres mortales. La última vez se había tratado de su padre, cuando él apenas contaba con doce años de edad. Cerró los ojos como si quisiera alejar la clara implicación de las palabras de su abuela. Estaba muriéndose.

—Te gustará Julianne Effingham —le dijo—. Es una cosita encantadora. Justo tu tipo de mujer, me arriesgaría a afirmar. Sé que has venido con el firme propósito de desechar cualquier intento casamentero por mi parte, Rannulf, tal y como siempre has hecho en el pasado. Sé que consideras que no estás preparado para el matrimonio. Pero inténtalo, ¿sí? ¿Intentarás al menos considerar esta ventajosa unión? ¿Por mi bien? Solo te pido que lo intentes, no que prometas casarte con la joven. ¿Lo harás?

Rannulf abrió los ojos y la miró. No había duda de que estaba mucho más delgada que la última vez que la vio. Soltó un suspiro.

—Te lo prometo —contestó—. Te prometería el sol, la luna y las estrellas si así lo desearas.

—Conque me prometas conocer y cortejar a la señorita Effingham me conformo —replicó la anciana—. Gracias, muchacho.

—Pero prométeme una cosa a cambio —le dijo él.

—¿Qué? —preguntó su abuela.

—No te mueras en un futuro cercano.

La anciana le sonrió con cariño.

6

*L*a presentación en sociedad de Julianne Effingham fue declarada un rotundo éxito por parte de su madre. Era cierto que no había conseguido el sueño dorado de toda joven dama: atrapar a un marido rico y apuesto durante su primera temporada en Londres. Aunque la situación distaba mucho de ser desesperada. Había atraído a un gran número de admiradores, algunos de ellos jóvenes caballeros de lo más adecuados, y había entablado amistad con varias jóvenes que estaban por encima de ella en la escala social.

Julianne y su madre habían estudiado la lista de amigos y admiradores con mucho detenimiento; también habían elaborado una ambiciosa lista de invitados y habían enviado las invitaciones para una fiesta campestre de dos semanas en Harewood Grange. Casi la mitad había aceptado y el número deseado se alcanzó con facilidad al enviar invitaciones a una segunda lista de candidatos y, posteriormente, a una tercera. Se esperaba la llegada de los huéspedes cuatro días después de la de Judith.

No se trataba de una coincidencia, como descubrió muy pronto. A pesar de que la razón principal y el motivo a largo plazo para que la hubieran invitado era lo útil que resultaría a la hora de atender las necesidades de su abuela, tuvo un millar de tareas con las que mantenerse ocupada durante los frenéticos días que precedieron a la llegada de los invitados.

La tía Effingham y Julianne no tenían otro tema de conversación que no fuese la fiesta, los pretendientes y las perspectivas de matrimonio. El tío George Effingham no hablaba de nada en absoluto y en raras ocasiones abría la boca salvo para comer y beber o responder a una pregunta directa. La abuela de Judith hablaba acerca de una gran variedad de temas y estaba dispuesta a reírse de cualquier cosa que le hiciera una pizca de gracia. A Judith pronto le resultó evidente que, aparte de ella misma, nadie parecía prestarle mucha atención a lo que decía la anciana.

Estaba mucho más gorda de lo que recordaba; y también más perezosa. Se quejaba de un sinnúmero de enfermedades, tanto reales como imaginarias. Se pasaba las mañanas en sus aposentos y consumía la mayor parte del tiempo engalanándose con elaborados peinados, perfumes y cosméticos muy poco sutiles, ropas de gran colorido e ingentes cantidades de joyas. Se trasladaba al salón por las tardes y las noches; apenas salía salvo para visitar a sus vecinos y amigos en un carruaje cerrado; y comía en demasía, siendo su gratificación predilecta los pasteles de nata y los bombones. Judith la adoró desde el primer momento. Era de naturaleza bondadosa y parecía verdaderamente encantada de ver a su nieta.

—Por fin has llegado —había gritado el primer día antes de envolver a Judith en la calidez de su abrazo, el perfume de las violetas y el tintineo de las pulseras de plata que llevaba en ambas muñecas—. Y eres Judith. Deseaba de corazón que fueras tú. Pero me preocupaba muchísimo que toda esa lluvia te arrastrara por el camino. Deja que te eche un vistazo. Sí, sí, Louisa, puedes bajar a tomar el té. Pero encárgate de que Tillie traiga una bandeja para Judith, si eres tan amable. Me atrevería a decir que no ha comido mucho durante su viaje. Ay, cariño, te has convertido en una belleza excepcional, tal y como siempre supe que ocurriría.

La abuela era exigente, a pesar de que sus sonrisas, disculpas, agradecimientos y abrazos lograban que todos esos recados innecesarios fueran menos molestos de lo que habrían sido de otra manera. Siempre que estaba en la planta alta necesitaba algo que estaba abajo. Cuando estaba abajo, necesitaba algo de sus habitaciones. Cuando se encontraba a pocos pasos de la bandeja de los pasteles o del plato de los bombones, necesitaba que alguien se los acercara porque sus piernas le dolían mucho ese día. No costaba entender el motivo por el que la tía Effingham se había mostrado tan bien dispuesta a acoger a una de las hijas de su hermano cuando este le había comunicado sus penurias económicas.

Fiel a su palabra, la tía Effingham examinó toda la ropa que Judith había llevado consigo y se apropió de casi todos los vestidos a la vez. Una criada hábil con la aguja le sacó a las costuras laterales, de manera que las prendas colgaban de su cuerpo, ocultando su voluptuosa figura y haciéndola parecer regordeta y sin curvas. Judith había llevado dos cofias con ella, dado que su madre siempre había insistido en que las usara, aunque Cassandra, que era un año mayor, pasaba la mayor parte del tiempo con la cabeza descubierta. La tía Louisa le buscó otra para que la llevara durante el día, una cofia de matrona que se anudaba bajo la barbilla y que escondía la totalidad de su cabello; una prenda que en combinación con los vestidos modificados le confería el aspecto de una mujer de treinta años como poco.

Judith no se quejó. ¿Cómo podría hacerlo? Vivía en Harewood gracias a la caridad de su tío. Su abuela sí protestó, de modo que Judith la complacía alguna que otra vez quitándose la cofia cuando estaban solas en la salita de su abuela.

—Todo se debe a que eres muy hermosa, Judith —le dijo su abuela—, y Louisa siempre ha temido el tipo de belleza que tú posees.

Judith se había limitado a sonreír. Sabía muy bien que eso no era cierto.

No tardó en darse cuenta de que gran parte de las conversaciones familiares que tuvieron lugar los días previos a la llegada de los invitados fue para su conocimiento, a pesar de que rara vez se dirigían a ella de forma directa. Algunos de los invitados poseían título o eran hijos de la aristocracia más selecta. Todos ocupaban un lugar destacado en la sociedad. Casi todos eran ricos y aquellos que no lo eran llegaban respaldados por la cuna y el abolengo. La mayoría de los caballeros que acudirían estaban perdidamente enamorados de Julianne y a punto de declararse. Aunque Julianne no tenía claro que fuese a aceptar a ninguno. Tenía la certeza de que podría conseguir a otra persona… siempre y cuando él se ganara su aprobación.

—Lord Rannulf Bedwyn es hermano del duque de Bewcastle, madre —explicó la tía Louisa en la sala de estar durante la segunda noche—. Es el tercer hijo, pero aun así el segundo en la línea de sucesión, dado que ni el duque ni lord Aidan Bedwyn han engendrado un varón. Lord Rannulf es el segundo en la línea de sucesión al ducado.

—Vi al duque de Bewcastle en Londres esta primavera —comentó Julianne—. Es solemne, arrogante y todo lo que se puede esperar de un duque. ¡Y mira qué sorpresa! Su hermano viene a visitar a lady Beamish, su abuela y vecina nuestra.

Dado que la tía Louisa, el tío George y la abuela debían de ser muy conscientes de que lady Beamish era su vecina, Judith llegó a la conclusión de que ella era la destinataria de dicha información. Lady Beamish, al parecer la abuela materna del duque de Bewcastle, vivía cerca.

—Sé que está deseando que lord Rannulf llegue —dijo la abuela al tiempo que alzaba una resplandeciente mano cargada de anillos del brazo del sillón—. Me lo comentó cuando fui a visitarla hace unos días. Judith, cariño, ¿te importaría pasarme más pasteles? Por desgracia, la cocinera los ha hecho muy pequeños hoy. Tendrás que hablar con ella, Louisa. No duran más que tres bocados.

Sin embargo, Julianne no había terminado con su discurso.

—Y lady Beamish está particularmente interesada en presentarme a lord Rannulf —dijo—. Aceptó con entusiasmo la sugerencia de mamá de que él participara en las actividades previstas para la fiesta. Y me ha invitado a mí, junto al resto de nuestros huéspedes, a Grandmaison para una fiesta al aire libre.

—Por supuesto que sí, queridita —dijo la tía Effingham, que sonreía henchida de orgullo—. Lord Rannulf Bedwyn es el heredero de lady Beamish, además de poseer una considerable fortuna propia. Es normal que desee concertarle una buena alianza, ¿y hay mejor elección posible que una hermosa joven de buena cuna y fortuna que es también su vecina? Sería una alianza magnífica para ti, ¿no te parece, Effingham? —El tío George, que estaba leyendo un libro, se limitó a gruñir—. Ahora te darás cuenta, Julianne —continuó su madre—, de por qué tomaste la decisión correcta al seguir mi consejo de no alentar las atenciones del primer caballero que te propusiera matrimonio en Londres.

—Sí, por supuesto —convino Julianne—. Podría haberme casado con el señor Beulah, que es un pelmazo; o con sir Jasper Haynes, que ni siquiera es apuesto. Aunque es posible que no me case con lord Rannulf Bedwyn. Tengo que ver si me gusta. Es bastante mayor.

En ese momento ordenaron a Judith que subiera a la planta alta para dejar los pendientes de su abuela en el joyero —porque, como siempre que los llevaba más de una hora, le habían hecho daño— y trajera los pendientes de rubíes con forma de corazón.

¡Corazones! A ella sí que le dolía el corazón, pensó mientras subía a desgana la escalera. Su mayor preocupación no había tardado en desaparecer, para su enorme alivio, ya que había tenido el período el día siguiente a su llegada a Harewood. Aunque sospechaba que nada la liberaría de la profunda depresión durante bastante tiempo. No podía pensar en otra cosa que no fueran el día y medio y las dos noches que había pasado en compañía de Ralph Bedard; revivía sin cesar cada momento, cada palabra, cada caricia y cada sensación, incapaz de deshacerse de los recuerdos un solo instante por miedo a que se desvanecieran por completo y preguntándose al mismo tiempo si no sería mejor para ella que hicieran precisamente eso.

En ocasiones tenía la impresión de que se le partiría el corazón. Pero sabía que los corazones no se partían por el mero hecho de que sus propietarios fueran infelices… y estúpidos. Y ella había sido estúpida a más no poder. Sin embargo, se aferraba a los recuerdos como a un salvavidas.

Ya estaba bien avanzada la mañana del día previo a la llegada de los invitados, cuando Julianne entró como una exhalación en el vestidor de su abuela hecha un manojo de nervios mientras Tillie arreglaba el cabello canoso de su señora con su habitual y complicado estilo y Judith le preparaba el tónico matutino, el que le aseguraba que no se le hincharan demasiado los tobillos.

—Abuela, va a venir. Va a venir, Judith —anunció—. Llegó hace unos días y va a venir esta tarde para presentar sus respetos. —Unió las manos sobre el pecho y comenzó a dar vueltas sobre la alfombra.

—Eso es maravilloso —dijo la abuela—. Creo que está algo más alto en la parte izquierda, Tillie. ¿Quién dices que viene?

—Lord Rannulf Bedwyn —respondió Julianne con impaciencia—. Lady Beamish envió una nota esta mañana para anunciar su intención de visitarnos esta tarde con la idea de presentarnos a lord Rannulf. Veintiocho años no es demasiado viejo, ¿no? ¿Crees que será apuesto, abuela? Espero que no sea espantosamente feo. Puedes quedarte con él si lo es, Judith. —Se echó a reír con jovialidad.

—Supongo que el hijo de un duque tendrá al menos un porte distinguido —replicó la abuela—. Suelen tenerlo, o era así en mi época. Ay, gracias, Judith, cariño. Esta mañana siento que me falta el aliento, una señal inequívoca de que se me van a hinchar las piernas.

—Tenemos que asegurarnos de estar en el salón ataviadas con nuestras mejores galas —dijo Julianne—. Ay, abuela… ¡el hijo de un duque nada menos! —Inclinó la cabeza para depositar un beso en la mejilla de su abuela antes de dirigirse a toda prisa hacia la puerta. Pero se detuvo con la mano en el picaporte—. Por cierto, Judith, casi se me olvida. Mamá dice que te acuerdes de ponerte la cofia que te dio. Será mejor que no dejes que te vea con la cabeza descubierta como estás ahora.

—Pásame los bombones, Judith, si eres tan amable —le dijo su abuela después de que Julianne se marchara—. Nunca me acostumbraré al sabor de esa medicina. Louisa debe de tener la cabeza llena de serrín si insiste en que lleves cofias cuando no eres más que una chiquilla. Aunque me atrevería a decir que no quiere que tu cabello eclipse los rizos rubios de Julianne. No tendría que preocuparse. La chiquilla es lo bastante bonita como para que cualquier idiota pierda la cabeza. ¿Qué me pongo esta tarde, Tillie?

Poco tiempo después, Judith se puso el vestido de muselina verde claro, uno de sus favoritos, si bien ahora le colgaba del cuerpo como un saco, y se ató las estrechas cintas de la cofia bajo la barbilla. Por el amor de Dios, parecía la tía solterona de alguien, pensó con una mueca antes de alejarse con decisión del espejo. De todas formas nadie iba a molestarse en mirarla esa tarde. Se preguntó si Julianne aceptaría a lord Rannulf aunque resultara ser un enano jorobado con cara de gárgola. Suponía que su prima sería incapaz de resistir la tentación de convertirse en lady Rannulf Bedwyn, sin importar su aspecto o su comportamiento.

Rannulf había pasado el primer día en Grandmaison en compañía de su abuela, charlando con ella; paseando por los jardines principales, donde la anciana se negó a agarrarse a su brazo; hablándole acerca de las actividades recientes de sus hermanos y hermanas; compartiendo con ella la primera impresión que le había causado su cuñada Eve, lady Aidan; y respondiendo a todas sus preguntas.

Notó que se movía más despacio que de costumbre y que parecía estar cansada la mayor parte del tiempo, pero el orgullo y la dignidad la mantenían erguida y activa, de modo que no se quejó ni una sola vez y tampoco aceptó su sugerencia de que se retirara temprano para descansar.

Rannulf se vistió con especial atención para visitar Harewood Grange y permitió que su ayuda de cámara le ayudara a ponerse su chaqueta azul más ajustada y elegante, la que tenía los enormes botones de bronce, y le anudara el pañuelo del cuello con uno de esos complicados nudos. Se puso los pantalones ajustados de color crema y las botas altas con el remate blanco. Dado que llevaba el cabello demasiado largo para arreglárselo a lo Bruto como dictaban los últimos cánones de la moda, o para cualquier otro estilo que estuviera en boga, se lo recogió a la altura de la nuca con una estrecha cinta negra e hizo caso omiso de los afligidos comentarios de su ayuda de cámara, según los cuales tenía todo el aspecto de haberse fugado de un retrato familiar de hacía dos generaciones.

Iba a cortejar a una mujer. Dio un respingo ante semejante admisión. Iba a visitar a su posible prometida. Y no tenía la menor idea de cómo iba a librarse en esa ocasión. Se lo había prometido a su abuela. Estaba muy enferma; no lo estaba engañando. Además, su petición había sido la de prometerle que tendría en cuenta a la muchacha, no que se casaría con ella. Había sido lo más justa posible con él.

Sin embargo, sabía que estaba atrapado. Atrapado por su sentido del honor y por su amor por ella. Le daría la luna y las estrellas si las quisiera, y así se lo había dicho. Pero lo único que su abuela quería era verlo bien casado antes de morir, tal vez con un hijo en el vientre de su esposa o incluso ya en la cuna. Rannulf no iría a ver a la muchacha tan solo para verificar si resultaba apropiada. La cortejaría. Se casaría con ella antes de que acabara el verano si lo aceptaba. Y no le cabía la menor duda de que lo haría. No se llamaba a engaño con respecto a sus aptitudes, en especial tratándose de la hija de un simple baronet de linaje intachable y considerable fortuna.

Viajaba hacia Harewood Grange en un cabriolé junto a su abuela, deseando por primera vez en su vida que Aidan no hubiera sido descartado como heredero por el mero hecho de tener la vida resuelta como oficial de caballería. Pese a todo, sabía que el problema radicaba en que amaba a su abuela. Y ella se estaba muriendo.

Y pensar que casi había retrasado su llegada una semana… Si Claire Campbell no lo hubiera abandonado, en esos momentos estaría en York, disfrutando de un tórrido romance con ella mientras que su abuela esperaba, cada día más cerca del final. Aún no era capaz de pensar en Claire sin que lo embargaran la furia, la humillación y la culpa. ¿Cómo no se había dado cuenta de…?

Se obligó a apartarla de sus pensamientos. La actriz había formado parte de un suceso irrelevante de su pasado. Y tal como habían acabado las cosas, le había hecho un favor al huir de esa manera.

—Ya hemos llegado —dijo su abuela cuando el cabriolé salió de los oscuros árboles cuyas ramas servían de dosel al largo y sinuoso camino de entrada—. Te gustará, Rannulf. Te prometo que te gustará.

Cogió la mano de la anciana y se la llevó a los labios.

—Lo espero de corazón, abuela —respondió—. Ya estoy medio enamorado de ella tan solo por tu recomendación.

—¡Muchacho descarado! —exclamó ella.

Unos minutos más tarde habían entrado en el espacioso recibidor recubierto de mármol, habían subido una elegante escalinata curvada y el rígido y agrio mayordomo anunciaba su presencia a las puertas del salón.

Había cinco personas en la estancia, pero no era difícil adivinar quién era la que importaba. Mientras Rannulf les hacía una reverencia y murmuraba unas palabras de saludo a sir George, a lady Effingham y a su madre, la señora Law, se dio cuenta con cierto alivio de que la única joven presente, a quien le presentaron en último lugar, poseía en efecto una belleza exquisita. Era de baja estatura, tanto que dudaba que su coronilla le llegara a la altura de los hombros, y delgada. Tenía el cabello rubio, ojos azules y tez sonrosada. La muchacha sonrió e hizo una reverencia cuando su madre la presentó y Rannulf le devolvió el saludo y la contempló con apreciación.

Le provocaba una extraña sensación saber con certeza que estaba viendo a su futura esposa… no tan futura, a decir verdad.

Maldición. ¡Maldita fuera su estampa!

Los saludos fueron seguidos de un alboroto de risas y conversación animada, momento que la señora Law aprovechó para presentarles a su dama de compañía, en quien ni siquiera había reparado hasta ese momento: la señorita Law. Sin duda era pariente de la familia, una mujer regordeta y sin curvas, de edad indefinida, que había agachado la cabeza y había movido su silla hasta quedar detrás de la anciana cuando todos tomaron asiento.

La señora Law invitó a lady Beamish a sentarse junto a ella en el sofá para poder disfrutar de una agradable charla en privado, según sus propias palabras, y a Rannulf se le invitó a ocupar un asiento al lado de su abuela. La señorita Effingham eligió con deliberación un sofá bis a bis que se encontraba cerca de él. Se sirvió el té y la visita comenzó oficialmente. Lady Effingham llevó el peso de la conversación, si bien cuando le pidió a su hija que le contara a lord Rannulf algo acerca de las fiestas a las que había acudido en Londres durante la temporada social, la muchacha obedeció encantada y sus modales no fueron ni demasiado abiertos ni demasiado tímidos. Habló sin titubeos en voz baja y dulce, con una sonrisa siempre en los labios.

Estaba más que dispuesta a aceptarlo, se dio cuenta Rannulf a los diez minutos de conocerla. Al igual que su madre. Para ellas debía de ser el enlace del siglo, por supuesto. Rannulf sonrió y charló con soltura y sintió cómo se le cerraba el lazo alrededor del cuello. Se percató de que Effingham apenas realizó contribución alguna a la conversación.

Habían dejado la bandeja del té junto a la mesa adyacente al lugar donde se sentaba Rannulf. El plato con los deliciosos emparedados de pepinillo ya había pasado de manos una vez, al igual que el de las pastas. Se había servido otra ronda de té, tras la que lady Effingham había despachado a la criada con un gesto de la cabeza. Sin embargo, la señora Law parecía no haber satisfecho su apetito. El vestido de seda crujió alrededor de su regordeta figura y las piedras preciosas del collar, de los pendientes, de los anillos y de las pulseras resplandecieron a la luz del sol cuando se dio media vuelta para dirigirse a la mujer que estaba tras ella.

—Judith, cariño —dijo—, ¿serías tan amable de traerme de nuevo las pastas? Hoy están particularmente exquisitas.

La melancólica e informe acompañante se puso en pie y pasó por detrás del sofá donde estaba sentado Rannulf para coger el plato. Él estaba concentrado en la lista de huéspedes que la señora Effingham estaba recitando para sus oídos.

—Ay, cariño, ofréceles también a los demás, si no te molesta —dijo la anciana cuando su dama de compañía se dispuso a volver a su asiento tras el sofá—. Lady Beamish no cogió ninguna la última vez. Pero tienes por delante todo el esfuerzo que supondrá el viaje de regreso a casa, Sarah.

—También esperamos que venga mi hijastro —estaba diciéndole lady Effingham a Rannulf—, aunque nunca se puede estar seguro con Horace. Es un joven encantador y no dejan de lloverle invitaciones para fiestas de verano.

—No, gracias, señorita Law —respondió su abuela en voz baja al tiempo que rechazaba el plato con los pasteles—. Ya he comido más que suficiente.

Rannulf levantó la mano para repetir el mismo gesto que su abuela cuando la mujer se puso delante de él y le ofreció el plato con la cabeza tan agachada que el borde de la cofia le ocultaba el rostro. Aunque a decir verdad tampoco él levantó la vista. Más tarde no supo decir qué fue lo que le llamó la atención de repente. No era más que una de esas féminas invisibles que solían abundar en las casas de los ricos. Nunca se reparaba en ellas.

Fuera lo que fuese, lo puso sobre aviso y ella levantó la cabeza apenas un ápice. Lo suficiente para que sus ojos se encontraran. La mujer bajó la cabeza de inmediato y se alejó antes incluso de que él pudiera terminar el gesto.

Ojos verdes. Una nariz ligeramente moteada de pecas.

Law. La señorita Law. Judith. Judith Law.

Por un instante se sintió completamente desorientado.

Claire Campbell.

—Esto… Le pido mil perdones —le dijo a lady Effingham—. No. No, no creo que tenga el placer de conocerlo, señora. Horace Effingham. No, sin duda. Aunque es posible que lo haya visto alguna vez.

La dama de compañía dejó el plato, volvió a pasar tras él —y en esa ocasión Rannulf fue muy consciente de ella mientras lo hacía— y alejó la silla un poco más antes de volver a sentarse.

Ni siquiera se atrevió a mirarla, aunque no le cabía la menor duda de que no se había equivocado. No se trataba de que hubiera estado buscando ojos verdes y pecas allá donde fuera. No lo había hecho. No había deseado volver a encontrarla en la vida, ni había esperado hacerlo. Además, tenía el convencimiento de que ella se encontraba en York.

Con todo, sus sentidos le habían brindado la prueba irrefutable de la verdad, por muy extraña que esta resultara.

¿Quería eso decir que no había ninguna actriz llamada Claire Campbell? ¿Incluso eso había sido una ingeniosa mentira? Era Judith Law, pariente de la familia. Una pariente pobre, a juzgar por las apariencias. De ahí que viajara con una bolsa vacía... de ahí también que viajara en un coche de postas. Se había permitido una aventura con él cuando se le había presentado la oportunidad. Había sacrificado su virtud y su virginidad en un acto imprudente, arriesgándose a las terribles consecuencias.

Las consecuencias...

Rannulf no tenía la menor idea de lo que le dijeron ni de lo que contestó durante los cinco minutos que pasaron hasta que su abuela se puso en pie para marcharse. Él la imitó, logró de algún modo decir lo apropiado para semejante ocasión y se encontró sentado de nuevo en el cabriolé cinco minutos después, tras ayudar a su abuela a subir al carruaje en primer lugar. Echó la cabeza hacia atrás y cerró los ojos, aunque solo por un instante. No estaba solo.

—¿Y bien? —le preguntó su abuela cuando el vehículo se puso en marcha.

—Bueno, abuela —comenzó—, no cabe duda de que es muy bonita. Aún más de lo que me hiciste creer.

—Y también posee unos modales exquisitos —le dijo ella—. Si hay algún exceso, se debe a la impulsividad de la juventud y no tardará en madurar con las responsabilidades del matrimonio y la maternidad y bajo la mano paciente de un buen marido. Será un buen enlace para ti, Ralf. Tal vez no demasiado brillante, pero creo que ni siquiera Bewcastle podría encontrar demasiadas objeciones.

—Jamás se ha hablado —replicó— de que Wulf eligiera a mi esposa, abuela.

La anciana rió entre dientes.

—Pero me apuesto lo que quieras a que estuvo a punto de darle una apoplejía cuando descubrió que Aidan se había casado con la hija de un minero —arguyó.

—Tras semejante impresión —afirmó él—, estoy seguro de que dará su aprobación a una joven tan apropiada como la señorita Effingham.

—¿Quiere eso decir que estás dispuesto a cortejarla en serio? —preguntó su abuela al tiempo que le colocaba una mano sobre la manga.

Rannulf notó cómo esa piel pálida y fina se estiraba sobre los huesos y le cubrió la mano con la suya.

—¿Acaso no he accedido a regresar mañana por la noche para cenar, cuando hayan llegado todos los invitados? —le recordó.

—Es cierto. —La anciana suspiró—. Esperaba que te mostraras más difícil. No lo lamentarás, te lo prometo. Los Bedwyn siempre se han mostrado reacios a casarse, pero sus matrimonios han acabado siendo uniones por amor en todos y cada uno de los casos, como bien sabes. Tu pobre madre jamás se recobró tras el parto de Morgan y murió mucho antes de lo que debería, pero fue muy feliz con tu padre, Rannulf, y él la adoraba.

—Lo sé —le dijo al tiempo que le daba unas palmaditas en la mano—. Lo sé, abuela.

Sin embargo, la cabeza le bullía con pensamientos acerca de Judith Law, alias Claire Campbell. ¿Cómo demonios se iban a evitar durante las próximas semanas? Por lo menos ya entendía el motivo de su huida. Había querido acompañarla para verla actuar, sin darse cuenta de que desde un primer momento todo lo que había visto de ella había sido una farsa.

Eso no mermaba la furia que sentía. La muchacha lo había engañado. A pesar de todos los excesos que había cometido en su vida, jamás se le habría pasado por la cabeza seducir a una mujer de buena cuna. Y así se sentía exactamente en esos momentos: como un seductor de inocentes. Un maldito y lascivo canalla.

No cabía duda de que la vida había empeorado bastante desde que recibió la carta de su abuela en Londres.

—Es tan grande, mamá… —se quejó Julianne, que no obstante juntó las manos sobre el pecho como si estuviera extasiada.

El tío George había bajado para despedir a lady Beamish y a lord Rannulf Bedwyn y no había vuelto al salón.

—Pero tiene un porte elegante —agregó la tía Effingham—.

Sus ropas no llevan relleno, te lo aseguro, y tampoco lo necesita.

—Aunque no es apuesto en absoluto, ¿no te parece? —preguntó Julianne—. Y tiene la nariz muy grande.

—Pero tiene ojos azules y buenos dientes —intervino su madre—. Y todos los Bedwyn tienen esa nariz, queridita. Es lo que se conoce como «nariz aristocrática». Muy distinguida.

—¡Y su pelo! —exclamó Julianne—. Es largo, mamá. ¡Y llevaba una coleta!

—Debo confesar que eso resulta un poco extraño —afirmó la tía Effingham—. Pero el pelo siempre se puede cortar, queridita, sobre todo si se lo pide una dama por la que sienta afecto. Al menos no es calvo.

Madre e hija dejaron escapar unas risillas tontas.

—En mis tiempos, Julianne —dijo la abuela—, el cabello largo era el último grito entre los hombres, aunque algunos se rapaban la cabeza y llevaban pelucas. Tu abuelo no, por supuesto. Él conservaba su pelo. En mi opinión, el cabello largo resulta muy atractivo.

—¡Bah! —fue el comentario de Julianne—. ¿Qué opinas tú de lord Rannulf Bedwyn, Judith? ¿Crees que es guapo? ¿Debería aceptarlo?

Judith había tenido más de media hora para recuperar la compostura. Había creído que se desmayaría cuando lo vio entrar en la estancia. No podía ser, no podía ser… había pensado durante un fugaz instante. La mente y la vista debían de estar gastándole una broma. Aunque era inequívoco e indiscutible: Ralph Bedard y lord Rannulf Bedwyn eran la misma persona. La sangre le había abandonado la cabeza, dejándola fría y empapada en sudor, amortiguando los ruidos y haciendo que todo lo que la rodeaba se balanceara y diera vueltas como si no fuera real.

Ralph… Rannulf. Bedard… Bedwyn. Se parecían, pero eran lo bastante distintos como para ocultar su verdadera identidad a una actriz ambiciosa y exigente. Y lo bastante diferentes como para que ella no se hubiera percatado del parecido de no haberse encontrado con el hombre cara a cara. Le había supuesto un esfuerzo enorme no desmayarse y atraer así más atención indeseada hacia su persona. Pero aún se sentía lo bastante inestable como para perder el sentido si no tenía cuidado.

—¿Guapo? —repitió—. No, no me lo parece, Julianne. Aunque sí es cierto que tiene un porte distinguido, tal como dice la tía Louisa.

Julianne se echó a reír, se puso de pie de un salto y comenzó a dar vueltas de la misma forma que lo había hecho en el vestidor de la abuela horas antes.

—Se ha mostrado muy atento, ¿no creéis? —preguntó—. Escuchó todo lo que dije y no pareció ni condescendiente ni aburrido, como otros muchos caballeros cuando habla una mujer. ¿Me casaré con él, mamá? ¿Lo haré, abuela? ¿No te gustaría estar en mi lugar, Judith?

—Primero tendrá que pedirle tu mano a papá —le recordó la tía Effingham al tiempo que se ponía en pie—. Pero es evidente que le has gustado mucho, queridita, y está claro que lady Beamish tiene toda la intención de promover el enlace. Debe de tener bastante influencia sobre él. Creo que podemos ser optimistas.

—Judith, cariño —dijo la abuela—, ¿tendrías la amabilidad de ayudarme a levantarme? No sé por qué estoy tan torpe últimamente. Creo que tendremos que volver a llamar al médico, Louisa. Debe darme más medicinas. Será mejor que subamos a mis aposentos y que luego llames a Tillie, Judith, si no te importa. Creo que me acostaré durante una hora.

—Vaya, en ese caso no tendrás nada que hacer, Judith —dijo la tía Effingham—. Te reunirás conmigo en la biblioteca dentro de unos minutos. Hay que escribir las tarjetas que indicarán los lugares de los comensales durante la cena de mañana y realizar un sinfín de tareas. No te quedarás de brazos cruzados. Estoy segura de que tu padre te ha dicho lo que el diablo puede hacer con las manos ociosas.

—Bajaré tan pronto como la abuela esté lista —prometió Judith.

—Julianne, queridita —le dijo su madre—, tienes que descansar y no fatigarte demasiado. Mañana debes tener tu mejor aspecto.

La cabeza de Judith seguía dando vueltas. Era lord Rannulf Bedwyn y había ido allí para cortejar a Judith y casarse con ella. Al menos, eso era lo que su tía y su prima creían. Era probable que lo viera todos los días durante las dos próximas semanas. Los vería a los dos juntos.

¿Lo sabía él? ¿La había reconocido? ¿Por qué, en nombre de Dios, había tenido que levantar la cabeza cuando él alzó la mano para rechazar un pastelito y luego se quedó quieto? ¿Por qué no se había anticipado a ese gesto y había seguido su camino? Se habían mirado a los ojos. Había vuelto a agachar la cabeza antes de poder distinguir alguna señal de reconocimiento en su mirada, pero la había sentido.

¿La habría reconocido? La humillación de que la hubiera visto en semejante estado, de saber quién y qué era, resultaba imposible de soportar. En el caso de que no la hubiera reconocido esa tarde, no habría duda de que lo haría en algún momento de las siguientes semanas. No podría esconderse de él de forma permanente. Había escuchado que su abuela concertaba una visita con lady Beamish para la tarde siguiente, mientras los invitados llegaban a Harewood. ¿Tendría ella, Judith, que acompañarla? ¿Estaría él allí?

Había creído que la vida no podía empeorar. Pero se había equivocado. Sintió un ramalazo de dolor. Se suponía que los sueños y la realidad no se mezclaban nunca. ¿Por qué su sueño, el más glorioso de toda su vida, se había estrellado contra la realidad? ¿Tal vez porque jamás había sido un sueño?

—Me cogeré de tu brazo, Judith, si no es mucha molestia —le dijo su abuela al tiempo que descargaba todo su peso sobre ella—. ¿Te diste cuenta de que Louisa olvidó presentarte a lady Beamish y a lord Rannulf? Te vi agachar la cabeza mortificada y me sentí indignada, no me importa confesarlo. Después de todo, eres su sobrina y prima hermana de Julianne. Pero eso es lo que ocurre con la gente empeñada en trepar en el escalafón social, nunca se vuelven para mirar a los que están en escalones inferiores por temor a que semejante asociación los desmerezca a ojos de los demás. ¿Has perdido peso desde que llegaste, querida? Ese vestido te queda enorme y no le saca el menor partido a tu encantadora figura. Tenemos que pedirle a Tillie que le meta en las costuras y me aseguraré de que comes como es debido. Mira, al final se me han hinchado los pies. Tal vez el tónico que me preparaste esta mañana no fuera lo bastante fuerte.

—Has tenido una tarde muy ajetreada, abuela —le dijo Judith para tranquilizarla—. Te sentirás mejor después de descansar un rato y poner los pies en alto.

7

El carruaje que llevaba a la señora Law a Grandmaison Park al día siguiente era cubierto y todas las ventanillas permanecían cerradas pese a ser un día soleado y caluroso. Una corriente de aire podría provocarle uno de sus catarros, le explicó a Judith, que estaba sentada junto a ella y a quien no le cabía duda de que ambas se derretirían por el calor. Con todo, su abuela estaba de muy buen humor y no dejó de parlotear durante todo el trayecto. Lady Beamish había sido su mejor amiga desde que se había trasladado a Harewood dos años atrás, le explicó. Resultaba de lo más agradable alejarse de vez en cuando de la casa, donde Louisa estaba siempre de mal humor por cualquier cosa.

Judith no había disfrutado de un momento de respiro durante toda la mañana, que había transcurrido en un trasiego de recados a la cocina, a otras dependencias, a los establos y a las cocheras mientras la tía Effingham se aseguraba de que no había olvidado un solo detalle de los preparativos para la llegada de los invitados. Entretanto, Julianne, que tenía el mismo número de pies y manos que su prima, se había pasado la mañana dando exuberantes vueltas y brincos, abalanzándose hacia las ventanas para ver si alguien llegaba antes de tiempo o corriendo escaleras arriba para cambiarse los escarpines, el ceñidor o los lazos del pelo; en pocas palabras, agotándose, como le decía su madre a modo de cariñosa advertencia.

Aunque la esperanza de Judith de que no le ordenaran acompañar a su abuela durante la visita de esa tarde se había desvanecido cuando su tía la miró ya avanzada la mañana y descubrió con desagrado que las mejillas de su sobrina estaban ruborizadas de una forma indecorosa, que tenía los ojos anormalmente brillantes y que un mechón de cabello había escapado de la cofia a la altura de la nuca. Julianne había elegido ese mismo momento para hablar con su madre.

—Lady Margaret Stebbins no es más guapa que yo, ¿verdad, mamá? —había preguntado con repentina ansiedad—. Ni Lilian Warren ni Beatrice Hardinge, ¿no te parece? Sé que Hannah Warren y Theresa Cooke no lo son, pese a que son encantadoras y las quiero con locura. Pero yo seré la más bonita de todas, ¿a que sí?

La tía Effingham se había apresurado a abrazar a su hija y a asegurarle que era diez veces más bonita que cualquiera de sus queridas amigas, que llegarían esa misma tarde. Sin embargo, su adusta mirada se había posado sobre Judith mientras pronunciaba esas palabras y en el díscolo mechón de pelo que su sobrina estaba ocultando tras la cofia.

—No es necesario que estés aquí cuando lleguen nuestros invitados esta tarde, Judith —le había dicho—. No serás de ninguna utilidad y estorbarás a todo el mundo. Puedes acompañar a mi madre a Grandmaison y así Tillie se quedará aquí para servirme de ayuda.

—Claro, desde luego, tía Louisa —había dicho Judith, que sintió un nudo en el estómago cuando Julianne clavó los ojos en ella con curiosidad.

—Pobre Judith —había comentado su prima—, jamás tendrás una presentación en sociedad, pese a ser unos cuantos años mayor que yo. Qué desagradable y fastidioso para ti no poder mezclarte de igual a igual con la alta sociedad. Mamá dice que tu caso no sería tan desesperado si el tío hubiera hecho un mejor matrimonio. No sabes la suerte que tienes de que te invitaran a vivir aquí, donde al menos podrás codearte con gente de alcurnia.

Judith no había respondido. Ni siquiera le habían dado la oportunidad de pensar si consideraba oportuno expresar su indignación en lo que a su madre se refería; Julianne se había girado hacia la tía Louisa para pedirle su opinión sobre el vestido que había elegido.

Y en esos momentos Judith se encontraba en el carruaje junto a su abuela, abanicándose para soportar el calor. Era probable que los caballeros no prestaran mucha atención a las damas de avanzada edad, en especial cuando se esperaba la visita de otra anciana. Sería extraño que lord Rannulf Bedwyn estuviera con su abuela esa tarde.

Pronto iba a descubrir lo equivocada que estaba.

Tras descender del carruaje y adentrarse en el vestíbulo de Grandmaison, las acompañaron a una espaciosa sala de estar de techos altos donde la luz se reflejaba sobre los adornos dorados de las paredes en tono marfil y se respiraba una opulenta elegancia. Los cuadros que decoraban la estancia, lienzos de paisajes con marcos dorados, añadían profundidad y belleza. Las enormes puertas francesas que había al fondo estaban abiertas, de forma que los trinos de los pájaros y el aroma de las flores inundaban la sala. Judith podría haberse enamorado de semejante estancia a primera vista si no se hubiera dado cuenta de que allí había dos personas en lugar de una sola.

Lady Beamish se estaba levantando de un sillón que había junto al hogar. Lord Rannulf Bedwyn ya estaba en pie al lado de la chimenea. Judith agachó la cabeza y se escondió en la medida de lo posible detrás de su abuela mientras atravesaban el salón. Deseó poder estar en cualquier otro lugar del mundo. Se sentía en extremo humillada y más fea que de costumbre, ataviada como estaba con su vestido de algodón a rayas recién modificado, la cofia y un bonete con un ala enorme que la tía Louisa le había dado porque ya no lo utilizaba.

—Gertrude, querida —dijo lady Beamish con afecto antes de darle un beso a su abuela en la mejilla—. ¿Cómo te encuentras? Y veo que has traído a la señorita Law contigo. Qué agradable. ¿Es una de las nietas de las que me has hablado?

—Sí, Judith —dijo su abuela, que la miró con una radiante sonrisa—. Es la segunda hija de Jeremiah y mi favorita desde siempre. La verdad es que temía que mi hijo enviara a una de sus hermanas en lugar de a ella.

Sorprendida, Judith miró de reojo a su abuela. Estaba claro que la anciana no las conocía lo bastante como para tener una favorita.

—¿Cómo está, señorita Law? —preguntó lady Beamish con amabilidad—. Siéntese.

Entretanto, lord Rannulf le hizo la reverencia de rigor a su abuela en primer lugar y después a ella, al tiempo que murmuraba su nombre. Ella le devolvió el gesto sin mirarlo y se sentó en la silla más cercana. Sin embargo, mientras se quitaba los guantes se percató de lo horrible que resultaba su comportamiento y de la imposibilidad de ocultar su identidad durante mucho más tiempo… si acaso él no la había descubierto a esas alturas. Levantó la cabeza y lo miró directamente a la cara.

Él la estaba contemplando con los ojos entrecerrados. Judith alzó la barbilla lo más que pudo, pese a sentir que el rubor inundaba sus mejillas.

Los siguientes minutos estuvieron ocupados con los comentarios de rigor. Lady Beamish preguntó por la salud de la familia de Judith y la abuela preguntó por la de lord Rannulf Bedwyn. También se comentó la llegada de los huéspedes esa tarde a Harewood y el hecho de que lord Rannulf tuviera la intención de cabalgar hasta allí para la cena. En ese momento la voz de lady Beamish adquirió un tono más enérgico.

—Gertrude y yo somos viejas amigas, Rannulf —dijo—, y nada nos gusta más que pasar una hora juntas hablando de cosas que solo nos interesan a nosotras. Tienes permiso para escapar del tedio de comportarte según dictan las buenas maneras. ¿Por qué no acompañas a la señorita Law al exterior y le muestras los jardines principales? Después tal vez le apetezca sentarse en el cenador mientras tú sigues con tus asuntos.

Judith apretó las manos con fuerza sobre su regazo.

—Parece que aquí estamos estorbando, señorita Law —dijo él antes de dar unos pasos en su dirección y hacerle una ligera reverencia mientras hacía un gesto con la mano en dirección a las puertas francesas—. ¿Le apetece dar un paseo?

—Quizá, lord Rannulf —dijo la señora Law cuando Judith se puso en pie a regañadientes—, sería usted tan amable de cerrar las puertas al salir... Si no te parece mal, Sarah, por supuesto. Creo que una de mis fiebres me está acechando. Judith ha tenido que abanicarme la cara durante todo el camino hasta aquí.

Judith pasó por alto el brazo que le ofrecían. Se apresuró a llegar hasta las puertas francesas y salió a la terraza embaldosada. Se encontraba en un sendero que atravesaba el centro de los jardines principales cuando se detuvo al oír que las puertas se cerraban tras ella. ¿Hacia dónde estaba huyendo? ¿Y por qué tendría que hacerlo? Aunque era cierto que jamás se había sentido tan mortificada como en esos momentos.

—Bien, señorita Judith Law —dijo él en voz baja enfatizando el nombre, y ella se dio cuenta con cierto sobresalto de que lo tenía justo detrás. Su voz destilaba un templado veneno.

Judith cruzó los brazos a la espalda, se dio la vuelta y clavó la mirada con atrevimiento en su rostro... cuya cercanía y familiaridad le resultaron espantosas.

—Bien, lord Rannulf Bedwyn —dijo ella, con el mismo énfasis en las palabras.

—*Touché!* —La miró con el acostumbrado brillo burlón en los ojos. Le señaló el sendero con un gesto—. ¿Damos un paseo? Desde la sala pueden vernos perfectamente donde nos encontramos ahora.

Según pudo observar Judith, los jardines principales habían sido diseñados con una precisión geométrica y estaban atravesados por una serie de senderos empedrados que conducían en línea recta, como si de los radios de una rueda se trataran, hasta la fuente que se encontraba en el centro: un Cupido de mármol que se apoyaba sobre un pie justo en el medio de la pila mientras el agua salía disparada de la flecha que sujetaba sobre su arco y volvía a caer sobre el pilón. Unos setos bajos y podados de modo impecable delineaban los senderos y acotaban los macizos de flores, que reportaban un festín de color y de variedades a la vista y una dulce fragancia al olfato.

—Me engañó —dijo él mientras caminaban.

—Y usted a mí. —Se apretó los antebrazos con más fuerza a la espalda.

Ojalá no hubiera descubierto jamás la verdadera identidad de ese hombre. ¿Por qué tenía que estar sucediendo todo aquello? De todos los posibles destinos de Inglaterra, tenían que encaminarse a casas que no distaban más que ocho kilómetros entre sí. Y por si fuera poco, el hombre pensaba asistir a la fiesta campestre que se daba en Harewood.

¿De verdad iba a casarse con Julianne? ¿Lo había planeado antes de su viaje?

—Me pregunto —dijo él con un tono de voz agradable e indiferente— si a su abuela y a sus tíos les interesaría saber que es una actriz y una cortesana.

¿La estaba amenazando? ¿Tendría miedo, quizá, de que ella lo delatara?

—Y yo me pregunto —replicó Judith con aspereza— si no les interesaría saber que el hombre que pretenden que aspire a la mano de mi prima Julianne tiene por costumbre enredarse en aventuras amorosas con desconocidas durante sus viajes.

—No hace sino demostrar lo poco que sabe del mundo, señorita Law —dijo él—. Sin duda los Effingham son más que conscientes de que los caballeros tienen ciertos... digamos «intereses» que persiguen siempre que se les presenta la oportunidad, tanto antes como después del matrimonio. ¿Es usted una invitada de honor en la casa de su tío?

—Sí, me han invitado a vivir en Harewood —respondió ella.

—¿Y cómo es que no se encuentra allí esta tarde para recibir a los invitados? —inquirió lord Bedwyn.

—Mi abuela precisaba de mi compañía —contestó Judith.

—Miente, señorita Law —dijo él—. De hecho, miente usted muchísimo. Es una pariente pobre. Ha venido a Harewood en calidad de sirvienta sin sueldo, a fin de evitarle a su tía la necesidad de atender las exigencias de su abuela, si mis suposiciones son correctas. ¿El matrimonio de su padre no fue tan ventajoso como el de su tía?

Habían llegado a la fuente y se detuvieron allí. Judith sentía la frescura de las gotas de agua que caían sobre sus mejillas.

—Mi madre —contestó con irritación— pertenece a una familia más allá de todo reproche. Y mi padre, además de ser clérigo, es un hombre de recursos.

—De recursos —repitió él con un deje de sorna—. ¿Pero no de fortuna? ¿Y dichos recursos han menguado hasta tal punto que sus padres se han visto obligados a enviar a una de sus hijas a vivir con unos parientes ricos?

Judith rodeó la fuente para llegar hasta el sendero que había al otro lado. Él la rodeó en sentido contrario antes de colocarse de nuevo junto a ella.

—Sus preguntas resultan de lo más impertinentes —afirmó ella—. Mis circunstancias no son de su incumbencia. Ni tampoco las de mi padre.

—Es la hija de un caballero —dijo él con suavidad.

—Por supuesto que sí.

—Y está enfadada —añadió lord Rannulf.

¿Lo estaba? ¿Por qué? ¿Porque era humillante que la vieran tal y como realmente era? ¿Porque su único sueño robado, el que debía sostenerla durante el resto de su solitaria vida, se había hecho pedazos? ¿Porque él parecía tan tranquilo e indiferente ante esa horrible coincidencia? ¿Porque se burlaba de ella y de sus padres? ¿Porque Julianne era joven, bonita y rica? ¿Porque Branwell había derrochado la pequeña fortuna que su padre había ahorrado con tanto esfuerzo? ¿Porque la vida no era justa? ¿Quién había dicho alguna vez que debería serlo?

—Y es una cobarde —añadió él tras un breve silencio—. Ni siquiera tuvo el valor de mirarme a los ojos y contarme esa historia acerca de que había otro hombre. Ni siquiera tuvo el valor de despedirse de mí.

—No —admitió Judith—. No, no lo tuve.

—Y de esa forma —continuó él— me hizo quedar como un estúpido. La mujer del posadero me echó un sermón por haberla tratado mal y me aconsejó que cabalgara tras usted y me tragara el orgullo.

—Lo siento —susurró ella.

—¿De verdad? —Él bajó la mirada para observarla y Judith se dio cuenta de que una vez más habían dejado de caminar—. La habría tomado aun cuando me hubiera dicho la verdad. ¿Se da cuenta de eso? La habría convertido en mi amante. La habría mantenido; habría cuidado de usted.

En ese momento Judith se sintió furiosa y sabía muy bien por qué. ¿Por qué tenía que morir el único gran sueño de su vida de una manera tan infame y dolorosa? De pronto lo odió; despreció y odió a ese hombre por obligarla a ser consciente de la sordidez de lo que había ocurrido entre ellos.

—Veamos. —Se dio unos golpecitos sobre los labios con un dedo y miró hacia arriba como si estuviera meditando—. Creo que eso hubiera sido durante unos cuantos días, puede que una semana a lo sumo. Hasta que nos cansáramos el uno del otro, lo que traducido significa, según creo, hasta que usted se cansara de mí. No, muchas gracias, lord Rannulf. Yo disfruté de nuestro encuentro. Llenó unos días potencialmente aburridos mientras aguardábamos a que dejara de llover. Ya me había cansado de usted para entonces. No obstante, habría sido muy desconsiderado decirlo, ya que admitió que quería disfrutar de mí durante unos días o incluso una semana más. De modo que me escabullí mientras estaba fuera. Perdóneme.

Él la miró fijamente y en silencio durante largo rato, con una expresión indescifrable.

—Si me muestra dónde se encuentra el cenador, me sentaré allí hasta que mi abuela envíe a alguien a buscarme —añadió Judith.

Él habló de repente, pasando por alto su sugerencia.

—¿Está embarazada? ¿Lo sabe ya?

Si un agujero negro hubiera tenido la amabilidad de abrirse bajo sus pies, Judith habría saltado de buena gana a su interior.

—¡No! —exclamó con las mejillas encendidas—. Por supuesto que no.

—¿Por supuesto? —Con las cejas enarcadas, ese hombre era la viva imagen de un irreverente y arrogante aristócrata—. Los bebés llegan como resultado de esas actividades de las que nosotros disfrutamos, señorita Law. ¿Acaso no lo sabía?

—¡Por supuesto que lo sabía! —Si era posible sentirse más avergonzada, Judith no podía imaginarse en qué circunstancias—. Supongo que no creerá que yo habría permitido...

Una mano en alto la detuvo.

—Por favor, señorita Law —dijo con un tono de voz hastiado—, deje de actuar como si fuera una mujer de mundo. Porque es una actuación, al igual que su Viola o su lady Macbeth. ¿Está segura de verdad?

—Sí. —De repente sintió los labios rígidos y casi no pudo pronunciar la palabra—. Estoy bastante segura. ¿Dónde está el cenador?

—¿Por qué lleva una ropa tan espantosa? —le preguntó él.

Judith lo miró con los labios apretados.

—Semejante pregunta no es digna de un caballero —replicó mientras él aguardaba su respuesta.

—No estaba vestida de esa forma para viajar —dijo lord Rannulf—, aunque es culpa mía no haberme dado cuenta de que no era más que una chica de campo jugando a ser una actriz y una cortesana. Es buena... en ambas cosas. Pero ¿de dónde han salido ese bonete, esa ridícula cofia y ese vestido tan ancho?

—Sus preguntas resultan de lo más insolentes —afirmó Judith.

Sin embargo, sus ojos y su sonrisa se burlaban de ella... de una forma bastante perversa.

—Supongo —dijo él, interrumpiéndola una vez más—, aunque me temo que es más una certeza que una suposición, que cuando su tía la vio al llegar a Harewood se dio cuenta de que, por desgracia, usted eclipsaría con mucho a su hija y decidió ocultarla tras el mejor disfraz que pudo imaginar. ¿Estoy en lo cierto?

Por supuesto que no estaba en lo cierto. ¿Acaso era ciego? Lo único que había hecho la tía Louisa era insistir, incluso más que su padre, en que ocultara sus feos rasgos.

—¿O también su cabello era parte de la actuación? —preguntó él antes de que sus labios esbozaran una sonrisa torcida aún más burlona—. ¿Está calva bajo la cofia, señorita Law?

—Sus preguntas resultan repetitivas y ofensivas, lord Rannulf —le dijo—. Tenga la amabilidad de indicarme dónde se encuentra el cenador o le pediré a algún jardinero que me muestre el camino.

El hombre la observó durante un instante más; resopló por la nariz en un gesto que podría haber sido de furia y luego chasqueó la lengua, apartó la mirada y comenzó a desandar el camino por el que habían llegado hasta que tomó un sendero adyacente que conducía —según pudo comprobar Judith— a los enrejados cubiertos de rosas que debían de conformar los límites del cenador.

Era un lugar tan hermoso que robaba el aliento… o lo habría hecho en otras circunstancias. Cerrado en tres de los lados por altos enrejados que lo protegían del viento, descendía a lo largo de cuatro amplias terrazas en dirección a un arroyo burbujeante. Había rosas por todas partes, de todos los matices y colores, de todos los tipos y tamaños. El aire estaba cargado de su perfume.

Judith se sentó en un banco·de hierro forjado emplazado en la terraza superior y cruzó las manos sobre el regazo.

—No hace falta que se quede a hacerme compañía —dijo—. Estaré muy bien aquí sola rodeada por semejantes vistas.

Él permaneció de pie a su lado sin decir nada durante lo que pareció un buen rato. Judith no levantó la vista para ver si la estaba mirando o si no hacía más que contemplar los alrededores, aunque sí podía ver la punta de una de las botas de montar trazando una y otra vez el mismo dibujo sobre el empedrado que había al lado del banco. No podía soportar su cercanía. No podía soportar la realidad, ni tampoco el hecho de saber que su sueño robado se había hecho añicos para siempre.

Y entonces él se alejó sin decir una palabra y ella se sintió vacía.

Rannulf se dirigió directamente a su habitación. Y comenzó a pasearse de un lado a otro.

Era la hija de un caballero. ¡Maldita fuera su estampa! No tendrían que haberla dejado viajar sola, sin ni siquiera una doncella que le ofreciera cierta respetabilidad. Su padre merecía que le pegaran un tiro por permitirlo. No tendría que haber aceptado cabalgar con él ni mucho menos utilizar esa voz ronca y fingir que era actriz. Ni coquetear con él. Ni permitirle que le robara un beso sin arrancarle la cabeza de los hombros por semejante impertinencia.

La muchacha tenía que conocer las reglas del decoro tan bien como él.

Él conocía esas reglas.

Apoyó ambas manos sobre el alféizar de la ventana, respiró hondo, contuvo el aliento y lo dejó escapar muy despacio. Miró hacia abajo. Un criado bordeaba los jardines principales en su camino de vuelta a la casa. El vaso de limonada que Rannulf había ordenado que le enviaran a Judith ya había sido entregado, al parecer.

Ella no debería haber aceptado la escandalosa sugerencia de que se trasladaran desde la casa de postas a aquella otra posada mucho más tranquila, situada junto al prado del mercado. Ni haberse mostrado de acuerdo en compartir una habitación con él. Ni haber cenado a solas con él. Ni haber espoleado su deseo con esa actuación… ¿Dónde demonios había aprendido a actuar así? Ni haberse dejado suelto ese cabello de sirena.

Por todos los diablos, no debería haberse acostado con él.

Tendría que haber conocido las reglas.

Él conocía esas reglas.

Le dio un puñetazo al alféizar de la ventana y maldijo entre dientes.

Él conocía las reglas, maldición. Su padre había criado a hijos ingobernables y testarudos que despreciaban las costumbres y las opiniones de los demás a la menor oportunidad. También había criado a hijos honorables, que sabían qué reglas no podían romperse.

Le había dicho que la habría tomado aun sabiendo la verdad sobre ella. La habría convertido en su amante, le había asegurado. ¿Lo habría hecho? Probablemente no… No, sin lugar a dudas.

Era la hija de un caballero.

¡Por todos los santos! A buen seguro que la muchacha ni siquiera sabía aún si había logrado escapar del peor de los destinos. Era una mentirosa consumada. No sería de extrañar que también le hubiera mentido al respecto. Podría dar a luz a su bastardo en algo menos de nueve meses.

Estampó el puño en el alféizar una vez más y se apartó de la ventana para comenzar a pasearse de nuevo de un lado a otro de la habitación, con los puños apretados a ambos lados del cuerpo.

¡Maldición, maldición, maldición!

A la postre, abrió de golpe la puerta y salió como una exhalación hacia el pasillo sin detenerse a cerrar la puerta. Sin detenerse a pensarlo dos veces.

Ella seguía sentada donde la había dejado, con las manos en el regazo, una sobre la otra con las palmas hacia arriba; el vaso de limonada, al que apenas si le habría dado un sorbo, se encontraba sobre una pequeña mesa de hierro forjado que el criado debía de haber colocado a su lado. La muchacha contemplaba el arroyo y tan solo giró un poco la cabeza cuando él apareció bajo el arco enrejado, procedente de la terraza.

—He estado dando vueltas por mi habitación —dijo—, intentando convencerme de que usted era la única culpable de lo ocurrido. Pero no es cierto. Yo soy igual de culpable.

Ella giró por completo la cabeza para mirarlo y Rannulf se encontró contemplando unos sorprendidos y abiertos ojos verdes.

—¿Qué? —preguntó.

—Usted era una joven inocente e inexperta —dijo Rannulf—. Y yo estoy muy lejos de ser inocente e inexperto. Tendría que haberme dado cuenta. Debería haberme percatado del engaño.

—¿Se está culpando por lo que sucedió entre nosotros? —le preguntó ella con un tono estupefacto—. ¡Qué absurdo! No tiene sentido echarle la culpa a nadie. Fue algo que sucedió de mutuo acuerdo. Se acabó y es mejor olvidarlo.

¡Ojalá fuera tan fácil!

—No se ha acabado —afirmó él—. Tomé su virginidad. Ahora es usted, si me permite decirlo con cierta crudeza y sin tapujos, mercancía dañada, señorita Law; y no es posible que sea tan inocente para no darse cuenta de ese hecho.

Con las mejillas encarnadas, ella giró la cabeza de golpe para volver a mirar al frente y se levantó con brusquedad.

—¿Qué le hace pensar…? —comenzó a decir.

—No, no son cosas mías —replicó él—. Estaba un poco ebrio, tanto por el vino que había consumido como por su actuación y sus encantos. Después de que huyó, la posadera me explicó por qué había cambiado las sábanas de nuestra cama tras la primera noche que pasamos juntos. Había sangre en las que retiró, como muy bien se encargó de señalarme.

La espalda de la muchacha se encogió de forma evidente.

—Usted es una dama, señorita Law —dijo él—, si bien es cierto que no pertenece a una familia rica ni de relevancia social. Pertenece a una clase social muy por debajo de cualquier nivel en el que tanto mi familia como mis pares esperarían que yo eligiera esposa, pero no me queda otro remedio. No es que la culpe a usted. Me culpo a mí mismo por estar tan ciego como para no darme cuenta de la realidad. Aunque ya es demasiado tarde para andarse con lamentos. ¿Me haría el honor de casarse conmigo?

En esa ocasión su espalda no se encogió. Se puso rígida. Durante algunos instantes, Rannulf llegó a pensar que no iba a responderle. Sin embargo, a la postre lo hizo.

—No —dijo con una voz firme y bastante precisa.

Y acto seguido se alejó de él, descendiendo las amplias terrazas hasta dejar atrás las rosas y detenerse en la orilla del arroyo.

Tal vez habría debido hacerle la proposición con palabras más tiernas; haberse colocado delante de ella y haberle tomado la mano. En cambio, la había obsequiado con la pura verdad. Aunque de todos modos ella habría reconocido cualquier tipo de engaño por su parte. En su papel de Claire Campbell le había parecido una mujer inteligente. Fue tras ella.

—¿Por qué no? —le preguntó.

—No soy el problema de nadie, lord Rannulf —respondió ella—. Y no seré el bálsamo que alivie la conciencia culpable de nadie. Aunque no es necesario que se sienta culpable. Fui con usted de manera voluntaria y… me acosté con usted de buena gana. Era algo que quería experimentar y decidí aprovechar la oportunidad cuando se me presentó. Tiene toda la razón en cuanto al motivo de mi presencia en Harewood. No resulta muy probable que se descubra que una mujer en mis circunstancias es una mujer deshonrada o «mercancía dañada». Las mujeres como yo permanecen solteras durante toda la vida. Supongo que, después de todo, la posibilidad de casarme debería resultar tentadora. Podría convertirme en lady Rannulf Bedwyn y ser más rica de lo que jamás llegué a soñar. Sin embargo, no me casaré porque a usted no le quede otro remedio o porque sea demasiado tarde para que usted se zafe de la trampa que yo represento a sus ojos. No me casaré porque el honor le obligue a ofrecerme un matrimonio tan imprudente y desigual. Para usted no sería un honor que aceptara su proposición, sino un martirio.

—Le ruego que me disculpe —dijo él—. No pretendía decir que…

—Claro que no —convino ella—, usted no pretendía decir nada. Se limitaba a constatar un hecho. ¿Por cuál de todas esas razones esperaba que yo aceptara con alegría su proposición, lord Rannulf? ¿Porque es usted el hijo de un duque y un hombre inmensamente rico? ¿Porque mis esperanzas de casarme con cualquier otro serían escasas incluso si no hubiera perdido la virginidad? ¿Porque el decoro dicta que debería casarme con el hombre que me ha seducido dado que él ha tenido a bien proponérmelo… aunque, por supuesto, usted no me sedujo? ¿Porque me dijo que le honraría que yo aceptara? Mi respuesta es no.

El alivio pugnaba con la incredulidad y la indeleble sensación de culpa. Había sido la crudeza de su proposición lo que la había ofendido. De habérselo pedido de la forma adecuada, ¿habría hecho ella lo correcto?

—Perdóneme —dijo él—. Creí que despreciaría las palabras dulces y halagüeñas. Permita que…

—No. —Se giró hacia él y lo miró a los ojos—. Fue una experiencia efímera, lord Rannulf. Jamás pretendí que durara más tiempo. Sentía curiosidad, la satisface y también yo encontré satisfacción. No sentía el menor deseo de continuar con la relación y desde luego tampoco siento el menor deseo de casarme con usted. ¿Por qué debería hacerlo? No soy tan inocente ni tan ignorante como para no saber cómo son los hombres de su posición. Tuve ocasión de comprobarlo durante el viaje y sus palabras de hoy confirman lo que ya sabía. Usted no es ni inocente ni inexperto, según ha proclamado con orgullo. Cualquiera que sepa cómo son las cosas, ha asegurado, comprendería que debe esperarse un comportamiento semejante tanto antes como después del matrimonio. Aun en el caso de que deseara casarme con usted, no lo haría. ¿Por qué iba a convertirme a sabiendas en una esposa no deseada, abandonada en alguna tranquila y respetable propiedad campestre mientras su marido continúa con su vida de flirteo y libertinaje como si ella no existiera? Quería vivir una aventura con usted, no tenerlo como esposo; y por mucho que me satisficiera la aventura, no estoy dispuesta a repetirla. ¡Qué suerte para usted! Después de todo no tendrá que enfrentarse al desprecio de sus pares ni al descontento de su hermano, el duque de Bewcastle. Que tenga un buen día.

Por extraño que pareciera, a pesar de sus locuaces y desdeñosas palabras, de la ira apenas reprimida y del vestido que tan mal le sentaba, la muchacha volvía a atraerlo de repente y le hizo recordar la intensa atracción sexual que había sentido por ella durante el día y medio y las dos noches que habían pasado juntos. Hasta ese momento ni siquiera se le había pasado por la cabeza que fuera la misma mujer.

—¿Es esa su última palabra? —le preguntó.

—¿Qué parte de lo que le he dicho es la que no ha comprendido, lord Rannulf? —inquirió ella sin dejar de mirarlo a los ojos.

Sin embargo, antes de que pudiera responder, Rannulf se dio cuenta de que había alguien más en el cenador. Levantó la vista y descubrió al mismo criado de antes justo bajo el arco, aclarándose la garganta. Rannulf enarcó las cejas.

—Me han enviado para decirle a la señorita Law que debe regresar a la sala de estar, milord —dijo.

—Gracias —replicó Rannulf con sequedad.

No obstante, cuando se giró para ofrecerle el brazo a Judith Law, ella se apresuró a atravesar las terrazas inferiores, levantándose las faldas con ambas manos y haciendo caso omiso de su existencia.

No la siguió. Se quedó allí mirándola, embargado por el alivio. Aunque no tenía ni idea de por qué se sentía aliviado. De pronto recordó que de una manera o de otra tendría que casarse con alguien ese mismo verano.

Se sentía irritado. Y seguía consumido por la culpa. Y bastante excitado, ¡maldición!

8

$\mathcal{H}$arewood Grange era un hervidero de ruido y actividad cuando el carruaje dejó a Judith y a su abuela en la terraza. Según pudieron comprobar, todos los invitados que se esperaban habían llegado ya. La mayoría se encontraba en el salón, tomando el té con la tía Louisa, el tío George y Julianne. Aquellos que habían llegado más tarde aún estaban en sus respectivas habitaciones, cambiándose de ropa. En la terraza se amontonaban multitud de baúles, bolsas de viaje y cajas de sombreros, que numerosos criados y ayudas de cámara desconocidos se apresuraban a trasladar a sus correspondientes habitaciones tan rápido como podían.

—Estoy demasiado cansada para hacer acto de presencia, Judith —le dijo su abuela—. Tengo la sensación de que estoy a punto de sufrir una de mis migrañas. Pero tú no puedes perderte la reunión. Si eres tan amable, acompáñame a mi habitación y luego tráeme una taza de té y tal vez un par de pastelitos… los que están cubiertos por ese glaseado blanco, cariño. Y después tienes que ponerte un vestido bonito y reunirte con Louisa y Julianne en el salón para que te presenten a todos los invitados.

Judith no tenía la más mínima intención de hacer tal cosa. Acababa de atisbar la oportunidad de disfrutar de la primera hora de verdadera libertad desde que llegara a Harewood y no pensaba desperdiciarla. Corrió hacia su habitación en cuanto llamó a Tillie con el fin de que ayudara a su abuela a meterse en la cama para echar una siesta, se puso en un santiamén uno de los pocos vestidos que aún no habían sido sometidos a los cambios de su tía —un viejo vestido de algodón color amarillo limón al que guardaba especial cariño—, arrojó la cofia a un lado para reemplazarla por su bonete de paja y se apresuró a descender la escalera de servicio, que había descubierto pocos días atrás mientras hacía varios encargos en la cocina. Se escabulló por la puerta trasera y salió a los jardines de la cocina, con las verduras a un lado y los macizos de flores al otro. Los prados verdes se extendían a lo lejos hasta los pies de una colina salpicada de árboles. Judith se encaminó en esa dirección y no tardó en aligerar el paso, alzando el rostro hacia el sol y la ligera brisa para disfrutar de la maravillosa sensación que suponía sentirlos sobre el pelo, la frente y el cuello, que por regla general estaban cubiertos por la cofia.

¿Tan loca estaba como para haber rechazado una proposición de matrimonio? ¿De un hombre con título y fortuna? ¿De un hombre con el que se había acostado? ¿Al que encontraba en extremo atractivo? ¿Cuyos recuerdos había esperado que inundaran los sueños del resto de su vida? El matrimonio era el objetivo primordial de cualquier mujer; ella deseaba con fervor que el matrimonio le reportara seguridad, hijos y un poco de consuelo, tal vez incluso amistad.

Durante algunos años había aguardado con paciencia la oportunidad de conocer a un hombre dispuesto a casarse con ella; un hombre a quien su padre encontrara aceptable y fuese tolerable a sus propios ojos. Había sido lo bastante sensata para no esperar jamás que sus sueños de encontrar el amor se convirtieran en realidad. Y sin embargo esa mañana —hacía poco más de una hora— había rechazado a lord Rannulf Bedwyn.

¿Acaso estaba loca?

La colina no era muy alta, aunque de todos modos proporcionaba una encantadora vista de la campiña que la rodeaba. Desde la cima, Judith podía mirar en todas las direcciones. La brisa soplaba un poco más fuerte allí arriba. Se colocó de cara al viento, cerró los ojos y echó la cabeza hacia atrás.

No, no estaba loca. ¿Cómo podría haber aceptado cuando él ni siquiera había intentado disimular el resentimiento que le provocaba el hecho de verse obligado a hacer semejante proposición? ¿Cómo iba a aceptar cuando había dejado claro lo mucho que despreciaba su modesta categoría social? ¿Cómo iba a aceptar cuando había confesado sin tapujos que lo que había sucedido entre ellos no era una circunstancia inusual para él… y que semejantes aventuras seguirían produciéndose aun después de su matrimonio?

¿Cómo podía casarse con un hombre al que detestaba con todas sus fuerzas?

Aun así, pensó al tiempo que atisbaba un pequeño lago en la parte más alejada del pie de la colina en cuya dirección se puso en marcha, su negativa se había visto afectada por una irreflexiva locura; el orgullo había nublado su sentido común. Y era este último quien le recordaba en esos momentos que a pesar de que el matrimonio con lord Rannulf le hubiera supuesto acabar encerrada en algún rincón perdido mientras él continuaba con sus aventuras amorosas, habría sido un matrimonio después de todo. La habría convertido en la respetada señora de su propio hogar.

En cambio, dependía del tío George, quien apenas reparaba en su existencia, y era el objeto del desprecio y las órdenes de la tía Louisa, que continuarían durante incontables años en el futuro. Solo su abuela hacía soportable su vida en esos momentos. Se reprendió para sus adentros al percatarse del rumbo autocompasivo que habían tomado sus pensamientos. Había destinos peores. Podría estar casada con un hombre al que le importara un comino, que la descuidara, que le fuera infiel y…

Bueno, había destinos peores.

El lago que se encontraba al pie de la colina resultaba íntimo y encantador. Estaba rodeado de hierba alta, flores silvestres y unos cuantos árboles. Parecía un lugar desatendido y era muy probable que ni lo usaran ni lo frecuentaran siquiera.

Quizá, pensó, podría convertirse en su refugio privado durante los días, los meses y los años venideros. Se arrodilló en la orilla y metió una mano en el agua. Estaba fresca y clara, no tan fría como había supuesto. Recogió un poco de agua con las manos y hundió su acalorado rostro en ellas.

Estaba llorando, comprobó de repente. Ella casi nunca lloraba. Sin embargo, las lágrimas resultaban ardientes en contraste con la frescura del agua, y de su pecho brotaban una serie de sollozos imposibles de controlar.

La vida resultaba de lo más injusta en ocasiones. Había extendido la mano una sola vez en su vida para apoderarse de un sueño breve y maravilloso. No había exigido ni esperado que se prolongara. Solo había deseado que el recuerdo de ese sueño perdurara durante el resto de su vida.

Era evidente que había pedido demasiado.

En esos momentos su sueño se había desmoronado por completo. Los recuerdos estaban mancillados... todos los recuerdos. Porque él había descubierto que ella no era la rutilante estrella, la extravagante actriz que le había resultado atractiva pese a sus defectos físicos. Y porque ella había descubierto que él era un hombre despreciable.

Sin embargo, acababa de proponerle matrimonio.

Y ella lo había rechazado.

Se puso en pie y se encaminó de vuelta a la cima de la colina. No podía permitir que la echaran de menos. Si así fuera, la tía Louisa se encargaría de que no pudiera disfrutar de un sòlo instante de ocio en el futuro.

Al llegar a la puerta trasera, descubrió que alguien la había cerrado con llave. No consiguió abrirla a pesar de todos sus esfuerzos y nadie atendió su llamada cuando la golpeó con los nudillos. Rodeó la casa en dirección a la entrada principal, deseando con todas sus fuerzas que los invitados siguieran reunidos en el salón a fin de poder escabullirse hacia su habitación sin que la descubrieran.

Cuando dobló la esquina de la terraza delantera, unos mozos guiaban a dos caballos en dirección a los establos y varios criados estaban bajando un montón de equipaje de un carruaje. Había dos caballeros de espaldas a ella; uno de ellos daba las órdenes pertinentes con voz impaciente y arrogante. Judith retrocedió y habría desaparecido de nuevo tras la esquina si el otro caballero no hubiera girado un tanto la cabeza, dejando su perfil a la vista. Ella lo miró fijamente sin dar crédito a lo que veía y acto seguido se apresuró a acercarse a él, olvidando que no quería que la vieran.

—¿Bran? —gritó—. ¿Branwell?

Su hermano se giró con las cejas alzadas y después sonrió mientras se acercaba a ella a la carrera.

—¿Jude? —preguntó—. ¿Tú también estás aquí? ¡Fantástico! —Se quitó el sombrero, la levantó del suelo con un fuerte abrazo y la besó en la mejilla—. ¿También han venido los demás? Me gusta el bonete… muy favorecedor.

Iba ataviado a la última moda y a decir verdad parecía muy apuesto y elegante con su cabello rubio revuelto por la brisa y esa sonrisa afectuosa en su entusiasta, juvenil y atractivo rostro. Por un instante Judith olvidó sus deseos de torturar con lentitud y alevosía todas y cada una de las partes del cuerpo de su hermano, desde la cabeza hasta las uñas de los pies.

—Solo estoy yo —contestó—. Una de nosotras fue invitada y me tocó a mí.

—¡Fantástico! —exclamó.

—Pero ¿qué estás haciendo tú aquí, Bran? —le preguntó ella.

Antes de que su hermano pudiera contestar, el otro caballero se unió a ellos.

—Bueno, bueno, bueno —dijo, sometiéndola a esa clase de escrutinio descarado que habría hecho que su padre le diera una reprimenda, ¡a ella!, de haberlo presenciado—. Preséntanos, Law, ¿quieres?

—Judith —dijo Branwell—. Mi hermana. Horace Effingham, Jude. Nuestro primo por parte del tío George.

¡Vaya! Así pues, había acudido; el hijo del primer matrimonio del tío George. La tía Effingham estaría encantada. Esa era la primera vez que Judith lo veía en toda su vida. Superaba en algunos años los veintiuno de Branwell y era unos cuantos centímetros más bajo que su hermano; en realidad no era mucho más alto que ella. Era un poco más robusto que Bran y su complexión morena le confería un atractivo que podría tildarse de agradable. Su sonrisa reveló unos dientes muy grandes y muy blancos.

—Prima —le dijo, al tiempo que extendía una mano firme y suave para tomar la suya—. Es un verdadero placer. Me siento repentinamente encantado de haber sucumbido a la persuasión de mi madrastra y de haber venido a lo que pensaba que iba a ser todo un aburrimiento. Traje a tu hermano conmigo para aliviar el tedio. Me tomaré la libertad de llamarte Judith, puesto que somos parientes cercanos. —Se llevó su mano a los labios y la sostuvo allí más tiempo del necesario.

—Effingham es un gran tipo, Jude —dijo Branwell con entusiasmo—. Me ha llevado a las carreras y me ha dado consejos muy útiles sobre cómo elegir un ganador; y también a Tattersall's, donde me aconsejó cómo elegir los mejores caballos. Una noche me invitó a White's y tomé parte en una de las mesas y gané trescientas guineas antes de perder trescientas cincuenta. De todos modos, solo perdí cincuenta mientras que los tipos que estaban conmigo perdieron cientos. ¡Y en White's! Deberías verlo, Judith; claro que no puedes, porque eres una mujer.

Judith se había repuesto de la sorpresa inicial y también del placer de ver a su hermano. Branwell, el único varón entre cuatro féminas —el guapo, entusiasta y alegre Bran—, siempre había sido el niño mimado. Había ido al colegio a expensas del gasto que supuso para su padre y había regresado a casa con unas notas mediocres. Sin embargo, había destacado en todos los juegos y era el mejor amigo de todo el mundo. Después había ido a Cambridge, donde había superado los exámenes por los pelos. Pero no se había sentido atraído ni por una carrera eclesiástica, ni por la abogacía, ni por la política, ni por el cuerpo diplomático, ni por el ejército. No sabía qué quería hacer. Necesitaba ir a Londres, mezclarse con la gente adecuada y descubrir con exactitud dónde podía aplicar su talento y habilidad para ganar una fortuna.

Durante el año que había transcurrido desde su regreso de Cambridge, Branwell había malgastado todo el dinero que su padre había dispuesto para él; y después todo el que había ahorrado para las modestas dotes de sus hijas. En esos momentos su hermano estaba gastando el sueldo que permitía vivir a la familia con independencia. Y aun así seguía siendo el niño mimado, el que no tardaría en dejar atrás las locuras de la juventud y se dispondría a recuperar la fortuna familiar. Incluso su padre, que era tan estricto con sus hijas, no veía en Branwell nada malo que el tiempo y la experiencia no pudieran enmendar.

—Encantada de conocerlo, señor Effingham —dijo Judith, zafándose de su mano tan pronto como la cortesía se lo permitió—. Me alegra mucho verte de nuevo, Bran. Pero debo apresurarme a entrar. La abuela estará a punto de despertarse de la siesta y debo ver si necesita algo.

—¿La abuela? —preguntó Branwell—. Se me había olvidado que la anciana estaba aquí. Una vieja arpía, ¿verdad, Jude?

A Judith no le gustó mucho el tono irrespetuoso de su hermano.

—Le tengo muchísimo cariño —replicó con sinceridad—. Tal vez quieras presentarle tus respetos en cuanto te hayas refrescado, Bran.

—Si Judith está con ella, te acompañaré, Law —dijo Horace Effingham con una carcajada.

No obstante, Judith ya se alejaba con premura, mientras comparaba su situación en Harewood Grange con la de su hermano. Ella estaba allí en calidad de sirvienta sin sueldo, mientras que Bran acababa de llegar como invitado. A pesar de ser la causa de sus desdichas. De todas ellas. De no ser por Bran, no habría estado en ese coche de postas. No estaría allí.

De cualquier forma, no tenía sentido volver a caer en la autocompasión.

Descubrió, no sin cierto alivio, que el recibidor y la escalera seguían desiertos. Mientras subía a toda prisa, escuchó el murmullo de las voces procedentes del salón.

Rannulf, tal y como le sucedía al resto de su familia, nunca se había sentido particularmente atraído por las reuniones sociales, ya fuesen en Londres durante la temporada, en Brighton, en uno de los balnearios frecuentados en verano o en cualquier fiesta campestre celebrada a lo largo del año. La fiesta que tendría lugar en Harewood prometía ser de lo más insípida, según comprobó nada más llegar. Aun así, no podía librarse de ella. Debía pasar las siguientes dos semanas esforzándose por complacer a la señorita Effingham. Y durante esas dos semanas, o poco después, tendría que proponerle matrimonio a la joven.

Dos proposiciones a dos mujeres diferentes y con apenas un mes de diferencia. Aunque de la segunda de ellas no habría indulto posible.

Desde su llegada a Harewood para la cena había resultado embarazosamente obvio que era el invitado de honor, aun cuando no pernoctara en la mansión como el resto de los asistentes. Y no solo era el invitado de honor, sino el pretendiente predilecto a la hora de conceder la mano de la señorita Effingham. La madre de la joven lo guió a través del salón poco después de su llegada, con el fin de presentarle a aquellos invitados que aún no conocía —la mayoría de ellos, a decir verdad—, e invitó a su hija a que los acompañara. La dama se las arregló poco después para que fuese la pareja de su hija durante la procesión de entrada al comedor, donde descubrió que ambos se sentarían codo con codo para cenar.

Le resultó interesante descubrir que uno de los invitados era un tal Branwell Law, un muchacho rubio y bien parecido que a todas luces era el hermano de Judith Law. ¿No lo había mencionado Claire Campbell? De Judith y la señora Law no había ni rastro, algo por lo cual estaba muy agradecido. Decir que se sentía avergonzado tras sus encuentros en el jardín, de manera especial tras el segundo de ellos en el cenador, sería quedarse corto. ¡Lo había rechazado!

La señorita Effingham parecía en extremo joven y su estupidez alcanzaba niveles alarmantes. Su único tema de conversación eran las fiestas a las que había asistido en Londres y los continuos comentarios sobre cómo este y aquel —la mayoría caballeros con título— la habían agasajado y habían deseado bailar con ella cuando ya había prometido todas las piezas a otros caballeros.

Creía con firmeza que los descansos en los bailes deberían tener lugar cada dos piezas en lugar de cada tres, de modo que pudiera haber más oportunidades de cambiar de pareja y así un mayor número de caballeros disfrutara de un baile con la dama de su elección. ¿Qué opinaba lord Rannulf al respecto?

Lord Rannulf pensaba —o eso afirmó— que era una sugerencia notablemente inteligente que habría que proponerle a algunas de las anfitrionas más prominentes de Londres, en particular a aquellas que conformaban el comité organizador de Almack's.

—¿Cómo se sentiría —le preguntó la joven, mirándolo con esos ojos azules abiertos de par en par y la cuchara suspendida sobre el budín— si quisiera bailar con una dama y ella deseara con desesperación bailar con usted pero tuviera comprometidas todas las piezas con otros caballeros, lord Rannulf?

—La raptaría —le contestó y observó cómo ella abría los ojos un poco más antes de deshacerse en alegres y agudas carcajadas.

—No lo haría —replicó—. ¿O sí? Causaría un tremendo escándalo. Y después, no sé si lo sabe, se vería obligado a pedir su mano en matrimonio.

—En absoluto —la contradijo él—. La llevaría a Gretna Green y me casaría con ella sobre el yunque.*

—¡Qué romántico! —exclamó con un pequeño jadeo de sorpresa—. ¿En serio haría eso, lord Rannulf? ¿Con alguien a quien admirase?

—Solo si no tuviera ninguna pieza de baile libre —dijo.

—¡Vaya! —exclamó ella con una carcajada—. Si la muchacha supiera eso con antelación, se aseguraría de que no le quedara ninguna. Y después podría llevársela a toda prisa… Aunque usted no haría algo tan escandaloso, ¿cierto? —A sus ojos asomaba el resquemor de la duda.

Rannulf estaba harto de aquel estúpido jueguecito.

—Siempre me aseguro —le dijo— de llegar al baile con tiem-

* En dicha localidad escocesa se celebraban muchos matrimonios en secreto ante el yunque de una herrería que se utilizaba a modo de altar. (*N. de las T.*)

po suficiente para conseguir al menos una pieza si hay alguna dama en particular a la que admire.

La sonrisa desapareció de los labios de la muchacha.

—¿Hay muchas damas a las que admira, lord Rannulf? —le preguntó.

—En este momento —respondió él, clavando los ojos en ella—, solo veo a una, señorita Effingham.

—¡Oh!

A buen seguro que la joven sabía lo bonita que estaba con los labios fruncidos de ese modo. Mantuvo la expresión unos instantes antes de ruborizarse y bajar la vista hacia su plato. Rannulf aprovechó la oportunidad y se giró para hacerle un comentario a la señora Hardinge —la madre de la señorita Beatrice Hardinge—, que estaba sentada a su otro lado. Lady Effingham se puso en pie poco después para señalarles a las damas que había llegado la hora de retirarse al salón mientras los caballeros tomaban el oporto.

La primera persona a la que Rannulf vio cuando entró en el salón media hora más tarde fue Judith Law, que estaba sentada cerca de la chimenea junto a su abuela. Llevaba un vestido de seda gris pálido que parecía tan deforme como el de algodón a rayas que había llevado a Grandmaison esa misma mañana. Y volvía a llevar cofia. Era un poco más bonita que la otra, aunque también le ocultaba el cabello por completo. Sujetaba un platillo y una taza para la anciana, según comprobó Rannulf, mientras esta sostenía un plato con un pastelito de nata del que estaba dando buena cuenta.

Se olvidó de ambas mujeres tras hacer un amistoso gesto de cabeza en dirección a la señora Law, quien sonrió antes de devolverle el gesto. Resultaba desconcertante descubrir que la muchacha fuera casi invisible para el resto de los congregados en el salón… tal y como lo había sido para él el día anterior, cuando fueron presentados. Toda su vibrante y voluptuosa belleza estaba oculta del modo más eficaz.

Sir George Effingham le indicó que tomara asiento a su lado para jugar al whist, pero lady Effingham lo tomó con firmeza del brazo y lo condujo hacia el piano, donde lady Margaret Stebbins estaba agasajando a los invitados con una fuga de Bach.

—Eres la siguiente, Julianne, queridita, ¿no es cierto? —preguntó lady Effingham antes de que lady Margaret hubiera acabado siquiera—. Aquí está lord Rannulf para ayudarte a pasar las páginas de la partitura.

Rannulf se resignó a pasar la noche distrayendo y halagando a una bandada de señoritas dadas a la risa tonta, mientras intercambiaba comentarios ingeniosos con un grupo de jóvenes caballeros de aspecto atolondrado. Se sintió como si tuviera cien años.

Judith Law, no pudo evitar darse cuenta, no tuvo ni un momento de descanso gracias a su abuela. Se pasó toda la noche dando paseos hacia la bandeja del té. En dos ocasiones tuvo que salir del salón. La primera vez regresó con los anteojos de su abuela, que esta dejó a un lado sin usar. La segunda con un chal de cachemira que acabó doblado y olvidado sobre el brazo del sillón de la anciana. Con todo, Rannulf se percató de que hablaban mucho entre ellas, se sonreían con frecuencia y parecían disfrutar de su mutua compañía.

Sonrió y elogió a la señorita Effingham, que acababa de finalizar su segunda pieza en el piano y que estaba claramente ansiosa porque la audiencia requiriera un bis. Entretanto, la honorable señorita Lilian Warren y su hermana aguardaban su turno para sentarse frente al instrumento.

Y en ese momento se produjo una conmoción junto a la bandeja del té. Al parecer Judith Law estaba sirviendo una taza de té cuando alguien —Horace Effingham, comprobó Rannulf— le dio un empellón en el codo. El té se había derramado por la parte delantera de su vestido, oscureciendo la seda gris hasta volverla casi transparente y haciendo que se le pegara al pecho. La muchacha había soltado un grito y Effingham había sacado un pañuelo con el que estaba intentando secarla. Ella utilizaba una mano para alejarlo mientras se afanaba por apartarse la tela del busto con la otra.

—¡Judith! —gritó lady Effingham con un funesto tono de

voz—. ¡Muchacha torpe y desmañada! Sal de aquí de inmediato.

—No, no, ha sido culpa mía, madre —replicó Effingham—. Deja que te seque el vestido, prima.

Tenía una mirada risueña, se percató Rannulf. Y lasciva.

—¡Dios mío! —murmuró la señorita Effingham—. Judith acaba de convertirse en un hazmerreír.

Rannulf se descubrió apretando los dientes mientras atravesaba el salón a grandes zancadas en busca del chal que reposaba bajo el codo de la señora Law. Se acercó con rapidez al lugar donde estaba la bandeja del té y colocó la prenda sobre los hombros de Judith Law, desde atrás y sin llegar a tocarla. La muchacha se dio la vuelta, sorprendida y agradecida, al tiempo que sujetaba los extremos del chal y se envolvía en él de forma protectora.

—¡Vaya! —exclamó—. Gracias.

Rannulf le respondió con una breve reverencia.

—¿Se ha quemado, señora? —le preguntó. ¿Es que nadie se había parado a pensar que acababa de echarse encima una taza de té hirviendo?

—Solo un poco —contestó—. En realidad no es nada. —Dio media vuelta para salir con presteza del salón, pero Rannulf alcanzó a ver que se mordía el labio inferior con fuerza.

De repente, se descubrió frente a frente con Horace Effingham, cuya lasciva expresión parecía estar a punto de convertirse en un guiño de complicidad.

—Qué galante por su parte —le dijo— haber encontrado un chal con el que ocultar el… mmm… azoramiento de la dama.

Lo había hecho a propósito, comprendió de pronto Rannulf al observar al hombre con los ojos entrecerrados. ¡Por el amor de Dios! Lo había hecho a propósito.

—Podría haber sufrido una quemadura grave —le dijo con voz cortante—. Le aconsejaría que fuese más cuidadoso en el futuro cuando se acerque a una bandeja de té.

Y en ese momento Effingham se atrevió a guiñar un ojo mientras murmuraba:

—Yo sí que estoy ardiendo, aunque ella no lo esté. Al igual que usted, Bedwyn, me atrevería a apostar. Muy brillante de su parte el encontrar la excusa perfecta para acercarse con presteza.

En ese momento lady Effingham alzó de nuevo la voz, aunque en esa ocasión su voz fue alegre y afable.

—Vamos, que todo el mundo siga divirtiéndose —dijo—. Pido disculpas por la desafortunada y lamentable interrupción. Mi sobrina no está acostumbrada a moverse entre los círculos refinados y me temo que es un poco torpe.

—Bueno, tía, yo no diría tanto —replicó el joven Law—. Jude nunca ha sido torpe. No ha sido más que un accidente.

—Lord Rannulf. —La señora Law le tiró de la manga y Rannulf se dio cuenta al mirarla de que el incidente la había perturbado—. Muchísimas gracias por ser el único con el aplomo necesario para ayudar a Judith y evitarle de este modo parte de la vergüenza. Debo apresurarme a subir para comprobar la gravedad de su estado.

Colocó sus dos regordetas manos en los brazos del sillón en busca de apoyo.

—Permítame, señora —dijo Rannulf, ofreciéndole una mano.

—Es usted muy amable. —La anciana apoyó todo su peso en él mientras se ponía en pie—. Creo que debe de ser el calor estival el causante de la hinchazón de mis tobillos y el motivo de mi continua falta de aliento.

En opinión de Rannulf se trataba más bien de la ingente cantidad de pasteles de nata que la señora parecía consumir y de su indolente estilo de vida.

—Permítame acompañarla, señora —se ofreció.

—Bueno, siempre y cuando no le cause muchas molestias —dijo la anciana—. Ni siquiera me apetecía tomar esa taza de té, ¿sabe usted? Pero quería que Judith se apartara de mi lado y se mezclara con los invitados. Es muy tímida e incluso insistió en cenar conmigo esta noche porque me encontraba demasiado cansada para bajar al comedor. Pensé que tal vez disfrutaría si alguien le daba un poco de conversación. Estoy muy molesta con Louisa por haber olvidado presentársela a los invitados después de la cena. Supongo que tiene muchas cosas en la cabeza.

Rannulf no había tenido la intención de acompañarla más allá de la parte superior de la escalera. Sin embargo, la anciana se apoyaba de tal modo en su brazo que se vio obligado a llevarla hasta la puerta de su habitación. Al menos había dado por sentado que era su habitación hasta que la mujer alzó una mano cubierta de anillos y llamó a la puerta.

La hoja se abrió casi de inmediato y Rannulf se vio atrapado por la carga que llevaba colgada del brazo. Judith se había deshecho tanto del vestido como de la cofia. Su cabello, pese a estar sujeto con horquillas, se había soltado en muchos lugares, de manera que unos largos y brillantes mechones cobrizos caían sobre sus hombros, enmarcándole el rostro. Llevaba un camisón holgado cuyos extremos cerraba con una mano. Aun así dejaba a la vista una amplia porción de piel desnuda que se extendía desde sus hombros hasta la unión de sus pechos. La piel que quedaba a escasos centímetros de estos había adquirido un color rojo intenso.

—¡Oh! —Sus mejillas no tardaron en adoptar la misma tonalidad que la quemadura—. Yo... yo pensé que era alguien con el ungüento que he pedido. —Clavó la mirada en su abuela, pero Rannulf intuyó que estaba muy pendiente de él. Su mano aferró con más fuerza los extremos del camisón.

—Judith, cariño, ¡te has quemado! —exclamó la señora Law, soltando el brazo de Rannulf y corriendo hacia su nieta con una rapidez de la que jamás la habría creído capaz—. ¡Mi pobre niña!

—No es nada, abuela —la tranquilizó Judith, mordiéndose el labio.

No obstante, Rannulf se percató de que tenía los ojos cuajados de lágrimas y supo que debía de estar padeciendo un tremendo dolor.

—Permítame —le dijo— ir en busca del ama de llaves para asegurarme de que traen el ungüento sin más demora. Entretanto, señorita Law, una toalla húmeda sobre la quemadura le ayudará a aliviar parte del dolor.

—Gracias —le dijo ella, mirándolo a los ojos.

Sus miradas se entrelazaron durante un instante antes de que la muchacha se diera la vuelta y la anciana le rodeara los hombros con un brazo.

Rannulf se alejó a toda prisa, solazándose con unas agradables visiones en las que bañaba a Horace Effingham en algo muchísimo más caliente que el té.

9

Judith permaneció en su habitación durante dos días cuidándose las dolorosas heridas del pecho. Su abuela, que había olvidado sus propias dolencias ya que contaba con las de otra persona para distraerse, la visitaba a menudo y le llevaba libros, bombones, noticias del resto de la casa y consejos de que permaneciera en la cama y durmiera todo lo que pudiera. Y Tillie, por órdenes de su abuela, le llevaba bandejas de comida a la habitación y volvía cada pocas horas para aplicarle más ungüento calmante.

Horace Effingham había enviado un ramo de flores con Tillie, acompañado de una nota donde explicaba que las había cogido con sus propias manos y que le deseaba una pronta recuperación.

Branwell fue a verla en persona.

—¿Estás disfrutando de la fiesta campestre? —inquirió Judith después de que él le preguntara por su salud.

—Me lo estoy pasando en grande —respondió su hermano—. Fuimos a cabalgar a Clynebourne Abbey esta mañana. No quedan más que unas cuantas ruinas, pero resultan bastante pintorescas. Cabalgamos primero hasta Grandmaison para invitar a Bedwyn a que se uniera a nosotros. Creo que a Julianne le gusta, pero acabará con el corazón roto, si quieres saber mi opinión. Los Bedwyn están en un peldaño mucho más elevado. Bewcastle… me refiero al duque de Bewcastle, el cabeza de familia… es conocido por ser un hombre impasible, y sería de lo más improbable que aprobara una alianza con la hija de un simple baronet.

—Me alegra que disfrutaras de la cabalgada. —Judith esbozó una sonrisa. Se preguntó qué diría Branwell de saber que lord Rannulf Bedwyn le había propuesto matrimonio el día anterior, sin ir más lejos.

—Una cosa, Jude. —Se levantó con brusquedad de la silla en la que estaba sentado y caminó hasta la ventana de su dormitorio para contemplar las vistas, de espaldas a ella—. Por casualidad no podrás prestarme unas cuantas libras, ¿verdad? ¿Treinta, tal vez?

—No, te aseguro que no puedo —respondió ella—. Dudo que pudiera reunir un chelín aun cuando pusiera mi monedero boca abajo y lo estrujara. ¿Para qué necesitas treinta libras? —A ella le parecía una suma exorbitante.

Su hermano se encogió de hombros y se giró para mirarla con una sonrisa azorada.

—No tiene importancia —afirmó—. Es una suma insignificante y Effingham me dijo que no me preocupara al respecto. Pero detesto estar en deuda con él. Detesto que pagara todos los gastos de mi viaje, pero papá se ha vuelto notablemente tacaño de un tiempo a esta parte. ¿Está enfadado por algo?

—¿El viaje hasta aquí costó treinta libras? —preguntó Judith con estupefacción.

—No comprendes lo que significa ser un caballero que se mueve en compañía de otros caballeros, Jude —replicó él—. Hay que seguirles el ritmo. Uno no puede aparecer como un patán, sin chaquetas a la medida y con botas que parezcan fabricadas por un zapatero remendón pueblerino. Es necesario alojarse en los establecimientos que están de moda y tener un caballo decente para viajar. Y a menos que uno confíe en sí mismo en todo momento, se debe hacer siempre lo que hacen los demás caballeros e ir allí donde vayan… a los clubes, a las carreras, a Tattersall's.

—¿Le debes dinero a más gente, Bran? —preguntó Judith, aunque no estaba muy segura de querer escuchar la respuesta.

Él hizo un gesto desdeñoso con la mano y le sonrió, si bien algo no terminaba de cuadrar en la expresión.

—Todo el mundo debe dinero —respondió—. Cualquiera consideraría excéntrico a un caballero si no le debiera una pequeña fortuna al sastre, al zapatero y al mercero.

—¿Tienes también deudas de juego? —preguntó Judith antes de poder contenerse. En realidad no quería saberlo.

—Insignificantes. —Esbozó de nuevo esa extraña sonrisa—. Nada que ver con las de algunos compañeros, que deben miles. Algunos tipos pierden propiedades enteras en una mano de cartas, Jude. Yo nunca apuesto más de lo que puedo permitirme perder.

Judith fue demasiado cobarde para preguntarle a cuánto ascendía la suma de sus deudas de juego.

—Bran —dijo—, ¿cuándo piensas decidirte por alguna profesión?

—A decir verdad —afirmó él con la misma sonrisa alegre de siempre—, he estado pensando en casarme con una chica rica. Es una lástima que Julianne haya puesto los ojos en Bedwyn… aunque me atrevería a decir que no tiene ni una oportunidad entre un millón de atraparlo. No obstante, las hermanas Warren tienen un padre más rico que Creso, o eso he oído, y ambas son bastante bonitas. Aunque supongo que su padre no me prestará la más mínima atención, ¿no crees?

Lo dijo como si la misma idea fuera una broma bienintencionada, pero Judith no estaba tan segura. Resultaba obvio que estaba endeudado hasta el cuello… una vez más. Ella no sabía si su padre podría sacarlo del atolladero en esa ocasión sin quedar completamente arruinado. ¿Y qué les ocurriría entonces a su madre y a sus hermanas?

—Vamos, Jude —dijo Branwell al tiempo que se ponía en pie y la tomaba de las manos—, no te pongas tan seria. Saldré de esta. No debes preocuparte por mí. ¿Te has quemado mucho?

—Estaré bien en un par de días —le respondió.

—Estupendo. —Le apretó las manos—. Si por casualidad consigues unas cuantas libras durante las dos próximas semanas, quizá cuando papá te envíe tu asignación, ¿podrías arreglártelas para prestarme algo? Me vendría muy bien, ya lo sabes, y aquí no hay muchas formas de gastártelo, ¿verdad?

—No espero que me envíen ningún dinero —contestó Judith.

—Vaya. —Frunció el ceño—. Has venido tan solo de visita, ¿no es cierto, Jude? Papá no te habrá enviado para que vivas aquí a costa de la generosidad del tío George, ¿verdad? Eso sería el colmo. ¿Qué le ocurre a papá últimamente?

Lo que le ocurre eres tú, Bran, pensó Judith. A papá y a todas nosotras. Pero aunque estaba lo bastante enfadada como para echarle un buen rapapolvo y decirle unas cuantas verdades que parecía ignorar, la llegada de Tillie con el ungüento y una dosis de láudano impidió que lo hiciera.

—Vas a tener que disculparme, Bran —dijo—. Debo descansar un rato.

—Desde luego. —Se llevó una de las manos de Judith a los labios y esbozó una de sus sonrisas más dulces—. Cuídate, Jude. No sabes cuánto me alegro de tener a una de mis hermanas aquí. Os he echado mucho de menos a todas, por si no lo sabías.

Si hubiera alguien que lo metiera en vereda, pensó Judith, tal vez tendría posibilidades de salir adelante. De todos modos, ella no tenía tiempo para meditar el asunto. El dolor era horrible. ¿Quién iba a imaginarse que una simple taza de té podría llegar a ser tan letal?

Al tercer día, Judith se atrevió a bajar después del almuerzo. Esperaba poder evitar a los invitados y encontrar a su abuela. Pero como era de esperar, la primera persona a la que vio al bajar la escalera fue Horace Effingham, quien se apresuró a acercarse con una sonrisa en los labios.

—¡Judith! —exclamó—. Por fin te has recuperado. Te ofrezco mis más humildes disculpas por mi torpeza de la otra noche. Ven a la sala de estar. Estamos tratando de decidir qué hacer esta tarde, ahora que la lluvia de anoche y las nubes de esta mañana han desaparecido. Ven y dinos lo que piensas.

Le ofreció el brazo.

—A decir verdad preferiría no tener que hacerlo —afirmó Judith—. No conozco a nadie. ¿Sabes dónde está la abuela, Horace?

—¿No conoces a nadie? —inquirió el hombre—. Me dejas pasmado. ¿Es que a nadie se le ha ocurrido presentarte a los invitados?

—No tiene la menor importancia. —Judith sacudió la cabeza.

—Vaya, claro que la tiene —la corrigió él—. No puedo dejar que te escapes tras haber aguardado pacientemente durante tres días a que aparecieras. Ven.

Ella tomó a regañadientes el brazo que le ofrecía y se vio arrastrada de una forma indecorosa contra su costado mientras la guiaba a la sala de estar. Sin embargo, admitió pocos minutos después, era mejor que alguien le presentara a los invitados. No era una sirvienta, después de todo, y resultaría embarazoso toparse con gente a la que no había sido presentada como era debido durante la siguiente semana y media. Aunque estaba claro que parecía casi una sirvienta.

Branwell le sonrió y le preguntó cómo estaba; la señora Hardinge se compadeció de ella por su desafortunado accidente y Julianne le dijo que se alegraba de ver que estaba en pie de nuevo y de que los librara de las tediosas conversaciones de la abuela y de sus constantes exigencias. La mayor parte de los invitados, no obstante, no hizo intento alguno de entablar conversación, si bien se mostraron educados durante la presentación.

Judith se habría escapado tan pronto como terminaron las presentaciones, pero se vio retrasada, al menos durante unos instantes, por la llegada de lady Beamish y lord Rannulf Bedwyn.

—Vaya, dos presentaciones más, prima —dijo Horace al tiempo que la conducía hasta ellos.

—Ya he tenido el placer —replicó ella, pero era demasiado tarde para evitar un encuentro cara a cara.

—Señorita Law —dijo lord Rannulf con una reverencia—, espero que se encuentre bien.

Ella le devolvió la reverencia y trató de no pensar en la última vez que lo vio: junto a la puerta de su dormitorio, acompañado por la abuela, dándole consejos sobre cómo tratar la quemadura y mirándola con verdadera preocupación antes de alejarse a grandes zancadas para apresurar la llegada de un sirviente con el ungüento que ella había solicitado. Después de lo que había ocurrido esa mañana, lo único que quería era odiarlo a muerte y olvidarse de él.

—Rannulf me habló de su desafortunado accidente —comentó lady Beamish—. Confío en que no le haya dejado un daño permanente, señorita Law.

—Desde luego que no; muchas gracias, señora —le aseguró Judith—. Me encuentro bastante bien.

Julianne dio unas palmadas para llamar la atención de todos. Estaba resplandeciente con un vestido de muselina amarillo claro y sus rizos rubios agitándose con cada gesto en torno a su rostro con forma de corazón.

—Hemos optado —anunció— por pasear a lo largo del sendero del bosque durante una hora y después hacer un picnic en el prado para tomar el té. Ahora que lord Rannulf Bedwyn ha llegado, no hay razón para demorarlo más. —Miró al hombre con una sonrisa radiante y Judith, que no pudo evitar mirarlo, contempló cómo este le hacía una reverencia a su prima para mostrar su acuerdo al tiempo que le dirigía una mirada agradecida.

Dolía. Por estúpido que pareciera, dolía.

—En ese caso cojamos nuestros sombreros y bonetes y pongámonos en marcha —dijo Julianne.

Sus planes parecieron gozar del favor general. Se produjo un alegre alboroto cuando la mayoría de los ocupantes de la habitación se apresuró a prepararse para la salida.

—Debo ir a buscar a la abuela —murmuró Judith antes de zafarse por fin del brazo de Horace.

Sin embargo, su abuela acababa de entrar en la sala de estar con la tía Effingham y la oyó.

—No hace falta que te preocupes por mí, cariño —dijo, mirándola con una cariñosa sonrisa—. Sarah me hará compañía. Ahora que te has levantado, deberías salir y divertirte con la gente joven.

—El aire fresco le vendrá bien después de unos cuantos días de confinamiento, señorita Law —señaló lady Beamish con amabilidad.

La tía Effingham tenía otras ideas, por supuesto.

—La verdad es que necesitaría tu ayuda, Judith —se apresuró a afirmar—. Ha sido de lo más desafortunado que tu propia torpeza diera como consecuencia una larga temporada de ociosidad.

—Pero, madre —protestó Horace, sonriendo de forma seductora a la tía Effingham—, te aseguro que también yo preciso con urgencia la ayuda de Judith: necesito que me libre del destino de convertirme en un florero. Tal vez no te hayas percatado de que el número de caballeros supera al de las damas en esta fiesta.

—Eso se debe a que no me informaste de que ibas a venir, Horace —replicó ella un poco avergonzada—. Ni de que ibas a traer a Branwell contigo.

—Judith. —Horace le hizo una reverencia—. Ve a coger tu bonete.

La vida en Harewood estaba resultando más exasperante de lo que había pensado. Aunque su madre siempre las mantenía ocupadas cuando estaban en casa y su padre tenía estrictas normas de comportamiento, jamás se había sentido tan impotente. Ni con esa absoluta falta de libertad. Al menos en su hogar le pedían a menudo su opinión y consultaban sus preferencias. Allí no. Habría sido una sorpresa para todos descubrir que ella habría preferido con mucho ponerse a trabajar para su tía que permitirse el dudoso placer de pasear por el bosque junto a Horace sintiéndose como una intrusa... y verse obligada a contemplar cómo Julianne y lord Rannulf Bedwyn caminaban del brazo, ella parloteando sin cesar y él inclinando la cabeza para escucharla mejor. Se echaron a reír algunas veces y Judith recordó a regañadientes las ocasiones en las que él había reído con ella, sobre todo a la salida de la tienda del pueblo, cuando desenvolvió su cajita de rapé.

El sendero del bosque zigzagueaba a través de los árboles hasta la parte occidental de la casa y había sido diseñado con esmero para resaltar al máximo su belleza. Las flores silvestres crecían a la linde del camino y de vez en cuando aparecían bancos y pequeñas grutas, la mayoría en la cima de las elevaciones del sendero, que deparaban agradables vistas de la casa y del resto de la propiedad. Era una senda diseñada para proteger al paseante del calor del verano y del frío viento de otoño.

Judith fue incapaz de apreciar el encanto del paisaje, si bien pensó que podría convertirse en un retiro tranquilo con el paso de los años, cuando tuviera alguna hora libre.

No estaba disfrutando de esa hora en particular. Horace hacía caso omiso de todos los demás para concentrar toda su atención en ella. No obstante, lejos de parecerle halagadoras, sus atenciones le resultaban agobiantes. Horace trató de entrelazar su brazo con el de ella, pero Judith apretó las manos a la espalda con firmeza. Trató de caminar más despacio con el fin de rezagarse del resto del grupo, pero Judith aceleró el paso con decisión cada vez que la distancia aumentaba. La miraba con más frecuencia que al paisaje, en especial a su busto, que ni siquiera el holgado vestido que llevaba podía ocultar por completo. Comentó la forma en que se le había adherido el vestido al cuerpo el día que derramó el té, revelando una silueta que debería estar ataviada de una forma mucho más favorecedora.

—Yo diría que mi madrastra tiene algo que ver con tus vestidos y tus cofias —afirmó—. Parece decidida a casar a Julianne este verano, si es posible con Bedwyn. ¿Te has dado cuenta de que mi hermana es mucho más bonita que las demás chicas invitadas? —Rió por lo bajo—. Madre no puede permitir que haya ninguna competidora en un punto tan crucial para la vida de Julianne. Y mucho menos tratándose de una prima.

A Judith no se le ocurrió nada que responder a ese comentario, de modo que guardó silencio. Aumentó la longitud de sus pasos para acortar la distancia que los separaba del señor Peter

Webster y de la señorita Theresa Cooke, la pareja más cercana a ellos. Pero en ese momento Horace soltó una exclamación de fastidio y se detuvo. Había una piedra incrustada en el tacón de su bota, le explicó antes de apoyar la mano contra el tronco que había junto a Judith y levantar el pie para quitarse la piedra, de modo que ella quedó atrapada entre su cuerpo y el árbol.

—Bueno, ya está —dijo después de unos momentos, antes de volver a colocar el pie sobre el suelo y levantar la cabeza para sonreír a Judith.

Estaba demasiado cerca y los demás los habían dejado muy atrás.

—¿Sabes, Judith? —dijo Horace, con la vista clavada en su rostro, aunque acabó descendiendo hasta su busto—. Podría hacer que tu estancia en Harewood resultara mucho más agradable. Y se me podría convencer de que viniera de visita mucho más a menudo de lo que tengo por costumbre.

Una de sus manos se alzó con un propósito evidente. Ella la apartó de un manotazo y se movió para rodearlo; pero puesto que el hombre no retrocedió, lo único que consiguió fue acercarse más a él.

—Estoy bastante cómoda como estoy —afirmó Judith—. Nos estamos quedando atrás.

Él rió por lo bajo antes de que su mano alcanzara el objetivo y se cerrara alrededor de su pecho. Aunque tan solo durante un breve instante. Horace apartó la mano y se alejó un poco cuando el crujido de las ramas auguró el retorno de uno de los paseantes. Judith se habría echado a llorar por el alivio cuando vio a Branwell.

—Vaya, vaya —dijo su hermano con jovialidad—, ¿tenemos algún problema?

—Casi me he visto obligado a pedirle a tu hermana que me sacara la bota —contestó Horace, riéndose entre dientes—. Tenía una piedra incrustada en el tacón y ha sido dificilísimo librarme de ella.

—Ah —dijo Branwell—, entonces Bedwyn estaba equivocado. Me envió de vuelta porque creyó que tal vez Jude no se sintiera bien y necesitaba que la escoltaran hasta la casa. Lo de la piedra está solucionado, ¿no es así?

—Me he librado de ella —respondió Horace al tiempo que le ofrecía su brazo a Judith—. ¿Judith? ¿No crees que deberíamos acompañar de regreso a Branwell hasta la dama que haya sido lo bastante afortunada para disfrutar de su compañía? ¿Sabías que tu hermano se ha convertido en el preferido de todas ellas?

Sin embargo, Judith no estaba dispuesta a dejar pasar la oportunidad que se le había presentado en bandeja, por así decirlo.

—Seguid sin mí —dijo—, los dos. No necesito que nadie me acompañe, pero la verdad es que me siento bastante débil después de haber pasado los dos últimos días en mi habitación. Volveré a casa y me sentaré con la abuela y lady Beamish. O tal vez me acueste un rato.

—¿Estás segura, Jude? —preguntó Branwell—. No me importaría acompañarte en absoluto.

—Muy segura. —Esbozó una sonrisa.

Minutos después dejó atrás el bosque y se apresuró a alcanzar la seguridad de la casa. Sentía un desagradable hormigueo en toda la piel. Esa mano había sido como una serpiente, o tal y como ella imaginaba que sería el tacto de una serpiente. Le había ofrecido convertirse en su amante. ¿Acaso todos los hombres eran iguales?

Sin embargo, había sido lord Rannulf quien le había enviado a Branwell, recordó. ¿De verdad había creído que se encontraba mal? ¿O habría adivinado la verdad? Pero ¿cómo era posible que hubiera notado siquiera que Horace y ella se habían quedado rezagados?

Todavía no podía regresar a la casa, comprendió de súbito. Aunque consiguiera llegar a la intimidad de su cuarto, la sensación de confinamiento sería demasiado fuerte. Y había aún más posibilidades de que su abuela o la tía Effingham la vieran antes de conseguirlo. Estaba demasiado nerviosa para enfrentarse tanto a la cariñosa amabilidad de una como a la agria irritación de la otra.

Giró hacia la parte trasera de la casa y un par de minutos después corría a través de los jardines de la cocina y del prado que se extendía hacia la cima de la colina. Tenía intención de sentarse allí para dejar que el viento y la vista apaciguaran su alma inquieta. Sin embargo, el lago parecía deliciosamente fresco y aislado. Se estremeció al recordar esa mano cerrada sobre su pecho una vez más. Se sentía sucia.

Después de casi tres días en compañía de la señorita Effingham y sus invitados, Rannulf deseaba con todas sus fuerzas regresar a la tranquila cordura de Lindsey Hall, el ancestral ducado que todavía le servía de hogar durante la mayor parte del año. Allí jamás se celebraban fiestas campestres y la mayoría de los invitados se elegía con cuidado, siempre teniendo en cuenta su capacidad de decir algo razonable. Quizá Freyja y Morgan, sus hermanas, fueran poco convencionales, testarudas, difíciles y bastante diferentes del resto de las damas de su clase, pero Rannulf las prefería con mucho a jóvenes como las honorables señoritas Warren, la señorita Hardinge, la señorita Cooke y lady Margaret Stebbins. Todas eran amigas íntimas de la señorita Effingham, que presumía de él ante ellas como si de su nuevo y adorado perrito faldero se tratara.

No podría hacerlo, pensaba al menos una vez durante cada hora que pasaba en su compañía. No podría casarse con ella y atarse a su bonita estupidez para el resto de su vida. Acabaría más loco que una cabra en menos de un año. Freyja y Morgan harían picadillo a la muchacha y Bewcastle la dejaría clavada en el sitio con tan solo una mirada desdeñosa.

Sin embargo, una vez por hora al menos, y justo después de pensar lo anterior, llegaba el recuerdo de la promesa que le había hecho a su abuela de que intentaría tenerla en cuenta como posible novia. Había pasado tiempo suficiente en compañía de la anciana como para darse cuenta de que estaba muy enferma. Sería una terrible decepción para ella si al menos no anunciaba su compromiso ese verano. Y cualquier decepción podría llevarla a la tumba. No podía hacerle eso.

De modo que perseveró y soportó el tonto flirteo de la señorita Effingham, embelesó a sus amigas y bromeó con los jóvenes caballeros, quienes lograban que se sintiera como un octogenario aun cuando solo sobrepasaba en unos cuantos años a la mayoría de ellos.

Había dejado a un lado el sentimiento de culpa que le inspiraba Judith Law. Lo que había ocurrido entre ellos no había sido una seducción y ella había llegado hasta extremos insospechados para engañarlo. Él había hecho lo correcto y le había propuesto matrimonio. La muchacha lo había rechazado. No había razón alguna para que siguiera sintiéndose responsable de ella. No obstante, conocía a los tipos de la ralea de Horace Effingham. Y sabía que el accidente del té había sido deliberado por su parte. Rannulf suponía que el hombre trataría de llevar a cabo sus libidinosas intenciones a la menor oportunidad.

No había tardado en percatarse mientras paseaban por el bosque de que Effingham estaba tratando de quedarse a solas con Judith y de que ella resistía como podía sus esfuerzos. Y después habían desaparecido por completo. Por fortuna, Branwell Law estaba muy cerca y no había sido difícil persuadirlo de que volviera atrás para ayudar a su indispuesta hermana.

Law regresó minutos más tarde junto a Effingham y anunció que su hermana se sentía un poco débil y había insistido en regresar a la casa sola. Sin embargo, Rannulf observó un rato después, cuando dejaron atrás otro banco desde el que se veía la casa y la propiedad, que ella no se dirigía hacia la mansión… y que no parecía ni débil ni exhausta. Se alejaba a la carrera de la parte trasera de la casa.

El té al aire libre estaba dispuesto en el prado que había frente a la fachada principal cuando salieron del camino del bosque. Todos paseaban en grupo de un lado a otro, reían y se mezclaban con la gente. Rannulf aprovechó la oportunidad para librarse de la cháchara vacía y jactanciosa de la señorita Effingham al menos durante un rato y se retiró con su plato a la terraza, donde su abuela y la señora Law estaban sentadas codo con codo.

—Me pregunto dónde estará Judith —dijo la señora Law, que paseaba la vista a su alrededor en busca de su nieta.

—¿No se lo dijo Branwell, señora? —preguntó Rannulf—. Se sintió algo agotada después de un rato y regresó a la casa para descansar. No permitió que su hermano la acompañara.

—Pero se está perdiendo el té… —afirmó la señora Law—. Me encargaré de que Tillie le suba una bandeja. Si fuera tan amable, lord Rannulf…

Él alzó una mano para detenerla.

—Si me permite el atrevimiento, señora —dijo—, ¿podría sugerir que quizá fuera mejor dejar que la señorita Law descanse un poco más?

—Desde luego que sí —convino la anciana—. Tiene razón. ¿Le importaría acercarme ese plato de pasteles, lord Rannulf? Su abuela no ha cogido ninguno, pero estoy segura de que desea probarlos.

Él llevó el plato y se lo ofreció primero a su abuela, que hizo un gesto negativo con la cabeza, y después a la señora Law, que cogió tres, antes de volver a colocarlo sobre la mesa. Nadie le prestaba atención, descubrió al echar un rápido vistazo a su alrededor. Lady Effingham estaba hablando con la señora Hardinge y la señorita Effingham se encontraba con un alegre grupo formado por la señorita Hannah Warren, lord Braithwaite y Jonathan Tanguay.

Rannulf se escabulló por la esquina de la casa sin que nadie lo descubriera y rodeó el edificio hasta la parte trasera. No había señales de la muchacha. Se preguntó adónde habría ido. ¿Habría regresado ya? Tal vez estuviera descansando de verdad en su habitación a esas alturas. Había una colina salpicada de árboles no muy lejos. Entrecerró los ojos para observar desde la distancia, pero no la vio. Parecía un lugar tranquilo, de cualquier forma. Apretó el paso y se dirigió hacia allí.

Sin lugar a dudas, Judith debía de haber regresado a la casa, pensó minutos después mientras ascendía los últimos metros en dirección a la cima de la colina y observaba la vista con agrado. Mucho mejor. En el fondo no había albergado esperanza alguna de encontrarla, ¿verdad? ¿Para qué? No se había detenido a hacerse semejante pregunta hasta ese momento.

Había un lago más abajo. Parecía descuidado y lleno de maleza, aunque de todos modos resultaba encantador. Le sorprendió que no estuviera conectado con el sendero del bosque. Estaba tratando de decidir si bajar o no cuando la vio. La muchacha acababa de aparecer por debajo de las ramas de un sauce llorón. Nadando. Estaba de espaldas y movía las piernas con lentitud mientras su cabello se desparramaba a su alrededor como una nube oscura.

Vaya, vaya... Había ido allí para estar a solas.

Debería respetar su intimidad.

No obstante, descubrió que sus piernas lo llevaban colina abajo a pesar de todo.

10

Fue más una sensación que una imagen o un sonido; el presentimiento de que ya no se encontraba sola. Abrió los ojos y giró la cabeza con cierto temor, esperando que Horace hubiera conseguido seguirla hasta allí.

Durante un instante experimentó un inmenso alivio al ver que era lord Rannulf Bedwyn quien estaba sentado junto a su montón de ropa bajo el sauce, con una pierna estirada delante de él y el brazo apoyado sobre la otra.

¡Su ropa! Se movió con rapidez hasta que tan solo su cabeza quedó fuera del agua. Levantó los brazos para apartarse el pelo de la cara y, al darse cuenta de que estaban desnudos, volvió a sumergirlos de inmediato y los extendió bajo la superficie a fin de mantener el equilibrio.

Había sido una soberana estupidez arriesgarse a nadar en aquel lugar con tan solo la enagua.

—No voy —dijo él en voz baja, si bien su voz llegó perfectamente hasta ella desde la orilla— a echar a correr con su ropa. Ni a imponerle mis atenciones.

—¿Qué quiere? —le preguntó. Se sentía de lo más avergonzada, pese al día y las dos noches que habían pasado juntos... A decir verdad, aquello parecía haber sucedido hacía una eternidad. Tal parecía que le hubiera sucedido a otra persona.

—Solo un poco de tranquilidad —dijo él—. ¿Le hizo daño?

—No. —Salvo que había estado chapoteando en el agua

durante varios minutos en un intento desesperado por sentirse limpia.

—Me reuniría con usted —dijo lord Rannulf—. Pero temo que una ausencia prolongada podría considerarse de mala educación. ¿Por qué no sale y se reúne aquí conmigo?

A Judith le pareció asombroso —y alarmante— lo tentadora que le resultaba la sugerencia. No tenían nada más que decirse y sin embargo… sin embargo la había salvado de una situación potencialmente desagradable en el sendero del bosque. Aunque días atrás había admitido que era un vividor, ella sabía de alguna manera que podía confiar en que él no le impondría sus atenciones. Acababa de decirlo.

—¿No quiere que la vea en ropa interior? —le preguntó cuando ella no se acercó de inmediato a la orilla—. La he visto con menos.

¿Se marcharía si ella se lo pidiera? Era muy probable. ¿Quería que se marchara? Nadó muy despacio hacia él. No. Para ser completamente sincera consigo misma, debía admitir que la respuesta era que no.

Apoyó las manos en la orilla, tomó impulso y colocó la rodilla en la hierba en cuanto le fue posible. El agua descendió por su cuerpo. La enagua se adhería a ella como una segunda piel. Se dio la vuelta y se sentó con los pies metidos en el agua.

—Tal vez —le dijo sin mirarlo— sería tan amable de darme mi vestido, lord Rannulf.

—Lo único que conseguiría sería mojarlo también —comentó él— y su situación no mejoraría en absoluto. Lo mejor sería que no se lo pusiera hasta el momento de regresar a la casa y tras haberse quitado la enagua primero.

—¿Está sugiriendo…? —comenzó ella.

—No, no sugiero nada. No he venido aquí para seducirla, señorita Law —dijo, enfatizando las últimas palabras.

¿Por qué había ido allí? ¿En busca de un poco de tranquilidad, tal y como había dicho? ¿La habría encontrado por casualidad?

Judith se dio cuenta de que él se estaba poniendo en pie y de que había comenzado a quitarse la chaqueta. Un instante después, sintió el peso y la maravillosa calidez de la prenda sobre los hombros. Y luego él se sentó a su lado y cruzó las piernas, con un aspecto informal y relajado.

—¿La ha molestado durante estos tres días, desde la noche del té hasta hoy? —le preguntó.

—No —respondió Judith—. Y supongo que no volverá a hacerlo. Creo que hoy he dejado bastante clara mi postura.

—¿En serio? —preguntó él. Era muy consciente de que el hombre estaba contemplando su perfil, a pesar de que no se había girado para mirarlo—. ¿Por qué a mí no me dejó clara su postura?

—¿Ahora? —inquirió ella—. Acaba de decirme que…

—Cuando me ofrecí a llevarla a caballo —explicó él—. Cuando sugerí que compartiéramos una habitación en la posada del mercado.

Judith fue incapaz de dar con una respuesta adecuada, aunque sabía que él esperaba una contestación. Sacó los pies del agua, se rodeó las piernas con los brazos e inclinó la cabeza hasta apoyarla encima de las rodillas.

—Eso fue diferente —dijo a la postre en un susurro. Pero ¿por qué había sido diferente? ¿Tal vez porque había presentido desde un principio que si se hubiera negado, él no habría insistido? Pero ¿cómo había estado segura? ¿Habría estado en lo cierto?—. Quería vivir esa experiencia. —Aunque ella había deseado un sueño.

—¿Eso quiere decir que la hubiera vivido con Effingham de haber sido él quien apareciera en mi lugar? —le preguntó.

Judith se echó a temblar.

—No, por supuesto que no.

Lord Rannulf se quedó callado durante un rato y cuando por fin volvió a hablar, cambió de tema.

—Su hermano es un caballero que viste a la moda —dijo—, y que se mueve en los círculos de moda. Me atrevería a decir incluso que son círculos disolutos, a juzgar por su amistad con Horace Effingham. Está disfrutando la vida indolente de un invitado mientras usted está aquí como una especie de criada de alto rango. ¿Me equivoco al pensar que hay una historia detrás de tan dispares situaciones?

—No lo sé —dijo ella antes de levantar la cabeza y clavar la mirada en el agua—. ¿Eso cree?

—¿Su hermano es la oveja negra de la familia? —preguntó él—. Aunque usted lo quiere a pesar de todo...

—Por supuesto que lo quiero —replicó ella—. Bran es mi hermano y aunque no lo fuera, sería muy difícil que me cayera mal. Lo enviaron al colegio y a la universidad para que recibiera la educación de un caballero. Es normal que desee mezclarse con otros caballeros en una situación de igualdad. Es normal que se muestre un poco derrochador hasta que descubra lo que desea hacer con su vida y elija una profesión. No es un depravado. Solo es...

—¿Desconsiderado y egoísta? —sugirió el hombre cuando pareció que ella era incapaz de encontrar la palabra adecuada—. ¿Sabe su hermano que es el culpable de que usted esté aquí?

—Él no... —comenzó ella.

—Miente demasiado, ¿sabe? —dijo él.

Judith giró la cabeza y lo fulminó con la mirada.

—No es asunto suyo, lord Rannulf —replicó—. Nada que tenga que ver con mi vida o con mi familia es de su incumbencia.

—No, no lo es —convino él—. Pero solo porque usted así lo quiso, señorita Law. ¿Han sufrido sus hermanas un destino parecido al suyo?

—Ellas siguen en casa —contestó Judith con una oleada de nostalgia que le hizo volver a apoyar la frente sobre las rodillas.

—¿Por qué usted? —le preguntó—. ¿Se ofreció voluntaria? No puedo creer que alguien esté impaciente por venir a este lugar y padecer la cariñosa dedicación de su tía.

Ella suspiró.

—Cassandra es la mayor —explicó— y la mano derecha de nuestra madre. Pamela es la tercera y la belleza de la familia. No habría soportado marcharse y dejar de ser el centro de admiración de todo el mundo... y no estoy diciendo que se vanaglorie de su aspecto. Hilary es demasiado joven. Solo tiene diecisiete años. Le habría roto el corazón tener que dejar a nuestros padres... y nos lo habría roto a todos los demás también.

—¿Quiere decir que a nadie se le romperá el corazón por su ausencia? —le preguntó.

—Una de nosotras tenía que venir —dijo ella—. Y todos lloraron cuando me marché.

—¿Y a pesar de todo —insistió lord Rannulf— sigue defendiendo a ese mequetrefe derrochador que tiene por hermano?

—No tengo ninguna necesidad de hacerlo —replicó—, y tampoco de censurarlo. No delante de usted.

Sin embargo, no estaba enfadada con él por inmiscuirse ni por haber comprendido la situación tan bien. Sentía una traicionera sensación de bienestar ante el hecho de que alguien se interesara lo bastante por su vida como para hacerle preguntas. Alguien que comprendiera, tal vez, hasta dónde llegaba el sacrificio que había hecho de forma voluntaria... aunque no le cabía duda de que ella habría sido la elegida aun cuando no se hubiera ofrecido.

—¿Dónde aprendió a actuar? —le preguntó—. ¿Acaso su familia ofrece representaciones teatrales de aficionados en la vicaría, la rectoría o donde quiera que vivan?

—Vivo en una rectoría —le aclaró, volviendo a levantar la cabeza—. Dios santo, no; a mi padre le daría una apoplejía. Se opone con vehemencia a la interpretación y al teatro y asegura que son obra del diablo. Aun así, a mí siempre me ha encantado actuar. Solía salir a hurtadillas a las colinas, donde nadie podía verme ni oírme, e interpretar los diferentes papeles que había memorizado.

—Parece haber memorizado una buena cantidad —dijo lord Rannulf.

—Bueno, no es muy difícil —le aseguró ella—. Si interpretas el papel como si fueras ese personaje, las palabras se convierten en algo tuyo y te parecen las más lógicas en esas circunstancias, no sé si me entiende. Nunca he memorizado un papel de forma deliberada. Me limito a convertirme en diferentes personajes.

Judith guardó silencio, bastante mortificada por el entusiasmo con el que había explicado su pasión por la interpretación. Siempre había deseado ser actriz cuando creciera, hasta que comprendió que no era una profesión respetable para una dama.

Lord Rannulf permaneció a su lado en silencio, con una mano sobre la rodilla mientras que con la otra arrancaba trocitos de hierba de forma distraída. Judith lo recordó tal y como lo había visto poco antes, con la cabeza inclinada hacia Julianne, escuchando con atención su cháchara.

—¿Le divierte jugar con los sentimientos de Julianne? —le preguntó. Las palabras salieron de su boca antes de que tuviera plena conciencia de que iba a decirlas en voz alta.

La mano del hombre se detuvo.

—¿Julianne tiene sentimientos con los que se pueda jugar? —preguntó él a su vez—. No lo creo, señorita Law. Va a la caza de un marido con título, y cuanto más rico y más alta sea su posición social, mejor. Me atrevería a decir que el hijo de un duque con fortuna propia es una presa de lo más apetecible para ella.

—Entonces, ¿no cree que busque el amor o que al menos tenga esperanzas de encontrarlo? —inquirió—. ¿Que posea tiernos sentimientos? Debe de ser un cínico.

—En absoluto —contestó él—. Me limito a ser realista. La gente de mi posición no elige a sus cónyuges por amor. ¿Qué le sucedería a la estructura de la sociedad civilizada si comenzáramos a hacer eso? Nos casamos por dinero y posición.

—En ese caso sí está jugando con ella —le dijo—. Mi tío es un simple baronet, de modo que su hija debe de estar muy por debajo del interés del hijo de un duque.

—Vuelve a estar equivocada —replicó lord Rannulf—. Los títulos no lo son todo. El linaje de sir George Effingham es impecable y es un terrateniente rico. Mi abuela cree que la alianza resultaría de lo más adecuada.

¿Y lo sería?

—Así pues, ¿se va a casar con Julianne? —le preguntó. No había terminado de creerlo hasta ese momento, a pesar de lo que dijeran la tía Effingham y Julianne.

—¿Por qué no? —Lord Rannulf se encogió de hombros—. Es joven, bonita y encantadora. De buena cuna y rica.

Judith no entendía por qué su corazón y su mente acababan de verse embargados por semejante desasosiego. Ella había tenido su oportunidad con él y la había rechazado... Aunque claro que sabía el motivo. La simple idea de que él pudiera estar con Julianne le resultaba insoportable. «Es joven, bonita y encantadora.» Y también una cabeza hueca vanidosa y egoísta. ¿Acaso se merecía ese hombre otra cosa? Todo lo que le había contado acerca de sí mismo le indicaba que no. Y sin embargo...

—Por supuesto —añadió él—, tanto la señorita Effingham como su madre se llevarán una desilusión si esperan verla convertida en duquesa algún día. Soy el segundo en la línea de sucesión, pero mi hermano mayor se casó hace poco. Si las cosas siguen el curso habitual, es probable que su esposa quede embarazada pronto. En caso de que naciera un varón, me vería relegado a la tercera posición.

Judith sabía de antemano la expresión que habría asomado al rostro de lord Rannulf y, como era de esperar, cuando levantó la vista para mirarlo descubrió el ya familiar gesto burlón.

—Puede que lady Aidan —prosiguió él— cumpla su deber con devoción y dé a luz a doce hijos en otros tantos años. Eso me dejaría casi sin esperanzas. ¿Qué es lo opuesto a la esperanza? ¿La desesperación? Cada hijo de Aidan me sumirá más y más en la desesperación.

Judith comprendió de súbito que su intención no era tanto la de burlarse de ella o de sí mismo como la de hacerla reír. Y lo había conseguido. Qué imagen más absurda había creado. Soltó una carcajada.

—Qué terrible y triste para usted —le dijo.

—Pues si considera que mi situación es desesperada —comentó—, imagínese la de Alleyne, mi hermano menor. Aidan engendrando hijos sin cesar y yo con veintiocho años y en grave peligro de casarme en cualquier momento y de tener hijos propios.

Ella soltó otra carcajada, en esa ocasión mirándolo a la cara.

—Eso está mejor —dijo él con un extraño brillo en los ojos

que bien podría ser buen humor—. Necesita sonreír y reír más a menudo. —Extendió la mano para acariciarle la nariz con la punta del índice durante un instante y al momento se retiró, moviéndose inquieto mientras carraspeaba y clavaba la mirada en la orilla opuesta del lago.

Para Judith pareció que acabara de marcarla a fuego.

—¿No se casará el duque? —le preguntó.

—¿Bewcastle? Lo dudo mucho. Ninguna mujer es lo bastante buena para Wulf. O tal vez eso no sea del todo justo. Desde que heredó el título y todo lo que eso conllevaba a la edad de diecisiete años, ha dedicado su vida a cumplir con los deberes ducales y a ser el cabeza de familia.

—¿Y qué hace usted, lord Rannulf? —le preguntó—. Mientras su hermano se dedica a sus deberes, ¿qué le queda a usted?

Él se encogió de hombros.

—Cuando estoy en Lindsey Hall —comenzó—, paso el tiempo con mis hermanos y hermanas. Cabalgo y salgo de caza y de pesca con ellos o visito a nuestros vecinos. Mi mejor amigo, Kit Butler, el vizconde de Ravensberg, vive cerca. Seguimos muy unidos, a pesar de la horrible pelea que tuvimos hace unos años, que nos dejó magullados y sangrando, y de ser un hombre casado. También me llevo bien con su esposa. Cuando no estoy en Lindsey Hall me gusta moverme. Evito Londres siempre que puedo y me canso pronto de lugares como Brighton, donde no hay más que frivolidad y desidia. El año pasado me embarqué en una excursión a pie por las Highlands escocesas y este mismo año he recorrido el Distrito de los Lagos. El ejercicio, la experiencia y la compañía estuvieron bien.

—¿Le gusta leer? —le preguntó.

—La verdad es que sí. —La miró con una sonrisa lánguida—. ¿Sorprendida?

No estaba sorprendida, aunque tampoco dejaba de estarlo. Se dio cuenta de que sabía muy poco sobre él. Y debería, por supuesto, alegrarse de que las cosas siguieran así.

—Supongo —dijo al tiempo que se apretaba las rodillas— que los hijos de los duques no tienen que trabajar para vivir.

—No los hijos del duque que fue mi padre —contestó él—. Somos indecentemente ricos por derecho propio, dejando a un lado a Bewcastle, que posee media Inglaterra y parte de Gales. No, no necesitamos trabajar, aunque desde luego se tienen ciertas expectativas para los hijos menores. Aidan es el segundo y por tanto era de esperar que siguiera la carrera militar, cosa que hizo sin rechistar. Vendió su cargo hace poco... después de casarse. Bewcastle esperaba que lo ascendieran a general en un par de años. Como tercer hijo, la idea era que yo me decantara por la Iglesia. No cumplí con mi deber.

—¿Por qué no? —le preguntó—. ¿Es que su fe no es lo bastante fuerte?

Él arqueó las cejas.

—Conozco muy pocos caballeros que se hayan decantado por la vida religiosa movidos por la fe —respondió él.

—Es usted un cínico, lord Rannulf —concluyó Judith.

El hombre esbozó una sonrisa.

—¿Me imagina subiendo al púlpito los domingos por la mañana, levantándome la sotana por encima de los tobillos y dando un apasionado sermón acerca de la moralidad, la decencia y los fuegos del infierno? —inquirió.

Muy a su pesar, Judith le devolvió la sonrisa. Habría detestado verlo como un clérigo: serio, devoto, virtuoso, censurador y totalmente falto de alegría. Como su padre.

—Mi padre me veía llevando la mitra de un obispo —le comentó—. Tal vez incluso como arzobispo de Canterbury. Lo habría decepcionado de haber vivido. En su lugar decepcioné a mi hermano.

¿Notaba cierto deje de amargura en su voz?

—En ese caso —indagó Judith—, ¿se siente culpable por no haber hecho lo que se esperaba de usted?

Él se encogió de hombros.

—Se trata de mi vida —respondió—. Aunque a veces uno se pregunta si hay algún motivo o sentido para vivir. ¿Le pides eso a tu vida, Judith? ¿Le encuentras algún sentido o motivo a todo lo que le ha sucedido a tu familia en los últimos tiempos y por ende a ti?

Ella apartó la mirada.

—No me hago esas preguntas —replicó—. Vivo día a día.

—Mentirosa —dijo él en voz baja—. ¿Qué te depara el futuro aquí? ¿Un interminable vacío a lo largo de los años? ¿Y aun así no te preguntas por qué? ¿O qué sentido tiene continuar viviendo? Creo que sí lo haces, cada hora de cada día. Yo he visto a la auténtica Judith Law, ¿recuerdas? Y no tengo nada claro que aquella vibrante y apasionada mujer de El Ron y el Tonel fuera un engaño y que esta mujer serena y disciplinada de Harewood sea la auténtica.

Judith se puso en pie sujetando la chaqueta a su alrededor con las dos manos.

—Llevo aquí demasiado tiempo —dijo—. Me echarán de menos y la tía Louisa se enfadará. ¿Se marchará primero? ¿O se... se dará la vuelta mientras me visto?

—No miraré —le prometió al tiempo que apoyaba las muñecas sobre las rodillas y bajaba la cabeza.

Judith dejó caer la chaqueta tras él.

—Me temo que está húmeda por dentro —le dijo.

Se quitó la enagua, que seguía húmeda, con toda la rapidez de la que fue capaz y se puso el vestido. Se retorció el cabello hasta convertirlo en un moño que ocultó bajo la cofia. Se colocó el bonete y se ató las cintas con fuerza bajo la barbilla.

«Un interminable vacío a lo largo de los años.»

Le castañeteaban los dientes mientras se apresuraba a recomponer su apariencia.

—Ya estoy vestida —le dijo, y lord Rannulf se puso en pie con agilidad antes de girarse hacia ella.

—Te pido perdón —se disculpó—. Te he molestado.

—No, no lo ha hecho —le aseguró ella—. Soy una mujer, lord Rannulf. Las mujeres estamos acostumbradas al aburrimiento, a esperar un futuro sin...

—¿Esperanza?

—Sin promesas de cambio ni de emociones —corrigió—. Casi todas las mujeres llevan una vida aburrida, tanto si se casan como si envejecen a merced de la caridad de parientes ricos, como es mi caso. Esta es la verdadera Judith, lord Rannulf. La que tiene delante.

—Judith. —Se acercó para apoderarse de su mano antes de que ella pudiera siquiera pensar en retirarla.

Sin embargo, lord Rannulf se detuvo de golpe, clavó la vista en el suelo que los separaba, emitió un suspiro y le soltó la mano tras darle un fuerte apretón.

—Le ruego que me disculpe —repitió— por entristecerla cuando hace un instante la hice reír. También yo debo regresar, señorita Law. Seguro que mi abuela está lista para volver a casa. Yo rodearé la colina y saldré al jardín delantero por el lateral. Usted puede subir la colina y entrar por la parte posterior de la casa. ¿Le parece?

—Sí —respondió ella, que lo observó mientras se alejaba sin mirar atrás ni una sola vez.

No tardó en desaparecer de su vista. Judith inspiró hondo y soltó el aire muy despacio. En realidad no había querido empezar a conocerlo como persona. No había querido descubrir nada agradable en él. Su futuro ya era bastante horrible sin tener que añadir el arrepentimiento.

¡Arrepentimiento! ¿Se arrepentía de la respuesta que le había dado tres días atrás? No, no lo hacía. Por supuesto que no. Él le había dejado muy claro un rato antes el tipo de mujer que sería su esposa ideal y ella no daba la talla en ninguno de los aspectos. Además, cuando lord Rannulf se casara sería con el único propósito de tener hijos que llevaran su nombre. Reservaría todas sus energías, todo su encanto y toda su pasión para mujeres como la inexistente Claire Campbell.

No, no se arrepentía de su decisión. Sin embargo, su alma se arrastró junto con sus pies durante todo el camino de vuelta a la casa.

11

*C*omo era habitual, Rannulf había sido invitado a Harewood a la tarde siguiente, momento para el cual ya se habría ideado algún plan para su distracción y la de todos los demás. Sin embargo, toda una procesión de carruajes se acercó a Grandmaison por la mañana temprano. El mayordomo entró en el saloncito para avisar del suceso a lady Beamish, que estaba sentada a su escritorio escribiendo cartas, y también a Rannulf, que leía su correspondencia, una carta previsiblemente corta de su amigo Kit y otra más larga de su hermana Morgan.

Del carruaje que encabezaba la comitiva descendió un lacayo con la orden de invitar a lord Rannulf a reunirse con los invitados de Harewood en una excursión cuyo destino era un pueblo a unos doce kilómetros. Sin embargo, cuando el sirviente llamó a la puerta, Rannulf ya estaba en el vestíbulo y se encaminaba al exterior para recibir la invitación de manos de la propia señorita Effingham, quien había descendido del carruaje acompañada de la honorable señorita Lilian Warren y sir Dudley Roy-Hill. Los pasajeros de los otros tres carruajes también estaban apeándose, y todos parecían de muy buen humor.

Judith Law no se encontraba entre ellos, comprobó Rannulf con un simple vistazo. Horace Effingham sí.

—Debe venir con nosotros, lord Rannulf —le dijo la señorita Effingham al tiempo que daba un paso en su dirección y le tendía las dos manos—. Vamos de compras a gastarnos todo el dinero. Y después tomaremos el té en el Ciervo Blanco. Es muy elegante.

Rannulf la tomó de las manos y se inclinó sobre ellas. La joven tenía un aspecto de lo más atractivo con un vestido de paseo verde claro y el bonete de paja. Sus grandes ojos azules chispeaban ante la expectación de un día de aventura. Hasta donde Rannulf podía ver, la señora Hardinge, que viajaba en el último carruaje, era la única carabina del grupo.

—Le concederemos diez minutos para que se prepare, Bedwyn —gritó Effingham con jovialidad—. Ni un segundo más.

—Le he guardado un sitio en mi carruaje —añadió la señorita Effingham, que no tenía prisa alguna por retirar sus manos—, aunque el señor Webster y lord Braithwaite han competido por él.

Rannulf imaginó el día que se le avecinaba. Un par de horas en el carruaje por la mañana y otras dos en el camino de vuelta... todas ellas en estrecha compañía de su futura novia. Unas cuantas horas de tiendas con ella, tras lo que tomaría el té sentado a su lado en la posada. Y sin duda el regreso a Harewood más tarde, donde también se sentaría junto a ella durante la cena y se vería obligado a pasarle las páginas de la partitura mientras ella tocaba el piano o a sentarse junto a ella como pareja de cartas en el salón tras la comida.

Tanto su abuela como la madre de la muchacha estarían encantadas por el feliz progreso del cortejo.

—Le ruego que me disculpe. —Le soltó las manos, enlazó las suyas tras la espalda y esbozó una sonrisa de disculpa hacia ella y el grupo en general—. Pero he prometido pasar el día con mi abuela a fin de planear las actividades de mañana. —Al día siguiente se celebraría la fiesta al aire libre en Grandmaison, un acontecimiento al que no había dedicado el menor pensamiento hasta ese instante.

La expresión de la señorita Effingham se descompuso y lo obsequió con un lindo mohín.

—Pero cualquiera puede planear una fiesta al aire libre —replicó—. Estoy segura de que su abuela lo liberará de su promesa cuando sepa cuál es nuestro destino y que nos hemos desviado expresamente para invitarlo.

—Me siento honrado de que lo hayan hecho —aseguró él—. Pero me resulta imposible romper una promesa. Que tengan un buen día.

—Hablaré con lady Beamish en persona —insistió la señorita Effingham con el rostro resplandeciente—. Lo liberará si se lo pido.

—Gracias —replicó Rannulf con firmeza—, pero no. No puedo marcharme hoy. Permítame que la ayude a subir a su carruaje, señorita Effingham.

El semblante de la muchacha mostró claramente su desilusión y Rannulf sintió un aguijonazo de remordimiento. Sin duda le había estropeado el día. No obstante, mientras aceptaba su mano y alzaba la vista para observarlo con una expresión que no fue capaz de descifrar de inmediato, gritó en dirección a la terraza:

—Lord Braithwaite —llamó con jovialidad—, puede sentarse conmigo después de todo. A decir verdad me parecía de buena educación reservar un lugar para lord Rannulf, pero le resulta imposible venir.

A Rannulf le hizo gracia observar, después de dejarla en manos del otro hombre y esperar como dictaba la educación a que la procesión reemprendiera el viaje, que ella no lo miró ni una sola vez, sino que se dedicó a sonreír con coquetería a Braithwaite, a colocarle la mano en la manga y a charlar animadamente con él.

La tontuela intentaba darle celos, pensó mientras volvía a la casa. Su abuela acababa de aparecer en el vestíbulo.

—¿Rannulf? —preguntó—. ¿Se van sin ti?

—Tienen planeada una excursión para todo el día —respondió al tiempo que se apresuraba a acercarse a la anciana para ofrecerle el brazo. Su abuela se negaba a utilizar bastón, pero él sabía que a menudo necesitaba apoyarse sobre algo para caminar—. No me apetecía dejarte sola tanto tiempo.

—Pero qué tontería, muchacho —replicó ella—. ¿Cómo crees que me las apaño cuando no estás aquí... que por cierto es casi siempre?

La acompañó en dirección a la escalera al suponer que quería retirarse a sus aposentos. Acortó sus zancadas para ajustarse a los pasos de la anciana.

—¿He sido una decepción para ti, abuela? —le preguntó—. Por no optar por la Iglesia como profesión. Por no venir por aquí a menudo a pesar de que hace años que me nombraste tu heredero. Por no demostrar interés alguno por mi futura herencia.

La anciana lo observó con ojos críticos mientras subían la escalera. Rannulf se dio cuenta de que subía los escalones uno a uno y de que siempre levantaba primero el pie izquierdo.

—¿Qué te ha provocado esta crisis de conciencia? —inquirió la mujer.

No estaba seguro. La conversación con Judith Law, tal vez. Las cosas que ella le había dicho acerca de la ociosidad de los caballeros; su propia admisión de que no había cumplido con su deber, tal y como Wulf y Aidan habían hecho. Se había negado a convertirse en clérigo. Pero tampoco había hecho otra cosa. No era mejor que ese mequetrefe de Branwell Law, salvo que él disponía de dinero con el que disfrutar de una vida ociosa. Tenía veintiocho años, estaba hastiado y vagaba sin rumbo; la sabiduría que había acumulado a lo largo de su existencia lo llevaba a la cínica conclusión de que la vida no tenía sentido.

¿Acaso había intentado darle sentido a la vida?

Respondió a la pregunta de su abuela con una propia.

—¿Has deseado alguna vez que viniera más a menudo, que mostrara interés por la casa y la propiedad, que aprendiera el trabajo que conllevan y tal vez que supervisara su administración y redujera tus responsabilidades? ¿Que conociera a tus vecinos? ¿Que me convirtiera en un miembro activo de esta comunidad?

A la anciana le faltaba el aliento cuando llegaron a la parte superior de la escalera. Rannulf se detuvo para permitirle que se recuperara.

—Sí a todas esas preguntas, Rannulf —contestó—. Ahora ¿tendrías la amabilidad de decirme a qué viene todo esto?

—Me estoy planteando casarme, ¿no?

—Sí, por supuesto. —Lo precedió a su saloncito privado, donde Rannulf se sentó en una silla una vez que la hubo ayudado a tomar asiento—. De modo que esa idea ha despertado tu sentido latente de la responsabilidad, tal y como esperaba que hicieras. Es una cosita muy dulce, ¿no te parece? Bastante más caprichosa y frívola de lo que me había imaginado, pero nada que el tiempo y la madurez no puedan corregir. ¿Sientes algo por ella, Rannulf?

Pensó en mentir descaradamente. Sin embargo los sentimientos no eran indispensables para el matrimonio que había prometido tener en cuenta.

—Eso llegará con el tiempo, abuela —le dijo—. Tu descripción de la muchacha es bastante acertada.

—Y sin embargo —replicó ella con el ceño fruncido—, acabas de rechazar la oportunidad de pasar todo el día a su lado.

—Se me ocurrió —explicó— que podría reunirme con tu administrador, abuela, para ver si tenía tiempo de mostrarme los campos y explicarme unas cuantas cosillas. Soy bastante ignorante en lo que se refiere a estos temas.

—Debe de acercarse el final de los tiempos —comentó la anciana—. Nunca creí que viviría para ver este día.

—¿Eso quiere decir que no me consideras presuntuoso? —inquirió él.

—Mi querido muchacho. —Se inclinó hacia delante—. He soñado con verte no solo como un hombre casado y padre de familia, sino también como un hombre adulto, maduro y feliz. Has sido un muchacho encantador desde que naciste, pero ya tienes veintiocho años.

Rannulf se puso de pie.

—Pues iré a enderezar mi camino —le dijo con una sonrisa— y te dejaré descansar.

Había una nueva vitalidad en sus pasos cuando bajó la escalera. Le sorprendía no haber pensado antes en esa posibilidad, contento como estaba con su vida ociosa en Lindsey Hall —que era el hogar de Bewcastle, no el suyo— y dondequiera que pudiese disfrutar de unos días o semanas de entretenimiento.

Y sin embargo durante años había sabido que llegaría el día en que se convertiría en un terrateniente. Tenía muchas cosas que hacer, mucho que aprender, de modo que cuando llegara el momento fuera capaz de darle a la tierra tanto como recibiera de ella.

Sin embargo, debía hacerlo con Julianne Effingham a su lado. Su mente desterró esa idea. Pensaría en ello en otro momento.

A Judith le habría encantado unirse a la excursión de compras, sobre todo después de que Branwell se lo hubiera pedido directamente. Sin embargo, cuando la tía Effingham se apresuró a afirmar con bastante firmeza que necesitaba que su sobrina se quedara en casa, no puso objeciones. De todas formas no tenía dinero alguno que gastar, y no tenía la menor gracia ir de tiendas si no se podía comprar ni la más insignificante fruslería para recordar el día. Además, Horace no había tardado en secundar la invitación de Bran. Y si iba, tendría que ver cómo Julianne y lord Rannulf Bedwyn charlaban y reían juntos durante todo el día.

No lo amaba. Pero se sentía sola y deprimida, y en un momento de locura —sí, una locura— se había permitido saborear otra vida muy distinta… con él. No podía evitar recordar. Su cuerpo recordaba, sobre todo durante los momentos en los que bajaba la guardia. Empezaba a despertarse por las noches con el cuerpo enfebrecido por algo que jamás volvería a tener.

En términos generales, le agradó pasar el día escribiendo un montón de invitaciones para el gran baile de la semana siguiente y llevando algunas en persona al pueblo —a pie todo el trayecto de ida y de vuelta porque no le habían ofrecido la calesa— y después cortar flores del jardín de la cocina y hacer ramos para cada una de las estancias diurnas. Pasó una hora en el saloncito organizando la bolsa de los hilos de su tía, que se habían enredado de manera imposible, separando las hebras con paciencia antes de volver a enrollarlas en sedosas madejas. Esa tarea se había visto interrumpida dos veces: una para subir la escalera en busca del pañuelo de su abuela y otra para llevarle el plato de bombones que tanto le gustaban.

Pero al menos su abuela era una compañía agradable. Siempre que la tía Effingham no estuviera con ellas charlaban animadamente sobre un sinfín de temas. A la abuela le encantaba contarle historias acerca de su abuelo, a quien Judith no llegó a conocer pese a tener siete años cuando murió. Ambas se echaron a reír cuando Judith le contó a la anciana algunas anécdotas de su casa con el simple propósito de entretenerla, como aquella vez en la que todos los aldeanos habían perseguido como locos a un lechón que se había escapado por todo el cementerio y el jardín de la rectoría, hasta que su padre salió del estudio y logró que el aterrado animal se detuviera en seco al mirarlo con su expresión eclesiástica más severa.

Fue entonces cuando el mayordomo las interrumpió.

—Les pido perdón, señoras —dijo sin dejar de mirarlas a ambas como si no supiera muy bien a quién dirigirse—, pero hay… esto… una persona en la entrada que insiste en hablar con el señor Law. Se niega a creer que el joven no se encuentra aquí.

—¿Quiere hablar con Branwell? —preguntó Judith—. ¿De quién se trata?

—Será mejor que lo hagas pasar, Gibbs —dijo su abuela—. Aunque no entiendo por qué no te cree.

—No. —Judith se puso de pie—. Iré a ver qué quiere.

El hombre que había en la entrada tenía un sombrero entre las manos al que no dejaba de dar vueltas y parecía muy incómodo. Tanto su edad como su ropa hicieron que Judith abandonara de inmediato la idea de que se trataba de un amigo de Bran que se encontraba por la zona y que había decidido visitarlo por sorpresa.

—¿Puedo ayudarlo en algo? —le preguntó—. El señor Law es mi hermano.

—¿De veras, señorita? —El hombre le hizo una reverencia—. Pero tengo que ver al caballero en persona. Tengo que entregarle algo en mano. Su hermana no me servirá. Dígale que venga, si no le importa.

—No se encuentra aquí —le dijo Judith—. No volverá hasta la noche. Aunque el señor Gibbs ya se lo había dicho, según tengo entendido.

—Pero es que siempre dicen eso —replicó el hombre— y casi nunca es cierto. No consentiré que me eluda, señorita. Lo veré tarde o temprano. Dígaselo. Esperaré a que vuelva.

¿Por qué motivo?, se preguntó Judith. ¿Y a qué venía esa insistencia que rayaba en la grosería? ¿Cómo había descubierto que Bran estaba allí? De todos modos, ella no era ninguna idiota. Sintió un aguijonazo de aprensión.

—En ese caso deberá esperar en la cocina —le informó—. Si el señor Gibbs se lo permite, claro está.

—Sígame —dijo el mayordomo, que miró al visitante con una expresión altanera, como si se tratara de un gusano especialmente repugnante.

Judith los observó alejarse, ceñuda, antes de regresar al salón. Sin embargo, ni siquiera había tenido la oportunidad de sentarse cuando escuchó el sonido de los caballos y los carruajes y fue a la ventana para echar un vistazo. Sí, habían regresado, mucho más temprano de lo que esperaba.

—¿Ya están de vuelta? —La sorpresa de su abuela era fiel reflejo de la suya.

—Sí —respondió Judith—. No han tardado mucho.

Claro que a la vuelta no habrían tenido que dar el rodeo hasta Grandmaison. Habrían llevado a lord Rannulf con ellos. En contra de su voluntad, se vio inclinándose hacia la ventana para atisbarlo mientras se apeaba del carruaje. Pero fue lord Braithwaite quien ayudó a Julianne a descender, y tras ellos lo hicieron la señorita Warren y sir Dudley Roy-Hill. La tía Effingham había salido para recibirlos.

—¿Qué quería ese hombre de Branwell? —le preguntó su abuela.

—No tengo la menor idea —respondió Judith—. Quería verlo en persona.

—Supongo que es un amigo —comentó su abuela.

Judith no la contradijo. Un instante después la puerta del saloncito se abrió de par en par y Julianne entró hecha una furia, con una expresión malhumorada, los labios fruncidos y su madre pisándole los talones. La tía Effingham cerró la puerta tras ella. Era de suponer que los invitados se habían dirigido a sus habitaciones para refrescarse tras haber pasado el día fuera.

—No pudo venir —dijo Julianne con voz tensa y chillona—. Le había prometido a lady Beamish que se quedaría con ella. Pero no me dejó que la convenciera para que lo liberara de su promesa. No quería venir. No le gusto. No va a pedir mi mano. Ay, mamá, ¿qué voy a hacer? ¡Tengo que casarme con él! Me moriré si tengo que conformarme con alguien inferior.

—Has vuelto a casa muy temprano, Julianne —comentó la abuela—. ¿Qué pasa?

—Las tiendas no merecían la pena —contestó con petulancia la aludida—. Todo parecía zarrapastroso en comparación con los productos que había incluso en las tiendas más modestas de Londres. Sin embargo, todos querían detenerse en todas partes y no dejaban de exclamar maravillados ante cualquier cosa. Estaba mortalmente aburrida a la hora de llegar. Y quienquiera que haya tildado al Ciervo Blanco de elegante es que no ha visto nada elegante en su vida. Tuvimos que esperar diez minutos para tomar té tibio y unas pastas rancias. Y si Hannah y Theresa te dicen que el suyo estaba caliente, mamá, es que mienten. Ha sido una estupidez ir a ese lugar. Estoy segura de que has tenido un día fantástico comparado con el mío, Judith.

Judith comprendió que había sido la negativa de lord Rannulf a unirse a la comitiva lo que había condenado la excursión al fracaso. ¿Por qué se habría negado?

—Por supuesto que le gustas, queridita —le dijo la tía Effingham para calmarla—. Lady Beamish ha sido bastante explícita a la hora de promover una unión entre los dos, y lord Rannulf se ha mostrado de lo más atento. Si no pudo ir contigo hoy, ten por seguro que tenía una buena razón. No debes demostrar que estás molesta con él. Mañana se celebrará la fiesta al aire libre en Grandmaison y ya sabes que también nos han invitado a cenar. Todo saldrá bien mañana, ya lo verás. Debes tener tu aspecto encantador de siempre, queridita. Ninguna dama atrapa a caballero alguno con un enfado.

—Compré dos bonetes, aunque uno no me gustaba ni una pizca —dijo Julianne un tanto más calmada—. Y el otro es de un estilo que no me favorece, me temo. También compré unas cintas. No podía decidir qué color me gustaba más, así que compré de los dos. Aunque no había ninguno que me gustara de verdad. —Dejó escapar un largo suspiro—. ¡Qué día más soso!

Llegados a ese punto, su abuela decidió retirarse a sus aposentos y Judith la ayudó a ponerse en pie y la acompañó hasta allí.

—Estos pendientes me hacen daño —se lamentó su abuela, al tiempo que se quitaba uno cuando se acercaban a su habitación y hacía una mueca—. Siempre olvido cuáles lo hacen. Aunque mi joyero está tan desorganizado que me limito a meter la mano y sacar lo que esté más arriba. Tengo que guardar estos en el fondo.

—Yo lo haré, abuela —se ofreció Judith.

Sin embargo, cuando vio el interior de la enorme caja de madera tallada en la que su abuela apilaba su considerable colección de joyas, supo que debían tomarse medidas drásticas.

—¿Te gustaría que lo organizara todo? —le preguntó—. Abuela, el joyero está dividido en compartimentos. Si usas uno para los anillos, otro para los pendientes y los demás para los broches, los collares y las pulseras, todo sería mucho más fácil de encontrar.

Su abuela suspiró.

—Tu abuelo siempre estaba comprándome joyas —dijo— porque sabía lo mucho que me gustaban. Y como puedes ver, guardo las piezas más valiosas separadas. —Señaló la bolsa de terciopelo borgoña que estaba casi escondida bajo el desordenado montón de joyas—. ¿Me lo organizarás todo? Qué amable de tu parte, Judith, cariño. Nunca se me ha dado bien mantener las cosas en orden.

—Me llevaré el joyero a mi habitación —sugirió Judith— para no molestarte mientras descansas.

—Sí, necesito descansar —admitió su abuela—. Creo que el frío me afectó el estómago cuando me senté ayer en la terraza con Sarah. Pensaba que el té me sentaría bien, pero no ha sido así. Tillie me dará un tónico de algo, supongo.

Judith se llevó el pesado joyero a su habitación y lo volcó todo sobre la cama. Su abuelo debía de haber estado muy enamorado de su abuela, pensó con una sonrisa, para regalarle tantas y tan ostentosas joyas, muchas de cuales apenas si se podían distinguir de sus resplandecientes compañeras.

Estaba organizando los collares, el último montón que le quedaba, cuando llamaron a la puerta y Branwell se apresuró a entrar pese a que ella todavía no había acabado de preguntar quién era. Estaba tan blanco como una sábana.

—Jude —le dijo—, necesito que me ayudes.

—¿Qué pasa? —De repente recordó al pertinaz visitante. Debía de ser el causante de la turbación de su hermano—. ¿Qué quería ese hombre?

—Bueno. —Intentó esbozar una sonrisa—. No era más que un mensajero. Qué desvergüenza, maldita sea. Uno tiene deudas con su sastre y su zapatero y se ve perseguido por medio país, como si su palabra de caballero no fuera suficiente para asegurar el pago.

—¿Era un sastre que exigía el pago de una deuda? —le preguntó con un pesado collar de zafiros en la mano.

—No era el sastre en persona —respondió él—. Contratan a tipos para estos asuntos, Jude. Me ha dicho que tengo dos semanas de plazo para pagar.

—¿Cuánto dinero? —inquirió con los labios repentinamente resecos.

—Quinientas guineas —respondió con una sonrisa apagada—. Hay tipos que les deben diez veces más, pero nadie los persigue.

—Quinientas… —Por un instante, Judith creyó que iba a desmayarse. El collar cayó sobre su regazo con un golpe.

—La verdad es que a papá no le va a quedar más remedio que pagar la deuda —dijo Branwell mientras se acercaba a la ventana—. Sé que es mucho y sé que no puede repetirse. Debo corregir mis hábitos y todo eso. Pero ya está hecho, ¿sabes? Así que papá va a tener que sacarme de este embrollo. Pero le dará un ataque si se lo pido en persona o si se lo digo por carta. Le escribirás por mí, ¿verdad, Jude? Explícaselo. Dile…

—Bran —lo interrumpió con una voz que parecía venir de muy lejos—, no estoy segura de que papá pueda darte tanto dinero. Incluso si lo tiene, no le quedará nada más. Lo arruinarás. Al igual que a mamá, a Cass, a Pamela y a Hilary.

El semblante del joven palideció aún más, si algo así era posible. Incluso los labios adquirieron un tono blanquecino.

—¿Tan mal está la cosa? —le preguntó—. ¿Es cierto, Jude?

—¿Por qué crees que estoy aquí, Bran? —inquirió ella—. ¿Porque venirme a vivir con la tía Effingham es el sueño de mi vida?

—Vaya por Dios… —La miró con una mueca de compasión—. Lo siento muchísimo, Jude. No quería creerlo, pero es cierto, ¿verdad? ¿Yo he sido el culpable de esto? Bueno, pues se acabó. Me las apañaré, ya lo verás. Pagaré mis deudas y recuperaré la fortuna familiar. Me encargaré de que vuelvas a casa y de que todas vosotras tengáis dinero para conseguir un marido. Yo…

—¿Cómo, Bran? —En lugar de sentirse conmovida por su efusivo remordimiento, Judith estaba enfadada—. ¿Apostando fuerte en las carreras y en los clubes de caballeros? Nos alegraría muchísimo más que eligieras una profesión respetable y que te asentaras en una vida decente.

—Se me ocurrirá algo —dijo él—. Ya lo verás, Jude. Se me ocurrirá algo. Me las apañaré sin tener que recurrir a papá. ¡Santo cielo! —Sus ojos se habían posado de forma distraída en el joyero—. ¿De quién son todas esas joyas? ¿De la abuela?

—Estaban todas revueltas —explicó—, excepto las más valiosas, que están en esta bolsa. Me ofrecí a organizárselas.

—Ahí tiene que haber toda una fortuna —dijo su hermano.

—De eso nada, Bran —dijo ella con voz torva—. No recurrirás a la abuela para pagar tus deudas. Estas joyas son suyas, son sus recuerdos de la vida con el abuelo. Tal vez valgan una fortuna, pero son suyas… ni tuyas ni mías. Nunca le hemos prestado demasiada atención, en parte porque papá siempre nos ha transmitido la impresión de que no era respetable, aunque no tengo la menor idea de sus motivos. Puede que sea un poco agobiante en según qué circunstancias, siempre olvidándose las cosas en otra habitación y quejándose de su salud, aunque de un tiempo a esta parte lo hace menos. Pero le he cogido mucho cariño. Es divertida y le encanta reírse. Y juraría que no tiene ni una pizca de maldad en el cuerpo… que es más de lo que puedo decir de su hija… o de su hijo. —Se ruborizó por haber dicho algo tan desleal de su propio padre.

Branwell suspiró.

—No, por supuesto que no le pediré ayuda a la anciana —le dijo—. Sobre todo porque sería humillante admitir ante ella que me encuentro en apuros. Aunque, por el amor de Dios, ni siquiera se daría cuenta de que le falta una, dos o diez piezas de esas, ¿no crees?

Judith lo detuvo con una mirada adusta.

—Solo estaba bromeando, Jude —explicó—. ¿No me conoces lo bastante para saber que jamás se me ocurriría robarle a mi propia abuela? Solo era una broma.

—Ya lo sé, Bran. —Se puso en pie y sucumbió al impulso de darle un abrazo—. Tendrás que encontrar la manera de salir tú solito del atolladero. Tal vez si visitas a los comerciantes involucrados puedas llegar a algún arreglo con ellos para pagarles una mensualidad o…

Él soltó una carcajada, un sonido carente de humor.

—No debería haberte molestado con mis problemas —le respondió—. Olvídalo, Jude. Después de todo son mis problemas, no los tuyos. Ya me las apañaré. Y en cuanto a ti, no veo por qué no puedes atraer a un marido decente aunque vivas en este lugar sin ninguna dote. Claro que no lo harás con ese aspecto. Jamás entendí por qué papá le insistía a mamá para que siempre llevaras cofia cuando las demás ni siquiera se las ponían. Nunca he comprendido qué tiene de horrible tu cabello. Siempre he creído que las mujeres pelirrojas son muy atractivas.

—Gracias, Bran. —Le sonrió—. Debo terminar esto y devolver el joyero a la habitación de la abuela. Tengo que admitir que me pone un poco nerviosa tener todas estas joyas aquí. Ojalá pudiera ayudarte, pero no está en mi mano.

Su hermano esbozó una sonrisa y pareció recobrar su expresión habitual.

—No te preocupes —le dijo—. Los hombres pasan por este tipo de cosas todo el tiempo. Pero siempre se las apañan. Yo también lo haré.

La frase se había convertido en una especie de lema para él, se percató Judith. Ya se las apañaría. Pero ella no veía cómo.

Su padre se vería afectado tarde o temprano, pensó, al igual que su madre y sus hermanas. Y ella se vería atrapada por los siglos de los siglos con la tía Effingham. Hasta ese momento no se había dado cuenta de que una parte de ella seguía albergando la esperanza de que regresaría a casa, de que todo volvería a la normalidad.

12

El clima cooperó en gran medida con la fiesta al aire libre en Grandmaison. A pesar de que la mañana había amanecido con el cielo cubierto de nubes que parecían presagiar lluvia, la tarde fue despejada y soleada, con el calor justo para no resultar agobiante. El salón estaba disponible para cualquiera que se sintiera más inclinado a sentarse en el interior, pero las puertas francesas habían vuelto a abrirse y la mayoría de los invitados se encontraba fuera, paseando por los senderos de los jardines principales, sentados en el cenador o caminando por el césped y por el sendero del arroyo. En la terraza se habían dispuesto unas largas mesas cubiertas con manteles de un blanco inmaculado, cargadas con apetitosos alimentos de todas las clases posibles, además de teteras y enormes jarras de limonada y ponche.

Judith estaba decidida a pasarlo bien. Llevaba el que siempre había considerado su vestido más bonito, el de muselina verde claro; aunque al igual que la mayor parte de sus vestidos no había escapado a las alteraciones. Llevaba también una de sus propias cofias bajo el bonete que le había dado la tía Louisa. No se sentía bonita, pero jamás se había hecho ilusiones con respecto a su apariencia. De todos modos, esa tarde no se consideraba muy distinta del resto de los invitados de la vecindad. En su mayor parte no parecían ni de cerca tan elegantes ni a la moda como el grupo de Harewood. Y Judith tenía la ventaja de haber conocido a muchos de ellos el día anterior, cuando había entregado las invitaciones para el baile.

Pasó la primera media hora acompañada de la esposa y la hija del vicario, con las que creyó posible poder entablar una amistad con el tiempo. Ellas a su vez le presentaron a otras cuantas personas que se dirigieron a ella de forma educada y no la miraron con desdén ni —aún peor— se giraron al instante como si no estuviera allí. Tras casi una hora, se unió a su abuela en el salón y le llevó un plato de comida de la terraza. Estuvieron sentadas allí tranquilamente hasta que lady Beamish las descubrió y las arrastró hasta el cenador después de persuadir a su abuela de que el aire resultaba cálido y de que la brisa era casi inexistente.

Estaba disfrutando de la fiesta, se dijo Judith tras dejar charlando a las dos viejas amigas. A su alrededor distinguía los sonidos de las risas y la diversión. Parecía que la gente joven se moviera en grupos, a veces en parejas, con un aspecto vivaz y exuberante mientras disfrutaban de la compañía de los demás. Incluso los invitados de más edad parecían tener a alguien con quien hablar o sentirse de lo más cómodos… igual que ella, por supuesto. Ella tenía a su abuela.

Julianne estaba rodeada por sus amigas más íntimas y por unos cuantos caballeros de los invitados a Harewood. Lord Rannulf estaba a su lado, tal y como lo había estado la mayor parte de la tarde, y su prima lo miraba con una expresión resplandeciente, aunque debía de haber dicho algo que provocó las carcajadas de todo el grupo.

Iba a casarse con Julianne.

Judith deseó de pronto estar a solas después de descubrir que era posible sentirse más sola que nunca en medio de una multitud, algo que nunca le había pasado en su hogar. Nadie le prestaba atención en esos momentos. Por lo general, en casi todas las grandes mansiones se podía encontrar un poco de tranquilidad si uno se trasladaba a la parte trasera. Tomó un sendero que rodeaba el costado de la casa y descubrió los esperados jardines de la cocina en la parte posterior. Por fortuna, estaban desiertos y al instante comenzó a respirar con más calma.

Tendría que superarlo de una vez, se dijo con determinación; tendría que superar esa sensación de estar fuera de lugar, esa pérdida de confianza en sí misma y esa autocompasión.

Los establos se encontraban al otro extremo de la casa y había un corral detrás. Pasó junto a la zona cercada y contempló los caballos que pastaban allí, aliviada de que no hubiera ningún mozo por el lugar que pudiera verla y preguntarse qué hacía tan lejos de la fiesta.

Más allá de los establos el terreno descendía en una empinada cuesta cubierta de hierba hasta una zona boscosa. Judith bajó casi a la carrera y se vio rodeada por arbustos de rododendro, envuelta de repente por su intensa fragancia. Por delante de ella, una vez que hubo bajado la pendiente, descubrió un bonito mirador y, más allá, un estanque de nenúfares.

El mirador tenía forma hexagonal y estaba completamente cerrado bajo su puntiagudo techo de tejas de madera, aunque contaba con ventanas en todos los costados. Probó el picaporte y la puerta se abrió hacia dentro sin dificultad gracias a unas bisagras bien engrasadas. En el interior el suelo estaba cubierto de baldosas y había un banco tapizado en piel por todo el perímetro de la estancia. Era obvio que se utilizaba de vez en cuando. Estaba limpio. Había unos cuantos libros amontonados a un lado del banco. Aunque estaba claro que no se trataba del refugio privado de alguien. No estaba cerrado con llave.

Entró y dejó la puerta abierta para poder respirar la fragancia de los rododendros y escuchar el canto de los pájaros; además, quería tener una buena vista del hermoso y bien conservado estanque de nenúfares, con sus aguas de color verde oscuro bajo el dosel de ramas y el sorprendente contraste de la blancura de los nenúfares.

Era un pequeño paraíso en la tierra, decidió al tiempo que se sentaba en el banco, entrelazaba las manos sobre el regazo y se permitía relajarse un poco por primera vez en toda la tarde. Dejó a un lado la nostalgia de su hogar, la soledad y la tristeza. No era propio de ella albergar sentimientos negativos durante mucho tiempo y dichos sentimientos llevaban agobiándola demasiados días. Allí podía encontrar belleza y tranquilidad para nutrir su espíritu y aceptaría semejante regalo abriéndose a lo que le ofrecían y dándoles la oportunidad de que le llegaran al alma.

Respiró hondo y se relajó aún más. Cerró los ojos durante un par de minutos, aunque no estaba dormida. Se sentía feliz y consciente de la dicha que recibía. Perdió el sentido del tiempo.

—Bonita vista, desde luego —dijo con suavidad una voz procedente del vano de la puerta, lo que la trajo de vuelta a la desagradable realidad como si hubiera estado durmiendo de verdad.

Horace estaba allí, con un hombro apoyado contra el marco de la puerta y las piernas cruzadas a la altura de los tobillos.

—Vaya —dijo ella—, me ha asustado. Fui a dar un paseo, descubrí el mirador y me senté a descansar unos momentos. Debería regresar ahora mismo. —Se puso en pie y se dio cuenta de que el lugar no era espacioso en absoluto.

—¿Por qué? —preguntó él sin moverse un ápice—. ¿Porque mi madrastra podría tener algunos recados que encargarte? ¿Porque tu abuela podría necesitar que le llevaras más pasteles? La fiesta durará algún tiempo más y los invitados de Harewood nos quedaremos después de que todos los demás se hayan marchado, como bien sabes. Nos han invitado a cenar. Relájate. No te echarán de menos durante un buen rato.

Eso era precisamente lo que ella temía.

—Resulta todo de lo más pintoresco, ¿no le parece? —preguntó Judith con jovialidad. Y de lo más lejano y apartado, pensó.

—Mucho, sí —convino él sin apartar los ojos de ella—. Y lo sería aún más si te quitaras el bonete y la cofia.

Ella sonrió.

—¿Es eso un cumplido, señor Effingham? —inquirió—. Se lo agradezco. ¿Se quedará aquí un rato más? ¿O regresará a la casa conmigo?

—Judith. —Esbozó una sonrisa que reveló sus perfectos dientes blancos—. No hay ninguna necesidad de mostrarte tímida… ni de llamarme «señor Effingham». Te vi abandonar la fiesta porque te sentías sola y rechazada. Aquí no te aprecian, ¿verdad? Se debe a que mi madrastra te trata como si fueras una pariente pobre y alienta esa impresión en la mayoría de los invitados, que te ven solo como la dama de compañía de tu abuela. Y a que te han obligado a disfrazarte de esa guisa. Soy el único hombre aquí, además de tu hermano, que ha tenido el privilegio de atisbar lo que hay debajo.

Judith se reprendió en silencio por vestir de la forma que lo hizo el día que Horace llegó con Bran. No habría mostrado interés en ella de haberla visto con el aspecto que tenía en esos momentos. No se le ocurrió ninguna respuesta sensata a esas palabras.

—No obstante, no todos te desprecian —dijo él.

—Bueno. —Judith se echó a reír—. Muchas gracias. Pero de verdad debo irme ahora. —Dio un paso hacia delante. Si daba uno más, se daría de bruces con él. Sin embargo, tal y como había hecho en el sendero del bosque, el hombre se mantuvo en su lugar y no se apartó para dejar que pasara—. Discúlpeme, por favor, señor Effingham.

—Supongo —añadió— que has tenido una educación estricta y limitada en la rectoría, ¿no es así, Judith? Por si no lo sabías, un interludio romántico podría resultar de lo más entretenido, sobre todo cuando la fiesta es tan aburrida.

—No tengo el menor interés en un interludio romántico —replicó ella con firmeza.

—Eso es porque nunca has tenido la oportunidad —dijo él—. Corregiremos esa falta en tu educación, Judith. ¿Podríamos acaso pedir una ambientación más… pintoresca para la primera lección?

—Ya basta —dijo ella con tono cortante. Estaba asustada de verdad, ya que ese hombre parecía no ser capaz de aceptar un no por respuesta, ni siquiera cuando se lo daban con firmeza—. Me marcho de aquí. Y le aconsejaría que no trate de detenerme. El tío George y la tía Louisa no se sentirían muy complacidos con usted si lo hiciera.

Él rió entre dientes con lo que parecía genuina diversión.

—Inocentona… —dijo—. ¿De verdad crees que me echarían la culpa a mí? ¿Y de verdad crees que llegarías a decírselo? —Dio un paso hacia delante y ella medio paso hacia atrás.

—Esto no me gusta, señor Effingham —dijo—. Sería poco caballeroso por su parte acercarse un centímetro más a mí o seguir hablando de un asunto que me resulta en extremo desagradable. Déjeme salir ahora mismo.

En lugar de permitírselo, levantó una mano, desató los lazos de su bonete y lo arrojó junto con la cofia sobre el banco que había a sus espaldas antes de agarrarla. La mitad de su cabello cayó sobre un hombro y Judith escuchó el jadeo de Effingham.

Fue lo último que escuchó o vio de forma consciente durante lo que pareció una eternidad, aunque en realidad no fuera más que un minuto o tal vez dos. Comenzó a golpearlo como una posesa con ambos puños, le dio patadas y le clavó los dientes en cualquier lugar que quedara cerca de su boca… Pero no gritó, se percató más tarde. Jamás había sido de las que gritaban. De todos modos, resultaba extraño que pese a lo irreflexivas que parecían sus acciones, una parte de ella se hubiera alejado de la situación para contemplar casi con indiferencia cómo luchaba sumida en el pánico con el fin de liberarse y cómo Horace la dominaba sin mucho esfuerzo, se reía por lo bajo la mayor parte del tiempo y maldecía cuando en un par de ocasiones ella consiguió asestarle un golpe.

De repente, su cuerpo se vio apretado contra el de Horace, con el vestido subido hasta la mitad de las piernas y uno de los muslos del hombre entre los suyos, mientras él le aprisionaba las manos contra el pecho y acercaba esa asquerosa boca húmeda a la suya. Fue entonces cuando recobró el sentido común. Ese hombre pretendía violarla y ella no sería capaz de detenerlo. Aunque no se rendiría con docilidad. Siguió forcejeando y el pánico se adueñó de nuevo de ella al darse cuenta de que sus esfuerzos no servían para liberarse, sino para complacerlo y excitarlo aún más.

Y de pronto, sin ningún tipo de aviso, se vio libre y contempló con aterrada incredulidad al enorme monstruo que acababa de apartar a Horace de su lado y que todavía gruñía de modo amenazador cuando se dio la vuelta y lo arrojó fuera del mirador. El monstruo resultó ser lord Rannulf Bedwyn, que salió tras

Horace, lo levantó del suelo con una mano y lo estampó contra el tronco de un árbol.

Judith buscó a tientas el alféizar más cercano y se agarró a él.

—Tal vez no haya notado —estaba diciendo lord Rannulf, todavía con ese ronco gruñido— que la dama no estaba interesada.

—Esto es un poco exagerado, ¿no le parece, Bedwyn? —preguntó Horace, que trataba en vano de zafarse de la mano que aferraba las solapas de su chaqueta—. Se mostraba más tímida que renuente. Ambos sabemos que… ¡Ay!

Lord Rannulf había echado la mano libre hacia atrás y había incrustado el puño en el estómago de Horace.

—Lo que ambos sabemos —dijo en un tono de voz que sugería que estaba apretando los dientes— es que llamarlo gusano, Effingham, sería difamar al reino de los insectos.

—Si a usted le gusta la muchacha… ¡Ay! —Horace se dobló hacia delante cuando recibió otro puñetazo en el estómago, pero lord Rannulf lo mantuvo en su lugar con la mano izquierda.

—Dé gracias —dijo— a que estamos en la propiedad de mi abuela y a que hay una fiesta en curso. De otra manera, sería un enorme placer para mí ordenar a la señorita Law que se marchara para darle la paliza que se merece. Le garantizo que terminaría inconsciente y ensangrentado sobre el suelo, con el rostro alterado de forma permanente.

Dejó caer la mano y Horace, visiblemente aturdido, se apartó del tronco y comenzó a recolocarse la chaqueta y la camisa.

—¿Eso cree, Bedwyn? —preguntó con fingida despreocupación—. Vaya, vaya, y todo por una moza que no hace más que jadear por las atenciones de cualquiera que lleve pantalones.

Lord Rannulf tuvo muy presente que no debía arruinar la fiesta de lady Beamish con una pelea. No le dio ningún puñetazo a Horace en la cara. Todos fueron dirigidos al cuerpo, por encima de la cintura. Judith se sujetó con más fuerza al alféizar de la ventana y contempló la escena sin apenas percatarse de que Horace, pese a sacudir los puños de vez en cuando, no acertó ni una sola vez. No era una pelea, aunque Effingham podría haberla convertido en una de haberlo querido. Era un castigo. Y terminó solo cuando su agresor estuvo a cuatro patas y vomitó presa de terribles arcadas sobre el suelo.

—Puede que desee —dijo lord Rannulf con la voz tan solo ligeramente entrecortada— presentar sus disculpas por no quedarse a cenar, Effingham. Me darían ganas de vomitar si lo viera sentado a la mesa de mi abuela. Se mantendrá apartado de la señorita Law en el futuro, ¿entendido? Aun cuando yo no esté cerca para ver si la persigue. Llegaría a enterarme y la próxima vez le daría una paliza que lo dejaría a un paso de la muerte… eso si tiene suerte. Desaparezca de mi vista ahora mismo.

Horace se puso en pie a duras penas, apretándose el estómago con una mano. Estaba tan pálido que había adquirido un tono verdoso. No obstante, miró a lord Rannulf antes de dar media vuelta y alejarse a trompicones.

—Me las pagará por esto —dijo. A continuación clavó la mirada en Judith—. Y tú también. —El odio resplandecía en su mirada.

Y entonces, cuando por fin se hubo marchado, Judith se dio cuenta de que tenía los nudillos blancos de tanto apretar el alféizar, el estómago revuelto y las rodillas temblorosas. Lord Rannulf se acomodó la ropa y se giró hacia ella. Tan solo en ese instante Judith se dio cuenta de que tendría que haber aprovechado esos momentos para recuperar la compostura, pero aun así no pudo soltarse del alféizar.

—Siento que hayas presenciado semejante muestra de violencia —dijo él—. Debería haberte enviado de vuelta a la casa primero, pero supuse que no querrías que todos te vieran de semejante guisa y supieran al instante lo que había ocurrido. —Entró en el mirador cuando ella no le respondió—. Estabas luchando con todas tus fuerzas —añadió—. Tienes coraje.

Acto seguido, apartó la mano de Judith del alféizar, le separó los dedos con cuidado, la colocó sobre la suya y depositó la otra encima. Tenía los nudillos enrojecidos, según comprobó ella.

—No volverá a ocurrir —le aseguró él—. Conozco a los tipos como Effingham. Abusan de las mujeres que no los adoran e idolatran y se comportan como unos cobardes ante los hombres que les piden cuentas. Te aseguro que me tiene miedo y que no pasará por alto mis advertencias.

—Yo no lo invité a hacer nada de eso —afirmó Judith con un temblor en la voz que fue incapaz de controlar—. No vine aquí con él.

—Lo sé —dijo él—. Te vi rodear la casa y me percaté de que él te seguía. Me costó unos minutos desembarazarme de la compañía y desaparecer sin que se dieran cuenta. Te ruego que me perdones por venir tan tarde.

Judith podía ver su cabello… a ambos lados de su rostro. Su vestido, comprendió cuando miró hacia abajo, se había movido con el forcejeo, de modo que su modesto escote revelaba en esos momentos la parte superior de sus pechos. Alzó la mano libre para colocarse la prenda y descubrió que todavía le temblaba tanto que ni siquiera podía sujetar el tejido.

—Ven. —Lord Rannulf también cogió esa mano entre las suyas y la obligó a sentarse en el banco. Tomó asiento a su lado sin soltarle las manos y dejó que su brazo ejerciera una relajante presión sobre su hombro—. Olvídate de tu aspecto por unos instantes. Aquí no vendrá nadie. Apoya la cabeza sobre mi hombro si lo deseas. Respira la paz que nos rodea.

Ella siguió su sugerencia y permanecieron sentados así durante cinco minutos, quizá diez, sin hablar ni moverse. ¿Cómo podían dos hombres en apariencia similares ser tan distintos?, se preguntó. Lord Rannulf le había hecho una propuesta después del accidente del coche de postas, una de lo más impropia, y la había puesto en práctica. ¿Qué lo diferenciaba de Horace, pues? A decir verdad ella misma ya había contestado esa pregunta. Y todavía creía su respuesta, tal vez más que nunca. Lord Rannulf habría continuado solo a lomos de su caballo aquel día si ella le hubiera dicho que no. La habría dejado en la casa de postas si ella se hubiera negado a trasladarse a la posada del mercado. Le habría permitido dormir en el banco del saloncito privado si ella le hubiera dicho que no. No, en realidad le habría cedido la cama y él habría dormido en el banco. Sabía que lo habría hecho. Lord Rannulf Bedwyn estaba más que dispuesto a coquetear e incluso a acostarse con una mujer interesada, pero jamás forzaría a una que no lo estuviera.

¿Y aun así deshonraría los votos matrimoniales tomando amantes? No encajaba con lo que su instinto le decía. De cualquier forma, ella estaba —sí, desde luego que lo estaba— enamorada de él, de modo que era normal que lo idealizara. No debía empezar a creerlo un hombre perfecto.

Levantó la cabeza, separó la mano de la del hombre y se alejó del consuelo que había encontrado en su hombro. Él no la miró, descubrió con agradecimiento, cuando se ajustó el corpiño y, en ausencia de cepillo, se peinó el cabello lo mejor posible antes de recogérselo en la nuca con las horquillas que pudo encontrar y ocultarlo bajo la cofia y el bonete.

—Ya estoy lista para regresar —dijo mientras se ponía en pie—. Muchas gracias, lord Rannulf. No sé si alguna vez seré capaz de devolverle el favor. Parece que siempre estoy en deuda con usted. —Le ofreció su mano derecha. Estaba bastante firme, tuvo el orgullo de comprobar.

Él la estrechó entre las suyas y se levantó.

—Si lo deseas —dijo— puedes excusarte de la cena y de las actividades posteriores aduciendo que estás indispuesta. Me encargaré de que te lleven de vuelta a casa en el carruaje de mi abuela y enviaré a un sirviente para que se quede contigo si temes que te molesten allí. Solo tienes que decirlo.

Señor, resultaba de lo más tentador. Judith no sabía si sería capaz de sentarse a cenar y mantener la compostura mientras conversaba con quien estuviese sentado a su lado. No sabía si sería capaz de ver a lord Rannulf sentado junto a Julianne, hablando y riendo con ella. Pero era una dama, se recordó. Y pese a no ser más que un miembro de menor categoría de la familia del tío George, formaba parte de ella, después de todo.

—Gracias —dijo—, pero me quedaré.

Él esbozó una sonrisa al instante.

—Me encanta esa forma de alzar la barbilla que tienes, como si desafiaras al mundo —afirmó—. Me parece que es en esos momentos cuando la verdadera Judith Law sale a escena.

Se llevó sus manos a los labios y, por un momento, ella estuvo a punto de echarse a llorar ante la efímera ternura de la caricia. En cambio se limitó a sonreír.

—Supongo —dijo— que sí hay un poco de Claire Campbell en Judith Law.

No se cogió de su brazo, aunque él se lo ofreció. El destino había vuelto a reunirlos, pero su camaradería terminaba ahí. La había salvado y la había consolado porque era un caballero. No debía darle más importancia a su comportamiento. No debía aferrarse a él. Se recogió la falda por los lados y subió con dificultad la cuesta que conducía a los establos.

—Regresaré por donde vine —dijo cuando llegaron a la cima—. Usted debe seguir un camino diferente, lord Rannulf.

—Sí —convino él antes de alejarse hacia la parte delantera de los establos, dejándola con una inexplicable sensación de vacío en el pecho.

¿Acaso había esperado que se negara a hacerlo?

Pasó a toda prisa junto al corral y los jardines de la cocina y se estremeció al pensar que podría haber vuelto en circunstancias muy diferentes si él no se hubiera dado cuenta de que Horace la había seguido. No soportaba siquiera imaginárselo.

Sin embargo, ¿cómo se había dado cuenta? Estaba convencida de haberse escabullido sin que nadie la viera. No obstante, Horace la había visto, al igual que lord Rannulf. Tal vez no fuera tan invisible como había comenzado a creer, después de todo.

13

A Rannulf se le adjudicó el asiento que había entre lady Effingham y la señora Hardinge durante la cena, ya que su abuela había sido mucho más discreta a la hora de distribuir la mesa de lo que lo era lady Effingham en Harewood. Supuso un alivio para él, aun cuando una de las damas tan solo hablaba de lo duro que resultaba tener seis hijas a las que presentar en sociedad cuando nada le habría gustado más que quedarse en su propiedad durante todo el año, y la otra reía y se compadecía de él por el hecho de verse obligado a acompañar a dos matronas cuando sin duda preferiría estar sentado junto a alguien mucho más joven y bonita.

—Hasta podría mencionar —sugirió al tiempo que lo miraba de reojo— a alguien muy particular.

La señorita Effingham, que se encontraba en el mismo lado de la mesa que Rannulf aunque alejada, hablaba animadamente con Roy-Hill y Law, sus compañeros de mesa. En unas cuantas ocasiones su madre se inclinó hacia delante a fin de averiguar el motivo de algún que otro estallido de risas.

—Lord Rannulf, yo misma y todos los demás nos sentimos apartados de la diversión, queridita —dijo en una de esas ocasiones.

Judith Law estaba sentada al otro lado de la mesa y conversaba en voz baja con su tío y con Richard Warren. Al mirarla en esos momentos nadie habría adivinado la terrible experiencia que había sufrido unas cuantas horas antes. Era mucho más dama que su tía, pese a la fachada de elegancia y sofisticación de esta última. Como las demás damas de Harewood, la muchacha se había cambiado en una habitación asignada a tal efecto en la planta superior. Estaba ataviada con el mismo vestido de seda a rayas color beis y dorado que había llevado en El Ron y el Tonel la segunda noche. Rannulf lo recordaba por su sencilla elegancia, que en aquel momento había creído deliberada para no resaltar su apariencia, al igual que el resto de sus prendas. Esa noche el vestido tenía añadidos de un color beis más oscuro en los costados, una banda del mismo material alrededor del escote que evitaba que pudiera apreciarse ni un centímetro de su busto y un talle casi inexistente. Llevaba una bonita cofia ribeteada de encaje que, como era de esperar, le cubría el cabello.

¿Cuántos de los que estaban sentados a la mesa —se preguntó Rannulf— se daban cuenta de que tenía menos de treinta años a pesar de llevar viéndola una semana? ¿O cuántos sabrían de qué color tenía el cabello… o los ojos, ya puestos?

Había algo que le había quedado angustiosamente claro durante el transcurso del día. No podía —no podía de ninguna de las maneras— casarse con la mocosa de los Effingham. Se volvería loco en menos de una semana de matrimonio. No se trataba solo de que fuera una tonta y una cabeza hueca. Lo peor era su forma de ser tan engreída y egocéntrica. Y el único motivo por el que la joven intentaba llamar su atención se debía a que era el hijo de un duque y un hombre rico. No había tratado en absoluto de conocerlo como persona. Y era probable que nunca lo hiciera. Podría pasarse cincuenta años casado con una mujer que jamás sabría —ni le importaría— que él había pasado los últimos diez años negando la culpa que lo embargaba por no haber cumplido con su deber de aceptar una carrera eclesiástica, tal y como su padre había planeado para él, y haber elegido en cambio una vida de libertinaje ocasional sin ningún objetivo. Ni que había decidido hacía poco darle un sentido y un significado a su vida convirtiéndose en un terrateniente capacitado, cabal, responsable y quizá algo progresista y benévolo.

La conversación de la cena no exigía un uso intensivo de su intelecto. Tuvo tiempo de pensar mucho al mismo tiempo.

No podía casarse con la señorita Effingham.

Y tampoco podía decepcionar a su abuela. ¿Acaso era el único que se daba cuenta de la rigidez de su postura, de las marcadas líneas que había en las comisuras de sus labios, detalles que evidenciaban un dolor reprimido? ¿O de que el brillo de sus ojos enmascaraba el cansancio extremo que la embargaba? Con todo y con eso, la anciana había dispuesto que la fiesta al aire libre culminara con una cena a la que seguirían varias actividades, en honor a los invitados de Harewood. Rannulf la observó en varias ocasiones con afecto y exasperación.

Y luego estaba Judith Law. Se preguntó si la muchacha se daba cuenta de que habían sido dos los hombres que babearon por ella esa tarde. Para su infinita vergüenza, Rannulf la había deseado casi con tanta desesperación como Effingham. Pálida, desarreglada y con el cabello descubierto tenía un aspecto conmovedoramente atractivo y su trémulo aturdimiento lo había tentado a consolarla de formas muy distintas de la que había elegido.

Se había sentado junto a ella en el mirador refrenando sus deseos, concentrando toda su fuerza de voluntad en proporcionarle el sereno y pasivo consuelo que había percibido que ella necesitaba y reprendiéndose a cada instante con la idea de que no se diferenciaba tanto de Effingham.

Siempre había visto a las mujeres como criaturas cuyo fin era el de proporcionarle placer y satisfacción; criaturas a las que se podía tomar, usar, pagar y olvidar. Salvo sus hermanas, por supuesto; y otras damas, todas ellas mujeres virtuosas; e incluso unas cuantas de dudosa moral que lo habían rechazado.

El problema de las mujeres tan magníficas y voluptuosas como Judith Law residía en que los hombres siempre las miraban con lujuria y quizá jamás veían a la persona que se ocultaba tras la diosa.

Su abuela interrumpió sus divagaciones cuando se levantó de la silla e invitó al resto de las damas a reunirse con ella en el salón. Tras su marcha, resultó toda una tentación demorarse con el oporto y la afable conversación masculina durante un período indefinido, ya que sospechaba que sir George Effingham y un buen número del resto de los caballeros se mostrarían encantados de pasar el resto de la noche sentados a la mesa. Sin embargo, tenía que cumplir con su deber y se había prometido que haría el papel de anfitrión para quitarle a su abuela parte de las cargas sociales. Se levantó pasados unos escasos veinte minutos y los demás caballeros lo siguieron hasta el salón.

No tenía la menor intención de consentir que las mismas jóvenes de siempre animaran la reunión tocando el piano, como era la costumbre; ni de permitir que la señorita Effingham acaparara el instrumento una vez que hubiera ocupado la banqueta mientras él le pasaba las páginas de la partitura.

—Tomaremos el té —anunció— y después cada uno de nosotros tratará de entretener a los demás. Todos los que… veamos… todos los que tengamos menos de treinta años.

Se alzó un coro de protestas, en su mayoría masculinas, pero Rannulf alzó una mano y se echó a reír.

—¿Por qué se espera siempre que sean las damas quienes hagan gala de todos sus talentos y habilidades? —preguntó—. No me cabe duda de que todos podemos hacer algo para amenizar una reunión de este tipo.

—Cielos… —se lamentó lord Braithwaite—, nadie querría oírme cantar, Bedwyn. Cuando me uní al coro del colegio, el maestro de canto me dijo que lo más benévolo que se le ocurría era comparar mi voz a la sirena cascada de un buque. Y eso puso fin a mis días como cantor.

Se produjo una carcajada general.

—No habrá excepciones —dijo Rannulf—. Hay otras formas de entretener al personal aparte del canto.

—¿Y qué vas a hacer tú, Bedwyn? —preguntó Peter Webster—. ¿O vas a excluirte del asunto amparándote tras el papel de maestro de ceremonias?

—Espera y verás —respondió Rannulf—. ¿Les parece bien que demos diez minutos para el té antes de retirar la bandeja?

Él fue el primero. Parecía lo justo. Había aprendido unos cuantos trucos de magia a lo largo de los años y había disfrutado entreteniendo a Morgan y a su institutriz. Llevó a cabo algunos de ellos en esos instantes; trucos tontos como hacer desaparecer una moneda de su mano y hacerla reaparecer detrás de la oreja derecha de la señorita Cooke o en el bolsillo del chaleco de Branwell Law; o hacer que un pañuelo se transformara de repente en un reloj de bolsillo o en el abanico de una dama. Tenía, por supuesto, la ventaja de haberlos planeado con antelación. Su audiencia exclamó maravillada y aplaudió con entusiasmo, como si fuera un virtuoso del arte.

Hubo que persuadir a unos cuantos de los invitados y alguno de ellos —sir Dudley Roy-Hill— se negó en redondo a hacer el idiota, según dijo; pero resultó de lo más sorprendente descubrir durante la siguiente hora la variedad de talentos, en ocasiones impresionantes, que habían yacido ocultos durante la primera mitad de la fiesta. Como era de prever, las damas eligieron la música, la mayoría el canto o el piano; una —la señorita Hannah Warren— el arpa del salón, que Rannulf no recordaba haber escuchado tocar con anterioridad. Law cantó una trágica balada con una agradable voz de tenor y Warren cantó un dueto barroco con una de sus hermanas. Tanguay recitó el «Kubla Khan» de Coleridge con tal apasionamiento y sensibilidad que las damas estallaron en entusiasmados aplausos casi antes de que la última palabra hubiera salido de su boca. Webster realizó una encomiable imitación de un baile cosaco que había contemplado durante uno de sus viajes, doblando las rodillas, cruzando los brazos, levantando los pies, dando saltos y acompañándose con su propia voz, lo que consiguió que tanto la audiencia como él mismo estallaran en carcajadas antes de que se cayera desplomado sobre la alfombra con escasa elegancia. Braithwaite, alentado quizá por la buena acogida de su historia como chico del coro, contó tres anécdotas más sobre sus días de escuela, todas en su propio detrimento, y adornó los detalles con hilarantes exageraciones hasta que las damas, e incluso unos cuantos caballeros, tuvieron que limpiarse las lágrimas mientras seguían riéndose.

—Bueno —dijo lady Effingham con un suspiro cuando Braithwaite se sentó—, ya estamos todos. Podría continuar así durante una hora más. Ha sido una idea espléndida, lord Rannulf. Lo hemos pasado en grande. De hecho, yo…

Sin embargo, Rannulf alzó una mano para interrumpirla.

—No tan deprisa, señora —dijo—. No estamos todos. Aún queda la señorita Law.

—Bueno, a decir verdad no creo que Judith quiera hacer el ridículo —se apresuró a decir su cariñosa tía.

Rannulf no le hizo el más mínimo caso.

—¿Señorita Law?

Ella había alzado la cabeza de golpe y lo miraba con los ojos abiertos como platos y una expresión horrorizada. Rannulf había concebido todo aquello para llegar a ese preciso momento. Lo enfurecía que la hubiesen convertido en una mujer invisible, en poco más que una sirvienta, y todo porque ese mocoso que tenía por hermano había creído que podía vivir por encima de sus posibilidades financiado por el pozo sin fondo de la fortuna de su padre. Aunque fuera por una vez, Judith se haría visible en toda su magnificencia mientras todos los invitados permanecieran en Harewood.

Había sido una apuesta arriesgada desde el principio, por supuesto. Pero había sido planeado antes de los desagradables sucesos que habían tenido lugar esa tarde. Rannulf no había dejado de darle vueltas durante toda la velada a la idea de dejar que siguiera pasando inadvertida.

—Pero yo no poseo ningún talento en particular, milord —protestó ella—. No sé tocar el piano ni cantar salvo de forma pasable.

—Quizá —dijo él, mirándola directamente a los ojos— haya memorizado algún verso o algún pasaje de la Biblia.

—Yo… —Judith hizo un gesto negativo con la cabeza.

Lo dejaría ahí, decidió Rannulf. Se había equivocado de parte a parte. La había avergonzado y tal vez le había hecho daño.

—Quizá, señorita Law —dijo su abuela con amabilidad—, estaría dispuesta a leernos un poema o un pasaje de la Biblia si le trajéramos el libro de la biblioteca. Hablando con usted esta tarde me he dado cuenta de que tiene una voz muy agradable. Pero solo si lo desea. Rannulf no insistirá si es usted demasiado tímida.

—Por supuesto que no, señorita Law —dijo él antes de hacerle una reverencia.

—En ese caso, leeré, señora —dijo con tono resignado.

—¿Te importaría traer algún libro de la biblioteca, Rannulf? —solicitó su abuela—. ¿Algo de Milton o de Pope, quizá? ¿O mejor la Biblia?

De modo que solo había conseguido avergonzarla, pensó Rannulf mientras se encaminaba hacia la puerta de la biblioteca. Sin embargo, antes de que la alcanzara, una voz lo detuvo.

—No, por favor —dijo Judith Law antes de ponerse en pie—. Traer un libro y encontrar un pasaje adecuado solo serviría para retrasar las cosas. Yo… representaré una pequeña escena que he memorizado.

—¡Judith! —exclamó su tía, que parecía verdaderamente horrorizada—. No creo que una reunión de esta categoría quiera verse sometida a las representaciones teatrales de una colegiala.

—¡Sí, sí, Judith! —exclamó la señora Law casi al mismo tiempo, produciendo un tintineo de anillos y de pulseras al juntar las manos—. Eso sería magnífico, cariño.

Judith caminó muy despacio y con evidente desgana hacia la zona que había frente a la chimenea y que había sido despejada para los entretenimientos que no tenían que ver con la música. Permaneció allí de pie durante unos instantes, apretándose los nudillos de una mano contra los labios y mirando al suelo. Rannulf, que sentía los latidos del corazón en el pecho como si de un martillo se tratara, fue consciente de que los invitados comenzaron a removerse en sus asientos con incomodidad. Supuso que alguno de ellos la veía en ese momento por primera vez. Tenía el aspecto de una institutriz sencilla y regordeta.

Y en ese instante, ella levantó la vista, con la timidez y el bochorno aún pintados en el rostro.

—Declamaré el papel de lady Macbeth de la última parte de la obra —dijo y miró un instante a Rannulf antes de apartar la mirada—. La escena de sonambulismo que es probable que todos ustedes conozcan; la escena en la que ella trata sin cesar de limpiarse de las manos la sangre del asesinado rey Duncan.

—¡Judith! —le advirtió lady Effingham—. Debo pedirte que te sientes. Te estás poniendo en ridículo y nos estás avergonzando a todos.

—¡Calla ya! —exclamó la señora Law—. Guarda silencio, Louisa, y déjanos disfrutar.

A juzgar por la expresión de estupor del rostro de lady Effingham, Rannulf supuso que era la primera vez en mucho tiempo que su madre le hablaba de esa manera.

Sin embargo, no podía prestarle mucha atención a nadie que no fuera Judith Law, quien tenía un aspecto de lo más inapropiado para el papel que había elegido. ¿Sería posible que hubiera cometido un terrible error? ¿Qué ocurriría si ella se veía intimidada por la ocasión y la compañía?

Judith les dio la espalda a todos. Y mientras la miraba, Rannulf comenzó a relajarse de forma gradual. Pudo verla, incluso antes de que se diera la vuelta, meterse en el cuerpo, en la mente y en el alma de otra mujer. Ya lo había visto antes. Y en un momento dado, ella inclinó la cabeza hacia delante, se quitó la cofia y la dejó caer al suelo, seguida de las horquillas.

Su tía jadeó y Rannulf fue consciente a medias de que unos cuantos caballeros presentes se enderezaban en sus asientos.

En ese momento, ella se giró.

Ya no era Judith Law en uno de sus disfraces. Su vestido holgado se había convertido en un camisón. Su cabello se había desordenado mientras daba vueltas en la cama, primero tratando de conciliar el sueño y después durmiendo sin sosiego. Tenía los ojos abiertos, pero con la expresión extraña y vacía de una sonámbula. Además, su rostro estaba tan cargado de horror y repugnancia que no guardaba ninguna semejanza con el de Judith Law.

Sus trémulas manos se alzaron lentamente hasta quedar frente a su cara con los dedos extendidos, que se parecían más a serpientes que a dedos. Trataba de lavarse las manos y se las frotaba con desesperación antes de alzarlas de nuevo para contemplarlas con detenimiento.

En esa escena había otros dos personajes, un médico y una criada, para presenciar y describir su aspecto y sus actos. Sus palabras no eran necesarias esa noche. Estaba claro que era una mujer atormentada, una mujer que estaba pasando un calvario, incluso antes de que abriera la boca. Y entonces comenzó a hablar.

—«Todavía están manchadas» —dijo con una voz grave y agotada que pese a todo llegaba alta y clara hasta el fondo de una estancia que parecía contener el aliento.

Se tocó la mancha de la palma con el dedo índice de la mano contraria, la pellizcó, la arañó y le clavó las uñas; sus acciones se volvían cada vez más frenéticas.

—«¡Lejos de mí esta horrible mancha...!»

Rannulf estaba atrapado por completo en su hechizo. Se encontraba cerca de la puerta, sin ver ni oír otra cosa que no fuera ella: a lady Macbeth, la triste, horrible y culpable ruina de una ambiciosa mujer que se había creído lo bastante fuerte para incitar al asesinato e incluso cometerlo. Una mujer joven, hermosa, descarriada y a la postre trágica a quien se compadecía desde el fondo del alma, porque ya era demasiado tarde para que diera marcha atrás y aplicara su recién adquirida sabiduría a las decisiones pasadas.

Aunque quizá no sea demasiado tarde para aquellos de nosotros lo bastante afortunados como para haber cometido pecados menos irrevocables, pensó él.

Al final, ella escuchó una llamada en la puerta del castillo y le entró el pánico ante la posibilidad de que la atraparan literalmente con las manos manchadas de sangre por un asesinato que se había cometido hacía mucho tiempo.

—«Ven, dame la mano...» —le dijo a un invisible Macbeth mientras hundía los dedos en su también invisible brazo—. «¿Quién deshace lo hecho?... A la cama.»

Se giró en ese momento y, si bien solo se movió unos cuantos pasos dentro del reducido espacio, pareció que atravesaba a toda velocidad una enorme distancia, con el pánico y el horror acompañándola a cada paso. Acabó, tal y como había comenzado, de espaldas a la audiencia.

Se produjo un momento de absoluto silencio… y a continuación un prolongado, genuino y atronador aplauso. Rannulf se sintió invadido por el alivio y se dio cuenta, no sin cierto asombro, de que estaba al borde del llanto.

Roy-Hill silbó.

Lord Braithwaite se puso en pie de un salto.

—¡Bravo! —gritó—. ¡Bravo, señorita Law!

—¿Dónde has aprendido a actuar así, Jude? —preguntó su hermano—. No tenía la menor idea.

Sin embargo, ella estaba agachada en el suelo, apoyada sobre una rodilla y todavía de espaldas al resto de la habitación, recogiéndose el cabello antes de ocultarlo bajo la cofia una vez más. Rannulf atravesó la sala para ofrecerle la mano.

—Muchas gracias, señorita Law —dijo—. Ha sido una actuación magnífica y un final de lo más adecuado para nuestro juego. No me gustaría ser quien actuara a continuación.

Ella volvía a ser Judith Law, con el rostro sonrojado por la vergüenza. Colocó la mano sobre la suya, pero continuó con la cabeza agachada mientras se apresuraba a llegar a la silla que había ocupado junto a la señora Law sin mirar a nadie.

La señora Law, se percató Rannulf, se estaba enjugando los enrojecidos ojos con un pañuelo. Agarró una de las manos de su nieta y le dio un fuerte apretón, si bien no dijo nada.

Rannulf se apartó.

—Pero mi querida señorita Law —dijo lady Beamish—, ¿por qué cubre ese maravilloso y hermoso cabello siendo tan joven como es?

Los ojos de Judith se abrieron de par en par por la sorpresa, descubrió Rannulf cuando volvió a mirarla. Descubrió también en ese mismo instante que era el centro de atención de todos los caballeros.

—¿Hermoso, señora? —preguntó—. Bueno, yo no lo creo. Es del color del mismo diablo, según me ha dicho siempre mi padre. Mi madre siempre me ha dicho que tiene el color de las zanahorias.

¡El color del mismo diablo! ¿Su propio padre le había dicho eso?

—Bueno —dijo la abuela de Rannulf con una sonrisa—, yo lo compararía con un ardiente atardecer teñido de oro, señorita Law. Pero seguro que la estoy avergonzando. Rannulf…

—Ya se nos ha hecho bastante tarde, lady Beamish —dijo lady Effingham con firmeza antes de ponerse en pie—, ya que mi sobrina ha decidido prolongar el entretenimiento y convertirse en el centro de atención. Ha sido muy amable con ella y le agradezco mucho semejante condescendencia, pero ya ha llegado la hora de marcharnos.

Hubo que traer los carruajes a la parte delantera, cargados con el equipaje que se había precisado para cambiarse de ropa tras la fiesta al aire libre, y las doncellas y los ayudas de cámara que se habían trasladado desde Harewood. Pero en media hora los invitados ya se habían puesto en marcha y Rannulf pudo acompañar a su abuela hasta el dormitorio. Su piel tenía un color casi ceniciento por el cansancio, comprobó, aunque ella jamás admitiría tal cosa.

—Ha sido todo muy agradable —afirmó la anciana—. La señorita Effingham está especialmente encantadora vestida de rosa.

¿Llevaba un vestido rosa? Ni siquiera se había fijado.

—Sin embargo, tiene muy poca compostura —añadió—. Por supuesto, solo ha tenido como ejemplo a su madre y lady Effingham tiene una desagradable tendencia a la vulgaridad. La joven estuvo flirteando durante la cena y más tarde con todos los caballeros que tenía al alcance tan solo porque tú no estabas a su lado, según creo, Rannulf. Es un comportamiento deplorable en una joven que aún espero que se convierta en tu prometida. ¿Estás satisfecho con ella?

—Solo tiene dieciocho años, abuela —dijo él—. No es más que una niña. Madurará con el tiempo.

—Supongo que sí. —Su abuela exhaló un suspiro cuando llegaron a lo alto de la escalera—. Lord Braithwaite es todo un genio del humor. Es capaz de causar hilaridad a partir de las circunstancias más corrientes y no le preocupa que se burlen de él. ¡Pero la señorita Law…! Tiene esa clase de talento que te hace sentir humilde y honrada de estar en su presencia.

—Así es —dijo Rannulf.

—Pobre muchacha. —La anciana suspiró de nuevo—. Es hermosa más allá de las palabras y ni siquiera lo sabe. Su padre debe de ser uno de esos clérigos puritanos y amargados. ¿Cómo es posible que haya dicho unas cosas tan espantosas sobre ese glorioso cabello?

—Me atrevería a decir, abuela —dijo él—, que ha visto lo mucho que la miran algunos de sus feligreses y ha llegado a la conclusión de que debe de haber algo pecaminoso en su apariencia.

—¡Estúpido! Es un destino terrible ser pobre y además mujer, ¿no te parece? —dijo la anciana—. Y que te dejen en manos de la caridad de alguien como Louisa Effingham… Pero al menos la señorita Law tiene a su abuela. Gertrude la adora.

«¿Quién deshace lo hecho…?» Esa frase que ella había pronunciado como lady Macbeth seguía rondando la cabeza de Rannulf después de que su abuela hubiera entrado en el vestidor y él se retirara a su propia habitación.

Era la pura verdad. No podía volver atrás y cabalgar a solas en busca de ayuda después de encontrar el coche de postas volcado. No podía devolverle su virginidad. No podía borrar el día y medio ni las dos noches en los que habían hablado, reído y se habían amado y en los que había estado dispuesto a perseguirla allá donde fuera, hasta los confines del mundo si hubiera sido necesario.

No podía volver atrás y cambiar nada de aquello.

De alguna manera, se había enamorado de Claire Campbell, admitió finalmente para sus adentros. No se trataba solo de lujuria. Había más sentimientos implicados. No estaba enamorado de Judith Law, pero había algo… Y no era lástima. Le habría causado repulsión si no hubiera podido sentir más que lástima por ella. Tampoco se trataba de lujuria, pese a desear con todas sus fuerzas acostarse con ella, por ignominioso que pareciera. No se trataba de… A decir verdad, no sabía de qué se trataba. Nunca había sido dado a las emociones profundas. Había teñido su mundo con un lánguido y aburrido cinismo desde que tenía uso de razón.

¿Cómo podría definir lo que sentía por Judith Law cuando no tenía referencia alguna con la que compararlo? No obstante, de repente recordó a su sereno, sombrío, adusto, siempre correcto y siempre responsable hermano Aidan, que había aceptado un puesto en la caballería del ejército el día de su decimoctavo cumpleaños, tal y como estaba previsto desde que nació. Aidan, que recientemente se había casado sin decírselo a nadie de la familia, ni siquiera a Bewcastle, y que después había vendido su cargo en el ejército para vivir con su nueva esposa, tan solo porque le había hecho un juramento solemne al moribundo hermano de la joven, un oficial con el que había servido en la Península. Rannulf había acompañado a Aidan desde Londres hasta la propiedad de su esposa en la primera etapa de su viaje hasta Grandmaison y había conocido a lady Aidan… y a los dos niños que había adoptado.

Rannulf había observado con estupefacción cómo los dos niños salían corriendo de la casa para saludar a Aidan, la pequeña llamándolo «papá», y él los abrazaba y les demostraba el mismo afecto que si fueran los amados frutos de su simiente. Y a continuación había mirado a su esposa, que se acercaba despacio tras los niños, y la había rodeado con su brazo libre antes de besarla.

Sí, pensó Rannulf, ese podía ser su punto de referencia. Ese momento en el que Aidan había rodeado a Eve con el brazo y la había besado; ese momento en el que había parecido joven, humano, exuberante, vulnerable e invencible al mismo tiempo.

Solo había una palabra para describir lo que había presenciado.

Amor.

Caminó de forma impulsiva hasta su vestidor en busca del abrigo que colgaba en el armario. Hurgó en el interior del bolsillo hasta que halló lo que estaba buscando. Lo sacó, quitó el papel marrón que lo envolvía y contempló la barata cajita de rapé con el horrible cerdo grabado en la tapa. Rió por lo bajo, cerró los dedos en torno a la caja y sintió una tristeza casi abrumadora.

14

Judith volvió a casa en el último carruaje con su abuela, quien había tardado más que los demás en prepararse para partir y le había pedido a Judith en dos ocasiones si tendría la amabilidad de regresar a la habitación donde se había cambiado para asegurarse de que no había olvidado nada. Cuando llegaron a Harewood ya era muy tarde. Todos los invitados se habían retirado a sus habitaciones para dormir. La tía Effingham esperaba en el vestíbulo.

—Judith —dijo con un tono que no presagiaba nada bueno—, ayudarás a madre a llegar a sus aposentos y luego te reunirás conmigo en el saloncito.

—Yo también voy, Louisa —le dijo su madre.

—Madre —comenzó lady Effingham lanzando a la anciana una desabrida mirada, si bien hizo un intento por suavizar el tono de voz—, es tarde y estás cansada. Judith te llevará arriba y llamará a Tillie si no te está esperando ya. Ella te ayudará a desvestirte y acostarte y también te llevará una taza de té y un tónico que te ayude a conciliar el sueño.

—No quiero acostarme ni tomar una taza de té —replicó la anciana con firmeza—. Iré al saloncito. Judith, cariño, ¿te importaría ofrecerme tu brazo de nuevo? Supongo que he pasado demasiado tiempo sentada en el cenador esta tarde. El viento me ha dejado rígidas todas las articulaciones.

Judith había estado esperando el sermón que a todas luces estaba a punto de recibir. Apenas podía creer que hubiera osado actuar delante de una audiencia… Sin lugar a dudas su padre la habría castigado a pasar toda una semana en su habitación a pan y agua de haber hecho algo semejante en casa. Incluso se había soltado el pelo. Había actuado y había reaccionado ante la audiencia, que la había obsequiado con su más absoluta atención pese a no haber sido consciente de ello en aquel instante. Se había convertido en lady Macbeth. Les había gustado tanto que le habían aplaudido y la habían alabado. Lo que había hecho no podía ser tan malo. Todos los demás habían hecho lo posible por entretener al resto, y no todos a través de la música. Ella era una dama. Y tan invitada de lady Beamish como cualquier otra persona que hubiera estado presente.

Lady Beamish le había dicho que su cabello era maravilloso y hermoso. ¿De qué otra manera lo había descrito? Judith frunció el ceño mientras subía la escalera muy despacio al lado de su abuela, seguidas por la tía Effingham.

«Yo lo compararía con un ardiente atardecer teñido de oro.»

Lady Beamish, si bien era una mujer de modales impecables, no era dada a halagos frívolos y falsos, sospechaba Judith. ¿Sería posible, pues, que alguien pudiera ver su cabello de esa manera? «… un ardiente atardecer teñido de oro.»

—Estos pendientes me hacen casi tanto daño como los otros —dijo su abuela al tiempo que se los quitaba mientras entraban en el saloncito—. Aunque los he llevado durante toda la tarde, por supuesto. ¿Dónde los pongo para que no se pierdan?

—Dámelos, abuela —le dijo Judith, que los cogió y los guardó en su ridículo, donde podrían estar seguros—. Los dejaré en el joyero cuando subamos.

Horace estaba en la estancia, se percató Judith nada más entrar, sentado sobre el brazo de un sillón con una copa de algún licor oscuro en la mano, balanceando una pierna de forma indolente mientras la miraba con malsana insolencia. Julianne también estaba allí, secándose los ojos con un pañuelo ribeteado de encaje.

—¿Te sientes mejor, Horace? —preguntó la abuela—. Ha sido

una verdadera lástima que te sintieras indispuesto y te perdieras la cena y los entretenimientos posteriores en el salón.

—¿Indispuesto, abuela? —Horace se echó a reír—. Solo era la indisposición que provoca el aburrimiento. Sé por experiencia lo aburridas que pueden ser las veladas en casa de lady Beamish.

Judith, con un nudo en el estómago a causa de la repugnancia, intentó no mirarlo ni escuchar su voz.

—Ha sido una noche espantosa —afirmó Julianne—. Estuve sentada a media mesa de distancia de lord Rannulf durante la cena, y él no protestó por la disposición de los asientos, aunque estaba en la casa de su abuela. Y yo que creía que lady Beamish estaba promoviendo nuestro enlace… Seguro que la convenció para que me mantuviera apartada de él. No le gusto. No va a pedir mi mano. Ni siquiera me aplaudió con más entusiasmo que a lady Margaret cuando toqué el piano y eso que yo toqué muchísimo mejor que ella. Y ni siquiera me pidió un bis. Nunca me he sentido más humillada en toda la vida. Ni tan infeliz. Lo odio, mamá. ¡Lo odio!

—Ya vale, queridita —le dijo su madre con intención de tranquilizarla. Aunque era evidente que su cabeza estaba en asuntos que nada tenían que ver con el malestar de su hija—. Y ahora, señorita «Judith Law», va a ser usted tan amable de explicarse.

—¿Que me explique, tía? —preguntó Judith al tiempo que ayudaba a su abuela a sentarse en su lugar de costumbre junto al fuego. Decidió que no se dejaría acobardar. No había hecho nada malo.

—¿Cuál —le preguntó su tía— ha sido el propósito del vulgar espectáculo que has dado esta noche? Estaba tan avergonzada que apenas fui capaz de mantener la compostura. Tu pobre tío ha sido incapaz de articular palabra en el camino de vuelta a casa y se ha encerrado en la biblioteca nada más llegar.

—¡Santo cielo! Prima —dijo Horace con cierta sorna—, ¿qué es lo que has hecho?

Sin embargo, antes de que Judith pudiera pensar en una réplica adecuada para su tía, su abuela intervino.

—¿Vulgar, Louisa? —preguntó—. ¿Vulgar? Judith accedió

tras ser persuadida, al igual que lo hizo el resto de los jóvenes que entretuvieron a los invitados. Representó una escena y puedo decirte que jamás he contemplado una actuación mejor. Me sorprendió y deleitó. Me emocionó tanto que estuve a punto de echarme a llorar. Fue con mucho la mejor interpretación de la noche y es evidente que todos, o casi todos, compartían mi opinión.

Judith miró a su abuela con estupefacción. Jamás la había escuchado hablar de un modo tan apasionado. Estaba enfadada de verdad, comprobó. Echaba chispas por los ojos y tenía las mejillas arreboladas.

—Madre —replicó la tía Louisa—, creo que sería mejor que te quedaras al margen de este asunto. Una dama no se suelta el pelo en público y se convierte en el centro de atención de todos con semejante… dramatismo.

—¡Santo cielo! —dijo Horace, que chasqueó la lengua y levantó el vaso en dirección a Judith—, ¿de verdad hiciste eso, prima?

—Una dama se suelta el pelo por la noche —prosiguió la anciana—. Y cuando comienza a andar sonámbula no tiene tiempo de volver a recogérselo. Judith no era ella esta noche, Louisa. Era lady Macbeth. De eso se trataba, de sumergirse en el personaje, de hacer que este cobrara vida para los espectadores. Aunque claro, no espero que tú lo comprendas.

A Judith le sorprendía que su abuela sí lo hiciera.

—Siento mucho haberte molestado, tía Louisa —le dijo—. Pero no puedo disculparme por servir de entretenimiento al grupo cuando tanto lord Rannulf Bedwyn como lady Beamish me instaron a que lo hiciera. Hubiera sido imperdonable mostrarme tímida. Así que me decidí a hacer algo que creí poder hacer bien. No comprendo por qué le tienes tanta aversión al teatro. Te pareces a mi padre en ese aspecto. Ningún otro invitado pareció escandalizarse. Más bien todo lo contrario, de hecho.

Su abuela le había cogido una de las manos y se la estaba frotando como si la tuviera fría.

—Debo suponer, mi querida Judith —comenzó su abuela—,

que tu padre jamás te lo contó, ¿verdad? Ni él ni Louisa llegaron nunca a perdonar a tu abuelo por lo que les hizo, y ambos han estado huyendo de ello toda su vida. Aunque ninguno de los dos tendría vida si tu abuelo no lo hubiera hecho.

Judith la miró con el ceño fruncido, sin comprender.

—¡Madre! —exclamó la tía Louisa con brusquedad—. Ya es suficiente. Julianne…

—Tu abuelo me conoció en el salón del teatro Covent Garden de Londres —explicó la anciana—. Dijo que se había enamorado de mí mucho antes de eso, cuando me vio en el escenario, y yo siempre lo creí a pesar de que todos los caballeros solían decir cosas parecidas… Y hubo un gran número de ellos. Tu abuelo se casó conmigo tres meses después y pasamos treinta y dos maravillosos años juntos.

—¿Abuela? —Julianne estaba totalmente estupefacta—. ¡Eras actriz! Señor, esto es intolerable. Mamá, ¿qué pasará si lady Beamish lo descubre? ¿Y si lo hace lord Rannulf? Me moriré de vergüenza. Juro que lo haré.

—Vaya, vaya —musitó Horace.

La anciana le dio a Judith unas palmaditas en la mano.

—Cuando te vi de niña, supe que tú eras la que más te parecías a mí, cariño—le dijo—. ¡Ese cabello! Tu pobre padre y tu madre estaban horrorizados porque sugería una exuberancia impropia para una niña criada en la rectoría; como también sugería que tal vez hubieras heredado algo más de tu escandalosa abuela. Cuando te vi esta noche, fue como verme a mí misma hace cincuenta años. Salvo que tú eres mucho más hermosa de lo que lo he sido yo jamás, y también mucho mejor actriz.

—Abuela… —dijo Judith, que apretó la mano regordeta llena de anillos entre las suyas. De repente una buena parte de su propia vida cobraba sentido. Una gran parte.

—Pues bien, no toleraré este comportamiento, jovencita —intervino la tía Louisa—. Nos has avergonzado a mí y a mi joven e impresionable hija delante de invitados que seleccioné de entre la flor y nata de la sociedad, así como delante de lady Beamish y del hijo de un duque que está cortejando a Julianne. Te recuerdo que estás aquí gracias a la gentileza y la caridad de tu tío. Te quedarás aquí una semana más, ya que te necesitaré para atender las necesidades de tu abuela. Mañana le escribiré a mi hermano para decirle que estoy de lo más molesta contigo. No me cabe duda de que no le sorprenderá en lo más mínimo. Le ofreceré hacerme cargo de una de tus hermanas en tu lugar. En esta ocasión pediré de forma explícita que sea Hilary, que es lo bastante joven para saber cuál es su lugar. Y tú volverás a tu casa deshonrada.

Horace volvió a chasquear la lengua.

—Prima —le dijo—. Solo has durado una semana.

Judith habría debido sentirse aliviada e incluso eufórica. ¿Se iba a casa? Aunque su padre se enteraría de todo lo referente a la actuación en casa de lady Beamish. Y Hilary se vería obligada a ocupar su lugar en Harewood.

—Si Judith se va, yo también lo haré —declaró su abuela—. Venderé algunas de mis joyas, Judith. Debes saber que valen una fortuna. Compraremos una casita en algún lugar y juntas nos haremos un hogar allí. Y nos llevaremos a Tillie.

Judith le apretó la mano de nuevo.

—Vamos, abuela —le dijo—. Es tarde y estás molesta y cansada. Te ayudaré a llegar a tu habitación. Hablaremos por la mañana.

—¿Mamá? —gimoteó Julianne—. ¡No me estás escuchando! Seguro que ya no te preocupas por mí. ¿Qué voy a hacer con lord Rannulf? Tengo que casarme con él. Apenas me ha hecho caso esta noche ¡y ahora va a descubrir que soy la nieta de una actriz!

—Mi queridísima Julianne —comenzó su madre—, hay muchas maneras de atrapar un marido. Serás lady Rannulf Bedwyn antes de que termine el verano. Confía en mí.

Horace sonrió con malicia a Judith cuando ella pasó a su lado con su abuela apoyada en su brazo.

—Recuerda lo que te advertí, prima —le dijo en voz baja.

Durante la semana siguiente, Rannulf se pasó las mañanas, e incluso alguna que otra tarde, con el administrador de su abuela aprendiendo los pormenores de los trabajos de una finca. Se sorprendió al descubrir que disfrutaba estudiando los libros de contabilidad y otra serie de documentos legales tanto como cuando cabalgaba por los terrenos agrícolas de la propiedad y las granjas de los arrendatarios a fin de verlas con sus propios ojos y hablar con los granjeros y trabajadores. Si bien se cuidaba mucho en un aspecto.

—No te estoy ofendiendo, ¿verdad, abuela? —le preguntó durante el desayuno una mañana, al tiempo que le cogía una delgada mano de piel casi transparente surcada por venas azuladas y se la sostenía con sumo cariño—. No te estaré dando la impresión de que me estoy haciendo con el control como si ya fuera el amo y señor, ¿no? Debes saber que desearía que vivieras al menos diez o veinte años más.

—No estoy segura de que me queden las fuerzas necesarias para darte el gusto —replicó—. Pero estás iluminando mis últimos días, Rannulf. No me lo esperaba, lo confieso, pero sí estaba convencida de que aprenderías con rapidez y harías un buen trabajo cuando yo ya no estuviera. Eres un Bedwyn después de todo, y los Bedwyn siempre se han tomado el deber muy en serio, sin importar lo que los demás digan de ellos.

Él se llevó la mano a los labios y la besó.

—Ahora bien, si pudiera verte casado —prosiguió ella—, mi dicha sería completa. Pero ¿es Julianne Effingham la mujer adecuada para ti? Esperaba que lo fuera. Es una vecina, su abuela es una de mis mejores amigas y además es joven y bonita. ¿Qué opinas, Rannulf?

Había albergado la esperanza de que su abuela cambiara de opinión y dejara de imponerle ese enlace. Al mismo tiempo sabía que la anciana se sentiría un poco decepcionada si no se casaba pronto.

—Creo que será mejor que siga visitando Harewood cada día —le dijo—. La fiesta campestre acabará en una semana. Y todavía queda el gran baile. Te prometí que consideraría con seriedad a la muchacha y así lo haré, abuela.

Sin embargo, a medida que avanzaba la semana descubrió que el problema radicaba en que jamás llegaría a gustarle la señorita Effingham por mucho que la conociera. La joven seguía haciendo mohínes cuando se negaba a prestarle atención cada minuto de cada hora de cada día y seguía insistiendo en castigarlo coqueteando con otros caballeros. Seguía parloteando sobre ella misma y sus logros y conquistas cada vez que estaba con ella y se reía como una estúpida con sus halagos. Lograba que se sintiera más aburrido que una ostra. Y por supuesto su madre no dejaba de hacer todo cuanto estaba en su mano para que estuvieran juntos. Siempre acababan sentados el uno al lado del otro si cenaba en Harewood, cosa que sucedía casi todas las noches. Siempre compartían el carruaje si se unía a alguna de las numerosas excursiones a distintos lugares de interés. Siempre lo requerían para que le pasara las páginas de las partituras.

En ocasiones pensaba que tal vez continuaba con sus visitas a Harewood no tanto por complacer a su abuela como por la esperanza de charlar en privado con Judith Law. Temía que después de todo hubiera cometido un error imperdonable al obligarla a actuar en Grandmaison. Nunca se la había visto demasiado en Harewood, pero en los últimos días brillaba por su ausencia. Jamás se sentaba a la mesa para cenar. Como tampoco lo hacía la anciana. Jamás se unía a las excursiones ni a las actividades al aire libre. En las pocas ocasiones en las que aparecía en el salón por las noches, se comportaba más que nunca como una dama de compañía para la señora Law y se retiraba temprano con ella.

Rannulf se percató de una cosa de inmediato. Cuando Tanguay la invitó a que jugara a las cartas como su pareja, lady Effingham le informó de que su madre se encontraba indispuesta y de que necesitaba que la señorita Law la acompañara a sus habitaciones y se quedara con ella. Cuando Roy-Hill la invitó a unirse al grupo para que tocara el piano, la señorita Effingham le informó que su prima no tenía el menor interés en cualquier cosa relacionada con la música. Cuando todos decidieron jugar a las charadas una noche y Braithwaite la eligió en primer lugar para que estuviera en su equipo, lady Effingham le comunicó que a la señorita Law le dolía la cabeza y que tenía permiso para marcharse del salón en ese mismo momento.

Los invitados varones se habían dado cuenta por fin de la existencia de Judith Law. Y lady Effingham la estaba castigando por ese motivo. Sin embargo, Rannulf tenía plena conciencia de que él era el único responsable. Había cometido un error. Había empeorado su vida en lugar de mejorarla. Y por eso no hizo intento alguno de hablar con ella cuando su tía o su prima se encontraban cerca. No quería empeorar la situación todavía más. Esperaría el momento adecuado.

Todo el mundo fue al pueblo el día previo al gran baile, incluida lady Effingham, dado que la mayoría de los invitados necesitaba hacer algunas compras para la ocasión. Rannulf había declinado la invitación de unirse a la comitiva. Su abuela había decidido aprovechar esa oportunidad para visitar a la señora Law con la esperanza de encontrar la casa en calma. Rannulf la acompañó a pesar de que ella le aseguró que no era necesario.

—No os molestaré, abuela —la tranquilizó—. Daré un paseo después de presentar mis respetos a la señora Law.

Había albergado la esperanza de invitar a Judith Law a que lo acompañara, pero la muchacha no se encontraba en el saloncito.

—Está en su habitación escribiendo cartas a sus hermanas, creo —le dijo la señora Law cuando Rannulf se interesó por la salud de su nieta—. Aunque no veo el motivo, ya que las verá muy pronto.

—¿Van a venir las hermanas de la señorita Law a Harewood? —preguntó lady Beamish—. Seguro que eso le encantará.

La señora Law suspiró.

—Una de ellas lo hará —contestó—. Pero Judith vuelve a casa.

—Lamento oír eso —replicó lady Beamish—. La echarás mucho de menos, Gertrude.

—Sí —admitió la señora Law—. Muchísimo.

—Es una jovencita encantadora —afirmó lady Beamish—. Y cuando actuó para nosotros hace unos días me percaté de su extraordinaria belleza. Y del talento que tiene. Lo ha heredado de ti, por supuesto.

Rannulf se excusó y salió al exterior. Era un día frío y nublado, aunque la lluvia no acababa de hacer acto de presencia. Se encaminó en dirección a la colina que se elevaba a espaldas de la mansión. No esperaba ver a Judith Law allí, pero difícilmente podría ir a su habitación y llamar a su puerta.

La muchacha se encontraba de nuevo en el lago, aunque no nadaba en esa ocasión, sino que estaba sentada delante del sauce con las manos enlazadas sobre las rodillas y con la mirada perdida en el agua. Tenía la cabeza descubierta, con el cabello trenzado y recogido en la nuca, mientras el bonete —el que él le había comprado— descansaba a su lado sobre la hierba. No había señales de ninguna cofia. Llevaba una pelliza de manga larga sobre el vestido.

Bajó la colina muy despacio, sin intención alguna de ocultar que se acercaba. No quería sorprenderla ni asustarla. La muchacha lo escuchó cuando estaba a medio camino y miró por encima del hombro un momento antes de retomar la postura anterior.

—Parece ser que te debo una disculpa —dijo él—. Aunque supongo que una mera disculpa resulta bastante inapropiada. —Se quedó detrás de ella y apoyó un hombro contra el tronco del árbol.

—No me debe nada —replicó ella.

—Van a enviarte de vuelta a casa —dijo él.

—No creo que eso pueda considerarse como un castigo, ¿no le parece? —preguntó.

—Y una de tus hermanas va a ocupar tu lugar en esta casa. —Incluso a la sombra del árbol y con el cielo nublado, el cabello recogido sobre su coronilla parecía brillar con el fulgor del oro y del fuego.

—Sí. —La vio inclinar la cabeza hasta dejar la frente apoyada sobre las rodillas, en una postura que comenzaba a reconocer como característica de la muchacha.

—No debería haberme inmiscuido —dijo. El eufemismo del siglo—. Sabía que la persona con más talento de la sala todavía no había actuado y no pude resistirme a persuadirte.

—No tiene que lamentar nada —le aseguró ella—. Me alegro de que sucediera. Me había pasado el tiempo soñando con hacer justo lo que hice cuando lady Beamish y usted insistieron en que contribuyera con algo para la diversión general. Fue el primer acto que he hecho por voluntad propia desde que llegué aquí. Me ayudó a comprender lo desgraciada que había sido. He sido mucho más feliz estos últimos días, aunque tal vez no le haya resultado evidente durante las pocas veces que me ha visto. La abuela y yo hemos decidido que es mejor para mí comportarme como todos esperan cuando me vea obligada a permanecer con los demás, pero reducimos esas ocasiones al mínimo. Cuando estamos juntas hablamos como nunca y reímos y nos divertimos. Ella… —Levantó la cabeza y se echó a reír entre dientes—. Le gusta cepillarme el pelo durante al menos media hora. Dice que le viene bien a sus manos… y a su corazón. Creo que contribuye a que su mente olvide todas esas enfermedades imaginarias. Está mucho más animada, mucho más alegre que cuando llegué.

Recordó con total precisión el momento en que él se había arrodillado tras ella en la cama de El Ron y el Tonel para cepillarle el pelo antes de hacerle el amor.

—Te echará mucho de menos cuando te vayas —le dijo él.

—Quiere vender algunas de sus joyas y comprar una casita en algún lugar para que podamos vivir juntas —explicó Judith—. Aunque no creo que eso llegue a ocurrir. De cualquier manera no debe sentirse culpable por ser el causante involuntario de todo lo que está sucediendo. Me alegra que haya sucedido. Me ha acercado mucho más a mi abuela y ahora entiendo mi vida mucho mejor.

No le explicó nada más, pero él recordó de repente algo que se había dicho hacía escasos momentos.

—Mi abuela dice que has heredado tu talento de la señora Law —comentó.

—Vaya, así que lady Beamish lo sabe —dijo ella—. ¿Y usted también? Mi tía y mi prima están horrorizadas por la posibilidad de que cualquiera de ustedes descubra la verdad.

—¿Que tu abuela fuera actriz? —le preguntó al tiempo que se apartaba del árbol para sentarse en la hierba junto a ella.

—En Londres. —Se percató de que Judith estaba sonriendo—. Mi abuelo se enamoró de ella al verla en el escenario, fue a conocerla al salón del Covent Garden y se casaron tres meses después, para el imperecedero espanto de su familia. Mi abuela era la hija de un pañero. Había tenido mucho éxito como actriz y tenía una legión de admiradores entre los caballeros. Debe de haber sido muy hermosa, aunque también era pelirroja, como yo.

Era difícil imaginarse a la señora Law como una hermosa joven pelirroja, perseguida por los dandis y los galanes de la época. Aunque no imposible. Incluso en esos momentos en que estaba entrada en carnes, vieja y canosa, poseía cierto encanto y su enjoyada persona sugería cierta excentricidad de carácter que iba en consonancia con su pasado como actriz. Bien podría haber sido una belleza en su juventud.

—Mantuvo su figura hasta que murió mi abuelo —dijo Judith—. Fue entonces cuando comenzó a comer para consolarse, o eso me ha dicho. Más tarde se convirtió en una costumbre. Me parece muy triste que disfrutara de un matrimonio tan feliz y que sus dos hijos, tanto mi padre como mi tía, se avergüencen de ella y de su pasado, ¿no cree? Yo no me avergüenzo de ella.

Rannulf la había tomado de la mano antes de darse cuenta siquiera.

—¿Por qué deberías avergonzarte cuando ella es la responsable de tu belleza, tu talento y la riqueza de tu personalidad? —le preguntó.

Y sin embargo, pensó mientras pronunciaba esas palabras, los Bedwyn estarían al frente de aquellos dispuestos a evitar a una mujer de ascendencia tan deshonrosa. Le sorprendía que su abuela, aun sabiendo la verdad acerca de su amiga, considerara a Julianne Effingham una novia adecuada para él, por impecable que fuese su linaje paterno. Bewcastle bien podría considerar el asunto de una manera muy distinta.

—Dígame algo —le pidió, con una repentina tensión y urgencia en la voz—. Y le pido que sea sincero. Por favor. ¿Soy hermosa?

Y de pronto Rannulf lo comprendió todo: comprendió por qué le habían enseñado a ver su cabello como un motivo de vergüenza y bochorno; por qué la habían animado a creer que era fea. Cada vez que su padre, el rector, la mirara tendría un recordatorio de la madre que podría ponerlo en entredicho ante sus feligreses y sus pares si llegara a saberse la verdad. Su segunda hija siempre debió de parecerle una cruz con la que cargar.

Le levantó la barbilla con la mano libre y le giró la cabeza para que lo mirara a la cara. Tenía las mejillas arreboladas por el azoramiento.

—He conocido a muchas mujeres, Judith —le dijo—. He admirado a las más hermosas, adorado a unas cuantas inalcanzables desde la distancia, perseguido a otras con cierta perseverancia. Es lo que los caballeros ricos, ociosos y aburridos como yo solemos hacer. Y puedo afirmar con total sinceridad que jamás he visto a una mujer cuya belleza pueda equipararse a la tuya.

¿Sería verdad esa afirmación tan desmedida? ¿Sería de verdad tan hermosa? ¿O era solo porque ese encantador envoltorio contenía a Judith Law? No importaba. Después de todo, ese manido cliché según el cual la belleza residía en el corazón encerraba una gran verdad.

—Eres hermosa —repitió antes de inclinar la cabeza y depositar un ligero beso en sus labios.

—¿Lo soy? —Sus ojos verdes estaban anegados de lágrimas cuando él levantó la cabeza—. ¿No soy vulgar? ¿No tengo un aspecto vulgar?

—¿Cómo podría la belleza ser vulgar? —le preguntó.

—Cuando los hombres me miran —confesó— y me ven de verdad, me miran con lascivia.

—Eso es porque la belleza femenina despierta el deseo en los hombres —le explicó—. Y cuando no existe el control o se carece de galantería, es decir, cuando el hombre no es un caballero, aparece la lascivia.

—Usted no me miró así —le dijo ella.

Él se sintió avergonzado. Nada más verla la había deseado y la había perseguido. Ni más ni menos que por pura lujuria.

—¿No lo hice? —le preguntó.

Ella negó con la cabeza.

—Había algo en sus ojos —dijo— a pesar de sus palabras y

sus actos. Una pizca de… humor, tal vez. No soy capaz de definirlo. No me provocó rechazo. Me hizo sentir… feliz.

Que Dios lo ayudara.

—Y me hizo sentir hermosa —añadió. Esbozó una lenta sonrisa—. Por primera vez en la vida. Gracias.

Rannulf tragó saliva con incomodidad. Merecía que lo azotaran por lo que le había hecho. Y en cambio ella le daba las gracias.

—Será mejor que volvamos a la casa —dijo la muchacha, que levantó la vista cuando él le retiró la mano de la barbilla—. Creo que va a llover.

Se pusieron en pie y una vez que se sacudieron las briznas de hierba, Judith se colocó el bonete con sumo cuidado sobre el cabello y se anudó las cintas a un lado de la barbilla con un enorme lazo. Sin la cofia bajo el bonete, su belleza resultaba deslumbrante.

—Yo subiré la colina y usted puede rodearla para volver a entrar por delante —le dijo.

Pero a él se le había ocurrido una idea mejor, aunque ni la había meditado ni deseaba hacerlo.

—Vayamos juntos —le propuso—. No hay nadie que pueda vernos.

Le ofreció el brazo y ella aceptó tras dudar un instante; después, los dos subieron la colina juntos mientras les caía encima alguna que otra gota de lluvia.

—Supongo que debe aburrirse mucho en el campo —le dijo—. Aunque no se ha sumado a muchas de las actividades programadas para esta semana.

—Estoy aprendiendo a llevar los cultivos y la administración de la propiedad —le explicó— y me estoy divirtiendo de lo lindo.

Ella giró la cabeza para mirarlo.

—¿Se está divirtiendo? —Se echó a reír.

Él la imitó.

—A mí también me ha sorprendido —le confió—. Grandmaison será mía llegado el momento y con todo, jamás me había interesado por su funcionamiento. Ahora sí. Así que ya puedes imaginarme dentro de unos años, recorriendo con paso lento mi propiedad con un perro desgreñado pegado a los talones, una chaqueta holgada sobre los hombros y sin más tema de conversación que las cosechas, los drenajes y el ganado.

—Resulta difícil de imaginar. —La muchacha se echó a reír de nuevo—. Cuéntemelo. ¿Qué ha aprendido? ¿Qué ha visto? ¿Tiene planeado hacer cambios cuando la propiedad sea suya?

Al principio Rannulf creyó que las preguntas nacían de los buenos modales, pero pronto se dio cuenta de que estaba realmente interesada. De manera que estuvo hablando durante todo el camino de vuelta a la casa sobre temas que lo hubieran hecho bostezar apenas un par de semanas atrás.

Las dos ancianas seguían en el salón donde Rannulf las había dejado. Judith se habría soltado de su brazo antes de entrar en la casa y se habría retirado a su cuarto, pero él no se lo permitió.

—Solo son mi abuela y la tuya —le dijo—. Nadie ha regresado todavía del pueblo.

Mantuvo sus brazos enlazados cuando entraron en la estancia y ambas mujeres levantaron la vista.

—Me encontré con la señorita Law cuando estaba paseando —les explicó— y hemos disfrutado de nuestra mutua compañía durante toda esta hora.

Rannulf se percató de que los ojos de su abuela se aguzaron de inmediato.

—Señorita Law —le dijo—, ese bonete es encantador. ¿Por qué no se lo he visto antes? El aire fresco le ha dado un toque de color a sus mejillas. Venga y siéntese a mi lado para que pueda decirme dónde aprendió a actuar tan bien.

Rannulf también tomó asiento después de tirar de la campanilla a instancias de la señora Law, a fin de ordenar más té recién hecho.

15

Judith no estaba segura de que debiera asistir al baile de Harewood a pesar de que su abuela le había dicho que estaba obligada a hacer acto de presencia, aunque solo fuera para hacerle compañía.

—De cualquier forma, me atrevería a decir que todos los jóvenes competirán para bailar contigo —le aseguró—. He notado lo mucho que ha cambiado su actitud hacia ti durante esta semana, cariño, tal y como debe ser. Eres mi nieta, igual que Julianne o Branwell.

Era una perspectiva bastante tentadora, debía admitir Judith, asistir a un baile y tener parejas con las que bailar. Siempre había disfrutado muchísimo de los bailes que celebraban en el pueblo. Nunca le había faltado pareja. En aquella época había pensado que todos se mostraban muy amables al bailar con ella, aunque había comenzado a fraguarse una nueva posibilidad en su mente.

«Jamás he visto a una mujer cuya belleza pueda equipararse a la tuya.»

Tenía muchas ganas de asistir al baile, pero le daba pavor que lord Rannulf eligiera tan señalado acontecimiento en la fiesta campestre para anunciar su compromiso con Julianne. No sería capaz de soportarlo, pensó Judith, ni de ver la expresión triunfal en el rostro de su prima y en el de su tía. No sería capaz de soportar la cínica resignación que asomaría al rostro del hombre… y tenía la certeza de que esa sería su expresión.

Estaba a punto de tomar la decisión de no asistir cuando, al regresar a su habitación después del temprano desayuno, se encontró con Branwell en la escalera.

—Buenos días, Jude. —Le colocó una mano en el hombro y le dio un beso en la mejilla—. Tan madrugadora como siempre, ¿verdad? En ese caso será mejor que descanses esta tarde para estar hermosa. Todos los caballeros quieren bailar contigo esta noche y me han estado pidiendo que te convenza, como si fuera yo el que te hubiese prohibido participar en todas las actividades de estas dos semanas. Supongo que ha sido la tía Louisa —dijo al tiempo que echaba un vistazo rápido a su alrededor y bajaba la voz—. Si quieres saber la verdad, resulta humillante ver que tratan a mi propia hermana como si fuera una especie de criada tan solo porque papá es un clérigo y el tío George una especie de pachá.

—En realidad no me entusiasma mucho el baile, Bran —mintió la joven.

—¡Paparruchas! —exclamó—. A todas os han gustado siempre los bailes. Escúchame, Jude, tan pronto como haya saldado mis deudas con todos esos molestos e insolentes comerciantes, voy a embarcarme en una carrera profesional y a amasar una fortuna. Y así podrás regresar a casa y tanto tú como las demás encontraréis maridos respetables y todo irá bien.

Judith no le había dicho a su hermano que iba a regresar a casa —con deshonor— ni que Hilary tendría que ocupar su lugar en Harewood.

—Pero ¿cómo vas a saldar tus deudas, Bran? —le preguntó a regañadientes. Había intentado no pensar en ellas a lo largo de la semana. Incluso había pensado durante un embarazoso momento en pedirle ayuda a su abuela…

La alegre expresión de Bran se desmoronó un instante, si bien no tardó en recuperar la sonrisa y la apariencia despreocupada.

—Ya se me ocurrirá algo —le contestó—. Tengo toda la confianza del mundo. No debes preocuparte por nada. Lo que tienes que hacer es pensar en el baile. ¿Me prometes que asistirás, Jude?

—Bueno, está bien —respondió de modo impulsivo antes de comenzar a subir de nuevo la escalera—. Iré.

—¡Espléndido! —exclamó Bran a su espalda.

Así pues, había una cosa más que tendría que hacer libremente antes de regresar a casa, decidió. Iría al baile. Y lo haría tal y como era, no como esa pariente pobre a la que mantenían alejada de las miradas de los demás con tanta eficacia como si fuera una monja. Bailaría con todos los caballeros que la invitaran. Y si nadie lo hacía, se sentaría con su abuela y disfrutaría del acontecimiento de todos modos. Si se anunciaba el compromiso de Julianne… Su arrojo flaqueó por un momento y tuvo que aferrarse al picaporte de la puerta de su habitación. Si se anunciaba el compromiso de Julianne con lord Rannulf, alzaría la barbilla, esbozaría una sonrisa y echaría mano de toda la dignidad propia de una dama que fuese capaz de reunir.

¿Cómo era posible —se preguntó mientras entraba en su habitación— que el fugaz beso en los labios del día anterior hubiera despertado sus emociones de una forma tan poderosa como lo habían hecho los encuentros sexuales consumados en la posada del mercado unas semanas atrás? ¿Tal vez porque en aquel entonces no era más que sexo mientras que lo del día anterior había sido…? ¿Qué? Amor no. ¿Ternura quizá? Lord Rannulf le había dicho que era hermosa y después la había besado. Pero no con deseo; aunque quizá también hubiera una pizca por ambas partes. Hubo algo más que deseo. Hubo… sí, debió de ser ternura.

Tal vez después de todo, pensó, una vez que regresara a casa y apartara de su mente la imagen de Julianne casada con él, sería capaz de recuperar su sueño robado y continuar viviendo de sus recuerdos en los años venideros.

—Lo primero que pensé al enterarme del baile de Harewood —le dijo lady Beamish a su nieto—, fue que sería el acontecimiento perfecto para anunciar tu compromiso con Julianne Effingham. ¿Se te había ocurrido esa posibilidad, Rannulf?

—Sí —respondió él con sinceridad.

—¿Y...?

Su abuela estaba sentada frente a él en el salón de la planta baja, con un aspecto más frágil y delgado que nunca, aunque su espalda seguía tan recta como el palo de una escoba y no se apoyaba en el respaldo del sillón, según comprobó Rannulf.

—¿Sigue siendo tu más preciado deseo? —le preguntó a su vez.

La anciana pareció meditarlo durante unos instantes antes de responder.

—¿Mi más preciado deseo? —repitió—. No, Rannulf. Ese sería el de verte feliz. Aunque para ello tuvieras que continuar soltero.

Acababa de liberarlo... y de imponerle la pesada carga del amor.

—No —replicó él—. No creo que permanezca soltero, abuela. Tan pronto como uno se involucra de forma activa con la tierra, entiende y aprecia el eterno ciclo de la vida, la muerte, la renovación y la reproducción. Tal y como tú necesitas asegurarte de que esta tierra pasará a mis manos y a las de mis descendientes, yo necesito estar seguro de que pasará a manos de mi hijo después de mi muerte; o tal vez de una hija o de un nieto. Ten por seguro que me casaré.

Ni siquiera se había planteado semejante posibilidad hasta ese momento, pero supo que sus palabras encerraban una gran verdad.

—¿Con Julianne Effingham? —le preguntó su abuela.

Rannulf la miró, pero ni siquiera el amor podía inmiscuirse en la verdadera esencia de su ser.

—No con la señorita Effingham —respondió en voz baja—. Lo siento, abuela. No solo no le profeso afecto alguno a la joven, sino que me provoca una profunda aversión.

—Me alegra saberlo —fue la sorprendente respuesta de lady Beamish—. Fue una tontería por mi parte, nacida del deseo egoísta de verte casado enseguida, antes de que fuera demasiado tarde.

—Abuela...

Ella alzó una mano.

—¿Sientes algún tipo de afecto por la señorita Law? —le preguntó.

Rannulf la miró sin pestañear antes de aclararse la garganta.

—¿Por la señorita Law?

—Posee muchas cualidades de las que su prima carece —afirmó la anciana.

—Pero es pobre —replicó Rannulf con voz cortante antes de ponerse en pie para acercarse a las puertas francesas, que permanecían cerradas esa mañana puesto que el día seguía tan frío y nublado como el anterior—. Es posible que el mequetrefe de su hermano acabe arruinando a su familia dentro de poco, si mis suposiciones son correctas. El padre es un caballero, hijo de una antigua actriz y nieto de un pañero. Es bastante posible que la madre sea una dama, aunque también es posible que no tuviera ni fortuna ni posición social alguna antes de casarse con el reverendo Law.

—¡Vaya! —exclamó su abuela—. Te avergüenzas de ella.

—¿Avergonzarme? —Contempló la fuente con mirada furibunda y expresión ceñuda—. Tendría que albergar algún tipo de sentimiento por ella para sentirme avergonzado.

—¿Y no es así? —inquirió lady Beamish.

La conversación estaba provocada por el impetuoso plan que había puesto en marcha el día anterior a fin de que su abuela tomara nota de Judith Law y de una posible relación entre ellos. Sin embargo, la anciana no había dicho nada durante el trayecto de vuelta a casa ni tampoco durante el resto del día. Rannulf la miró por encima del hombro.

—Abuela —le dijo—, hace dos semanas di un paseo con ella por los jardines para complacerte. La animé a que nos entretuviera en este mismo salón hace tan solo una semana, cuando la mayoría del resto de tus invitados ya lo había hecho. Me encontré con ella en los alrededores de Harewood ayer, donde paseamos y conversamos durante una hora. ¿Por qué iba a albergar algún tipo de sentimiento por ella?

—Lo extraño sería que no lo tuvieras —respondió su abuela—. Es una mujer de belleza extraordinaria una vez que se mira más allá de su disfraz y te conozco lo bastante como para saber que admiras a las mujeres hermosas. Sin embargo, esta muchacha posee algo más que belleza. También tiene una buena cabeza sobre los hombros. Al igual que tú cuando te decides a usarla, como muy bien has demostrado viniendo a verme en esta ocasión. Además, Rannulf, tenías una expresión muy peculiar en el rostro cuando regresaste ayer de tu paseo.

—¿Una expresión? —La miró con el ceño fruncido—. ¿Te refieres a una expresión de ridículo enamoramiento? No siento tal cosa.

Y sin embargo quería que su abuela discutiera su afirmación, que lo animara, que lo convenciera de que una relación entre ellos sería adecuada.

—No —dijo ella—. No le habría dado ninguna importancia de haber sido alguna estúpida expresión varonil, aunque tal vez me habría instado a recordarte que la muchacha es una dama, sobrina de sir George Effingham y nieta de mi mejor amiga.

Y Rannulf se sintió terriblemente culpable… ¡otra vez!

—Bewcastle jamás aceptará semejante unión —le dijo.

—Y sin embargo —le recordó su abuela—, Aidan acaba de casarse con la hija de un minero y Bewcastle no solo le dio la bienvenida a la joven, sino que dispuso su presentación a la reina y celebró un baile en su honor en Bedwyn House.

—Bewcastle se encontró con un hecho consumado en el caso de Aidan —arguyó Rannulf—. Lo único que hizo fue arreglar lo que consideraba un completo desastre.

—Dentro de un momento me ofrecerás tu brazo para ayudarme a subir a mis aposentos —le dijo la anciana—. Pero antes voy a decirte algo, Rannulf: si permites que el orgullo y la vergüenza enmascaren sentimientos más tiernos y que eso te impida tener la oportunidad de celebrar un matrimonio que respondería a todas tus necesidades (incluyendo las del corazón), sería de lo más grosero por tu parte echarle toda la culpa a Bewcastle.

—No me avergüenzo de ella —replicó—. Todo lo contrario, a decir verdad. Estoy… —Cerró la boca y se acercó a su abuela con premura en cuanto esta se puso en pie.

—Creo que la expresión correcta es «Estoy enamorado» —dijo la anciana al tiempo que colocaba una mano con delicadeza sobre el brazo de su nieto—. Pero ningún nieto mío que se precie admitiría jamás albergar un sentimiento tan absurdo, ¿no es cierto?

No era cierto, pensó Rannulf. Por mucho que lo abochornara admitirlo, Judith Law seguía despertando su lujuria. Le gustaba. Lo atraía. Se encontraba pensando en ella de forma constante cuando estaba despierto y soñaba con ella cuando estaba dormido. Había descubierto que podía hablar con ella como no había sido capaz de hacerlo con ninguna otra mujer, salvo quizá con Freyja. Sin embargo, incluso con su hermana debía mantener una actitud cínica y hastiada. No podía imaginarse a sí mismo hablando con entusiasmo sobre agricultura y la administración de una propiedad con Freyja. Con Judith Law podía relajarse y ser él mismo, aunque tenía la impresión de que solo hacía dos semanas que había descubierto su verdadero yo.

En esencia, su abuela acababa de darle su bendición para que cortejara a Judith Law. Bewcastle… bueno, Bewcastle no era su guardián.

Se preguntó si Judith tendría la intención de asistir al baile esa noche. Había que tener en cuenta que ella ya lo había rechazado en una ocasión tan solo dos semanas atrás. Pero tal vez pudiera persuadirla de que cambiara de opinión. Debía obrar con mucho cuidado, por supuesto, y no en público, a fin de no humillar a la señorita Effingham. Por muy estúpida y petulante que fuera la joven, no se merecía algo así.

Judith trabajó con ahínco en la costura durante toda la mañana, suponiendo que los preparativos del baile la mantendrían ocupada toda la tarde. Y no se equivocó. Su tía la hizo correr de un lado para otro a cada minuto, llevando mensajes y órdenes al ama de llaves o al mayordomo, ninguno de los cuales estaba donde se suponía que debía estar. Se le asignó la monumental tarea de preparar los arreglos florales que debían adornar el salón, así como la de colocarlos en los lugares indicados, combinándolos con esmero con las plantas de interior. Le gustaba la tarea, pero en cuanto llegó al salón descubrió que los criados no dejaban de consultarle todos los problemas, por insignificantes que fueran.

Justo después la enviaron al pueblo a comprar una cinta para adornar el cabello de Julianne, tras haber llegado a la conclusión de que las que había comprado el día anterior no eran adecuadas ni en color ni en anchura, pese a haber sido pagadas y entregadas. La ida y la vuelta suponían un trecho bastante largo. Por regla general, Judith habría agradecido la posibilidad de estar al aire libre, aunque se tratara de un día nublado. Sin embargo, había albergado la esperanza de disfrutar de un rato para lavarse el pelo y tomarse un descanso antes de que llegara la hora de vestirse para el baile. Se apresuró a concluir el encargo con el fin de disponer de algún tiempo para sí misma.

Cuando regresó, la puerta de la habitación de Julianne estaba ligeramente entreabierta. Judith alzó la mano para anunciar su presencia con unos golpecitos, pero escuchó la risa de Horace procedente del interior. No la había molestado abiertamente desde la semana anterior, aunque jamás desaprovechaba la oportunidad de hacerle algún comentario obsceno o sarcástico al oído. Lo evitaba en la medida de lo posible. Decidió esperar. También podría llevar la cinta a la habitación de la tía Effingham y después fingir que se le había olvidado que debía llevarla directamente a la habitación de su prima.

—Debo conseguir a ese hombre y punto —estaba diciendo Julianne con voz petulante, enfrascada en su tema favorito—. Sentiré una mortificación indecible si no se declara antes de que todos los invitados abandonen Harewood. Todos saben que me ha estado cortejando. Todos saben que he rechazado las atenciones del resto de mis admiradores, incluso las de lord Braithwaite, porque lord Rannulf está a punto de pedir mi mano.

Judith dio media vuelta para marcharse.

—Y lo tendrás, tontuela —le dijo Horace—. ¿Es que no has oído lo que mamá acaba de decir? Hay que obligarlo a que te proponga matrimonio. Lo único que tienes que hacer es asegurarte de que alguien os encuentre en una situación comprometida. Y él hará lo más honorable. Conozco a los hombres como Bedwyn. Ser un caballero es para ellos más importante que la misma vida.

Llegados a ese punto, a Judith le resultó imposible no seguir escuchando.

—Horace tiene razón, queridita —dijo la tía Effingham—. Y lo apropiado es que se case contigo después de haber estado jugando de modo deliberado con tus sentimientos.

—Pero ¿cómo voy a hacerlo? —preguntó Julianne.

—¡Señor! —exclamó Horace con hastío—. ¿Acaso no tienes imaginación, Julianne? Tienes que decirle que estás a punto de desmayarte o que tienes calor o frío o cualquier cosa que lo obligue a acompañarte a un lugar privado. Tal vez la biblioteca. Nadie salvo padre la frecuenta y ni siquiera él estará allí esta noche ya que considerará que su deber es permanecer en el salón de baile. Cierra la puerta cuando entréis. Acércate mucho a él. Consigue que te abrace y que te bese. Y en ese momento yo os sorprenderé… padre y yo lo haremos. Tu compromiso será anunciado antes de que el baile concluya.

—¿Cómo vas a convencer a papá de que te acompañe a la biblioteca? —preguntó Julianne.

—Si no soy capaz de ingeniármelas para arrastrarlo a su lugar favorito del mundo, me comeré el sombrero —replicó Horace—. El nuevo de piel de castor.

—¿Mamá?

—Funcionará, sin duda —se apresuró a contestar la tía Effingham—. Ya sabes, queridita, que una vez que te conviertas en lady Rannulf Bedwyn tendrás que dedicarte en cuerpo y alma a convencer a lord Rannulf de que todo lo hicimos por vuestro bien. Y entretanto disfrutarás de su fortuna y de su posición social.

—Y de Grandmaison cuando lady Beamish muera —añadió Julianne—, y de una casa en Londres, supongo. Lo persuadiré de que compre una. Y seré la cuñada del duque de Bewcastle y podré visitar a mi antojo su residencia, Bedwyn House. A decir verdad, tal vez vivamos allí mientras estemos en la ciudad, en lugar de comprarnos una casa propia. Y supongo que los veranos los pasaremos en el campo, en Lindsey Hall. Conseguiré que…

Judith alzó la mano y llamó con fuerza a la puerta antes de abrirla y entregarle la cinta a Julianne.

—Espero que esta te siente bien —le dijo—. Era la única de color rosa que había en la tienda, pero en mi opinión es un tono precioso, más intenso y más adecuado para tu tez que los otros.

Julianne desenrolló la cinta, la estudió con cuidado y la arrojó al tocador que había tras ella.

—Creo que me gustan más las otras —replicó—. Has tardado muchísimo, Judith. Creo que deberías haberte dado más prisa, ya que el encargo era para tu propia prima.

—Tal vez, prima —le dijo Horace—, puedas llevar una de las cintas que Julianne decida no ponerse. ¡Vaya! Qué falta de tacto por mi parte. El rosa no te sienta bien, ¿verdad? ¿Hay algún color que lo haga?

—No hay duda de que Judith se sentirá mucho más cómoda esta noche quedándose en su habitación —intervino la tía Effingham—. Vamos a comparar las cintas con más detenimiento, queridita. No querrás que…

Judith salió de la habitación y se dirigió a la suya sin perder tiempo.

¿Sería cierto que no tenía intención de pedir la mano de Julianne por propia iniciativa? ¿Tan desesperadas estaban Julianne y la tía Effingham por conseguirlo como marido que se veían obligadas a tenderle una trampa que lo dejara en una situación supuestamente comprometida? Horace tenía razón, concluyó. Lord Rannulf Bedwyn era un caballero y no había duda de que pediría la mano de cualquier dama si creía haberla comprometido. Ella lo sabía de primera mano.

El corazón le latía con fuerza cuando cerró la puerta de su habitación. Que se casara con Julianne por decisión propia había sido una posibilidad muy difícil de sobrellevar. Pero que lo hiciera siendo la víctima de un engaño…

Judith disfrutó de una cena tranquila con su abuela en el saloncito privado de la anciana, puesto que ninguna de ellas se sentía muy inclinada a cenar con los invitados. Después se separaron con el fin de vestirse para el baile.

Judith estaba más nerviosa de lo que se atrevía a admitir. Se había puesto mil veces su vestido de seda a rayas beis y dorado para asistir a los bailes celebrados en el pueblo. Nunca había sido el último grito de la moda ni había estado muy adornado. Sus padres siempre habían sido muy estrictos en lo referente al recato, más aún en su caso. Pero al menos seguía siendo un atuendo elegante que le sentaba muy bien. Siempre le había gustado, hasta que la doncella de la tía Louisa le añadiera unas piezas a los costados y le cubriera el escote.

Había pasado toda la mañana quitándole los añadidos. Había devuelto el vestido a su forma original, salvo por el ancho ceñidor de seda de color melocotón que su abuela le había regalado pocos días antes aduciendo que el color le sentaría de maravilla y que ella no lo usaría jamás. La cinta era lo bastante larga para que los extremos llegaran casi hasta el suelo después de hacer un primoroso lazo en la parte frontal del talle alto.

No hubo ninguna doncella que la ayudara a prepararse. De cualquier forma, había disfrutado en raras ocasiones de los servicios de la doncella de la rectoría, puesto que las exigencias de su madre y de sus tres hermanas ocupaban todo el tiempo de la muchacha. Judith estaba acostumbrada a peinarse sola aun para las ocasiones formales. Tuvo tiempo tanto de lavarse el pelo como de secárselo. Cuando se lo apartó de la cara con el cepillo, tenía el brillo lustroso del cabello limpio; se lo recogió en dos trenzas que enrolló y retorció de un modo muy favorecedor en la parte posterior de la cabeza. Utilizó un espejo de mano para comprobar el resultado mientras se sentaba frente al tocador.

El estilo resultaba elegante, concluyó. Con cuidado para no arruinar el esmerado recogido que tanto le había costado hacer, tiró de dos largos mechones que se rizaron en cuanto les pasó el cepillo. Su cabello era lo bastante rizado como para que los mechones cayeran en hermosas ondas sobre sus orejas. Repitió la operación en las sienes.

No se puso cofia, ni siquiera la de bonito encaje que siempre había llevado a las reuniones o a las veladas.

«Jamás he visto a una mujer cuya belleza pueda equipararse a la tuya.»

Contempló su imagen en el espejo y se puso en pie para poder verse de cuerpo entero. Intentó mirarse a través de los ojos de un hombre que tal vez hubiera pronunciado esas palabras con total sinceridad. Ella confiaba en su honestidad. Lo había dicho de corazón.

Era hermosa.

¡Soy hermosa!

Por primera vez en su vida podía contemplarse y creer que quizá hubiera algo de verdad en la, al parecer, absurda declaración.

¡Soy hermosa!

Se escabulló hacia la habitación de su abuela antes de que el coraje la abandonara. Llamó con suavidad a la puerta del vestidor y entró.

Su abuela aún seguía sentada frente al espejo mientras Tillie, a su espalda, prendía tres largas plumas en su cabello gris, recogido en un complicado peinado. La anciana llevaba un vestido de noche de un intenso tono rubí que quedaba eclipsado por los destellos de las innumerables y enormes joyas que le adornaban el cuello, el pecho, las regordetas muñecas, cada uno de los dedos de ambas manos salvo los pulgares y las orejas. Llevaba incluso un intrincado e inmenso broche prendido en el vestido por debajo de un hombro. Sobre la mesa del tocador reposaban unos impertinentes con incrustaciones de piedras preciosas.

En sus pómulos se distinguían dos círculos de colorete.

Sin embargo, Judith apenas disfrutó de un momento para asimilar la apariencia de su abuela. La anciana la miró desde el espejo, se giró en la banqueta haciendo gala de una inusual agilidad —logrando que Tillie dejara escapar una exclamación antes de colocarse de nuevo a sus espaldas con las plumas en la mano— y unió las manos entre el tintineo de las joyas.

—¡Judith! —exclamó—. ¡Ay, cariño mío! Estás... Tillie, ¿qué palabra estoy buscando?

—¿Hermosa? —sugirió la doncella—. Lo está, señorita.

—Hermosa ni se le acerca —dijo la señora Law, haciendo un gesto despectivo con la mano—. Date la vuelta, date la vuelta, Judith, y deja que te eche un vistazo.

Judith rió, extendió los brazos con elegancia a ambos lados del cuerpo y se giró muy despacio.

—¿Estoy bien? —preguntó.

—Tillie —dijo su abuela—, mis perlas. El collar largo y el corto, por favor. Nunca las llevo, Judith, porque a mi edad necesito algo que brille para apartar las miradas de mis arrugas y otros tristes atributos. —Dejó escapar una sincera carcajada—. Sin embargo, las perlas resaltarán tu exquisita belleza sin competir con ella.

Las perlas no estaban en el joyero, sino en un cajón. Tillie, que había acabado por fin de colocar las plumas a su entera satisfacción, las sacó con presteza y las sostuvo para observarlas.

—Le sentarán de maravilla, señorita —dijo.

La abuela de Judith se puso en pie y señaló la banqueta.

—Siéntate, cariño —le dijo—, para que Tillie pueda colocarte el collar más largo en el cabello sin deshacer el recogido. Me gusta cómo has enrollado las trenzas. A tu edad yo llevaba multitud de tirabuzones, rizos y bucles por toda la cabeza y no estaba ni la mitad de hermosa que tú. Claro que nunca fui famosa por mi buen gusto. Tu abuelo solía burlarse de mí por eso, si bien insistía en que me amaba tal y como era.

Diez minutos más tarde, Judith llevaba el collar más corto alrededor del cuello y descubrió que tenía la longitud perfecta para el modesto escote de su vestido. Las perlas que adornaban su cabello no eran visibles por delante, pero Tillie le mostró con un espejo cómo había quedado la parte posterior de su cabeza y al moverse pudo comprobar el pesado balanceo del collar y escuchar el roce de las perlas.

Esbozó una sonrisa antes de soltar una carcajada.

Sí, lo era. Sin ninguna duda. ¡Era hermosa!

No importaba que fuera la dama menos elegante del baile y que todas las invitadas la eclipsaran. No importaba en absoluto. Era hermosa y estaba disfrutando de su aspecto por primera vez en toda su vida.

Su abuela, también entre carcajadas, cogió los impertinentes en una mano e inclinó la cabeza, haciendo que las plumas se movieran arriba y abajo.

—Magnífica —dijo—. Esa era la palabra que estaba buscando. Estás magnífica, cariño. —Dio unos golpecitos en el brazo de Judith con los impertinentes—. Bajemos a atrapar los corazones de todos los hombres del baile. Yo me quedaré con los viejos y tú puedes quedarte con los jóvenes.

Incluso Tillie se unió a sus carcajadas en esa ocasión.

16

*R*annulf jamás había asistido a un baile por propia voluntad. Aunque eso no quería decir que no hubiera asistido a una buena cantidad de ellos, ya que la sociedad civilizada había decretado que sus miembros estaban obligados a divertirse bailando de vez en cuando. El baile de Harewood, según pudo comprobar tan pronto como su abuela y él dejaron atrás la línea de recepción y entraron en el salón, parecía haber congregado a un gran número de personas para tratarse de un acontecimiento rural. No se había reparado en esfuerzos para decorar la estancia con grandes ramos de flores y plantas de interior.

Miró a su alrededor y le hizo gracia, aunque no era nada sorprendente, descubrir que resultaba muy fácil distinguir a los invitados de la fiesta campestre, todos espléndidamente ataviados con sus galas londinenses, de aquellos que procedían de los alrededores y cuyas ropas eran mucho más sencillas. La señorita Effingham, a quien acababa de dejar atrás en la línea de recepción, estaba resplandeciente con un vestido de fino encaje sobre satén rosa, con el talle alto y el escote bajo según dictaba la moda y el cabello rubio recogido en elaborados rizos entrelazados con lazos de color rosa y piedras preciosas. Y a él, cómo no, lo habían manipulado de modo que se viera obligado a pedirle que fuera su pareja para la danza tradicional que abriría el baile.

Fue entonces cuando localizó a Judith Law, que acababa de apartar la mirada de él y se había inclinado para decirle algo a su abuela. Rannulf tomó aire muy despacio. La muchacha tenía un aspecto muy parecido al que tuviera la primera vez que la había visto con ese vestido: voluptuosa y elegante. La sencillez del diseño no hacía más que acentuar la feminidad de las curvas y la vibrante belleza de la mujer que lo llevaba. Se había peinado el cabello con sencillez hacia atrás, pero lo había recogido en la nuca con un complicado diseño que se veía realzado de forma delicada y hermosa por las perlas que lo adornaban.

De repente, sintió el impulso de algo que no era lujuria, aunque sin duda incluía el deseo. Se dio cuenta de que había estado esperando todo el día a que llegara ese momento, temiendo quizá que ella no se dignara aparecer.

La señora Law alzó uno de sus enjoyados brazos e hizo un gesto con los recargados impertinentes.

—Vaya, ahí está Gertrude —dijo su abuela—. Voy a sentarme con ella para contemplar la fiesta, Rannulf.

Rannulf la escoltó a través de la habitación y se dio cuenta de que Judith no estaba tan aislada como lo había estado siempre en el salón y durante la mayor parte de las actividades que se habían llevado a cabo durante las dos semanas anteriores. Roy-Hill y Braithwaite estaban a su lado.

Tras intercambiar los saludos de rigor, su abuela se sentó junto a la señora Law.

—Esta noche está especialmente encantadora, señorita Law —dijo su abuela—. Tiene intenciones de bailar, supongo.

—Gracias, señora. —Judith se sonrojó y esbozó una sonrisa, algo que Rannulf no le había visto hacer casi nunca en las dos semanas anteriores—. Sí, lord Braithwaite ha sido lo bastante amable como para ofrecerse a guiarme en la primera pieza y sir Dudley ha solicitado la segunda.

—Supongo, en ese caso —dijo lady Beamish—, que si algún caballero desea bailar con usted esta noche será mejor que lo diga pronto.

—Bueno... —Judith se echó a reír.

—Señorita Law —Rannulf hizo una reverencia—, ¿me haría el honor de reservar la tercera pieza para mí?

En ese instante ella lo miró fijamente, con esos adorables ojos verdes abiertos de par en par mientras la luz de las arañas arrancaba destellos a su cabello rojo. Tal vez fuera en ese preciso momento cuando Rannulf se percató de lo poco dispuesto que había estado las semanas pasadas a llamar a cada cosa por su nombre. Lo que sentía por Judith Law no era ni lujuria ni ternura ni afecto ni atracción ni amistad, aunque todas esas cosas estuvieran incluidas en el sentimiento que se negaba a identificar.

La amaba.

—Gracias, lord Rannulf. —Le hizo una leve reverencia—. Será un placer.

El murmullo de expectación que se alzó a su alrededor distrajo la atención de Rannulf. Lady Effingham había entrado en el salón de baile y se aproximaba al estrado de la orquesta. Sir George iba tras ella, con su hija del brazo. Rannulf se percató de que habían esperado a que él hiciera acto de presencia para empezar el baile. Dio un paso hacia delante para reclamar a su compañera, que estaba sonrojada, sonriente y, a decir verdad, muy bonita.

—He oído, lord Rannulf —le dijo Julianne Effingham cuando ocuparon los lugares opuestos en los extremos de las filas de las damas y los caballeros—, que las reglas del decoro no se aplican a los bailes rurales y que los caballeros pueden pedirle a una dama que baile con ellos tantas veces como quieran. Sin embargo, todavía me preocupa que pueda considerarse una falta de modales bailar más de dos veces con el mismo compañero. ¿Qué opina usted?

—Tal vez —sugirió él— lo más apropiado sea elegir un compañero distinto para cada pieza, en especial cuando la reunión… como la de esta noche, por ejemplo… es lo bastante numerosa como para proporcionar amplias oportunidades.

Había dado, por supuesto, la respuesta incorrecta… y con total deliberación.

—Pero en ocasiones —dijo ella con una risilla— los buenos modales pueden resultar aburridos, ¿no le parece?

—Desde luego que sí —convino Rannulf. Braithwaite se había colocado detrás de él y Judith detrás de la señorita Effingham.

—De todas formas, incluso los buenos modales que estipula la alta sociedad —añadió Julianne Effingham— permiten que un caballero baile con la misma dama en dos ocasiones sin incurrir en falta alguna. En todos los bailes a los que he asistido durante la temporada, siempre me han solicitado que baile dos veces con el mismo caballero y nadie me ha acusado jamás de ser maleducada al hacerlo, aunque bastantes caballeros se quejaron cuando me quedaba sin piezas libres.

—¿Quién podría culparlos? —preguntó él.

La joven volvió a reírse.

—La cuarta pieza será un vals —le informó—. No pude bailarlo hasta casi mitad de la temporada, cuando lady Jersey por fin me dio su consentimiento. Creo que lo hizo porque había muchos caballeros que se quejaban ante ella de que no podían bailar conmigo. Supongo que muchos de los que hay aquí esta noche ni siquiera conocen los pasos, pero le rogué a mamá que incluyera uno entre las piezas. Imagino que usted sí conoce los pasos, ¿no es así, lord Rannulf?

—He logrado finalizar unos cuantos valses sin destrozarle los pies a mi pareja —admitió.

Ella rió de buena gana.

—Vamos —dijo—, estoy segura de que ni siquiera corrió el riesgo de que eso sucediera, solo está riéndose a mi costa. Estoy convencida de que no me pisará los pies. ¡Dios mío! —Su rostro adquirió un encantador sonrojo y se llevó una mano a la boca—. Me estaba pidiendo que fuera su pareja, ¿verdad? Me moriré de vergüenza si no es así.

Él frunció los labios; la situación tenía su gracia pese a todo.

—No puedo permitir que muera en medio de su propio baile, señorita Effingham —dijo—. Le demostraremos a todos sus invitados lo superiores que son sus habilidades para bailar el vals.

—Bueno, no solo las mías —replicó ella con modestia—. Las suyas también, lord Rannulf. ¿Sabes bailar el vals, Judith? Me atrevería a decir que mi tío nunca te permitió aprender los pasos, ¿verdad? Se considera un baile escandaloso, pero yo creo que es absolutamente divino. Mi profesor de baile decía que debieron de crearlo pensando en mí, porque mis pies son ligeros y delicados. Era muy tonto. Creo que estaba medio enamorado de mí.

La orquesta comenzó a tocar los acordes iniciales de la danza tradicional y evitó que Judith respondiera. Aunque por supuesto había sido una pregunta retórica. Rannulf se concentró en su compañera tal y como dictaban los buenos modales, si bien toda su atención estaba puesta en el objeto de su amor, que se movía con elegancia al lado de su prima.

Judith estaba sin aliento cuando lord Braithwaite la acompañó al lugar donde se encontraba su abuela. Había sido un baile de lo más vigoroso y lo había disfrutado de lo lindo a pesar de tener que soportar la cercanía de lord Rannulf y de Julianne. Sin embargo, también eso había tenido sus compensaciones. Había comprendido, gracias al modo en que él había atajado todos los esfuerzos de Julianne por llevarlo al terreno de los halagos y el flirteo, que en realidad no se estaba comportando como un hombre que estuviera a punto de declararse. Y tal vez fuera incluso más importante el hecho de haber escuchado cómo se las ingeniaba Julianne para conseguir que él bailara con ella el vals que sería la cuarta pieza. Sería en ese momento cuando tendría que vigilar con más atención, aunque no sabía cómo podría salvar a lord Rannulf de una trampa tramada de antemano que ni siquiera conocía. No podía advertírselo sin más. ¡Quedaría como una estúpida!

—Tal vez, señorita Law —dijo lord Braithwaite—, su padre le haya permitido aprender los pasos del vals. Y tal vez quisiera concederme el honor de bailarlo conmigo.

El hombre la había observado con abierta admiración durante todo el baile. A Judith le había resultado de lo más halagador. Era un joven apuesto y afable.

—Mi padre no tuvo la oportunidad de prohibir ni de aprobar las lecciones de vals —explicó ella—. El baile ni siquiera ha llegado todavía a nuestra localidad. Disfrutaré observando cómo lo baila con otra persona, milord.

Judith se dio cuenta de que su abuela, cuyas plumas se movían al unísono con las de lady Beamish mientras ambas charlaban y comentaban la escena que tenían delante, se estaba quitando los pendientes con un gesto de dolor. Pobre abuela... ¿es que no comprendería nunca que no había pendientes que no le hicieran daño?

—Abuela —Judith se inclinó de forma solícita sobre ella—, ¿quieres que los lleve arriba y los guarde?

—Ay, cariño, ¿lo harías? —le preguntó la anciana—. Pero te perderás el baile con sir Dudley...

—No, no lo haré —le aseguró Judith—. No tardaré más que un minuto.

—En ese caso te lo agradecería mucho —dijo su abuela al tiempo que le ponía las joyas en la mano—. ¿Te importaría traerme los que tienen forma de estrella, si no es mucho problema?

—Por supuesto.

Judith salió a toda prisa del salón de baile y subió la escalera en dirección a las habitaciones de su abuela tras coger una vela de un candelabro de la pared. Encontró el enorme joyero y volvió a meter los preciosos pendientes en la bolsa de terciopelo de la que habían salido la mayor parte de las joyas que la anciana lucía esa noche —aunque todavía estaba repleta— antes de buscar en la sección que ella misma le había asignado a los pendientes. Sin embargo, no pudo encontrar los que tenían forma de estrella. Rebuscó en vano entre los collares y las pulseras. Estaba a punto de elegir otro par cuando recordó que los pendientes con forma de estrella eran los que le había quitado a su abuela de la mano tras la velada que pasaron en Grandmaison. Debían de estar en el bolsito que había llevado esa noche. Cerró el joyero y lo guardó tan rápido como pudo; corrió hasta su habitación y descubrió con alivio que los pendientes estaban donde pensaba que estarían. Salió a toda prisa de la habitación y se dio de bruces con una camarera que pasaba por allí. Asustadas, ambas soltaron un grito al unísono y después Judith se echó a reír, se disculpó por llevar tanta prisa y bajó a toda velocidad la escalera.

A través de las puertas del salón de baile pudo ver que ya se estaban formando los grupos, pero la mala suerte quiso que chocara contra Horace cuando se apresuraba a pasar entre ellos. Se detuvo en seco, sonrojada y sin aliento.

—¿Vas a alguna parte con tanta prisa, prima? —le preguntó antes de bloquearle el camino cuando ella intentó pasar a su lado—. ¿O debería preguntar si vienes de algún sitio con tanta prisa? ¿Algún recado, quizá?

—He ido a coger otros pendientes para la abuela —dijo—. Si me disculpa, le he prometido este baile a sir Dudley.

Para su alivio, el hombre se apartó y le hizo un exagerado gesto con el brazo para que pasara. Ella se apresuró a cumplir el encargo de su abuela y se acercó con una disculpa hasta su pareja.

Era muy agradable volver a bailar tan pronto. Sir Dudley Roy-Hill entabló una conversación mientras las figuras de la danza así lo permitieron y Judith se encontró con las inequívocas miradas de admiración de muchos otros caballeros. En casa se habría sentido un poco incómoda al pensar que habría hecho algo para despertar semejantes miradas lascivas. Pero «lascivia» era una palabra que utilizaba su padre. Esa noche, con su recién descubierta confianza en su propia belleza, se daba cuenta de que esas miradas solo expresaban admiración. Y se descubrió sonriendo cada vez más.

Sin embargo, fue consciente en todo momento de que iba a bailar la siguiente pieza con lord Rannulf Bedwyn. Al hombre no le había quedado otro remedio y ella lo sabía muy bien. El comentario de lady Beamish acerca de que si algún hombre quería pedirle un baile tendría que hacerlo pronto lo había obligado a comportarse como un caballero. Aunque a ella no le importaba mucho. En dos ocasiones —ambas junto al lago— lord Rannulf había pasado tiempo a su lado aun cuando podría haber evitado los encuentros sin dificultad alguna. Así que bien podía bailar con ella. Y a Judith le importaba un comino lo que la tía Effingham tuviera que decirle al respecto a la mañana siguiente, aunque sin duda sería largo y tendido. Pronto volvería a casa, donde al menos no tendría que comportarse como una sirvienta.

Estaba impaciente porque comenzara el próximo baile. Ojalá pudiera durar toda la noche. O para siempre.

Ojalá pudiera durar toda la noche, o incluso para siempre, pensó Rannulf. Ella bailaba los lentos y majestuosos pasos del antiguo minueto con gracia y elegancia. Solo lo había mirado a los ojos en un par de ocasiones y por un breve espacio de tiempo, pero había una expresión en su rostro que revelaba interés y sin duda felicidad.

Rannulf no le quitaba la vista de encima mientras, a su alrededor, los múltiples colores de los vestidos y las chaquetas giraban con lentitud al compás de la música; la luz de las arañas arrancaba destellos a los cabellos y las joyas, y la fragancia de las colonias y los centenares de flores se mezclaban en el cálido ambiente.

Resultaba extraño lo distinta que le parecía de esa otra mujer de la posada El Ron y el Tonel. Por aquel entonces, si bien habían hablado y reído juntos y había disfrutado de su compañía, ella había sido en casi todos los aspectos que importaban poco más que un cuerpo extraordinariamente deseable al que llevarse a la cama. En esos instantes era...

Bueno, en esos instantes era Judith.

—¿Disfrutas del baile? —le preguntó cuando unieron las manos y se acercaron por un momento.

—Muchísimo —respondió, y Rannulf sabía que lo decía en serio.

Él también. Estaba disfrutando de un baile, cosa que rara vez había hecho antes; disfrutando del lento minueto, cosa que jamás había hecho antes.

Había algo entre ellos, pensó, semejante a una intensa corriente de energía que los unía y los aislaba del resto de las personas que se encontraba en la estancia. Tenía la certeza de que no era algo imaginario. Sin duda alguna ella también lo sentía. Y no se trataba solo de deseo sexual.

—¿Sabes bailar el vals?

—No. —Ella hizo un gesto negativo con la cabeza.

Yo te enseñaré algún día, pensó Rannulf.

Judith lo miró a los ojos y le sonrió como si hubiera escuchado sus pensamientos.

Rannulf sabía que era la envidia de todos los hombres que se encontraban en el salón. Se preguntó si ella se daba cuenta de la conmoción que estaba causando esa noche o de la acritud con que la miraba su tía.

—Tal vez —dijo él—, si no has prometido ya todos los bailes, podrías reservar otro para mí. ¿El último?

Ella alzó la vista de nuevo y lo miró a los ojos durante unos instantes.

—Gracias —dijo.

Esa fue casi la totalidad de su conversación durante el baile. Sin embargo, también estaba esa sensación de unidad, de corazones y sentimientos compartidos, de que las palabras no eran necesarias.

Tal vez, pensó él, al final de la noche estuviera cansada de bailar y pudieran sentarse juntos en algún sitio, a la vista de los demás invitados en aras del decoro, para mantener una conversación privada. Tal vez pudiera averiguar si los sentimientos que albergaba hacia él y la oferta que le había hecho habían sufrido algún cambio durante las dos últimas semanas.

Tal vez incluso le pidiera de nuevo esa noche que se casara con él; aunque a decir verdad preferiría preguntárselo a la mañana siguiente, fuera, donde podrían disfrutar de una completa intimidad. Le pediría permiso a su tío, se la llevaría al pequeño lago y se declararía.

Había algo en el comportamiento de Judith —estaba seguro de que no eran imaginaciones suyas— que le permitía albergar la esperanza de que lo aceptaría de una vez por todas.

Rannulf se entretuvo con tales planes y pensamientos mientras la veía bailar y contemplaba el resplandor de felicidad —seguro que era eso— que iluminaba su rostro.

Y fue en ese instante cuando la música llegó a su inevitable fin.

—Gracias —dijo él al tiempo que le ofrecía el brazo para escoltarla de nuevo hasta donde se encontraba su abuela.

Ella giró la cabeza para mirarlo con una sonrisa.

—Formáis una pareja de baile muy elegante —afirmó lady Beamish cuando se aproximaron.

Lady Effingham estaba detrás de la silla de su madre, comprobó Rannulf.

—Judith, querida —dijo con una voz empalagosa—, espero que le hayas agradecido a lord Rannulf de la forma adecuada la amable deferencia que ha mostrado al sacarte a bailar. Madre parece muy cansada. Estoy segura de que no te importará llevarla a su habitación y quedarte allí con ella.

Sin embargo, la señora Law se hinchó como un globo de aire caliente, sumida en un mar de destellos y tintineos.

—Puedo asegurarte que no estoy cansada en absoluto, Louisa —afirmó—. ¡Qué barbaridad! Perderme el resto del baile y dejar a mi querida Sarah aquí sentada sola… Además, Judith ha prometido la pieza posterior al vals al señor Tanguay y sería de muy mala educación por su parte desaparecer ahora.

Lady Effingham enarcó las cejas, pero no pudo decir nada más en su presencia y en la de su abuela.

Le tocaba el turno al vals y Rannulf se había visto obligado a bailarlo con la señorita Effingham. Por lo menos la encontraba divertida, pensó mientras se inclinaba en una reverencia y se daba la vuelta para buscarla. Aunque sin duda ella no encontraría halagadora la naturaleza de su diversión. Además, estaba deseando que llegara el último baile. Y la mañana siguiente. Aunque no debería albergar demasiadas esperanzas al respecto. Si Judith Law no deseaba casarse con él, no cambiaría de opinión ni por su posición ni por su fortuna.

Sospechaba que tendría que amarlo antes de aceptar.

¿Lo amaba?

La inseguridad, la incertidumbre y el desasosiego eran emociones completamente desconocidas para un hombre que había cultivado el tedio y el cinismo durante la mayor parte de su vida adulta.

Julianne tenía los ojos más brillantes y las mejillas más sonrosadas que en toda la noche, según comprobó Judith. Aunque esa expresión podía achacarse por entero al hecho de estar bailando con lord Rannulf de nuevo. Semejante reacción era de lo más comprensible para Judith.

Mucho más nefasto era el hecho de que Horace se hubiera acercado al tío George y se lo hubiera llevado aparte del grupo de viejos caballeros con los que había estado conversando. Judith había rechazado una invitación para ir con el señor Warren, que tampoco bailaba el vals, en busca de una limonada; si bien le había sonreído a modo de agradecimiento. Tenía que quedarse en el salón de baile. Contempló la escena con el corazón desbocado. Sin duda la repugnante estratagema que había sido tramada en el vestidor de Julianne esa tarde no podía tratarse de algo serio. ¿Quién podría desear una oferta de matrimonio lograda de semejante manera?

No obstante, sabía que Julianne deseaba con desesperación convertirse en lady Rannulf Bedwyn.

Y la tía Effingham estaba igual de desesperada por casar a su hija con él.

Era probable que Horace también disfrutara con la idea de vengarse de lord Rannulf por lo que le había hecho junto al mirador la semana anterior.

Judith apenas prestaba atención a la naturaleza escandalosa y apasionante del vals, donde las damas y los caballeros bailaban en parejas y se tocaban con ambas manos mientras giraban alrededor de la pista el uno en brazos del otro. En otras circunstancias, podría haber sentido envidia de aquellos que conocían los pasos y tenían galantes parejas con las que ejecutarlos.

Apenas prestaba atención a las oscilantes plumas de los tocados de su abuela y de lady Beamish, que estaban sentadas frente a ella y disfrutaban del espectáculo haciendo algún comentario ocasional.

Branwell sabía bailar el vals, descubrió con cierta sorpresa. Lo estaba bailando con la señorita Warren; reía con ella como si no tuviera la más mínima preocupación en el mundo.

Sin embargo, hasta esa pequeña distracción con su hermano estuvo a punto de resultar fatal para la vigilancia de Judith. Cuando posó la vista de nuevo en lord Rannulf y Julianne, habían dejado de bailar y él tenía la cabeza inclinada para escuchar mejor lo que ella le decía. Su prima se frotaba una muñeca, hablaba deprisa y parecía algo angustiada. Hizo un gesto con un brazo en dirección a la puerta.

Entretanto, Horace seguía hablando con su padre.

Judith no esperó más. Quizá aquello fuera un disparate, pero tenía todo el aspecto de ser el inicio del plan que había escuchado. Quizá hubieran cambiado el lugar cuando ella salió del vestidor de Julianne. Pero tendría que arriesgarse. Se escabulló del salón de baile con toda la rapidez y el sigilo de los que fue capaz y se apresuró a bajar la escalera; descubrió con alivio que no había ningún sirviente que pudiera preguntarse adónde se dirigía y entró en la biblioteca, un lugar tan sagrado para su tío que ella jamás había visto el interior de la estancia.

Estaba bastante oscuro, pero por fortuna podía ver lo suficiente como para encontrar el camino hasta la ventana y descorrer las pesadas cortinas. La noche estaba iluminada por la luz de la luna y las estrellas, después de que las nubes del día se hubieran dispersado a lo largo de la tarde. Había luz suficiente para que pudiera encontrar lo que necesitaba: dos estanterías abarrotadas de libros que llegaban hasta el techo. Corrió hacia la que se encontraba detrás de la puerta y de un enorme sofá.

El minuto que siguió le pareció eterno. ¿Qué pasaría si había acudido al lugar equivocado? ¿Y si Julianne había arrastrado a lord Rannulf a algún otro sitio para que lo vieran besándola o haciendo otra cosa que la comprometiera?

Y en ese mismo momento la puerta volvió a abrirse.

—Debe de estar aquí. —Era la voz de Julianne, que parecía aguda y nerviosa—. Papá me la regaló en mi baile de presentación y se enfadaría muchísimo conmigo si la perdiera. Incluso si se diera cuenta de que no la llevo puesta, se sentiría herido y enfadado.

Judith no podía imaginarse al tío George ni molesto ni herido ni enfadado.

—Si recuerda haberla dejado aquí —dijo lord Rannulf, que parecía muy tranquilo e incluso daba la sensación de estar divirtiéndose—, entonces la recuperaremos y estaremos bailando el vals en menos de dos minutos.

Se adentró en la habitación sin ninguna vela y Judith vio cómo Julianne cerraba la puerta empujándola con un pie.

—Ay, Señor —dijo su prima—, esa puerta siempre se cierra de golpe. —Corrió hasta lord Rannulf y exclamó de forma triunfal—: ¡Vaya, aquí está! Sabía que debía de haberla dejado aquí cuando bajé a descansar un poco; aunque me preocupaba muchísimo estar equivocada y haberla perdido de verdad. Lord Rannulf, ¿cómo podría agradecerle el sacrificio que ha hecho al interrumpir nuestro baile y venir aquí conmigo sin que mi padre se entere?

—Poniéndosela en la muñeca —contestó él— para que pueda llevarla de vuelta al salón de baile antes de que la echen de menos.

—Señor, este broche… —comentó ella—. No hay luz suficiente. ¿Le importaría ayudarme?

Rannulf se inclinó hacia ella al tiempo que Julianne alzaba la muñeca, le rodeaba el cuello con el brazo libre y se recostaba contra él.

—Me siento terriblemente agradecida —le dijo.

Como si ese gesto hubiera sido la señal, la puerta se abrió de nuevo; Horace alzó la vela que llevaba, masculló un juramento y trató de impedir que su padre viera lo que sucedía en la estancia.

—Quizá no sea tan buena idea venir aquí para alejarse del ruido, después de todo —dijo en voz alta y clara—. Vamos, padre…

Sin embargo, el tío George, tal y como se suponía que debía hacer, había olido el proverbial gato encerrado. Apartó a Horace a un lado con el brazo y entró a grandes zancadas a la estancia justo en el momento en que Julianne gritaba, se apartaba de un salto y forcejeaba con el escote de su vestido, que de algún modo se había bajado y había dejado casi todo a la vista.

Había llegado el momento de comenzar con el contraataque.

—Vaya, aquí está —dijo Judith, que salió de su escondite con un enorme libro abierto entre las manos—. Y aquí están el tío George y Horace para ayudarme a declarar al ganador. Y me temo que es Julianne, lord Rannulf. El primer animal que Noé liberó del arca para ver si las aguas habían bajado fue un cuervo. Y después envió una paloma. La paloma salió tres veces, de hecho, hasta que no regresó y Noé supo que debía de haber tierra firme de nuevo. Aun así, el primero fue un cuervo.

La forma en que los cuatro se giraron hacia ella y la miraron de hito en hito no habría desentonado en ninguna comedia. Judith cerró el libro con una floritura.

—Fue una estupidez discutir sobre ese asunto —añadió— y bajar los tres en medio de un baile para descubrir la respuesta. Pero Julianne tenía razón, lord Rannulf.

—Bien —dijo él con un audible suspiro—, en ese caso supongo que debo aceptar la derrota. Aunque ha sido mejor así, ya que habría sido muy poco caballeroso de mi parte contradecir a una dama aunque hubiera tenido razón. No obstante, sigo pensando que en mi Biblia es una paloma.

—¿Qué demonios…? —comenzó a decir Horace.

—Julianne —dijo Judith, interrumpiéndolo al tiempo que soltaba el libro—, ¿todavía no has conseguido abrocharte la pulsera? ¿Usted tampoco, lord Rannulf? Déjame intentarlo a mí.

—¡Uf! —farfulló el tío George—. He bajado para tener un instante de paz y descubro que mi biblioteca ha sido invadida. ¿Sabe tu madre que te has puesto su pulsera, Julianne? Supongo que sí. Un consejo, Bedwyn. Jamás discuta con una dama. Siempre tienen razón.

Si hubiera podido dibujar un trueno, pensó Judith, sin duda alguna guardaría un notable parecido con el rostro de Horace. Sus miradas se encontraron un instante y distinguió la furia asesina que asomaba a sus ojos.

—Lo tendré en cuenta, señor —señaló lord Rannulf—. Le aseguro que esta ha sido la última vez que discuto sobre cuervos y palomas.

Julianne, que tenía los labios apretados y el rostro ceniciento, separó el brazo de Judith, trató de abrochar a tientas la pulsera y al no poder hacerlo se la quitó con furia y la arrojó sobre la mesa donde la había encontrado.

—Horace —dijo—, llévame con mamá. No me encuentro bien.

—Supongo que será mejor que vuelva a cumplir con mi deber —declaró el tío George con un suspiro.

Un instante después los tres se habían marchado, llevándose la vela con ellos y dejando la puerta entreabierta.

—¿Qué libro era ese? —preguntó lord Rannulf tras unos momentos de silencio.

—No tengo la menor idea —afirmó Judith—. Estaba demasiado oscuro para distinguir los títulos.

—¿Estás segura de que la primera ave que salió del arca fue un cuervo? Habría apostado que era una paloma.

—Pues habría perdido —dijo ella—. Soy la hija de un clérigo.

—Supongo —comenzó a decir él— que todo esto era un montaje para lograr que sir George Effingham creyera que había comprometido sin remisión a su hija.

—Sí.

—Muy descuidado por mi parte —declaró—. Estuvo a punto de funcionar. Creí que esa mocosa era estúpida y aburrida, pero inofensiva.

—Pero Horace no lo es —señaló ella—. Y la tía Louisa tampoco.

—Judith —se acercó a ella—, me has salvado de una desastrosa sentencia de por vida. ¿Cómo podré agradecértelo?

—Estamos en paz —contestó—. Usted me salvó la semana pasada en el mirador y yo lo he salvado esta semana.

—Sí. —Las manos de Rannulf se encontraban sobre sus hombros, cálidas, firmes y conocidas—. Judith…

¿Cuándo había comenzado a utilizar su nombre de pila? ¿Lo había hecho antes de esa noche? Judith clavó la mirada en el intrincado lazo del pañuelo que llevaba al cuello, pero solo durante unos instantes. El rostro del hombre se interpuso en el camino antes de besarla.

Fue un beso apasionado, aunque él no apartó las manos de sus hombros y ella se limitó a aferrarse a las solapas de la chaqueta. Lord Rannulf le separó los labios y ella abrió la boca para fa-

cilitarle el acceso. Sintió su lengua en la boca, llenándola, pose-
yéndola, y la succionó para introducirla aún más.

Judith se sentía como un hambriento al que le ofrecieran un
festín. No podía saciarse de él. Jamás podría saciarse de él. Per-
cibió el familiar aroma de su colonia.

Y en un momento dado, su boca se apartó de ella y la contempló a la luz de la luna.

—Regresemos arriba —dijo— antes de que alguien haga un
alboroto por tu ausencia. Gracias, Judith. El tiempo que falta
para el último baile me va a resultar de lo más tedioso.

Judith intentó no buscarle otro sentido a esas palabras. Lord
Rannulf se sentía aliviado de haber escapado. Se sentía agradecido. Recordaba el tiempo que habían pasado juntos cuando la
creía Claire Campbell, la actriz y experimentada cortesana. Eso
era todo.

17

Judith dispuso de muy poco tiempo para reorganizar sus dispersos pensamientos y emociones. Tal vez su regreso al salón del brazo de lord Rannulf pasara inadvertido para la mayoría de la gente, pero no así para la tía Effingham, cuya expresión no presagiaba nada bueno para su sobrina. Julianne había conseguido rodearse de caballeros justo después de que el vals llegara a su fin y en esos momentos no dejaba de reír y coquetear en el centro de su elenco de admiradores. El tío George había regresado junto al grupo de caballeros de más edad y estaba inmerso en una conversación. De Horace no había ni rastro.

—Pero ¿dónde has ido, Rannulf? —preguntó lady Beamish cuando su nieto acompañó a Judith al lado de la señora Law—. Te vi bailando el vals y al instante habías desaparecido.

—La señorita Effingham descubrió de repente que había perdido su pulsera —explicó— y la señorita Law fue tan amable de ayudarnos en la búsqueda. Por fortuna, la encontramos justo en el lugar donde la señorita Effingham pensó que podría haberla dejado.

La abuela de Judith esbozó una plácida sonrisa, pero los penetrantes ojos de lady Beamish se detuvieron un instante en cada uno de ellos. Claro, pensó Judith, la anciana había sido la promotora de la unión entre su nieto y Julianne. Sin duda se sentiría decepcionada porque el cortejo no estuviera avanzando más deprisa.

Justo en ese momento lord Rannulf se alejó para invitar a una jovencita a bailar que, según recordaba Judith, solo lo había hecho en una ocasión durante toda la noche y el señor Tanguay se acercó a ella para reclamar su pieza.

Judith sonrió y le dedicó toda su atención, aunque le resultó muy difícil cuando su corazón seguía desbocado a causa de la tensión de los pasados quince minutos.

Cuando la música llegó a su fin, Judith reía a carcajadas. Había sido una pieza muy alegre, de pasos y giros complicados. De todos modos, el señor Tanguay no tuvo oportunidad de acompañarla hasta el lugar donde descansaba su abuela, puesto que Branwell apareció frente a ella y la tomó del brazo.

—Te pido que nos disculpes, Tanguay —le dijo al hombre—. Necesito hablar con mi hermana un minuto.

Judith lo miró con sorpresa. Pese a haber intercambiado miradas y sonrisas, e incluso un guiño en una ocasión durante el transcurso de la noche, Bran había estado demasiado ocupado disfrutando de la compañía de las jovencitas como para buscar a su hermana a fin de entablar una simple conversación. La sonrisa seguía en su lugar, pero había cierta rigidez en sus labios. Estaba inusualmente pálido y sus dedos se clavaban en el brazo de Judith de forma bastante dolorosa.

—Jude —le dijo una vez que estuvieron en el descansillo de la escalera, justo a la salida del salón de baile, y se hubo asegurado de que nadie podía escucharlos—, solo quería informarte de que me marcho. Ahora. Esta noche.

—¿Del baile? —Lo miró sin comprender.

—De Harewood. —Bran sonrió e inclinó la cabeza en dirección a Beatrice Hardinge, que pasó junto a ellos del brazo de un joven desconocido.

—¿De Harewood? —Judith estaba de lo más desconcertada—. ¿Esta noche?

—Effingham acaba de tener unas palabras conmigo —explicó—. Al parecer, hace un par de días vino alguien más exigiendo el importe de una cuenta insignificante. Effingham le pagó sin ni siquiera informarme. Ahora quiere que le devuelva el dinero junto con las treinta libras que le debo del viaje hasta aquí. —Se pasó los dedos de una mano por el pelo—. Por supuesto que tengo intención de devolverle el dinero, pero ahora mismo no puedo hacerlo. Zanjó el asunto de un modo bastante desagradable y dejó caer una serie de comentarios ofensivos, no solo hacia mi persona sino también hacia ti. Le habría atizado un buen puñetazo en la nariz o incluso lo habría retado a duelo, pero ¿cómo iba a hacerlo, Jude? Estoy en casa del tío George en calidad de invitado y estamos rodeados de gente. Sería el colmo de la mala educación. Tengo que marcharme, es la única solución.

—Pero ¿esta noche, Bran? —Tomó una de las manos de su hermano entre las suyas. Sabía muy bien de qué iba todo aquello. ¿Cómo se atrevía Horace a descargar su ira y su frustración sobre Bran de ese modo?—. ¿Por qué no esperar a que amanezca?

—No puedo —contestó—. Tengo que irme ahora. En cuanto me cambie de ropa. Hay una razón para hacerlo.

—Pero ¿en plena noche? ¡Santo Dios, Bran! —exclamó—. ¿Qué vas a hacer?

—No debes preocuparte por mí —la tranquilizó él, apartándose de sus manos con evidente agitación—. Tengo… tengo un plan. Amasaré una fortuna en muy poco tiempo, te lo prometo. —Le dedicó un pálido reflejo de su antigua sonrisa—. Y después le devolveré a papá todo lo que se ha gastado en mí en los últimos tiempos y vosotras volveréis a tener una posición segura. Tengo que irme, Jude. No puedo demorarme más.

—Deja al menos que te acompañe arriba —le dijo— y que me despida cuando te hayas cambiado.

—No, no. —Volvió a mirar a su alrededor, a todas luces impaciente por marcharse—. Quédate aquí, Jude. Quiero escabullirme sin que nadie se percate. Le devolveré el dinero a Effingham tan pronto como pueda y después le pagaré de otro modo por lo que ha dicho de mi hermana. —Inclinó la cabeza y le dio un beso en la mejilla.

Judith lo observó mientras se marchaba, preocupada y presa de una horrible premonición. Resultaba evidente que su hermano debía una enorme suma de dinero a un buen número de personas; personas entre las que ahora se encontraba Horace, a quien sin lugar a dudas le debería mucho más que treinta libras. Aun así, Bran salía corriendo a medianoche, convencido de que al menos había encontrado el modo de hacer en poco tiempo una fortuna con la que poder zanjar todas sus deudas. Lo único que iba a conseguir era empeorar aún más la situación.

Y arruinar por completo a su familia.

Judith regresó al baile con el alma en los pies. Ni siquiera la idea de bailar la última pieza con lord Rannulf bastaba para levantarle el ánimo.

De todos modos, su desilusión iba a ser mucho mayor en unos cuantos minutos.

—Judith —le dijo su abuela al tiempo que la tomaba de la mano y le daba un apretón—, mi querida Sarah no se encuentra muy bien. Hay demasiada corriente con todas las ventanas y las puertas abiertas, y a decir verdad, el ruido es ensordecedor. Quizá puedas ir en busca de lord Rannulf.

—No hay necesidad de formar tanto alboroto, Gertrude —rezongó lady Beamish—. Me siento mucho mejor desde que me abanicaste el rostro.

Sin embargo, Judith se percató nada más mirarla de que la ya de por sí pálida tez de la anciana había adquirido un tono grisáceo y de que su espalda parecía un poco encorvada en lugar de mostrar su característica rigidez.

—Está cansada, señora —le dijo—, y no es de extrañar. Ya es medianoche. Ahora mismo voy en busca de lord Rannulf.

No hizo falta. Llegó en cuanto Judith comenzó a buscarlo entre los numerosos grupos de invitados que iban de un lado a otro durante el descanso. Se inclinó sobre el sillón de su abuela y encerró una de las manos de la anciana entre las suyas.

—¿Estás cansada, abuela? —le preguntó con tanta ternura en el rostro y en la voz que Judith sintió que el corazón le daba un vuelco—. Debo confesar que yo también lo estoy. Ordenaré que traigan el carruaje de inmediato.

—¡Tonterías! —exclamó lady Beamish—. Jamás he abandonado un baile tan temprano. Además, aún quedan dos piezas y te esperan las dos jóvenes con las que te has comprometido a bailarlas.

—No había invitado a nadie para la siguiente pieza y la señorita Law iba a ser mi pareja para la última. Estoy seguro de que aceptará mis disculpas.

—Por supuesto —les aseguró.

Lady Beamish le dirigió una mirada penetrante pese a su evidente cansancio.

—Gracias, señorita Law —le dijo—. Es usted muy amable y compasiva. Está bien, Rannulf, puedes ordenar que traigan el carruaje. Gertrude, querida, voy a tener que abandonarte.

La abuela de Judith rió por lo bajo.

—No sé cómo he sido capaz de mantener los ojos abiertos durante la última media hora —le dijo—. Cuando llegue el siguiente descanso le diré a Judith que me acompañe a mi habitación si tiene la amabilidad. Después podrá regresar para bailar las últimas piezas si lo desea. Ha sido una velada de lo más agradable, ¿no es cierto?

—Señorita Law —dijo lord Rannulf—, ¿le importaría ayudarme a buscar un criado que lleve un mensaje a los establos?

Para alguien de su presencia física y posición social no resultó un problema encontrar a un criado y llamar su atención. El mensaje fue enviado con presteza. Judith aprovechó la oportunidad para pedirle al mismo criado que enviase a Tillie a los aposentos de su abuela. Sin embargo, lord Rannulf tenía la intención de hablar a solas con ella. Se detuvieron a la salida del salón, casi en el lugar exacto donde había estado hablando con su hermano poco antes. Unió las manos tras la espalda y se inclinó un poco hacia ella.

—No encuentro palabras para describir lo mucho que siento no poder bailar la última pieza —le dijo.

—Pero no somos niños —replicó Judith con una sonrisa— para tener una rabieta cada vez que nos privan de una diversión con la que ya contábamos.

—Puede que tú seas una santa, Judith —le dijo, entrecerrando los ojos con su antigua expresión burlona—, pero yo no.

Ahora mismo sería capaz de tirarme al suelo en medio del salón de baile, patear el parquet, golpear el aire con los puños y soltar una retahíla de juramentos malsonantes.

Judith prorrumpió en alegres carcajadas mientras él ladeaba la cabeza y fruncía los labios.

—Naciste para reír y ser feliz —le dijo—. ¿Puedo venir a verte mañana por la mañana?

¿Para qué?, pensó Judith.

—Estoy segura de que todos estarán encantados —contestó.

Él la miró sin pestañear, con ese brillo burlón aún presente en las profundidades de sus ojos.

—Estás siendo deliberadamente obtusa —le dijo—. Te he preguntado si puedo venir a verte a ti, Judith.

Resultaba evidente que solo podía referirse a una cosa. Sin embargo, ya se lo había pedido antes —de un modo que le había resultado bastante ofensivo— y ella le había contestado con una negativa tajante. Aunque de eso hacía dos semanas. Muchas cosas habían sucedido desde entonces. Muchas cosas habían cambiado, aunque tal vez solo fuera su opinión sobre él. Ni él ni ella podrían haber cambiado tanto… Ella seguía siendo la hija empobrecida de un clérigo rural que, si bien jamás había sido rico, había visto reducida su fortuna; mientras que él aún era el hijo de un duque y el segundo en la línea de sucesión al título.

—Si ese es su deseo… —Judith descubrió que había contestado en un susurro, aunque él la había escuchado.

Lord Rannulf le hizo una profunda reverencia y ambos regresaron al salón, donde el hombre ayudó a su abuela a ponerse en pie, entrelazó uno de los brazos de la anciana con el suyo en un gesto protector y la guió en dirección a la tía Effingham —cuyas enormes plumas se agitaron con rígida elegancia— antes de abandonar el salón.

Judith se sentó en el sillón que acababa de abandonar lady Beamish y se preguntó si le bastaría lo que restaba de noche para asimilar todo lo que había sucedido durante la velada.

—No te preocupes, Judith, cariño —le dijo su abuela al tiempo que movía una regordeta mano para cubrir las suyas, unidas sobre el regazo, y le daba unos golpecitos—. No tengo ninguna intención de retirarme del baile hasta que la última nota musical se haya desvanecido. Pero no quería que Sarah pensara que me estaba abandonando. Me temo que está bastante enferma desde hace ya algún tiempo, aunque jamás hablará de su salud.

Y así, después de todo, Judith bailó la última pieza —con lord Braithwaite de nuevo—, aunque hubiera preferido retirarse a su habitación. Mientras se veía obligada a sonreír y a responder al ligero coqueteo de lord Braithwaite, en su mente se mezclaban los molestos pensamientos sobre Branwell con otros mucho más eufóricos y aprensivos acerca de la visita que tendría lugar a la mañana siguiente.

En el campo era raro que cualquier baile que se preciara durara hasta la una de la madrugada. Muchos de los invitados que no pernoctaban en la mansión ya se habían marchado antes de que las últimas piezas acabasen. Ninguno se demoró una vez que concluyeron. Como tampoco lo hizo la orquesta. Solo la familia, los invitados alojados en la casa y unos cuantos criados seguían en el salón cuando se escuchó un pequeño altercado en la entrada.

La voz de Tillie se escuchaba a la perfección, mucho más alta que el tono tranquilo y altanero del mayordomo.

—Pero tengo que hablar con ella ahora mismo —estaba diciendo la doncella, a todas luces molesta por algo—. Ya he esperado demasiado. Tal vez sea demasiado tarde.

El mayordomo comenzó a discutir, pero la abuela de Judith, que acababa de ponerse en pie y estaba apoyada sobre el brazo de su nieta, miró hacia la puerta con expresión sorprendida.

—¿Tillie? —la llamó—. ¿Qué ocurre? Entra aquí ahora mismo.

Todo el mundo dejó de hablar para escuchar cuando la doncella entró con presteza en la estancia, retorciéndose las manos y con semblante demudado.

—Son sus joyas, señora —gimoteó.

—¿Qué pasa con ellas? —preguntó el tío George, cosa rara en él.

—¡Han desaparecido! —informó Tillie con un dramatismo que cualquier heroína trágica habría envidiado—. Todas ellas. Cuando entré al vestidor, el joyero estaba abierto boca abajo en el suelo y no queda ni una sola joya salvo las que lleva puestas, señora.

—Tonterías, Tillie —dijo Horace, acercándose a su padre—. Supongo que el joyero se cayó antes, con las prisas de que la abuela estuviera lista a tiempo para el baile, y las guardaste todas en un cajón para colocarlas en su sitio más tarde. Seguro que te has olvidado.

Tillie echó mano de toda su dignidad.

—No se me habría ocurrido hacer tal cosa, señor —replicó—. No habría tirado el joyero y de haberlo hecho, me habría quedado en el vestidor para recoger todas las joyas y colocarlas en su sitio.

Mientras, su señora se aferraba a su nieta con tanta fuerza que los anillos se clavaban en la mano de Judith de forma dolorosa.

—¿Han desaparecido, Tillie? —preguntó—. ¿Robadas?

Daba la sensación de que todo el mundo hubiera estado esperando a que se pronunciara esa palabra. Se alzó un murmullo que fue creciendo a la par que lo hacía la conmoción.

—En esta casa no hay ladrones —aseguró la tía Effingham con voz cortante—. ¡Qué barbaridad! Debes buscar mejor, Tillie. Tienen que estar en alguna parte.

—He buscado en todos lados, señora —informó Tillie—. Tres veces.

—Esta noche han venido muchas personas extrañas —señaló la señora Hardinge— acompañadas de sus criados.

—Todos nosotros somos extraños —le recordó el señor Webster.

—Es imposible que sospechemos de cualquiera de nuestros invitados —replicó el tío George.

—Alguien ha robado las joyas de madre —le recordó la tía Louisa—. Es obvio que no han desaparecido solas.

—Pero ¿quién iba a tener un motivo para hacer tal cosa? —preguntó la anciana.

Branwell, pensó Judith, que se sintió avergonzada al instante. Bran jamás robaría. ¿O sí? ¿A su propia abuela? ¿Podría esa ser la razón que justificara su acto como un préstamo en lugar de un robo? ¿Quién más podría haberlo hecho? Bran se había sentido arrinconado durante la velada. Había abandonado Harewood en medio del baile, en medio de la noche. Parecía muy nervioso. No había querido que lo acompañara a la planta alta ni que lo despidiera. Branwell. Había sido Branwell. Dentro de poco todo el mundo se percataría. Judith se sintió mareada y tuvo que hacer un gran esfuerzo para no desmayarse.

—¿Quién está falto de dinero? —preguntó Horace.

La pregunta flotó en el aire como si se tratara de una obscenidad. Nadie contestó.

—¿Y quién ha tenido oportunidad de hacerlo? —prosiguió—. ¿Quién conocía el lugar donde la abuela guardaba sus joyas y quién sería lo bastante audaz como para entrar en su habitación con el fin de robarlas?

Branwell. Judith tenía la impresión de que el nombre de su hermano resonaba sobre el pesado silencio.

—No ha podido ser un extraño —siguió Horace—. No a menos que sea un hombre muy resuelto o que tenga un cómplice en la casa. ¿Cómo iba a saber cuál era la habitación correcta? ¿Cómo iba a salir airoso sin que nadie lo detectara? ¿Cómo iba a conseguir que nadie lo echara en falta en el salón? ¿Hubo alguien que desapareciera del salón aunque fuese solo un rato?

Branwell.

Todo el mundo pareció hablar al unísono después de la pregunta. Todo el mundo tenía una opinión, una sugerencia o un comentario asombrado sobre el robo. Judith inclinó la cabeza hacia su abuela.

—¿Quieres sentarte, abuela? —le preguntó—. Estás temblando.

Ambas tomaron asiento y Judith comenzó a frotarle las manos.

—Las encontraremos —le dijo—. No te preocupes.

Pero ¿qué distancia habría recorrido su hermano a esas alturas? ¿Y adónde se dirigía? ¿Qué haría con las joyas? ¿Empeñarlas? ¿Venderlas? A buen seguro que no las vendería. Seguro que aún quedaba un resquicio de honor en su conciencia. Su hermano se encargaría de que las joyas fueran devueltas. Pero ¿cómo conseguiría redimirse?

—No es tanto por el valor de las joyas —le dijo su abuela— como por el hecho de que fue tu abuelo quien me las regaló. ¿Quién puede odiarme de este modo, Judith? Un ladrón ha entrado en mi habitación. ¿Cómo voy a volver allí ahora?

Su voz sonaba trémula y fatigosa. Ajada y derrotada.

El tío George y Horace retomaron el control de la situación. Enviaron al mayordomo en busca de la servidumbre para interrogarlos a todos. Judith quería llevar a su abuela a la planta alta, aunque fuese a su propia habitación, donde la anciana podría estar tranquila y Tillie podría llevarle una taza de té y todo lo necesario para que se cambiara de ropa. Sin embargo, su abuela no consintió en moverse.

Fue un proceso largo y tedioso que no llevaría a ningún sitio, tal y como Judith comprendió durante la siguiente media hora. Lo que le resultaba más sorprendente era el hecho de que nadie hubiera echado en falta aún a Branwell. El tío George preguntó si algún criado había estado en la planta alta, en el ala de las habitaciones, desde el comienzo del baile. Tres de ellos asintieron, incluyendo la camarera con la que ella se había dado de bruces de camino a su habitación. Todos tenían buenas razones para estar allí y todos llevaban trabajando en Harewood el tiempo suficiente para contar con la confianza de sus señores.

—¿Y nadie más subió? —inquirió el tío George con un suspiro.

—Si se me permite, señor —dijo la camarera—, la señorita Law estuvo arriba.

Todos los ojos se giraron en dirección a Judith, que sintió cómo se ruborizaba.

—Subí a cambiar los pendientes de la abuela —explicó—. Los que llevaba antes le hacían daño. Pero el joyero estaba en su sitio cuando estuve allí y las joyas también. Cogí los pendientes, solté los que llevaba y regresé aquí. El robo debió de producirse después. Fue… dejadme pensar. Fue en el primer descanso del baile.

—Pero usted salía de su habitación, señorita —dijo la camarera—. Salió de allí en tromba y nos dimos de bruces. ¿Lo recuerda?

—Sí —respondió Judith—. Los pendientes que quería la abuela estaban en mi bolso de mano desde la tarde que fuimos a Grandmaison.

—Entonces debió de ser mientras regresabas al salón cuando estuviste a punto de tropezarte conmigo, prima —intervino Horace—. Tenías la respiración entrecortada. Parecías muy asustada. Pero sí, puedo confirmar que fue en el primer descanso.

—Judith, cariño. —Su abuela estaba al borde de las lágrimas—. Te envié allí y bien pude enviarte a la muerte. ¿Y si te hubieras encontrado con el ladrón? Podría haberte golpeado en la cabeza.

—No pasó nada, abuela —la tranquilizó Judith. Ojalá se hubiera encontrado con Bran. Podría haber evitado toda esa pesadilla.

—Bueno —dijo Horace con voz resuelta—, tendremos que empezar a buscar y ya está.

—Qué desagradable —comentó el tío George—. No podemos registrar las habitaciones de los invitados y no creo que al ladrón se le haya ocurrido esconder las joyas en cualquier otra estancia de la casa.

—Bueno, yo no tengo inconveniente en que registren mi habitación —afirmó Horace—. De hecho, padre, insisto en que sea la primera.

—Si se me permite el atrevimiento, sir George —dijo el mayordomo, que acababa de dar un paso al frente—, accedo de forma voluntaria a que se registre mi habitación y las de toda la servidumbre, a menos que alguien tenga una objeción. Si alguien la tiene, que lo diga ahora.

Los criados guardaron silencio. Después de todo, ¿quién iba a objetar cuando al hacerlo se convertiría en el centro de todas las sospechas?

Lord Braithwaite se aclaró la garganta.

—Puede registrar mi habitación, señor —le dijo.

El resto de los invitados expresó su acuerdo con un murmullo generalizado, aunque Judith supuso que la mayoría lo hizo a regañadientes. Que registraran las habitaciones sería una especie de violación y les haría sentir, aunque fuera por unos instantes, que eran sospechosos del robo. Pero mantuvo la boca cerrada.

—¿Quieres ir a tu habitación, abuela? —le preguntó a la anciana una vez que el tío George, Horace, el mayordomo y Tillie hubieron abandonado el salón—. ¿O a la mía si lo prefieres?

—No. —Su abuela parecía más abatida de lo que Judith la había visto jamás—. Me quedaré aquí. Espero que no encuentren las joyas. ¿No es absurdo? Prefiero no volver a verlas jamás a saber que alguien de esta casa las ha robado. ¿Por qué no me las pidió quienquiera que se las haya llevado? Tengo muchas. Le habría dado alguna a cualquier pariente, amigo o criado que estuviera en apuros. Pero supongo que la gente es demasiado orgullosa para pedir ayuda, ¿verdad?

Julianne sollozaba entre los brazos de su madre, sin perder en ningún momento un ápice de su belleza.

—La velada ha acabado siendo odiosa —gimoteó—. He aborrecido cada minuto de la noche y estoy segura de que todos la proclamarán desastrosa y jamás volverán a aceptar una invitación nuestra.

La servidumbre seguía guardando silencio. Los invitados habían formado pequeños corrillos y charlaban en voz baja, a todas luces avergonzados.

Transcurrió otra media hora antes de que el grupo que llevaba a cabo los registros regresara, todos ellos con expresiones muy serias.

—Hemos encontrado esto —se alzó la voz del tío George sobre el silencio que acababa de caer sobre el salón de baile—. Tillie lo ha reconocido. Estaba en el joyero de mi suegra. —Mostró la bolsita de terciopelo color borgoña que normalmente contenía las joyas más valiosas. Resultaba obvio que estaba vacía—. Y esto, que también formaba parte de sus joyas. —Entre el pulgar y el índice de la otra mano sostenía un solitario pendiente de diamantes.

Los apenas audibles murmullos cesaron de inmediato.

—¿Alguien tiene algo que decir al respecto? —preguntó el tío George—. Ambos objetos se encontraron en la misma habitación.

La de Branwell, pensó Judith, a quien se le revolvió el estómago.

Al parecer nadie deseaba pronunciarse.

—Judith —dijo su tío con voz baja y carente de toda emoción—, la bolsa estaba en el fondo de uno de los cajones de tu tocador. El pendiente estaba en el suelo, casi oculto tras la puerta.

Judith tuvo la sensación de que contemplaba a su tío desde el fondo de un túnel muy largo y oscuro. Sintió que su mente aún se esforzaba por descifrar los sonidos que habían salido de los labios del tío George, intentando convertirlos en palabras.

—¿Dónde has escondido el resto, Judith? —le preguntó con el mismo tono de voz—. No está en tu habitación.

—¿Qué? —No sabía muy bien cómo había logrado pronunciar algo. Ni siquiera estaba segura de que sus labios hubieran dado forma a esa palabra.

—No tiene sentido fingir que todo debe de ser una equivocación —prosiguió su tío—. Judith, has robado joyas muy valiosas, pertenecientes a tu propia abuela.

—¡Muchacha ingrata y malvada! —gritó la tía Effingham con voz estridente—. Después de todo lo que he hecho por ti y por tu despreciable familia. Serás castigada por esto, escucha bien lo que te digo. A algunos delincuentes se los cuelga por mucho menos.

—Deberíamos ordenar que traigan al alguacil —intervino Horace—. Pido disculpas a todos los demás por estar aireando en público los trapos sucios de la familia. De haber sabido que se trataba de Judith lo habríamos mantenido en silencio para poder investigarlo cuando todo el mundo se hubiera retirado a dormir. Pero ¿cómo íbamos a imaginarlo?

Judith estaba en pie sin ser consciente de haberse levantado.

—Yo no he robado nada —afirmó.

—Por supuesto que no. Por supuesto que no lo ha hecho —le dijo su abuela, que volvió a agarrarla de la mano—. Está claro que esto es un error, George. Judith es la última persona que me robaría algo.

—Y con todo —añadió Julianne con evidente desprecio— no tiene ni un chelín, abuela. ¿No es cierto, Judith?

—Y su hermano está hasta el cuello de deudas —señaló Horace—. Debo confesar que sospeché de él en cuanto Tillie nos informó de su descubrimiento. ¿Alguien más se ha percatado de que desapareció en medio del baile? Me temo que fue porque le recordé cierta deuda sin importancia que debía zanjar conmigo. Se me ocurrió que podía haber hecho una estupidez, aunque aborrecía el hecho de expresar mis sospechas en voz alta. Pero al parecer fue Judith.

—O Judith en conspiración con Branwell —conjeturó la tía Effingham—. ¿Es eso, muchacha perversa? ¿Es esa la razón de que las joyas no estén en tu habitación? ¿Tu hermano ha huido con ellas?

—¡No, no y no! —gritó su abuela—. Judith no ha hecho nada malo. Esa bolsa... Yo... yo se la di a Judith para que guardara en ella algunas de sus cosas. Y el pendiente. Judith suele llevársELos porque me hacen daño, igual que los que llevo ahora mismo. Debió de caérsele cuando los llevaba de vuelta y ninguna de las dos nos dimos cuenta.

—Eso no hay quien se lo crea, madre —replicó el tío George con el mismo tono de voz—. Creo que todos deberíamos irnos a la cama e intentar dormir. Ya nos encargaremos de Judith por la mañana. Nadie tendrá que soportar la vergüenza de tener que verla de nuevo. Supongo que la enviaremos a su casa para que su padre decida qué hacer. Entretanto, debemos ir en pos de Branwell.

—Padre —dijo Horace—, sigo creyendo que deberíamos llamar al alguacil y...

—No enviaremos a Judith a una celda para provocar un sórdido escándalo que daría que hablar a todo el condado —concluyó el tío George con firmeza.

Judith se llevó ambas manos a la boca. Aquello era demasiado horrible incluso para desear que fuera una pesadilla de la que hubiera opción de despertar.

—Espero de todo corazón que mi hermano te dé de latigazos, Judith —dijo la tía Effingham—, tal y como debería haber hecho hace muchos años. Le escribiré para sugerírselo. Y espero que la encierres en su habitación esta noche, Effingham, de modo que no pueda robarnos ninguna otra cosa mientras dormimos.

—No nos pongamos melodramáticos —replicó su esposo—, aunque toda la situación tiene un desagradable parecido con el peor de los melodramas. Judith, vete a tu habitación y quédate allí hasta que te mande llamar por la mañana.

—Abuela. —Judith se giró hacia la anciana con las manos extendidas. Sin embargo, esta tenía las manos unidas con fuerza sobre el regazo y ni siquiera alzó la vista.

—Branwell está endeudado —dijo en voz baja, de manera que solo Judith pudiera escucharla— y no me lo dijiste. Le habría dado cualquiera de mis joyas si me lo hubiera pedido o si me lo hubieras pedido tú. ¿Acaso no te diste cuenta?

La abuela lo creía, pues. Creía que ella había conspirado con Bran para robarle las joyas. Fue el peor momento de la noche.

—Yo no lo hice, abuela —le susurró Judith mientras contemplaba cómo una lágrima se deslizaba por las manos de la anciana.

Jamás supo cómo salió del salón de baile y subió a su habitación. Una vez en ella, se quedó un largo rato apoyada contra la puerta, aferrando el picaporte que había a su espalda como si la fuerza de su cuerpo fuese lo único que se interpusiera entre ella y el universo que acababa de desplomarse sobre su cabeza.

18

*D*esde luego que era demasiado temprano para hacer una visita, pensó Rannulf mientras recorría a caballo el largo camino de acceso a Harewood Grange, sobre todo la mañana posterior a un baile. Sin embargo, había estado paseándose por su habitación como un oso enjaulado desde el amanecer y no había sido capaz de matar el tiempo ni siquiera cuando fue a la planta baja, pese a que había cartas que responder y otro registro en el libro de contabilidad que tenía que estudiar.

Así pues, había decidido salir con la esperanza de encontrar al menos a sir George Effingham levantado y con el convencimiento de que Judith no estaría todavía en la cama. ¿Le habría resultado tan difícil como a él conciliar el sueño? A buen seguro que la muchacha no habría malinterpretado sus intenciones la noche anterior. ¿Cuáles serían sus sentimientos hacia él? ¿Qué respuesta habría pensado darle?

Si se trataba de otra negativa, tendría que aceptarla.

Era una idea deprimente, aunque se aferraba a la esperanza de que ese impulso magnético que había sentido durante el baile no hubiera sido producto de su imaginación. Por supuesto que no lo había imaginado. Sin embargo, su corazón latía con una inusual ansiedad mientras se adentraba en el patio de los establos, dejaba a Bucéfalo al cuidado de un mozo y se dirigía a la casa.

—Pregúntale a sir George si puedo hablar en privado con él —le dijo al criado que abrió la puerta.

Un minuto más tarde lo hicieron pasar a la biblioteca, donde la noche anterior había estado a punto de encontrarse con un horrible destino. Sir George estaba sentado tras un enorme escritorio de roble, con aspecto malhumorado. Pero claro, ese era su aspecto habitual, reflexionó Rannulf. Era la viva imagen de un hombre insatisfecho con su círculo familiar y que tampoco se sentía muy contento consigo mismo.

—Buenos días, señor —saludó Rannulf—. Espero que todos hayan descansado bien tras la alegre velada.

Sir George refunfuñó:

—Ha salido temprano, Bedwyn. No estoy seguro de que Julianne o el resto se hayan levantado. Pero quería hablar conmigo, ¿no?

—Será solo un momento, señor —contestó—. Me gustaría que me concediera permiso para hablar en privado con su sobrina.

—¿Con Judith? —Sir George frunció el ceño al tiempo que extendía la mano para coger una pluma con la que comenzó a juguetear.

—Creí que tal vez pudiera dar un paseo con ella —prosiguió Rannulf—. Con su permiso, por supuesto, y siempre que ella acceda.

Sir George soltó la pluma.

—Llega demasiado tarde —dijo el hombre—. Se ha marchado.

—¿Cómo que se ha marchado? —Rannulf sabía que la familia tenía intención de mandarla a casa, pero ¿de modo tan brusco y rápido la mañana posterior a un baile? ¿Se debería tal vez al hecho de haber frustrado los planes de matrimonio de su prima?

Sir George dejó escapar un hondo suspiro, se arrellanó en su sillón e indicó con un gesto a su invitado que tomara asiento frente a él.

—Supongo que será imposible ocultarle todos los hechos a usted o a lady Beamish —dijo—, aunque esperaba, y aún tengo la esperanza, de que los detalles más sórdidos no lleguen a oídos de los demás vecinos. Anoche se nos presentó una situación muy desagradable, Bedwyn. Las joyas de mi suegra fueron robadas en el transcurso de la velada y con el registro que se llevó a cabo encontramos pruebas irrefutables e inequívocas en la habitación de Judith. También fue vista abandonando su habitación de forma apresurada durante el baile, cuando no había motivo alguno para que estuviera allí; poco después de eso, Branwell Law desapareció. Abandonó Harewood en mitad del baile sin despedirse de nadie.

Rannulf permaneció en la silla, inmóvil.

—A Judith se le ordenó que permaneciera en su habitación hasta esta mañana —continuó el hombre—, aunque me negué a cerrar la puerta con llave o a dejar a alguien montando guardia. Me pareció un tanto degradante para la familia tratarla como una prisionera. Mi intención era enviarla a casa junto con una escolta en mi propio carruaje, con una carta dirigida a su padre. Esta carta. —Dio unos golpecitos a una hoja de papel doblada y sellada que se encontraba sobre el escritorio—. Pero cuando esta mañana me dirigí a su habitación acompañado por una doncella y llamé a su puerta, no obtuve respuesta. La habitación estaba vacía. La mayoría de sus pertenencias, si no todas, siguen allí, pero no hay rastro de ella. Ha huido.

—¿Cree que se ha ido a casa? —preguntó Rannulf, rompiendo el pesado silencio.

—Lo dudo —respondió sir George—. Mi cuñado es un hombre estricto. No es el tipo de persona al que acudiría una mujer en semejantes circunstancias de forma voluntaria. Y además su hermano no estará allí, ¿no cree? Supongo que habrán planeado encontrarse en algún lugar y dividirse el botín. Esas joyas deben de valer una fortuna considerable, aunque mi suegra jamás me ha permitido guardar las más valiosas en un lugar seguro.

—¿Qué tiene pensado hacer ahora? —preguntó Rannulf.

—Ojalá pudiera mantenerme al margen —contestó el hombre con evidente franqueza—. Son los sobrinos de lady Effingham y los nietos de su madre. Pero al menos debemos recuperar las joyas. Imagino que ahora que han huido y tienen que ser perseguidos es demasiado tarde para lidiar con el problema de un modo discreto. Supongo que tendrán que enfrentarse a la justicia y pasar un tiempo en la cárcel. No es una perspectiva halagüeña.

—¿Los perseguirán? —preguntó Rannulf.

Sir George suspiró de nuevo.

—Manejaremos el asunto con discreción mientras sea posible —contestó—, aunque con una casa a rebosar de criados e invitados me atrevo a decir que sería como intentar refrenar el viento. Mi hijo irá tras ellos mañana por la mañana, una vez que se marchen nuestros invitados. Cree, y debo estar de acuerdo con él, que su único destino posible es Londres, puesto que llevan las joyas y nada de dinero y no es algo de lo que puedan desprenderse con facilidad. Los perseguirá y los detendrá él mismo si tiene suerte… si todos tenemos suerte. Lo más probable es que tenga que solicitar los servicios de los agentes de Bow Street.

Permanecieron sentados en silencio durante un breve intervalo de tiempo antes de que Rannulf se pusiera en pie de repente.

—No lo entretendré más, señor —le dijo—. Puede estar seguro de que nadie, salvo mi abuela, sabrá nada de esto a través de mí.

—Eso le honra. —Sir George se puso en pie—. Es un asunto de lo más desagradable.

Rannulf desanduvo el camino de acceso a la propiedad a lomos de su caballo con más rapidez que cuando llegó. Debería haber supuesto que iba a suceder algo así. Él mismo había estado a punto de verse comprometido con la señorita Effingham, a pesar de que no era el principal enemigo en lo que concernía a Horace Effingham. Su mayor humillación había provenido de manos de Judith. Su intención sería que el castigo recayera sobre ella.

Y había elegido un castigo bastante desagradable que sin duda no haría más que empeorar.

Su abuela se encontraba en su saloncito privado, escribiendo una carta. La anciana le sonrió y dejó la pluma a un lado cuando Rannulf entró en la estancia después de pedir permiso.

—Qué maravilloso es ver que el sol brilla de nuevo —le comentó—. Eleva los ánimos, ¿no te parece?

—Abuela. —Rannulf cruzó la distancia que los separaba y tomó una de las manos de la anciana entre las suyas—. Debo dejarte por unos cuantos días. Tal vez un poco más.

—¡Vaya! —Lady Beamish no perdió su sonrisa, pero su mirada se tornó algo menos brillante—. Sí, por supuesto, te sientes inquieto. Lo entiendo.

Rannulf se llevó la mano de su abuela a los labios.

—Alguien robó las joyas de la señora Law anoche durante el baile —le explicó— y la culpa recae enteramente sobre Judith Law. Se encontraron pruebas en su habitación.

—¡No, Rannulf! —exclamó—. No puede ser.

—Huyó en algún momento de la noche —prosiguió—, lo que consigue, en mi opinión, que la acusación tenga más peso.

La anciana lo miró sin parpadear.

—Jamás creería algo semejante de la señorita Law —le dijo—. Pero pobre Gertrude. Esas joyas tenían un enorme valor sentimental para ella.

—Yo tampoco creo que lo haya hecho Judith —dijo Rannulf—. Voy en su busca.

—Judith —repitió su abuela—. Así que es «Judith» para ti, Rannulf, ¿no?

—Fui esta mañana hasta Harewood para proponerle matrimonio —contestó.

—Bueno. —Su voz había recobrado su acostumbrada vivacidad—. Será mejor que no te retrases más.

Quince minutos más tarde, lady Beamish se encontraba en la terraza, derecha como una vela y sin necesidad de apoyarse en ningún sitio, para despedir a su nieto mientras este abandonaba los establos a lomos de su caballo.

Sin duda Judith se habría asustado mucho de haber permitido que su mente analizara la naturaleza del apuro en el que se encontraba. Estaba sola sin más posesiones que una bolsita con sus pertenencias más imprescindibles. Iba de camino a Londres, donde esperaba llegar tras una caminata de una semana o quizá dos. En realidad no tenía la menor idea de cuánto le llevaría. No tenía dinero para comprar un pasaje en un coche de postas ni para pasar la noche en una posada ni para conseguir comida. Ni siquiera sabía cómo iba a encontrar a Branwell cuando llegara a Londres —si es que llegaba—, ni tampoco si sería demasiado tarde para recuperar las joyas y devolvérselas a su abuela.

Por lo pronto, tenía la certeza de que la perseguirían. Pronto aparecería algún hombre —el tío George o un alguacil o, lo que era peor, Horace— cabalgando tras ella para llevarla a rastras a la cárcel. Después de haber huido de Harewood no tendría la opción de que la enviaran de vuelta a casa. De todos modos, no estaba muy segura de que ese fuera un destino mejor que la cárcel. ¿Cómo iba a enfrentarse a su padre cuando era imposible demostrar su inocencia y nadie podía demostrar tampoco la de Bran?

No, fue la simple perspectiva de enfrentar la horrible desgracia de regresar a casa y ver cómo Bran se caía del pedestal que siempre había ocupado lo que la había convencido justo antes del amanecer de huir a solas y a pie mientras aún tuviera la oportunidad. La facilidad con la que lo consiguió le resultó sorprendente. Había esperado encontrarse con alguien montando guardia en su puerta o al menos en el vestíbulo de la planta baja.

Se negaba a dejarse arrastrar por el pánico. Después de todo, ¿de qué iba a servirle? Avanzaba con dificultad por el camino en esa tarde que resultaba más calurosa por momentos, concentrada en mover un pie tras el otro y en vivir el presente según se presentara. Aunque era mucho más fácil pensarlo que hacerlo. Por la mañana temprano había viajado durante tres o cuatro kilómetros en la carreta de un granjero que había sido lo bastante amable como para compartir con ella un trozo de pan duro. Después había bebido agua en un pequeño arroyo. Pero aun así, su estómago comenzaba a gruñir por el hambre y se sentía un poco mareada. Le dolían los pies y estaba segura de que le había salido otra ampolla. La bolsa que transportaba parecía pesar una tonelada.

Resultaba difícil no ceder a la autocompasión en el mejor de los casos. Y al pánico más absoluto en el peor.

El miedo le provocó un escalofrío en la espalda cuando escuchó el sonido de los cascos de un caballo tras ella. Se trataba de un solo caballo, pensó, no de un carruaje. Ya había sucedido varias veces durante el día, pero había interrumpido su marcha para agazaparse detrás de los arbustos hasta que el camino quedaba despejado de nuevo. Judith se aferró a la esperanza de sentirse aliviada al ver pasar un caballo extraño montado por un jinete desconocido.

Sin embargo, ese caballo no pasó de largo. Aminoró el paso cuando llegó junto a ella —Judith rogó que fuera cosa de su imaginación— y trotó durante un instante justo a su espalda. No pensaba mirar, aunque se preparó para cualquier cosa. ¿Un látigo? ¿Cadenas? ¿Un cuerpo humano que se lanzaba sobre ella y la arrojaba al suelo? Escuchaba los atronadores latidos de su corazón en los oídos.

—¿Estás dando un paseo? —le preguntó una voz familiar—. ¿O te diriges a algún sitio?

Judith se dio la vuelta con rapidez y alzó la vista en dirección a lord Rannulf Bedwyn, que parecía enorme y un tanto amenazador a lomos de su caballo. Había detenido su montura y la estaba mirando con seriedad pese al tono ligero de sus palabras.

—No es asunto suyo, lord Rannulf —le contestó—. Puede seguir su camino.

Pero ¿dónde iba ese hombre? ¿Regresaba a casa?

—No te has presentado a la cita que teníamos esta mañana —le dijo—, así que me he visto obligado a seguirte a caballo.

¡La cita! La había olvidado por completo.

—No me digas que lo habías olvidado —añadió como si acabara de leerle la mente—. Eso sería de lo más humillante, ¿sabes?

—Tal vez no le hayan dicho… —comenzó Judith.

—Me lo dijeron.

—Bueno —siguió al percatarse de que el hombre no pensaba decir nada más—, en ese caso puede proseguir su camino o regresar, lord Rannulf, lo que más le convenga. No tendrá ningún deseo de relacionarse con una ladrona.

—¿Eso es lo que eres? —le preguntó él.

Escuchar esa pregunta de sus labios resultó terriblemente doloroso para Judith.

—Las pruebas eran irrefutables —contestó.

—Sí, lo sé —replicó él—. No obstante, eres una ladrona de lo más inepta, Judith. No deberías haber dejado pruebas en tu habitación sabiendo que tarde o temprano acabarían registrándola.

Judith aún no podía entender por qué Bran había ocultado la bolsa en su habitación. Lo del pendiente lo comprendía. Aterrorizado por las prisas, debió de dejarlo caer sin darse cuenta. El suelo estaba alfombrado. Era imposible que se hubiera escuchado el tintineo del pendiente. Pero la bolsa… La única explicación que había sido capaz de encontrar era que su hermano sabía que sospecharían de él desde un primer momento y había dado por hecho que no registrarían su habitación. Había ocultado la bolsa en su tocador, suponía, a modo de prueba privada de su culpabilidad y como garantía de que devolvería su contenido tan rápido como le fuera posible. No era una explicación muy satisfactoria, pero no se le ocurría otra cosa.

—No soy una ladrona —lo corrigió—. No he robado nada.

—Ya lo sé.

¿Lo sabía? ¿Confiaba en ella? Nadie lo había hecho y era probable que nadie lo hiciera.

—¿Adónde vas? —le preguntó lord Rannulf.

Judith apretó los labios y lo miró a los ojos.

—Supongo que a Londres —añadió él—. Creo que es un paseo muy agradable.

—No es de su incumbencia —replicó Judith—. Vuelva a Grandmaison, lord Rannulf.

No obstante, el hombre se inclinó hacia delante en la montura y extendió una mano hacia ella. Judith recordó con total claridad otra ocasión idéntica a esa y la primera impresión que le causó ese hombre: grande, fuerte, de complexión atezada, de ojos azules y nariz prominente, con una melena rubia excesivamente larga, en absoluto guapo pero sí poseedor de un perturbador atractivo. En ese momento era tan solo Rannulf y por primera vez desde que amaneciera sintió deseos de echarse a llorar.

—Dame la mano y apoya el pie en mi bota —le dijo.

Ella hizo un gesto negativo con la cabeza.

—¿Sabes cuánto tardarías en llegar a Londres andando? —le preguntó.

—No haré todo el trayecto caminando —contestó Judith—. ¿Y cómo sabes que Londres es mi destino?

—¿Tienes dinero?

Ella volvió a apretar los labios.

—Te llevaré a Londres, Judith —le dijo—. Y te ayudaré a encontrar a tu hermano.

—¿Cómo sabes que…?

—Dame la mano —le ordenó.

Judith se sintió derrotada y, al mismo tiempo y por extraño que pareciera, reconfortada por su enorme presencia, por el hecho de que supiera lo que había ocurrido y por su insistencia en que cabalgara con él. Hizo lo que le ordenaba y de inmediato volvió a encontrarse sentada en la parte delantera de su silla de montar, a salvo entre sus brazos y sus piernas.

Cómo deseaba que el tiempo retrocediera para poder revivir la aventura que los había unido tres semanas atrás y cambiar los acontecimientos posteriores.

—¿Qué piensas hacer cuando lo encuentre? —le preguntó—. ¿Entregarlo a las autoridades? ¿Enviarlo a prisión? ¿Podría haber algo peor para él que eso? ¿Podría ser…? —Judith fue incapaz de completar la espantosa posibilidad.

—¿Eso quiere decir que es culpable? —inquirió él.

—Está muy endeudado —respondió—, y sus acreedores incluso lo han seguido hasta Harewood como método de presión para que pague.

—¿Acaso todos los hombres endeudados roban las joyas de sus abuelas? —preguntó Rannulf.

—Bran sabía de su existencia —contestó ella—. Incluso había visto el joyero. Bromeó acerca de cómo las joyas podrían sacarlo del aprieto. Al menos creí que era una broma. Anoche me buscó en mitad del baile para decirme que se marchaba, que tenía la intención de zanjar sus deudas y hacer una fortuna en poco tiempo. Estaba muy nervioso. No dejaba de mirar a todos lados, como si esperara que alguien se abalanzara sobre él para detenerlo. No consintió que lo acompañara para despedirme.

—La evidencia parece abrumadora —comentó Rannulf.

—Sí.

—Al igual que en tu caso.

Judith giró la cabeza de repente para mirarlo a la cara.

—¡Crees que soy culpable! —gritó—. Por favor, déjame bajar. ¡Déjame bajar!

—Lo que quiero decir —prosiguió el hombre— es que en ocasiones las evidencias engañan. Como es obvio que sucede en tu caso.

Judith lo miró sin pestañear.

—Entonces, ¿crees que es posible que Branwell sea inocente? —le preguntó.

—¿Quién más pudo robar las joyas? —preguntó Rannulf a su vez—. ¿Quién más tenía un motivo aparte de vosotros dos?

—Nadie —respondió Judith con el ceño fruncido—. O tal vez un gran número de personas a quienes les resulta tentadora la perspectiva de una fortuna.

—Exacto —convino él—. Eso reduciría el número de culpables a un noventa por ciento de la población inglesa. ¿Quién podría tener algún motivo para arruinaros a tu hermano y a ti?

—Nadie. —El ceño de Judith se acentuó—. Todos adoran el encanto de Bran y su naturaleza alegre. En cuanto a mí, nadie...

—Es cuando menos una posibilidad, ¿no crees? —dijo él al ver que sus ojos se abrían de par en par.

—¿Horace? —La posibilidad resultaba abrumadoramente halagüeña, puesto que de esa manera Branwell quedaría exculpado.

—No cabe duda de que había ideado un plan horrible para mí —le recordó.

Sin embargo, no podía aceptar una hipótesis por el mero hecho de que deseara creerla. Salvo que tanto la bolsa oculta en el cajón como el pendiente encontrado en el suelo tendrían mucho más sentido si Horace fuera el culpable.

—De todos modos debo encontrar a Bran —dijo—, aunque solo sea para ponerlo sobre aviso. Necesito saber la verdad.

—Sí —convino él—, eso es cierto. ¿Cuándo comiste por última vez?

—Esta mañana —contestó—. Pero no tengo hambre.

—Mentirosa —replicó—. Claire Campbell también trató de engañarme al respecto. No sé si sabes que el orgullo puede matarte de hambre. ¿Dormiste anoche?

Ella negó con la cabeza.

—Se nota —afirmó Rannulf—. Si este fuera nuestro primer encuentro, podría confundirte con una mujer medianamente atractiva sin más.

Judith no pudo evitar echarse a reír, aunque al instante tuvo que llevarse una mano a los labios y tragar varias veces a fin de no ponerse a llorar como una Magdalena.

Una de las manos de Rannulf le aflojó las cintas del bonete, atadas bajo la barbilla. En cuanto se lo quitó —era el bonete que él le había regalado—, volvió a anudar las cintas con torpeza y las enrolló en la silla de montar. Acto seguido, tiró de ella hasta dejarla apoyada sobre su cuerpo y la obligó a colocar la cabeza sobre uno de sus hombros.

—No quiero oír ni una palabra más de tus labios hasta que lleguemos a una posada de aspecto respetable donde pueda darte de comer —le dijo.

No debería haberse sentido tan a gusto. O tal vez no lo estuviera. De repente se encontraba demasiado cansada para pensar. No obstante, sentía bajo ella los fuertes y sólidos músculos del pecho y el hombro masculinos; olía esa colonia o lo que quiera que fuera que lo hacía único; y tanto su cabeza como su sombrero la protegían de los rayos del sol. Se dejó llevar por un agradable estado de duermevela y se imaginó tumbada y a salvo en el fondo de un barco vikingo mientras Rannulf permanecía en pie en la popa, con un aspecto magnífico y en actitud protectora. O de pie junto a él en la cima de una colina mientras la brisa agitaba su cabello sajón y su túnica, a sabiendas de que él se enfrentaría a cualquier fiero guerrero que osara invadir sus costas y lo vencería sin ayuda de nadie. Judith habría creído que estaba dormida y soñando si no hubiera sido consciente de lo que soñaba y de no haber tenido la capacidad de dirigir el sueño a su antojo.

Quería confiar en él como si fuera el eterno héroe de la mitología.

19

*D*ejó pasar de largo una posada porque se había quedado dormida sobre su hombro y supuso que necesitaba el sueño tanto como la comida. Se detuvo en la siguiente posada decente e insistió en que Judith se comiera absolutamente todo lo que le sirvieron, aunque después de unos cuantos bocados afirmó que era incapaz de comer nada más.

Ya estaba bien avanzada la tarde. No lograrían llegar a Londres esa noche. Pensó por un momento en alquilar un carruaje y trasladarse hasta Ringwood Manor, en Oxfordshire. Aidan le había confesado con evidente ternura en Londres, mientras arreglaba todos los asuntos relativos a la venta de su cargo en el ejército con la impaciencia nacida del deseo de regresar junto a su esposa, que Eve tenía una fuerte tendencia a dar cobijo a todo tipo de personas desvalidas y que la mayor parte de ellas acababan empleadas en su casa. Ella aceptaría a Judith aun cuando a Aidan no le pareciera bien y la mirara con desconfianza. Tal vez su cuñada pudiera ofrecerle a Judith algo del consuelo que necesitaba.

Si bien no hallaría verdadero consuelo hasta que encontrara a su hermano, hasta que se convenciera más allá de toda duda de que él no había tenido nada que ver con el robo de las joyas de su abuela. Y no tendría consuelo, supuso Rannulf, hasta que las joyas y el ladrón hubieran aparecido y tanto ella como Branwell fueran exculpados de todo cargo.

—Será mejor que nos vayamos —dijo Judith al tiempo que

dejaba el cuchillo y el tenedor sobre el plato vacío—. ¿A qué hora llegaremos a Londres? ¿Crees que Bran estará en su alojamiento?

—Judith —comenzó él—, estás a punto de caerte de cansancio.

—Tengo que encontrarlo —afirmó ella—. Y debe ser antes de que venda las joyas, en caso de que las tenga.

—No llegaremos a Londres esta noche —le dijo. Ella lo observó con una expresión vacía—. Y aunque lo hiciéramos —añadió—, no serviría de nada. Te quedarías dormida de pie. Casi lo estás ahora mismo.

—No dejo de pensar —confesó Judith— que voy a despertarme y a descubrir que todo esto no es más que una pesadilla. Todo: los despilfarros de Bran, la carta en la que mi tía invitaba a una de nosotras a vivir en Harewood y todo lo que ha sucedido desde entonces.

¿Incluido lo que había ocurrido durante su viaje? Rannulf la contempló en silencio unos instantes. ¿De verdad había sido la noche anterior cuando sintió ese fuerte vínculo con ella y se convenció de que Judith aceptaría la propuesta de matrimonio que pensaba hacerle esa mañana?

—Será mejor que nos quedemos aquí esta noche —dijo—. Así podrás descansar como es debido y estar lista para salir temprano por la mañana.

Ella se llevó las manos a la cara por un momento y sacudió la cabeza; pero cuando lo miró, en sus ojos había una expresión de cansancio y resignación.

—¿Por qué saliste en mi busca? —le preguntó.

Él compuso una mueca.

—Quizá después del desastre que estuvo a punto de suceder con la señorita Effingham —declaró—, me alegrara tener alguna excusa para evitar futuras visitas a Harewood Grange. Quizá estuviera harto de sentirme atrapado en el campo. Quizá no me hiciera gracia la idea de que Horace Effingham fuera tu único perseguidor.

—¿Horace también salió en mi busca?

—Estás a salvo conmigo —le aseguró él—. Pero preferiría que compartiéramos habitación esta noche. Te repito que estás a salvo conmigo. No intentaré imponerte mis atenciones.

—Nunca lo has hecho. —Ella lo miró con cansancio—. Estoy demasiado agotada como para levantarme siquiera de la silla. Tal vez me quede aquí toda la noche. —Esbozó una sonrisa extenuada.

Rannulf se puso en pie y fue en busca del posadero. Alquiló una habitación a nombre del señor y la señora Bedard y regresó al comedor, donde Judith aún continuaba sentada con los codos sobre la mesa y la barbilla apoyada en las manos.

—Vamos —le dijo antes de colocar una mano entre sus hombros y notar lo tensos que tenía los músculos. Cogió su bolsa de viaje con la otra mano.

Ella se puso en pie sin decir una palabra y lo precedió a través del comedor y la escalera en dirección a la habitación que él le había indicado.

—Van a subir agua caliente —le dijo—. ¿Tienes todo lo que necesitas?

Ella asintió.

—Duerme —le ordenó Rannulf—, pasaré lo que queda de tarde abajo para no molestarte. Dormiré en el suelo cuando vuelva.

Ella clavó la vista en los tablones desnudos del suelo, al igual que él.

—No hay ninguna necesidad —afirmó.

Rannulf pensó que era de lo más necesario. Jamás había forzado a una mujer. Sus apetitos sexuales, aunque saludables, nunca habían escapado a su control. Sin embargo, el control de todo hombre tenía un límite. Pese a lo cansada, polvorienta y desarreglada que estaba, Judith era todo un festín para la vista.

—Duerme —le dijo— y no te preocupes por nada.

Por supuesto, eso era más fácil de decir que de hacer, admitió Rannulf cuando salió de la habitación para dirigirse a la taberna, donde se aposentó en un lugar desde el que podía contemplar la entrada al local. Aun cuando llegaran a encontrar a su hermano y él alegara que no era culpable —cosa que Rannulf sabía que haría—, aun cuando Judith llegara a creerlo, todavía tendrían que demostrar su inocencia ante el resto del mundo. Y aun cuando lograran hacerlo, su hermano seguiría siendo un manirroto que a buen seguro estaría lo bastante endeudado para arruinar a su familia.

Rannulf se preguntó si él habría sido tan haragán y derrochador de no haber contado con una fortuna personal con la que financiar sus malos hábitos. No estaba nada seguro de cuál sería la respuesta.

Judith se lavó de la cabeza a los pies con agua caliente y jabón antes de ponerse el camisón que había traído consigo, además de un vestido limpio y la ropa interior indispensable. Se tumbó en la cama, casi mareada por el cansancio, con la certeza de que se dormiría en cuanto apoyara la cabeza en la almohada.

Sin embargo, no fue así.

Se le vinieron a la mente un millar de ideas e imágenes, todas ellas muy deprimentes. Durante dos horas, dio vueltas y más vueltas en la cama; se obligó a mantener los ojos cerrados para no ver la luz del sol y a no escuchar los ruidos que procedían tanto del exterior como del interior de la animada posada. Estaba a punto de echarse a llorar por el cansancio y la necesidad de encontrar algo que le proporcionara un alivio momentáneo cuando por fin echó las mantas a un lado y se levantó. Se apartó el cabello de la cara y se colocó junto a la ventana, con las manos apoyadas en el alféizar. Estaba oscureciendo. De haber seguido el camino, en esos momentos se encontrarían dos horas más cerca de Londres.

Bran, pensó, ¿dónde estás, Bran?

¿De verdad había robado las joyas? ¿Se había convertido en un ladrón además de todo lo demás? ¿Sería ella capaz de hacer algo para salvarlo? ¿O esa persecución era inútil?

En todo caso, si de verdad había sido Branwell, ¿por qué le había dejado la bolsa de terciopelo en el tocador? Tendría mucho más sentido que lo hubiera hecho Horace. Pero ¿cómo podría demostrarlo?

En ese instante se le vino a la mente un pensamiento muy reconfortante que no se le había ocurrido antes. Si de verdad Bran hubiera decidido saldar sus deudas robando a la abuela, no habría cogido todas las joyas. Habría tomado solo las suficientes para cubrir los gastos. Habría cogido tan solo unas cuantas con la esperanza de que jamás las echaran en falta, o al menos de que tardaran en percatarse de su ausencia de manera que las sospechas no recayeran sobre él. No habría hecho algo tan incriminatorio como huir en mitad del baile si las hubiera robado todas, ¿verdad?

No obstante, la culpa podría haberlo hecho huir en lugar de pensar con lógica, como haría cualquier ladrón de sangre fría.

Apoyó la frente contra el cristal de la ventana y soltó un suspiro en el mismo momento en que la puerta se abría con cuidado a su espalda. Se dio la vuelta un poco asustada, pero solo se trataba de Rannulf, que la miraba con el ceño fruncido.

—No puedo dormir —le dijo ella a modo de disculpa. El hombre se había molestado en pagar esa habitación para que ella pudiera descansar bien y ni siquiera estaba acostada.

Cerró la puerta con firmeza y cruzó la pequeña habitación hasta llegar a su lado

—Estás demasiado cansada —dijo— y también demasiado nerviosa. Todo saldrá bien, ya verás. Te lo prometo.

—¿Y cómo puedes prometérmelo? —le preguntó.

—Porque he decidido que todo saldrá bien —afirmó con una sonrisa—, y yo siempre me salgo con la mía.

—¿Siempre? —Judith sonrió a su pesar.

—Siempre. Ven aquí.

La tomó de los hombros y la estrechó contra su pecho.

Ella giró la cabeza y apoyó la mejilla sobre su hombro antes de suspirar. Le rodeó la cintura con los brazos y se abandonó al exquisito placer que le reportaban esas manos que le frotaban la espalda de arriba abajo, mientras sus dedos se hundían en los músculos tensos para obligarlos a relajarse.

«Todo saldrá bien...»

«Porque he decidido... Y yo siempre me salgo con la mía.»

Despertó del aturdimiento al darse cuenta de que la llevaba en brazos a la cama y la depositaba sobre el colchón.

—Mmm. —Lo miró con ojos soñolientos.

Rannulf estaba sonriendo de nuevo.

—En otras circunstancias —dijo—, me habría ofendido muchísimo que una mujer cayera dormida en cuanto la rodeo con mis brazos. —Se inclinó sobre ella para coger la otra almohada.

—No duermas en el suelo —le pidió Judith—. Por favor, no lo hagas.

Seguía medio despierta cuando un par de minutos después un peso adicional hundió la otra mitad del colchón y sintió un agradable calor en la espalda. Le subieron las mantas hasta los hombros, logrando que se diera cuenta de que sí, en efecto, se había quedado helada. El brazo que las había subido le rodeó la cintura con firmeza y la acercó hacia ese cuerpo que le proporcionaba calor. Y entonces se dejó llevar por un delicioso y profundo sueño.

Rannulf se despertó cuando las primeras luces del amanecer comenzaron a llenar de tonalidades grises la habitación. Todavía dormida, Judith acababa de darse la vuelta hacia él y se había frotado suavemente contra su cuerpo. Su cabello, según pudo comprobar, enmarcaba su rostro en salvaje desorden y caía sobre sus hombros.

Santo Dios, ¿quién lo hacía pasar por esa prueba de dolor insoportable? ¿Acaso quienquiera que fuese no sabía que él era humano? Era demasiado temprano para levantarse y comenzar a preparar el viaje. Según sus cálculos, Judith habría dormido unas cinco o seis horas, pero necesitaba más.

Podía notar sus senos contra el pecho desnudo, sus muslos contra los suyos. Su cuerpo estaba relajado y cálido. Sin embargo, ya no podía permitirse el lujo de verla como Claire Campbell, la actriz avezada en cuestiones de sexo. Era Judith Law. Y resultaba ser la mujer a quien amaba.

Se hizo el firme propósito de elaborar una lista de sus defectos. Zanahorias. El color de su cabello se parecía al de las zanahorias, según la descripción de su madre. Tenía pecas. Si entrara un poco más de luz en la habitación, podría verlas. Y tenía un hoyuelo junto a la comisura derecha de la boca… No, eso no contaba. Un hoyuelo no era un defecto. ¿Qué más? Que el Señor lo ayudara, no había nada más.

Y en ese preciso instante, ella abrió esos ojos soñolientos enmarcados por largas pestañas. Tampoco encontraría ningún defecto en ellos.

—Creí que estaba soñando —dijo con esa voz ronca que había utilizado Claire Campbell.

—No.

Se miraron el uno al otro bajo las luces del alba: ella con los ojos entrecerrados; él con la sensación de un hombre que se ahoga y trata de convencerse de que no está más que en un vaso de agua. Deseaba con desesperación que hubiera un poco más de espacio entre ellos. Judith estaba a punto de percibir de forma física su perfidia en cualquier momento, pese a la presencia de sus pantalones de montar, que no se había quitado en aras del decoro.

Y entonces ella alzó una de sus cálidas manos y le rozó los labios con los dedos.

—Eres un hombre increíblemente bueno —le dijo—. Anoche me prometiste que todo saldría bien y lo decías en serio, ¿no es así?

También le había prometido que estaría a salvo de él. Y ya no estaba seguro de ser capaz de mantener esa promesa.

—Lo decía en serio.

Ella apartó la mano y la sustituyó por sus labios.

—Gracias —susurró—. Una noche de descanso ha conseguido que todo parezca diferente. Ahora me siento muy segura.

—Si supieras el peligro que corres —le advirtió él—, saldrías huyendo en camisón.

Ella le sonrió… y le mostró su hoyuelo.

—No me refería a ese tipo de seguridad —le dijo antes de volver a besarlo.

—Judith —dijo Rannulf—, no soy de piedra.

—Yo tampoco —replicó ella—. No tienes la menor idea de

cuánto he echado en falta que me abracen y... bueno, que me abracen.

Ni siquiera en esos momentos podía tener la certeza de que aquello no fuera algo reprochable, de que no se estuviera aprovechando de su vulnerabilidad. Sin embargo, él no era ningún héroe extraordinario sin sentimientos ni necesidades. Que Dios lo ayudara, no era más que un hombre.

La estrechó con más fuerza entre sus brazos y separó los labios para introducir la lengua en el cálido interior de su boca. De la garganta de Judith brotó un profundo gemido de satisfacción al tiempo que lo rodeaba con uno de sus brazos y finalmente Rannulf se dio por vencido.

La tumbó de espaldas, tironeó de los botones de los pantalones, se liberó sin quitarse la prenda y le levantó el camisón hasta la cintura.

—Judith —susurró cuando se tendió sobre ella—, ¿estás segura de que quieres hacer esto? Si no es así, detenme. Detenme ahora.

—Rannulf... —murmuró ella en respuesta—. Dios, Rannulf...

La ocasión no dejaba lugar a los preliminares. Resultaba evidente que ella estaba tan preparada como él. Le colocó las manos bajo el cuerpo para levantarla un poco del colchón y se introdujo hasta el fondo en ella.

Fue como un extraño regreso a casa. Rannulf la soltó para apoyar el peso sobre los antebrazos y la miró. Ella le devolvió la mirada con los labios entreabiertos, los ojos entornados a causa del sueño y del deseo, y el cabello desparramado a su alrededor sobre la almohada y las sábanas.

—He luchado con todas mis fuerzas para que esto no ocurriera —dijo Rannulf.

—Lo sé. —Ella esbozó una nueva sonrisa—. Jamás te culparía. De nada.

Él le atrapó las manos y se las cruzó por encima de la cabeza antes de entrelazar los dedos con los suyos y dejarse caer sobre ella. Se dio cuenta de que Judith lo rodeaba con las piernas. La penetró con embestidas rítmicas y profundas, deleitándose con la suavidad y la cálida humedad que lo rodeaban; agradecido por el estado de relajación en el que ella se encontraba en un principio y mucho más agradecido por la manera en que se adaptó a su ritmo pasado un instante y comenzó a contraer los músculos internos a su alrededor para arrastrarlo a lo que sería un poderoso y satisfactorio clímax.

Él movió la cabeza para besarla.

—Déjate ir —le dijo.

—Sí.

Rannulf se dio cuenta de que era la primera vez en su vida que llegaba a la cima de la pasión al unísono con una mujer, la primera vez que gritaban juntos y descendían, saciados y satisfechos, de la mano. Se sintió bendecido más allá de lo imaginable.

Se apartó de ella, le cogió las manos y se dejó llevar por el sueño durante unos minutos. Cuando volvió a abrir los ojos, descubrió que Judith había girado la cabeza hacia él. Lo contemplaba con una media sonrisa en los labios. Tenía un aspecto sonrojado, satisfecho y estaba increíblemente hermosa.

—Bien, esto ha dejado claro una cosa —dijo Rannulf al tiempo que le apretaba la mano—: cuando todo este asunto quede resuelto, nos casaremos.

—No —replicó ella—. Esto no ha sido una trampa, Rannulf.

Él frunció el ceño al instante.

—¿Y qué ha sido exactamente?

—No estoy segura —admitió ella—. En los últimos días ha habido una especie de… locura entre nosotros. No pretendo conocer el motivo por el que querías ir a verme ayer por la mañana, pero creo que me hago una idea. Habría sido un terrible error. Yo podría haber dicho que sí, ¿sabes?

Pero ¿qué demonios estaba diciendo?

—¿Y decir que sí habría sido un error?

—Sí. —Ella hizo un gesto afirmativo con la cabeza—. Míranos, Rannulf. Estamos tan lejos en la escala social que incluso en la mejor de las circunstancias nuestro matrimonio se consideraría una extrañeza. Pero estas no son las mejores circunstancias.

Aun cuando Branwell no hubiera robado las joyas, aun cuando pudiera ser exonerado de toda culpa, él seguiría en apuros y nosotros seguiríamos siendo pobres. Crecí en una rectoría rural y tú en la mansión de un duque. Jamás encajaría en tu mundo y tú jamás podrías rebajarte al mío.

—¿No crees que el amor lo iguala todo? —preguntó él. Apenas podía creer que él, Rannulf Bedwyn, hubiera hecho semejante pregunta.

—No. —Judith negó con la cabeza—. Además, no existe el verdadero amor. Tan solo el aprecio, según creo, y cierto… cierto deseo. —Lo miró a los ojos.

—¿Es eso lo que acaba de ocurrir? —preguntó Rannulf—. ¿No fue más que deseo?

La mirada de Judith titubeó durante un breve instante.

—Y aprecio —afirmó ella—. Nos gustamos el uno al otro, ¿no es cierto?

Él se sentó en el borde de la cama y se abotonó los pantalones.

—Por lo general no me acuesto con mujeres solo porque me gusten —declaró.

—Pero también está el deseo —dijo ella—. El deseo mutuo. No puedes negarme que te resultó difícil yacer conmigo en la cama sin tocarme, Rannulf. A mí también me costó trabajo. El deseo no es algo exclusivo de los hombres.

Él no supo si enfurecerse o echarse a reír. Si alguna vez hubiera imaginado semejante conversación, sin duda los papeles habrían estado invertidos. Él habría sido quien rechazara con delicadeza cualquier sugerencia de que se hubiera tratado de un encuentro amoroso en lugar de algo meramente sexual.

—Supongo que eso da por terminado el descanso —dijo antes de ponerse en pie—. Vístete, Judith; entretanto iré a alquilar un carruaje para el resto del camino. Y esta vez ni se te ocurra huir.

—No lo haré —prometió ella.

Estaba a punto de anochecer cuando llegaron a Londres. No habían intercambiado más que una docena de frases en todo el día. Judith tenía una desolación más que añadir al resto de sus preocupaciones.

No podía casarse con él. Había estado a punto de dejarse seducir por la locura un par de días atrás. Le había parecido casi una posibilidad. Pero eso se había acabado. No, jamás podría casarse con él. De todos modos, se alegraba de que los sucesos de la semana pasada le permitieran al menos apreciarlo y admirar sus nobles cualidades... que eran muchas. Se alegraba por lo sucedido esa mañana. Se alegraba de amarlo. Había recuperado su sueño robado, el que probablemente le duraría toda la vida una vez que se hubiera disipado el dolor. Porque iba a haber dolor, sin lugar a dudas.

Jamás había estado en Londres. Sabía que era grande, pero nunca se habría imaginado que ninguna urbe pudiera serlo tanto. Parecía extenderse hasta el infinito. Las calles estaban flanqueadas por edificios y llenas de gente, de vehículos y del ruido de las ruedas, de los caballos y de los gritos de las personas. Sin embargo, cualquier asombro se vio de inmediato aplastado por el pánico.

¿Cómo iba a encontrar a Branwell?

Había esperado, o eso creyó, que no tendría más que detenerse en alguna posada o en cualquier otro edificio público, pedir que le dieran unas señas y después seguirlas sin más problemas... y todo minutos después de su llegada a Londres.

—¿Se acaba alguna vez? —le preguntó como una estúpida.

—¿Londres? —inquirió él—. No es del mundo mi lugar favorito. Por desgracia, lo primero que se ve es lo peor. Encontrarás Mayfair más tranquilo, más limpio y más espacioso que esto.

—¿Allí es donde vive Branwell? —preguntó Judith—. ¿Crees que lo encontraremos en casa?

—Es probable que no —afirmó él—. Por lo general, los caballeros no suelen pasar mucho tiempo en sus habitaciones.

—Espero que vuelva a casa en algún momento de la noche —declaró ella cuando toda la ansiedad del día anterior regresó con renovadas fuerzas—. ¿Qué haremos si no lo hace? ¿Crees que el casero nos permitirá esperarlo en sus aposentos?

—Lo más probable es que le dé una apoplejía si lo mencionas —le advirtió Rannulf—. No es habitual que las damas solteras visiten a los caballeros acompañadas únicamente por otro caballero, por si no lo sabías.

—Pero yo soy su hermana. —Ella lo contempló con incredulidad.

—Me atrevería a decir —añadió él— que los caseros han conocido a un gran número de «hermanas».

Judith lo miró a los ojos, incapaz de hablar durante un instante.

—¿Y qué pasará si no puedo verlo hoy? —le preguntó—. No puedo pedirte que esperes fuera toda la noche sentado en el carruaje; tengo que…

—No voy a llevarte a sus aposentos —dijo Rannulf—. Iré en otro momento, a solas.

—¿Qué? —Judith lo miró sin comprender.

—Voy a llevarte a casa de mi hermano —le dijo—. A Bedwyn House.

—¡¿A casa del duque de Bewcastle!? —Lo contempló con horror.

—Puede que Bewcastle y Alleyne sean los únicos que se encuentren en casa —aventuró él—, en cuyo caso tendré que pensar en otro lugar al que llevarte… a casa de la tía Rochester, lo más probable; aunque ella es una especie de dragón y te arrancaría la cabeza para desayunar si no le plantas cara.

—No pienso ir a casa del duque de Bewcastle —dijo ella, horrorizada—. He venido aquí para encontrar a Branwell.

—Y lo encontraremos —afirmó Rannulf—, si es que en efecto ha venido a Londres. Pero ahora estás en Londres, Judith. Es el colmo de la indecencia que hayamos venido hasta aquí solos, sin doncella ni carabina alguna. Pero esta falta de decoro será la última mientras estés aquí. Tengo que pensar en mi reputación, como bien sabes.

—Qué cosa más absurda —dijo ella—. Absurda por completo. Si no me llevas a las habitaciones de Bran, deja que me baje y ya encontraré el camino yo sola.

Rannulf era la viva y desquiciante imagen de la tranquilidad. Estaba ligeramente reclinado sobre el respaldo, con un pie apoyado sobre el asiento de enfrente. Y tuvo las agallas de sonreírle.

—Tienes miedo —dijo Rannulf—. Miedo de enfrentarte a Bewcastle.

—No es cierto. —Estaba muerta de miedo.

—Mentirosa.

El carruaje se detuvo cuando ella estaba tomando aliento para replicar como se merecía. Echó un vistazo por la ventana y se percató de que, en efecto, se encontraban en una parte más tranquila y espaciosa de Londres. A un lado del carruaje se alzaba una hilera de altos y majestuosos edificios, en el otro lado había un pequeño parque y tras él otra hilera de edificios. ¡Debía de ser una de las plazas de Londres! La puerta se abrió y el cochero se apresuró a desplegar los escalones.

—¿Esto es Bedwyn House? —preguntó Judith.

Rannulf se limitó a sonreír una vez más, se bajó del carruaje y le ofreció una mano para ayudarla a apearse.

Iba ataviada con un holgado vestido de algodón que había estado doblado en el interior de su bolsa de viaje durante todo el día anterior y que había llevado puesto durante toda una jornada de camino. No se había cepillado ni arreglado el cabello desde esa mañana. Y lo había tenido aplastado bajo el bonete todo el tiempo. Debía de tener un aspecto espantoso. Para colmo, ella no era otra que Judith Law, de la rectoría de Beaconsfield, fugitiva y sospechosa de robo, que se dirigía al encuentro de un duque.

La puerta de la casa ya estaba abierta cuando ella descendió del carruaje. Un instante después, un mayordomo de aspecto regio informó a lord Rannulf de que Su Excelencia estaba en efecto en casa y de que se encontraba en el salón. Los precedió por la enorme escalera hacia la planta alta. Judith pensó que se le habrían doblado las rodillas si no la hubieran llamado mentirosa cuando había afirmado no tener miedo y si la mano de Rannulf no la sujetara por el codo.

Un criado abrió unas enormes puertas dobles en cuanto llegaron a la parte superior de la escalera y el mayordomo se detuvo entre las dos hojas.

—Lord Rannulf Bedwyn, Excelencia —anunció.

Rannulf la había mirado durante un segundo en la planta baja, pero no había vuelto a hacerlo desde entonces.

Para su más absoluto espanto, Judith comprobó al pasar a través de las puertas que en la estancia había más de una persona. Cuatro, para ser exactos: dos hombres y dos mujeres.

—Ralf, viejo zorro —dijo uno de los hombres, que se había puesto en pie al instante—, ¿ya has vuelto? ¿Escapaste ileso de las garras de la abuela una vez más? —Se calló de golpe cuando vio a Judith.

Era un joven alto, esbelto, moreno e increíblemente apuesto; lo único que lo identificaba como hermano de Rannulf era la prominente nariz. Una de las damas, la más joven y bonita, se parecía mucho a él. La otra era rubia, como Rannulf; tenía el pelo largo y rizado y lo llevaba suelto. Al igual que él, su tez era morena y poseía unas cejas oscuras y una nariz grande.

No fueron más que impresiones fugaces. Judith mantuvo de forma deliberada los ojos apartados del otro hombre, que en ese preciso momento se estaba poniendo en pie. Aun sin mirarlo, sabía que era el duque.

—¿Rannulf? —dijo el hombre con leve arrogancia, algo que a Judith le provocó una oleada de desasosiego y un escalofrío en la espalda.

Al mirarlo descubrió que la observaba fijamente con las cejas alzadas, mientras esa mano de dedos largos mantenía el monóculo a medio camino de la cara. Era moreno y delgado, al igual que el hermano menor, con la nariz de la familia y unos ojos de un gris tan claro que habría sido más preciso describirlos como plateados. Tenía unos rasgos fríos y arrogantes que parecían carecer de humanidad. A decir verdad, tenía el aspecto que Judith había esperado. Era, después de todo, el duque de Bewcastle.

—Tengo el honor de presentaros a la señorita Judith Law —manifestó Rannulf al tiempo que le apretaba el codo con la mano—.

Señorita Law, mis hermanas, Freyja y Morgan. Y mis hermanos, Bewcastle y Alleyne.

Las damas la miraban con altanero desdén, pensó Judith mientras hacía la reverencia. El hermano pequeño la miraba de arriba abajo con los labios fruncidos y una patente admiración en los ojos.

—Señorita Law —dijo el joven—. Es un placer.

—Señora —dijo el duque marcando más las distancias. Sus ojos se trasladaron hasta su hermano—. Sin duda has dejado a la doncella de la señorita Law abajo, ¿no es así, Rannulf?

—No hay tal doncella —replicó Rannulf antes de soltar el brazo de Judith—. La señorita Law huyó de Harewood Grange, cerca de Grandmaison, después de ser acusada de robar a su propia abuela y yo salí a caballo en su busca. Tenemos que encontrar a su hermano, que tal vez tenga las joyas, aunque es muy probable que no sea así. Entretanto debe quedarse aquí. Me alegra descubrir que Freyja y Morgan también han venido desde Lindsey Hall, porque de ese modo no tendré que llevarla con la tía Rochester.

—Vaya, vaya… —dijo lord Alleyne—. ¿Así que te has lanzado a una aventura de capa y espada, Ralf? ¡Espléndido!

—Señorita Law —dijo el duque de Bewcastle con una voz suave y fría que, por sorprendente que pareciera, no congeló el aire sobre sus cabezas—, bienvenida a Bedwyn House.

20

—No me cabe duda —dijo Wulfric, duque de Bewcastle, mientras sujetaba con elegancia una copa de brandy en una mano y sostenía el monóculo en la otra de forma relajada— de que estás a punto de explicarme el motivo de que albergue en mi casa a la sospechosa de un robo de joyas, que da la casualidad de ser una joven que carece de carabina, Rannulf.

—Y que además supera con mucho la media en lo que a belleza se refiere —añadió Alleyne con una sonrisa—. Supongo que eso debería ser explicación suficiente, Wulf.

Bewcastle había invitado a Rannulf a que lo siguiera a la biblioteca después de ordenar al ama de llaves que acompañase a Judith a una habitación de invitados. Semejante invitación rara vez tenía un motivo amistoso. Alleyne los había acompañado sin necesidad de que lo invitaran. Su hermano mayor pasó por alto el comentario de Alleyne e hizo a Rannulf el objeto de su indiferente atención; aunque la pose era de lo más engañosa. Su mirada seguía siendo tan perspicaz como de costumbre.

—Es Judith Law, sobrina de sir George Effingham, vecino de la abuela —explicó Rannulf—. Estaba viviendo en Harewood Grange como dama de compañía de la madre de lady Effingham, que no es otra que su propia abuela. Durante estos quince días se ha celebrado una fiesta campestre en la propiedad. El hermano de la señorita Law asistió como invitado; es un mequetrefe que disfruta de una vida de lujosa ociosidad, muy por encima de los medios económicos que le proporciona su padre, un clérigo rural. Según mis suposiciones, la familia está al borde de la ruina.

—Entonces la señorita Law —dijo Wulfric después de dar un sorbo a su brandy— es una pariente pobre que residía en Harewood. Su hermano está hasta el cuello de deudas. Y la abuela de ambos posee, o más bien poseía, joyas muy valiosas.

—Desaparecieron durante un baile —prosiguió Rannulf—. Al igual que Branwell Law. Sin embargo, una de las joyas fue descubierta en la habitación de la señorita Law, junto con una bolsa de terciopelo vacía donde solían guardarse las piezas más valiosas.

—No hay duda de que es incriminatorio —comentó Wulfric en voz baja al tiempo que arqueaba las cejas.

—Demasiado incriminatorio —convino Rannulf—. Hasta el más verde de los principiantes lo habría hecho mejor.

—¡Bueno, bueno! —exclamó Alleyne con júbilo—. Alguien les tendió una trampa. Algún villano ruin. ¿Tienes alguna idea de quién puede ser, Ralf?

El duque se giró hacia su hermano pequeño con el monóculo a medio camino de su ojo.

—No convirtamos esto en un sainete, por favor, Alleyne —le dijo.

—Pues no va muy desencaminado —afirmó Rannulf—. Horace Effingham, el hijo de sir George, intentó imponerle sus atenciones a la señorita Law durante una fiesta al aire libre que se celebró en Grandmaison hace cosa de una semana. Lo habría logrado si yo no hubiera pasado por allí justo a tiempo para darle una buena paliza. La noche del baile intentó vengarse de mí y a punto estuvo de atraparme en un elaborado plan para encontrarnos a su hermana y a mí en una situación comprometida que me habría obligado a pedir su mano en matrimonio; la señorita Law me salvó de semejante destino. Fue durante ese mismo baile cuando el joven Law se marchó de Harewood de forma repentina y las joyas de la señora Law desaparecieron.

—Unos acontecimientos increíbles —comentó Alleyne—. Y mientras todo ese jolgorio tenía lugar en Leicestershire, yo me he visto obligado a permanecer aquí, mostrándole a Morgan todos los lugares de interés.

Wulfric había soltado el monóculo. Con los ojos cerrados, se presionaba el puente de la nariz con el pulgar y el dedo corazón.

—Y por ello la señorita Law huyó y tú la seguiste —dijo—. ¿Cuándo fue eso, Rannulf?

—Ayer —contestó.

—Ya veo. —Wulfric apartó la mano de su rostro y abrió los ojos—. ¿Y sería un atrevimiento preguntarte dónde habéis pasado la noche?

—En una casa de postas. —Rannulf entrecerró los ojos—. Mira, Wulf, si esto es un interrogatorio sobre mi…

Su hermano alzó la mano y Rannulf guardó silencio. Uno tendía a hacer eso con Wulf, pensó, irritado consigo mismo. Un simple gesto —aunque solo enarcara una ceja— y Bewcastle regía su mundo.

—¿Ni siquiera has considerado —preguntó el duque— la posibilidad de que te hayan tendido otra trampa aún más artera, Rannulf? ¿Que quizá la dama sea pobre, avariciosa y ambiciosa?

—Si tienes pensado hacer cualquier otro comentario de semejante naturaleza —replicó Rannulf al tiempo que apoyaba las manos en los brazos del sillón y se incorporaba— será mejor que te lo guardes, Wulf; a menos que lo siguiente que quieras hacer sea buscar tus dientes.

—¡Bravo! —exclamó Alleyne con una nota de admiración.

Wulfric se limitó a apretar el mango del monóculo con los dedos mientras alzaba las cejas.

—Presumo —continuó el duque— que te has enamorado de la dama, ¿estoy en lo cierto? ¿La hija de un clérigo rural venido a menos y al borde de la ruina? ¿Una melena pelirroja y ciertos atributos… digamos que generosos te han hecho perder la cabeza? Los caprichos de este género tienden a nublar el pensamiento racional, Rannulf. ¿Estás seguro de que tu sentido común no está nublado?

—Horace Effingham se ofreció voluntario para perseguir a los Law hasta Londres —explicó Rannulf—. Mi suposición es que no le bastará solo con atraparlos. Querrá encontrar pruebas que demuestren más allá de cualquier duda que ellos son los ladrones.

—Si quiere dejar pruebas falsas, frustraremos sus intentos —intervino Alleyne—. Lo conozco de vista, Ralf. Un tipo zalamero de dientes grandes, ¿verdad? Me alegro mucho de descubrir que es un canalla ruin. Sí, señor, la vida se ha animado sobremanera desde esta mañana.

Wulfric volvió a pellizcarse el puente de la nariz.

—Lo que necesito —dijo Rannulf— es encontrar a Branwell Law. Dudo mucho que esté en su alojamiento a estas horas. Lo más probable es que esté en algún lugar intentando hacer una fortuna con las cartas. Pero de todos modos me daré una vuelta para ver qué encuentro.

—Para eso están los criados —replicó Wulfric—. Es casi la hora de la cena, Rannulf. No hay duda de que la señorita Law se sentirá mucho más incómoda que antes si tú no te sientas a la mesa. Enviaré a un criado y si está en casa, podrás ir en persona más tarde.

—Ella está decidida a ir en persona —informó Rannulf.

—En ese caso habrá que disuadirla —aseveró el duque—. ¿Cómo está la abuela?

Rannulf volvió a arrellanarse en el sillón.

—Muriéndose —contestó.

Semejante respuesta se ganó la completa atención de sus hermanos.

—No dirá nada al respecto —les dijo—. Está tan elegante, independiente y activa como siempre. Pero no hay duda de que está muy enferma. Muriéndose, de hecho.

—¿No has hablado con su médico? —preguntó Wulfric.

Rannulf negó con la cabeza.

—Habría sido una invasión de su intimidad.

—Pobre abuelita —dijo Alleyne—. Siempre ha parecido inmortal.

—Así pues, este asunto de la señorita Law —intervino Wulfric— debe aclararse sin más demora. La abuela te necesitará en Grandmaison, Rannulf. Y yo quiero verla una vez más. ¿La novia que eligió para ti era por casualidad la señorita Effingham que has mencionado? La familia proviene de un linaje respetable, aunque no brillante.

—Ha cambiado de opinión —explicó Rannulf—. La abuela, quiero decir. Y sabía que yo iba en busca de Judith.

—¿¡Judith!? —exclamó su hermano en voz baja, alzando de nuevo las cejas—. ¿La abuela la aprueba? Por regla general tengo en alta estima sus opiniones.

Pero no así las de tu propio hermano…, pensó Rannulf con pesar. Se puso en pie.

—Enviaré a un criado —dijo.

Judith se levantó temprano a la mañana siguiente, aunque había dormido sorprendentemente bien durante toda la noche. La habitación de invitados que le habían asignado era de un esplendor opulento. Incluso tenía un espacioso vestidor contiguo. La enorme cama con dosel era suave y muy cómoda y tenía un ligero olor a lavanda. Con todo, no había creído que pudiera dormir.

Estar en Bedwyn House era sin lugar a dudas la experiencia más embarazosa de toda su vida. Los hermanos de lord Rannulf se habían comportado con absoluta corrección durante la cena y la hora que siguió a esta en el salón. Sin embargo, se había sentido muy fuera de lugar. La idea de salir de su habitación esa mañana se le antojaba desalentadora.

No habían localizado a Branwell. La noche anterior se había enviado a un criado a su alojamiento, pero su hermano no estaba allí. Tras decir que ella misma iría por la mañana, el duque de Bewcastle se había llevado el monóculo al ojo, lord Rannulf se lo había prohibido de modo tajante y lord Alleyne le había dicho con una sonrisa que lo dejara todo en manos de Rannulf. Pero eso no era lo que había ido a hacer a Londres. Aunque si la idea de abandonar su habitación era desalentadora, la de dejar Bedwyn House lo era dos veces más.

Quince minutos después de salir de la cama, Judith se encaminaba a la sala de desayunos de la planta baja ataviada con un vestido que una de las criadas debía de haber planchado durante la noche. Se preparó mentalmente para encontrarse de nuevo con la familia al completo, pero descubrió con gran alivio que la estancia estaba vacía salvo por el mayordomo, de pie junto al aparador, desde donde le hizo una reverencia y le sugirió algunos de los platos que tal vez le apeteciera desayunar de entre la desconcertante variedad disponible. El hombre le sirvió una taza de café en cuanto se hubo sentado.

Era un alivio estar sola, pero no le quedaría otro remedio que ir en busca de lord Rannulf después del desayuno. Lo necesitaba para que le indicara la dirección de Branwell. Y también esperaba que la acompañara hasta allí.

Sin embargo, no permaneció sola durante mucho rato. Antes de que hubiera sido capaz de tomar un par de bocados, la puerta se abrió para dar paso a lady Freyja y lady Morgan, ambas ataviadas con sendos trajes de montar de elegante diseño. La presencia de las dos damas aterró a Judith… que se despreció por dejar que esa arrogancia aristocrática tuviese semejante efecto sobre ella.

—Buenos días —saludó.

Las mujeres le devolvieron el saludo antes de proceder a llenar sus platos en el aparador.

—¿Han salido a dar un paseo a caballo? —preguntó Judith con educación cuando ambas se hubieron sentado.

—En Hyde Park —contestó lady Freyja—. Es un ejercicio de lo más insípido después de haber tenido hasta hace pocos días todo el terreno de Lindsey Hall y el de los campos que se extienden a su alrededor para galopar.

—Fuiste tú quien insistió en que yo quería venir a la ciudad, Free —replicó lady Morgan—, a pesar de mis protestas.

—Porque quería que vieras algunos de los monumentos más importantes —dijo su hermana—, además de rescatarte del aula y de las garras de la señorita Cowper durante una semana o dos.

—¡Tonterías! —negó lady Morgan—. Ambas sabemos que no fue esa la razón. Señorita Law, ojalá tuviera su color de pelo. Debe de ser la envidia de todas sus amistades.

—Gracias —respondió Judith, sorprendida. Le había avergonzado el hecho de no tener ninguna cofia consigo—. ¿Salió lord Rannulf a cabalgar con ustedes? Estoy esperándolo para que me acompañe esta mañana al alojamiento de mi hermano. Espero poder emprender la vuelta a casa esta tarde. —Si bien no estaba muy segura de cómo iba a llegar hasta allí. Tendría que pedirle a Rannulf el dinero para pagar el coche de postas, suponía.

—Sí, y por cierto —contestó lady Freyja—, tenía que decirle cuando volviera a casa que no se preocupe por nada en absoluto, que Ralf se hará cargo de todo en su nombre.

Judith se puso en pie de un brinco, arrastrando la silla hacia atrás con la parte trasera de las rodillas.

—Pero Branwell es mi hermano —dijo—. Encontrarlo debe ser preocupación mía, no de lord Rannulf. No pienso quedarme aquí como una niñita buena, sin tener una sola preocupación en mi linda cabecita, y dejar que un hombre se haga cargo de mis asuntos en mi lugar. Voy a encontrar a Bran, tanto si alguien me ayuda a llegar a su alojamiento como si no. Y no me importa el hecho de que en Londres una dama no pueda visitar a un caballero a solas. Qué cosa más absurda cuando el caballero no es otro que el propio hermano. Discúlpenme, por favor.

Judith no era muy dada a demostrar tales estallidos de temperamento, pero la sensación de impotencia que la acosaba desde que llegó a Harewood Grange casi tres semanas atrás había acabado por colmar su paciencia.

—¡Maravilloso! —exclamó lady Freyja, contemplándola con manifiesta y sorprendida aprobación—. La he juzgado injustamente, señorita Law; al menos espero de todo corazón haberlo hecho. La había tomado por una despreciable trepadora. Sin embargo, ya veo que es usted una mujer muy parecida a mí. Los hombres pueden ser criaturas de lo más ridículas, en especial los caballeros con su arcaico sentido de la galantería para con las damas. Iré con usted.

—Y yo también —agregó lady Morgan con entusiasmo.

Su hermana la miró con el ceño fruncido.

—Será mejor que no, Morgan —le dijo a su hermana—. Wulf pediría mi cabeza. Ya fue bastante malo que te trajera a Londres sin consultarle primero. Cuando me llamó a la biblioteca me habló en voz tan baja que casi era un susurro. Y aborrezco que haga eso, sobre todo cuando soy incapaz de reprimir el impulso de gritarle en respuesta. Consigue ponerte en una horrible desventaja... como muy bien sabe. No, debes quedarte en casa.

—No hay necesidad de que ninguna de las dos me acompañe —se apresuró a decir Judith—. No necesito carabina.

—¡Ah! Pero yo soy incapaz de privarme de la diversión de visitar los aposentos de un caballero —le aseguró lady Freyja al tiempo que dejaba su servilleta junto al plato a medio terminar y se ponía en pie—. Sobre todo cuando hay joyas robadas y vengadores en busca de justicia para añadir emoción.

—Wulf pedirá tu cabeza de todos modos, Free —predijo lady Morgan.

Judith y lady Freyja abandonaron Bedwyn House poco después. Caminaron hasta que estuvieron bien lejos de la plaza y después lady Freyja detuvo a un carruaje de alquiler a cuyo conductor le dio la dirección de Branwell.

Judith descubrió que su acompañante despertaba en ella una enorme curiosidad. Lady Freyja Bedwyn iba ataviada con un elegante vestido de paseo en color verde y llevaba el cabello recogido bajo un favorecedor sombrero que Judith supuso que sería el último grito. Era una mujer de baja estatura y debería haber sido fea con esas cejas oscuras tan incongruentes, su complexión atezada y la nariz prominente. Sin embargo, había algo en su rostro que la libraba de ser tildada de fea; una arrogancia inconsciente, algo que hablaba de un carácter decidido. Casi podía decirse que era atractiva.

El ánimo de Judith mejoró con la confianza de saber que por fin iba a ver a Bran, de saber que por fin podría escuchar la historia de sus propios labios. Esperaba de todo corazón que su hermano pudiera negar implicación alguna en el robo de las joyas de la abuela; pero aun cuando eso no fuera posible, tal vez podría llegar a tiempo de salvar algo de la situación. Tal vez podría persuadir a Bran de que devolviese las joyas y le pidiera perdón a la abuela, por muy insuficiente que fuera el gesto. Sabía que el tiempo era esencial. Le agradecía enormemente a Rannulf que la hubiese seguido y llevado a Londres con tanta rapidez.

¿Por qué había decidido Horace esperar todo un día para salir en su busca?, se preguntaba. Si tenía la esperanza de pillar a Bran con las manos en la masa antes de que pudiera deshacerse de las joyas, ¿no habría sido más lógico que se hubiera puesto en marcha aquel mismo día? ¿Habría esperado quizá porque sabía que no había prisa? ¿Porque sabía que Bran no tenía ninguna joya de la que deshacerse?

Tantas conjeturas que no conducían a ningún sitio estaban consiguiendo que volviera a darle vueltas la cabeza.

El viaje resultó ser una pérdida de tiempo. Branwell no estaba en sus habitaciones y el casero no sabía cuándo volvería.

—Aunque *to* el mundo ha *estao* preguntando por él, anoche y esta mañana —les dijo—. Y ahora dos mujeres. Lo que nos faltaba...

—El señor Law es mi hermano —explicó Judith—. Necesito verlo de inmediato por… por un asunto familiar.

—¡Ja! —exclamó el hombre, mirándolas con descaro y dejando a la vista una hilera de dientes medio podridos—. Ya me olía yo que alguna de ustedes era su hermana.

—¿En serio, señor? —preguntó lady Freyja, observándolo con expresión arrogante—. ¿Acaso supuso también que nos haría gracia escuchar sus insolentes comentarios? ¿Quién más ha venido en busca del señor Law?

El hombre desterró la expresión lasciva y su mirada se tornó más respetuosa.

—Eso es confidencial, señora, me va a perdonar *usté*.

—Por supuesto que lo es —replicó lady Freyja con brusquedad mientras abría su bolso—. Y usted, cómo no, es la integridad personificada. ¿Quién?

Judith abrió los ojos de par en par al ver que su acompañante sacaba un billete de cinco libras de su bolso y lo sujetaba entre el dedo índice y el corazón.

El casero se humedeció los labios e hizo ademán de extender una mano.

—Vino alguien anoche —contestó—, el criado de un pimpollo, que llevaba una librea azul y plateada. Esta mañana han *venío* dos señoritingos y un comerciante justo después que ellos. Al último lo conozco; el señor Cooke. Supongo que el señor Branwell le debe guita a su zapatero. A los señoritingos no los conozco ni de vista y no pregunté, aunque se veía que los dos eran pimpollos. Después ha *llegao* otro, justo antes que ustedes. No he *preguntao*. Y no voy a preguntar quiénes son ustedes tampoco.

Lady Freyja le entregó el soborno, aunque había obtenido muy poca información útil a cambio de semejante fortuna. Judith estaba horrorizada. Al parecer los acreedores de Bran aún seguían tras él. ¿Quiénes eran los tres caballeros? ¿Lord Rannulf y otros dos hombres más? ¿O lord Rannulf junto con uno de sus hermanos y otra persona más?

¿Horace?

¿Dónde diantres estaba Bran? ¿Habría salido tan temprano? ¿A comprar o empeñar alguna de las joyas, quizá? ¿O se habría marchado de Londres de nuevo?

Sintió que se le revolvía el estómago.

—Vamos —le dijo lady Freyja—. No obtendremos más información aquí, está claro. —Le dio otra dirección al conductor del carruaje—. Llévenos a Gunter's.

—Lo siento mucho —se disculpó Judith—. No puedo reembolsarle las cinco libras. Yo… yo me marché de Leicestershire con tantas prisas que olvidé coger dinero. Tendré que pagarle en otra ocasión. —La pregunta era cuándo.

—¡Bah! —exclamó la mujer, haciendo un gesto despectivo con la mano—. Eso no es nada. Aunque me hubiera gustado encontrar un poco más de diversión. Usted no creerá que su hermano es el ladrón, ¿verdad? Yo prefiero con mucho la idea de que sea el señor Effingham. Lo he visto un par de veces. Me pone la carne de gallina, aunque el tipo tiene toda la pinta de creerse un seductor consumado.

—Espero —replicó Judith con fervor— que él sea el culpable. Aunque ¿cómo voy a demostrarlo?

Gunter's, según comprobó Judith, era una heladería. ¡Menudo lujo! Y además vendían helados por la mañana. Lady Freyja y ella se sentaron a una de las mesas y Judith se comió el helado a pequeñas cucharaditas, saboreando cada una de ellas mientras dejaba que se derritiera en la lengua antes de tragárselo. Parecía extraño darle gusto a los sentidos de semejante modo cuando el desastre la esperaba a la vuelta de la esquina.

¿Qué iba a hacer a continuación? No podía seguir alojándose en Bedwyn House y tampoco podía seguir permitiendo que lord Rannulf librara sus batallas. Aunque tampoco había esperanzas de que pudiera trasladarse a los aposentos de Branwell y esperar allí su regreso.

¿Qué iba a hacer?

El duque de Bewcastle, tras haber regresado al amanecer después de haber pasado la noche con su amante, había salido a cabalgar con sus hermanos tal y como acostumbraba hacer todas las mañanas. Después había desayunado en White's, pero no se dirigió a continuación a la Cámara de los Lores puesto que la sesión de primavera había concluido por fin dos días atrás. A decir verdad, si sus hermanas no hubieran llegado de improviso cuatro días antes, estaría en esos momentos en Lindsey Park para pasar allí el resto del verano.

Regresó a casa desde White's y se retiró a la biblioteca con la intención de ocupar la mañana con la correspondencia. No había pasado ni media hora cuando alzó la cabeza con el ceño fruncido al escuchar que su mayordomo llamaba a la puerta y la abría.

—Un tal señor Effingham le espera en el recibidor para verlo, Excelencia —le dijo—. ¿Le digo que no se encuentra en casa?

—¿Effingham? —El ceño del duque se acentuó. El melodrama que había acompañado el regreso de Rannulf a Londres el día anterior era algo que hubiera preferido ignorar. No obstante, era necesario aclarar todo el asunto. Debía ir a Grandmaison antes de que fuera demasiado tarde para ver a su abuela—. No, hazlo pasar, Fleming.

Horace Effingham era un completo desconocido para el duque de Bewcastle. Sin embargo, el hombre entró en la biblioteca sonriente y con paso resuelto, como si fueran hermanos de sangre. El duque no se puso en pie. Effingham cruzó la estancia hasta llegar al escritorio y se inclinó sobre este con el brazo derecho extendido.

—Ha hecho bien en recibirme, Bewcastle —le dijo.

Su Excelencia alzó el monóculo, a través del cual contempló con brevedad la mano que se le ofrecía, antes de soltar la lente y dejar que colgara de nuevo de la cinta que la sujetaba al pecho.

—¿Effingham? —dijo—. ¿Qué puedo hacer por usted?

La sonrisa del hombre se ensanchó al tiempo que retiraba la mano. Miró a su alrededor como si buscara una silla, pero al no ver ninguna cerca se quedó de pie.

—Según tengo entendido, su hermano se aloja de nuevo aquí —le dijo.

—¿Sí? —dijo Su Excelencia—. Confío en que mi mayordomo haya tenido a bien comunicárselo a la cocinera. Claro que, por supuesto, tengo tres hermanos.

Effingham soltó una carcajada.

—Me refería a lord Rannulf Bedwyn —aclaró.

—Por supuesto —dijo el duque.

Al comentario siguió un breve silencio durante el cual Effingham pareció un tanto desconcertado.

—Debo preguntar a Su Excelencia —comenzó— si ha venido acompañado por una dama. Una tal Judith Law.

—¿Debe preguntar? —El duque enarcó las cejas.

Effingham apoyó ambas manos en el escritorio y se inclinó ligeramente hacia delante.

—Quizá no sepa —dijo— que si ella está aquí, está cobijando a una delincuente huida de la justicia. Eso en sí es un delito, Excelencia, aunque estoy seguro de que no permitirá que siga bajo su techo en cuanto conozca la verdad.

—Es un alivio —replicó Su Excelencia, que volvió a apoderarse del monóculo— saber que me tiene usted en tan alta estima.

Effingham rió de buena gana.

—¿Está la señorita Law aquí, Bewcastle? —preguntó.

—Según tengo entendido —dijo el duque, alzando la lente—, la violación también es un delito. Aunque por supuesto, cuando los cargos son de intento de violación no está asegurada la condena. Sin embargo, la palabra de dos personas contra la de una puede tener cierto peso en un tribunal y delante de un jurado, sobre todo cuando una de esas dos personas resulta ser el hermano de un duque. ¿Será capaz de encontrar la salida o debo llamar a mi mayordomo?

Effingham se enderezó, olvidada toda pretensión de afabilidad.

—Voy de camino a contratar los servicios de un agente de Bow Street —dijo—. Planeo encontrarlos cueste lo que cueste; ya sabe, a Judith y Branwell Law. Y tengo la intención de recuperar las joyas de mi abuelastra. Es de suponer que el juicio y la sentencia se verán envueltos en un bonito escándalo. Si estuviera en su lugar, Excelencia, me apartaría de todo esto y aconsejaría a mi hermano que hiciera lo mismo.

—Le agradezco infinitamente —replicó el duque de Bewcastle, alzando el monóculo hasta colocárselo frente al ojo— que me estime lo suficiente como para venir hasta Bedwyn House a darme consejos. ¿Cerrará usted la puerta sin hacer ruido cuando salga?

Las comisuras de los labios de Effingham estaban ligeramente pálidas. Asintió muy despacio con la cabeza antes de dar media vuelta y cruzar la estancia. Cerró la puerta con un sonoro golpe.

Su Excelencia lo observó todo con expresión pensativa.

21

Rannulf observó a Judith con cierta exasperación. Tenía un aspecto vivaz y maravilloso con ese cabello pelirrojo al descubierto; nada que ver con la sombra casi invisible que había sido en Harewood. También había salido por la mañana para aventurarse en un área de Londres a la que las damas respetables no se acercaban y había arrastrado a Freyja consigo. No, ese punto al menos era injusto. Freyja no habría necesitado que la arrastraran.

No había necesidad alguna de que fuera a ese lugar. Judith sabía que él se encargaría de comprobar en persona si su hermano estaba en casa. Por supuesto, Branwell Law no estaba allí y todas las preguntas que Alleyne y él habían hecho en otros lugares semejantes no habían arrojado ninguna respuesta. Había muchos hombres que conocían a Law. Pero ninguno de ellos sabía dónde podría estar.

Sin embargo, Bewcastle entró en la estancia antes de que pudiera echarle un buen rapapolvo a Freyja... puesto que no tenía ningún derecho a echárselo a Judith. Tal vez fuera lo mejor. Era muy probable que Judith hubiera presenciado una riña familiar. Wulf había llegado a sugerir, con ese tono de voz suave y engañosamente indiferente que lo caracterizaba, que tal vez fuera en interés de todos los implicados que se redoblaran los esfuerzos para encontrar a Branwell Law.

—Acabo de tener la fascinante visita del señor Effingham

—les informó—. Parecía haber llegado a la desconcertante suposición de que doy cobijo a delincuentes fugitivos en Bedwyn House. Puesto que no ha recibido ningún tipo de satisfacción aquí, sin duda buscará en algún otro lugar al supuesto fugitivo que posiblemente no haya encontrado un lugar seguro donde hospedarse y que tal vez no sepa que necesita encontrarlo. Supongo, Rannulf, que no hallaste al señor Law en sus aposentos esta mañana, ¿cierto?

Rannulf negó con la cabeza.

—Sin embargo, alguien más fue a buscarlo —intervino Freyja, que se ganó una larga y silenciosa mirada de los ojos plateados de Wulf.

No obstante, Freyja no se amilanaba con facilidad. Se limitó a devolverle la mirada a su hermano y a relatarle lo que Judith y ella acababan de contarles a Rannulf y a Alleyne. Añadió que había sobornado al casero para sonsacarle la información de los demás visitantes.

Los ojos de Wulf se entrecerraron, aunque no se apartaron de su hermana. Sin embargo, en lugar del furioso sermón que Rannulf había esperado, las siguientes palabras de Bewcastle fueron dirigidas a él.

—Será mejor que regreses allí, Rannulf —le dijo—. Me huele a gato encerrado, como reza el dicho. Iré contigo.

—Yo también voy —dijo Judith.

—Judith...

—He dicho que yo también voy.

Judith lo miró a los ojos con férrea determinación y por primera vez Rannulf se preguntó si no habría algo de cierto en el manido cliché de las pelirrojas y su temperamento. Lo único que deseaba era ayudarla a solucionar todo ese embrollo para que la muchacha se tranquilizara y así él pudiera concentrarse en su cortejo. Y en esa ocasión lo haría como Dios manda. La convertiría en su esposa...

—En ese caso —dijo Bewcastle con un suspiro—, será mejor que Freyja venga también. Será una excursión familiar en toda regla.

Se marcharon en uno de los carruajes privados de Bewcastle; uno muy sencillo que el duque utilizaba cuando no deseaba llamar la atención. No tardaron en llegar a la pensión donde se alojaba Law. Rannulf no entendía de qué serviría regresar allí, pero Wulf no se mostraba muy comunicativo.

El casero puso los ojos en blanco cuando abrió la puerta tras escuchar la llamada del cochero y los vio a todos reunidos en su umbral.

—Que el Señor nos pille *confesaos* —dijo—, aquí vamos de nuevo.

—Eso parece —replicó Bewcastle, acabando con la insolencia del casero mediante una simple mirada distante que logró que el hombre inclinara la cabeza de modo respetuoso y se diera un tirón del pelo que le caía sobre la frente. ¿Cómo lo conseguía Wulf, incluso con desconocidos?—. Según tengo entendido, el señor Branwell Law es un joven muy popular esta mañana.

—Y que lo diga, señor —dijo el hombre—. Primero un criado anoche, después ese caballero de ahí con otro esta mañana, después otro señoritingo y luego las dos damas de ahí. Menuda mañana he *tenío*.

—¿Y no ha podido darles a ninguno información sobre el señor Law? —le preguntó Bewcastle—. ¿Los lugares que ha frecuentado en los últimos días? ¿La última vez que lo vio?

—No, señor. —El hombre enderezó la espalda todo lo que pudo—. No doy información personal de mis inquilinos a nadie.

—Una postura de lo más encomiable —replicó Bewcastle—. Algunos hombres en su posición intentarían sacar algún dinero extra bajo cuerda aceptando sobornos a cambio de información.

Los ojos del casero se desviaron con incomodidad hacia Freyja y regresaron al duque.

—¿Cuándo vio por última vez a Branwell Law? —le preguntó Bewcastle.

El hombre se humedeció los labios.

—Anoche, señor —respondió—. Después de que viniera el criado. Y esta mañana.

—¿¡Qué!? —gritó Judith—. Esta mañana no nos dijo nada de eso.

—Ha *venío* después de que ustedes se fueran, señorita —explicó.

—Pero podría haberme dicho que estuvo aquí anoche —le dijo Judith—. Le dije que era mi hermano. Le dije que era un asunto familiar urgente.

Bewcastle alzó una mano en un breve gesto conciliador y Rannulf tomó la mano de Judith para colocarla sobre su brazo y cubrirla con la suya. La muchacha estaba temblando; de ira, al parecer.

—El caballero que vino solo esta mañana… —siguió indagando Bewcastle—. Descríbalo, si no es molestia.

—Pelo rubio, ojos azules —dijo el casero. Sus ojos adquirieron una expresión taimada, observó Rannulf—. Bajo. Cojeaba.

—¡Vaya! —exclamó Wulf—. Sí, por supuesto.

Entonces no se trataba de Effingham, pensó Rannulf con cierta desilusión. Aunque el tipo no tardaría en aparecer. Estaba en Londres y ya había ido a Bedwyn House.

—Eso es *to* lo que puedo decirle, señor —dijo el hombre, haciendo ademán de cerrar la puerta.

Bewcastle lo impidió con el bastón.

—Supongo —dijo— que no dejaría pasar a las habitaciones del señor Law a ese caballero cojo, de pelo rubio, ojos azules y baja estatura, ¿verdad?

El casero retrocedió, espantado.

—¿Meterlo adentro, señor? —preguntó—. ¿Sin que el señor Law estuviera? No, por supuesto que no.

—Me pregunto —prosiguió Bewcastle— cuánto le pagó.

Los ojos del hombre se abrieron de par en par.

—Yo no acepto…

—Sí, claro que lo hace —lo contradijo Bewcastle con suavidad—. Yo no le daré ni un chelín. No ofrezco sobornos. Pero le advierto que si esta mañana se ha cometido un delito en los aposentos de Branwell Law y usted ha aceptado dinero del delincuente al que dejó pasar a dichos aposentos, será acusado de cómplice del delito y a buen seguro pagará el precio en una de las famosas cárceles de Londres.

El casero lo miró con la boca abierta, los ojos como platos y una repentina palidez en el rostro.

—¿El delincuente? —repitió—. ¿Un delito? Era un amigo del señor Law. Lo había visto con él antes. *Na* más tenía que entrar *pa* coger algo que se había *olvidao* la última vez que estuvo aquí.

—En ese caso fue todo un detalle por su parte dejarlo pasar —replicó Bewcastle al tiempo que Judith se aferraba al brazo de Rannulf con más fuerza—. ¿Iba solo? El hombre moreno, me refiero.

El casero se humedeció los labios y a sus ojos volvió a asomar la misma expresión taimada.

—Me atrevería a decir —aventuró Bewcastle— que tuvo que pagarle muy bien para que lo describiera tal y como lo ha hecho en caso de que lo interrogaran, para permitirle pasar sin nadie que lo acompañara y para afirmar que el señor Law estuvo aquí anoche y esta mañana, ¿estoy en lo cierto?

—No me pagó mucho, no —murmuró el hombre tras una breve pausa.

—Pues más estúpido es usted —dijo Bewcastle con voz hastiada.

—¡Canalla! —Rannulf soltó la mano de Judith y dio un paso al frente—. Debería darle una buena paliza. ¿Qué se llevó de las habitaciones? Más importante aún, ¿qué dejó allí?

El casero retrocedió acobardado y alzó ambas manos.

—No sabía que iba a hacer algo malo —se defendió—. Le juro que no.

—Guarde esas patéticas súplicas para el juez —dijo Rannulf—. Llévenos a los aposentos de Law ahora mismo.

—Creo que sería preferible —intervino Wulf, que no había abandonado esa irritante apariencia imperturbable— proceder de un modo más sereno, Rannulf. Estoy seguro de que este buen hombre tiene una habitación más o menos cómoda en la que podemos esperar. Y creo también que de ahora en adelante va a mostrarse en extremo sincero con todo aquel que le haga una pregunta. Tal vez así consiga salvar el pellejo o al menos evitar perder unos cuantos años de libertad.

—¿Esperar? —Las cejas de Rannulf se alzaron para unirse en un profundo ceño. ¿Esperar? ¿Cuando Effingham estaba ahí fuera en algún lugar, al igual que Branwell Law? ¿Cuando el buen nombre de Judith y su libertad seguían en peligro? ¿Cuando era posible que en la habitación de Law hubiera pruebas falsas?

—Si no estoy muy equivocado —explicó Bewcastle—, esta casa va a recibir otra visita dentro de muy poco. —Miró de nuevo al casero—. Creo que también accedió a no mostrar signos de reconocimiento cuando ese mismo sujeto moreno regresara acompañado con un agente de Bow Street, ¿no es así?

La nuez del hombre subió y bajó cuando tragó saliva y paseó la mirada entre Bewcastle y Rannulf.

—Llévenos a una habitación donde podamos escuchar si llega alguien —ordenó el duque.

Era una habitación pequeña y sucia, con muebles oscuros y destartalados. Los hizo pasar a los cuatro, que aguardaron en el interior con la puerta entreabierta.

Freyja dejó escapar una suave carcajada.

—A veces, Wulf —dijo—, no me queda más remedio que admirarte. ¿Cómo lo has adivinado?

—Creo que fue en las rodillas de nuestra madre —contestó— donde aprendí que dos más dos, Freyja, siempre son cuatro.

—Pero ¿y si no lo son en esta ocasión? —preguntó Judith—. ¿Y si no hay nada en la habitación de Bran? ¿Por qué no nos deja echar un vistazo, Excelencia?

—El casero dirá la verdad —contestó—. Es mejor, señorita Law, que pueda afirmar con total honestidad que nadie ha entrado en las habitaciones de su hermano desde que Effingham salió esta mañana.

—Bran no estuvo aquí anoche ni esta mañana, ¿verdad? —preguntó ella—. ¿Dónde está?

Ambas eran preguntas retóricas. No esperaba respuesta de ninguno de los que se encontraban allí. Rannulf tomó las manos de Judith entre las suyas, las apretó con fuerza y las sostuvo contra su pecho. No le importaba lo que pudieran pensar sus hermanos.

—Lo encontraremos —le dijo—. Y si las suposiciones de Wulf son correctas, y apostaría cualquier cosa a que lo son, su nombre quedará limpio cuando todo acabe. Deja de preocuparte.

Aunque, por supuesto, era muy probable que su hermano estuviera metido en graves problemas que no tenían nada que ver con todo aquel asunto de las joyas robadas. Si había estado tan desesperado como para abandonar Harewood en plena noche porque un buen número de acreedores lo presionaba, estaría lo bastante desesperado para apostar fuerte con el fin de recuperar su fortuna.

—No te preocupes —dijo Rannulf de nuevo antes de llevarse una de las manos de Judith a los labios, donde la retuvo por un momento hasta que ella lo miró a los ojos y le sonrió.

Freyja, comprobó Rannulf, había tomado asiento y los observaba con una expresión inescrutable. Bewcastle estaba girado ligeramente hacia la ventana, mirando la calle.

—Ah —dijo—. Justo a tiempo.

Judith tenía muchísimo miedo. Miedo por lo que estaba a punto de suceder; miedo por lo que podrían descubrir en los aposentos de Branwell; miedo por lo que tal vez no pudiera descubrirse. Tenía miedo por Bran, incluso al margen de todo ese asunto; miedo por su familia y por ella misma. Y le daba miedo esa familia orgullosa, arrogante y poderosa que estaba librando las batallas en su lugar.

Aunque quizá lo que más miedo le daba fuera la expresión de los ojos de Rannulf, la constante ternura de sus manos y la cálida dulzura del beso que acababa de depositar en una de ellas. ¿Acaso no lo entendía?

Escuchó que el casero abría la puerta de nuevo. Todos permanecieron inmóviles, escuchando. Reconoció la voz de Horace, acompañada de otra mucho más ronca y desabrida.

—Soy el agente de Bow Street —dijo esa otra voz— encargado de investigar el robo de una enorme cantidad de joyas. Debo insistir en que nos deje entrar en las habitaciones del señor Branwell Law, donde espero encontrar alguna prueba.

—En ese caso supongo que debo hacerlo —contestó el casero.

—Espero —intervino Horace con voz seria y petulante— que no encontremos nada, Witley, aunque me temo lo peor. Branwell Law es mi primo, después de todo. Pero no sé quién podría haber robado las joyas de su abuela aparte de su hermana y él. Ambos huyeron la misma noche. Espero que esta búsqueda sea en vano y que en Harewood hayan descubierto que fue algún vagabundo quien entró a robar en la casa durante el baile.

—Es poco probable, señor —dijo el agente.

Se escuchó el sonido de las botas al subir la escalera, el tintineo de las llaves y el chirrido de una puerta en la planta alta.

—Wulf y yo subiremos —dijo Rannulf—. Judith, tú te quedas aquí con Freyja.

Su hermana resopló.

—Yo también voy —replicó Judith—. Esto me concierne a mí tanto como a Bran.

Tras el primer tramo de escalera había una puerta abierta que a todas luces conducía a los aposentos de Branwell. Judith atisbó al casero en el interior. Cuando llegaron al descansillo de la escalera, el hombre los miró con una expresión preocupada. Horace estaba en medio de la habitación, de espaldas a la puerta y con los brazos cruzados sobre el pecho. El agente de Bow Street, un hombre calvo, bajo y robusto, salía de otra estancia interior, tal vez el dormitorio, aferrando en una mano un brillante montón de lo que debían de ser las joyas de la abuela.

—Ni siquiera se molestó en ocultarlas a conciencia —dijo con cierto desprecio.

—Y eso, si no estoy muy equivocado —dijo Horace, señalando en dirección a una silla que estaba a la vista de Judith—, es una de las cofias de Judith Law. ¡Mi pobre Judith! Qué descuido por tu parte. Cómo deseaba que no tuvieras nada que ver en esto.

—Debe de ser cómplice en cierta medida, ¿no cree, señor? —preguntó el agente mientras dejaba las joyas con un tintineo sobre una mesita, a fin de coger la cofia que Judith tanto detestaba.

No sabía a qué esperaban los demás para intervenir.

—¡Eres un mentiroso y un canalla, Horace! —gritó al tiempo que entraba en la habitación, atrayendo al instante la atención de ambos hombres—. Tú dejaste las pruebas en mi habitación de Harewood, al igual que las has dejado aquí. Es una venganza malévola y cobarde, sobre todo para Branwell, que no ha hecho nada para ofenderte.

—Vaya, vaya, mi querida prima en persona —dijo Horace—. Ya tiene a un ladrón al que atrapar sin necesidad de buscar más, Witley. —Y justo entonces su mirada se posó más allá de Judith y la sonrisa burlona que esbozaba quedó congelada en su rostro.

—Tiene suficientes motivos para perder ese aire arrogante —le dijo Rannulf con voz serena.

—Estos son los Bedwyn, Witley —le explicó Horace al agente sin apartar los ojos de Rannulf—. Con el duque de Bewcastle a la cabeza. Una familia poderosa, como ya sabrá. Pero espero que su integridad esté por encima del temor a ese poder. Lord Rannulf Bedwyn está encaprichado con Judith.

—El juego ha acabado, Effingham —dijo Rannulf—. El casero que acaba de dejarle entrar en estos aposentos jurará que Branwell Law ha ocupado estas habitaciones solo durante dos semanas… antes de que se produjera el robo, claro está. También jurará que esta mañana lo sobornó con una importante suma de dinero para que le dejara pasar sin nadie que lo acompañara y para contar ciertas mentiras en caso de que fuera interrogado, incluyendo una según la cual Law habría estado aquí ayer y hoy. Yo juraré que la última vez que vi esa cofia fue en Harewood la semana pasada y que no la he vuelto a ver desde que escolté a Londres a la señorita Law. Quien por cierto ha estado acompañada en todo momento por uno u otro de mis familiares desde que llegó a la ciudad ayer por la tarde. Si esas son todas las joyas que se han encontrado en estos aposentos, apostaría a que hay muchas más en algún otro lugar. Judith, tú lo sabrás mejor que yo. ¿Debería haber más?

—Muchas más —contestó.

—Me pregunto —prosiguió Rannulf— si habrá sido lo bastante arrogante como para ocultarlas en su habitación, Effingham, con el convencimiento de que a nadie se le ocurriría buscarlas allí.

El agente de Bow Street carraspeó.

—Las acusaciones que está haciendo son muy serias, milord —dijo.

—En efecto —convino Rannulf—. Tal vez, puesto que vamos a la caza de un tesoro, debamos considerarnos invitados a los aposentos de Effingham y echar un vistazo.

Fue entonces cuando Judith, que no le había quitado el ojo de encima a Horace, supo que el hombre estaba derrotado. Estaba claro que había sido lo bastante imbécil para dejar las joyas en sus habitaciones. Y en esos momentos el rubor que se extendía por su rostro y los gritos que profería lo incriminaban aún más. Actuaba con tanta cobardía como lo había hecho en el mirador de Grandmaison.

Judith se llevó las manos al rostro unos instantes y dejó de escuchar. Todo aquello —todo— había sucedido porque el día que Horace llegó a Harewood llevaba uno de sus vestidos sin modificar y no se había puesto la cofia. Él la había mirado con evidente lascivia, tal y como los hombres solían mirarla desde que abandonó la infancia, y a partir de ahí los acontecimientos se habían precipitado. Todo había sucedido por su culpa.

Freyja, según pudo comprobar, estaba sentada en uno de los sillones de la estancia, con las piernas cruzadas y balanceando un pie. Tenía todo el aspecto de estar divirtiéndose de lo lindo. El duque aún seguía en el rellano de la escalera, de espaldas a la habitación y con las manos unidas tras él, sin tomar parte en los acontecimientos que se estaban desarrollando.

—Yo... yo estuve aquí antes —estaba confesando Horace cuando Judith volvió a prestar atención— y lo descubrí todo... todas las joyas robadas. Me llevé casi todas para guardarlas en un lugar seguro y dejé el resto para poder traerlo conmigo en calidad de testigo, Witley.

—Creo, señor —dijo el agente—, que será mejor que vayamos a sus habitaciones y cojamos las restantes joyas. Supongo que después tendré que arrestarlo.

Judith se llevó una mano a los labios y cerró los ojos. Los arrestos acababan en juicios, en declaraciones de testigos, en notoriedad y en terribles quebraderos de cabeza para la familia implicada. Acababan con una condena que en la mayoría de los casos era bastante severa. Escuchó su propio gemido justo antes de que los brazos de Rannulf la rodearan desde atrás para sujetarla por los codos.

—Puesto que ha sido contratado por el señor Effingham —intervino por fin el duque, que entró en la habitación y cruzó la distancia para observar las joyas y la cofia con evidente desagrado—, sería tal vez un tanto injusto que lo arrestase... Witley, se llama así, ¿no? ¿Desearía usted que lord Rannulf Bedwyn y yo nos encargáramos de todo este asunto?

El agente de Bow Street pareció titubear y Horace lo miró con cierto desmayo, preguntándose quizá cuál de los dos males sería el peor.

—No estoy muy seguro, Excelencia —contestó el hombre—. Va contra lo establecido dejar que un hombre escape a su justo y legal castigo tan solo porque pertenece a la nobleza.

—Puedo asegurarle —replicó el duque con una voz tan serena y gélida que Judith se descubrió tiritando— que habrá un castigo.

—Señorita Law —dijo lady Freyja mientras se ponía en pie—. Creo que este es el momento en el que nos ordenan que abandonemos la habitación. ¿Le parece que nos vayamos por propia voluntad?

El día ya había adquirido un tinte algo irreal para Judith. Pero de repente esa sensación se incrementó. Lady Freyja y ella se habían girado hacia la puerta cuando alguien más entró en la estancia.

—¡Pero bueno...! —dijo una voz familiar—. ¿Qué diantres está sucediendo aquí?

—¡Bran! —Judith se arrojó a sus brazos.

—¿Jude? —preguntó su hermano—. ¿Effingham? ¿Bedwyn? ¿Qué demonios...?

—No robaste las joyas, ¿verdad? —preguntó Judith, que alzó la cabeza para mirar el rostro pálido y ceñudo de Bran—. Siento mucho haber sospechado de ti, Bran. Fue algo horrible por mi parte y te pido que me perdones.

—¿Qué joyas? —preguntó él, aún más perplejo—. ¿Es que todo el mundo se ha vuelto loco?

—Las de la abuela —explicó Judith—. Desaparecieron justo después de que te marchaste del baile y encontraron la bolsa de terciopelo vacía y un pendiente en mi habitación. Horace dejó las joyas en esa mesa esta mañana, junto con la cofia que la tía Effingham me obligó a llevar en Harewood, y después trajo a un agente de Bow Street para que las encontrara. Pero el duque de Bewcastle lo adivinó todo y llegamos a tiempo de pillar a Horace y ahora lady Freyja y yo tenemos que abandonar la habitación porque creo que lord Rannulf va a pe… pelearse con Horace.

Enterró la cara en el hombro de Bran y comenzó a llorar.

—Bueno, eso lo explica todo —escuchó decir a su hermano mientras intentaba controlarse; se sentía terriblemente mortificada—. ¿Ese es el motivo por el que te comportaste de un modo tan desagradable durante el baile, Effingham? ¿Por eso sugeriste que me pasara toda la semana en la fiesta de Darnley a fin de ganar en las mesas de juego el dinero suficiente para pagarte?

—¿Y cuánto has ganado, Law? —Aun en la situación en la que se encontraba, Horace tuvo las agallas de esbozar una sonrisa de desprecio.

—Treinta libras, de hecho —respondió Branwell—. Bueno, muchas gracias, Bedwyn.

Su hermano cogió algo de la mano de Rannulf y se lo dio: un enorme pañuelo. Judith salió al descansillo de la escalera, se secó los ojos y se sonó la nariz.

—Estaba a punto de apostarlas cuando recobré el sentido común —dijo Branwell—. Las habría perdido a ciencia cierta y seguro que después habría perdido algo más. Pero con las treinta libras puedo pagarte el coste del viaje, creo, y más tarde te reembolsaré las demás deudas que tengo pendientes. Y lo haré. Me marché de la fiesta un día antes de que concluyera para regresar a la ciudad. ¡Aquí tienes! —Judith escuchó las pisadas de su hermano mientras este atravesaba la habitación—. Treinta libras. Y ahora creo tener motivos para pelear también.

Judith sintió una mano sobre el hombro.

—Las damas siempre nos perdemos lo más divertido —dijo Freyja con un suspiro—. Vamos, regresaremos a casa en el carruaje de Wulf.

—¿Divertido? —Judith la miró con cierta indignación. ¿Su mundo acababa de hacerse pedazos y lady Freyja lo encontraba «divertido»?

Sin embargo, no opuso resistencia a la presión de la mano de la mujer. A decir verdad, quería alejarse de allí lo más rápido posible. Se sentía profunda y tremendamente avergonzada, aun sin tener en cuenta el resto de congojas personales. Que la familia de lord Rannulf hubiera tenido que presenciar unos asuntos tan sórdidos relacionados con su familia... Que todos supieran de los problemas de Bran y de sus estúpidos despilfarros y de la pérdida de la fortuna de su padre... Que supieran que su primo era un canalla... Que la hubieran visto derrumbarse y echarse a llorar como si se le fuera a romper el corazón... Y pensar que solo unos cuantos días atrás —¿tan solo habían pasado tres?— había bailado con lord Rannulf y había creído posible que este pudiera proponerle matrimonio y que ella lo aceptara...

Debía sentirse muy agradecida por el hecho de que hubiera sucedido algo que le devolviera el sentido común.

Para estar en consonancia con el resto del día, fuera estaba lloviendo. Caía una ligera llovizna que las obligó a correr hasta el carruaje.

—¡Uf! —exclamó lady Freyja mientras se sacudía el vestido una vez que estuvieron sentadas y el vehículo se puso en marcha—. Será un placer llegar a casa, aunque hubiera preferido quedarme para ver qué sucede.

A casa. Esa fue la única palabra que escuchó Judith.

—Lady Freyja —dijo—, ¿podría solicitarle un grandísimo favor?

La dama la miró con expresión curiosa.

—¿Me prestaría...? No. —Judith se detuvo—. No puedo pedirle un préstamo. Dudo mucho que pueda devolvérselo algún día, por mucho que se lo prometiera. ¿Me pagaría el pasaje de un coche de postas hasta mi casa en Wiltshire, por favor? Sé que es un atrevimiento por mi parte.

—¿Por qué? —le preguntó lady Freyja.

—No tengo ninguna razón para quedarme aquí más tiempo —contestó Judith— y no quiero aprovecharme más de la hospitalidad del duque de Bewcastle. Deseo irme a casa.

—¿Sin decirle adiós a Ralf? —le preguntó la dama.

Judith cerró los ojos un instante.

Durante unos momentos reinó el silencio en el carruaje.

—Hay muchas personas —dijo lady Freyja en voz baja— que darían cualquier cosa porque alguien las mirara como Ralf la ha mirado en la habitación mientras esperábamos.

Judith tragó saliva.

—No pretenderá que crea —replicó Judith— que no se dio cuenta de lo inadecuada que resultaría nuestra unión desde el preciso momento en que puso los ojos sobre mí ayer, al igual que el resto de sus hermanos. Y hoy debe de haberle quedado más claro todavía. Me marcharé tan pronto como recoja mi bolsa en Bedwyn House, con su ayuda o sin ella. Creí que estaría dispuesta a desprenderse del dinero del pasaje si con ello conseguía apartarme de la vida de Rannulf.

—Usted sabe muy poco sobre nosotros los Bedwyn —le dijo lady Freyja.

—¿Eso quiere decir que no me ayudará?

—Por supuesto que lo haré —contestó.

Por ilógico que pareciera, el ánimo de Judith decayó aún más, si eso era posible.

Había salido al descansillo para sonarse la nariz y no se había girado, pensó. No se había dado la vuelta para mirarlo por última vez. Lo único que tenía para recordarlo era el pañuelo que aún seguía hecho una bola arrugada en su puño… y su bonete de paja.

—Gracias —le dijo.

22

*H*abían pasado apenas unas horas cuando Horace Effingham salió de las habitaciones de Branwell Law escoltado por dos fornidos hombres que Bewcastle había conjurado de la nada sin haber abandonado siquiera la habitación. Effingham pasaría la noche en sus propios aposentos, bajo custodia, tras lo que sería escoltado de vuelta a Harewood Grange para que lidiara con su padre, presumiblemente tras una consulta previa con la señora Law, ya que era la parte ofendida.

Effingham se marchó con la nariz roja e hinchada y un ojo que estaría cerrado y negro por la mañana… ambas cosas por cortesía de Branwell Law, a los dos minutos de que se retiraran las damas. El agente de Bow Street se marchó poco tiempo después de eso.

Rannulf no le había puesto la mano encima a Effingham salvo para agarrarlo por el pescuezo y ponerlo de puntillas cada vez que se mostraba obstinado e insolente. Nada le habría gustado más que molerlo a golpes, pero la distante y callada presencia de Bewcastle había tenido un efecto calmante sobre él. Después de todo, ¿qué demostraba la violencia salvo que uno era físicamente superior al contrario? Un despliegue físico de fuerza había sido lo procedente en el mirador de su abuela. En la habitación de Branwell Law no habría sido más que un acto de autosatisfacción.

Law sacó papel, pluma y tinta cuando se lo pidieron y a Effingham le ordenaron que se sentara a la mesa y escribiera varias cartas de confesión y disculpa: una para la señora Law, otra para sir George Effingham y otra para el reverendo Jeremiah Law. La tarea les llevó casi dos horas, sobre todo porque a Rannulf no le gustaba lo que el hombre escribía. Antes de que las tres cartas recibieran su aprobación y la de Branwell Law —Bewcastle se mantuvo al margen—, ambos nadaban entre las bolas de papel que habían arrojado al suelo.

Se enviaron las cartas, franqueadas por Bewcastle, antes de que se llevaran a Horace. Detalladas, rebosantes de culpa y serviles, llegarían a manos de la señora Law y de sir George antes de que el propio culpable apareciera. Sería un castigo lo bastante severo, pensó Rannulf, a pesar de que en ciertos aspectos le parecía menos satisfactorio que una buena paliza. La humillación pública era algo terrible para un hombre. El rostro de Effingham al partir, hinchado y descompuesto por el odio y la frustración, era una prueba fehaciente de ese hecho. No le sería fácil regresar a Harewood y tener que enfrentarse a su padre y a su abuelastra.

Las joyas, junto con las que se habían encontrado en el alojamiento de Effingham, serían devueltas a Harewood mediante un mensajero especial, también por órdenes de Bewcastle.

—Así que ya está —dijo Branwell Law, dejándose caer en una silla una vez que Effingham y sus escoltas se hubieron marchado, tras lo cual apoyó la cabeza contra el respaldo y se tapó los ojos con el dorso de la mano—. Qué asunto más espantoso. Y pensar que una vez lo consideré mi amigo... Incluso llegué a admirarlo. —Pareció recordar de pronto con quién estaba y se enderezó en la silla—. No sé qué habría hecho sin su ayuda, Excelencia; ni sin la suya, Bedwyn. Nunca podré agradecérselo lo suficiente. De verdad. También quiero darles las gracias en nombre de Jude. No se merecía esto.

—No —convino Rannulf—, no se lo merecía.

Law esbozó una titubeante sonrisa y paseó la mirada entre ambos, a todas luces abochornado por encontrarse a solas con un duque y el hermano de este.

—Quiero que me diga a cuánto ascienden sus deudas —le ordenó Rannulf, que estaba de pie con las manos enlazadas a la espalda.

—Bueno, esto… —Law enrojeció—. Son una insignificancia. Nada de lo que no me pueda encargar.

Rannulf dio un paso en su dirección.

—Quiero que me diga a cuánto ascienden sus deudas —repitió—, hasta el último chelín. —Señaló la mesa, donde seguía habiendo papel, tinta y una pluma sin usar—. Anótelo todo, hasta la más minúscula insignificancia.

—Bueno, esto… —repitió Law—. Desde luego que no voy a hacerlo, Bedwyn. No es de su incumbencia…

Rannulf se agachó, agarró al jovenzuelo del cuello de la chaqueta y lo puso de pie de un tirón.

—Acabo de hacerlo de mi incumbencia —le dijo—. Y quiero saber todo lo que debe… Todo. ¿Me comprende? Voy a pagar todas sus deudas.

—Bueno, esto… —dijo Law por tercera vez, aunque indignado en esta ocasión—. No puedo dejar que haga eso por mí. Ya me las apa…

—No voy a hacerlo por usted —lo interrumpió Rannulf.

Law hizo ademán de hablar, pero luego cerró la boca y frunció el ceño.

—¿Por Jude?

—Ha estado a punto de arruinar a su familia —le dijo Rannulf— y resulta evidente que está a un paso de completar la tarea. A la señorita Judith Law ya la habían enviado a vivir con unos parientes ricos que la trataban como una criada, de rango superior, pero como a una criada. Otra de sus hermanas está a punto de sufrir el mismo destino. Y quedan otras dos en casa con su madre. Un joven tiene derecho a disfrutar de sus aventurillas, por molesto que eso pueda resultar a quienes lo conocen. Pero no tiene ningún derecho a arruinar y desahuciar a toda su familia. Usted no tiene derecho a causar desdichas a la señorita Judith Law. Empiece a escribir. Hágalo despacio y asegúrese de no olvidar nada. Se saldarán todas sus deudas, se le proporcionará el dinero suficiente para pagar el alquiler y los gastos básicos para el próximo mes y luego se ganará la vida como buenamente pueda o morirá de hambre. Y me dará su palabra de caballero a este respecto: jamás volverá a dirigirse a su padre para pedirle un solo chelín.

El rostro de Law había perdido todo el color.

—¿Haría todo esto por Judith? —preguntó.

Rannulf se limitó a entrecerrar los ojos antes de volver a señalar la mesa. Law se sentó, cogió la pluma y la mojó en el tintero.

Rannulf miró a Bewcastle, que estaba sentado al otro lado de la estancia con una pierna elegantemente cruzada sobre la otra, los codos sobre los brazos del sillón y los dedos entrelazados. Arqueó las cejas cuando se encontró con la mirada de su hermano, pero no hizo comentario alguno.

Lo único que se escuchó durante la siguiente media hora fue el raspeo de la pluma de Law y algún que otro susurro mientras el hombre sumaba las columnas de cifras. Se levantó dos veces para desaparecer en el dormitorio y salir de nuevo con una factura.

—Ya está —dijo por fin, tras secar la hoja y tendérsela a Rannulf—. Eso es todo. Aunque me temo que es una suma considerable. —Se le enrojecieron las mejillas por la vergüenza.

A Rannulf no le parecía una suma demasiado alta, pero a los ojos de un hombre que no poseía los fondos necesarios para pagar ni una libra de la deuda, debía de parecer exorbitante.

—Permita que le dé un consejo —dijo Rannulf—: el juego puede ser una actividad muy agradable cuando se tiene dinero para perder y se establecen unos límites estrictos en cuanto a la cantidad que se puede apostar. Sin embargo, es un método infernal y miserable para tratar de recuperar una fortuna inexistente.

—Como si no lo supiera… —dijo Law con fervor—. Jamás en la vida volveré a apostar.

Rannulf enarcó las cejas.

—Ahora, señor Law —intervino Bewcastle para romper el largo silencio—, dígame qué profesión le parece que se ajusta mejor a su carácter.

Los otros dos hombres se giraron para mirarlo.

—¿El servicio diplomático? —sugirió Bewcastle—. ¿La abogacía? ¿El ejército? ¿La Iglesia?

—La Iglesia no —respondió Law—. No puedo imaginarme nada más aburrido. Y tampoco el ejército. Ni la abogacía.

—Eso nos deja el servicio diplomático, ¿no?

—Siempre creí que podría disfrutar con el comercio o la industria —dijo Law—. La Compañía de las Indias Orientales o algo por el estilo. Me gustaría ir a la India o a algún otro lugar de ultramar. Pero mi padre siempre ha dicho que estaba por debajo de la dignidad de un caballero.

—Algunos puestos no —afirmó Bewcastle—, aunque es evidente que un aprendiz no podría ocupar jamás uno de los más altos cargos de una compañía sin antes trabajar muy duro en los puestos de menor categoría y demostrar su valía.

—Estoy dispuesto a trabajar con ahínco —aseguró Law—. Si he de ser sincero, estoy bastante harto de la vida que he llevado. No se puede disfrutar cuando no se tiene el mismo dinero que tus acompañantes.

—Bastante cierto —convino Bewcastle—. Venga a verme mañana por la mañana, señor Law, a las diez en punto. Veré lo que puedo hacer por usted hasta entonces.

—¿Me ayudaría a comenzar una carrera? —inquirió Law—. ¿Haría eso por mí, Excelencia?

Bewcastle ni se dignó responder a la pregunta. Se limitó a ponerse en pie y a recoger el sombrero y el bastón. Le dirigió una breve inclinación de cabeza a Branwell Law por toda despedida.

—Confío en que Freyja nos haya mandado de vuelta el carruaje, Rannulf —dijo.

Así era. Y en buena hora: estaba lloviendo. Rannulf dejó que Bewcastle se sentara en el sentido de la marcha y él ocupó el asiento opuesto. Se sentía exhausto. Lo único que deseaba era volver a casa para ver a Judith, estrecharla entre sus brazos y asegurarle que las penurias se habían acabado, que todo estaba bien y que lo único que les quedaba por hacer era comenzar su particular «felices para siempre» con un vals. Y le importaba un comino que todos sus hermanos se alinearan para ver cómo lo hacía.

—Ha sido un gesto muy cortés, Wulf —le dijo cuando se cerró la portezuela y el carruaje se puso en marcha—. La única oportunidad que tiene de cambiar de vida es comenzar una profesión. Aunque sin tu influencia, sus posibilidades se verían muy mermadas.

—¿Tienes intención de casarte con la señorita Law? —preguntó su hermano.

—Sí. —Rannulf lo observó con cautela.

—Es una joven extraordinariamente hermosa —afirmó Wulfric—, a pesar de la sencillez de sus vestidos y del estilo tan austero con el que se peina. Siempre has tenido debilidad por ese tipo de mujeres.

—Ninguna se puede comparar con Judith Law —dijo Rannulf—. Pero te equivocas si crees que no veo más allá de su belleza, Wulf.

—Era algo así como una damisela en apuros —replicó Wulfric—, y en más de un sentido. El afán caballeroso de cabalgar en la ayuda de alguien así puede confundirse con el amor, o eso creo.

—Jamás se ha comportado como una víctima —le aseguró Rannulf—. Y no estoy confundido. Si vas a recitarme la lista completa de los motivos por los que no sería una buena esposa para mí, Wulf, puedes ahorrarte el esfuerzo. Los conozco todos y no cambian ni un ápice mis sentimientos. Tengo posición, dinero y propiedades de sobra como para no necesitar una esposa rica. —Su hermano no hizo comentario alguno—. ¿Debo entender que no contaré con tu bendición, Wulf? —le preguntó Rannulf pasado un momento de silencio.

—¿Es importante para ti?

Rannulf lo meditó un instante.

—Sí —contestó por fin—. Lo es. Sueles volverme loco, Wulf, y jamás permitiré que me controles; pero te respeto, puede que mucho más que a cualquier otra persona que conozca. Siempre has cumplido con tu deber y no dudas en acudir en nuestra ayuda, por desagradable o aburrido que pueda resultarte. Como hace un par de meses, cuando acudiste a Oxfordshire para ayudar a Eve y a Aidan a recuperar la custodia de sus hijos adoptivos... los huérfanos de un humilde tendero. Y como lo has hecho hoy por mí. Sí, tu bendición es importante para mí. Aunque me casaré con Judith con tu bendición o sin ella.

—La tienes —dijo Wulf en voz baja—. Aunque no consideraré que estoy cumpliendo con mi deber si no te señalo que semejantes diferencias pueden ser fuente de posibles desdichas en un futuro, cuando el ardor del primer momento haya desaparecido. El matrimonio es un compromiso de por vida y los Bedwyn siempre hemos sido fieles a nuestras esposas. Pero eres tú quien debe elegir a tu esposa, Rannulf. Eres mayor de edad y serás tú quien viva con ella el resto de tu vida.

¿Sería esa la razón por la que Bewcastle jamás se había casado?, se preguntó Rannulf. ¿Consideraría a su fría y calculadora manera todas las posibles fuentes de futuras desdichas? Sin embargo, hasta donde él sabía, su hermano mayor jamás había mostrado el menor interés en una dama, pese a llevar años siendo uno de los solteros más codiciados de Inglaterra. Había mantenido a la misma amante durante años, pero ningún romance que pudiera conducir al matrimonio.

—No espero que vivamos felices para siempre, Wulf —le respondió—. Pero sí que espero ser feliz una vez que el ardor del primer momento haya desaparecido. Como tú has dicho, el matrimonio es un compromiso de por vida.

No dijeron nada más, y tan pronto como el carruaje se detuvo ante las puertas de Bedwyn House, Rannulf se bajó de un salto y se apresuró a entrar en la casa para subir la escalera hasta el salón. Alleyne, Freyja y Morgan estaban allí, pero no había rastro de Judith.

—Vaya, por fin —dijo Alleyne—. Anda, cuéntanos cómo acaba la historia, Ralf. Según parece, Free y la señorita Law fueron despachadas en el momento más interesante. Déjame ver tus nudillos.

—¿Dónde está Judith? —preguntó Rannulf.

—En su habitación, supongo —respondió Alleyne—. Abrumada por tanta emoción, sin duda. ¿Te plantó pelea Effingham? Si lo hizo, no te acertó en la cara a pesar del fácil objetivo que supone la nariz de los Bedwyn. —Sonrió.

—No está allí —intervino Morgan—. Y lo sabes muy bien, Alleyne. No está en su habitación. Se ha ido.

Rannulf la atravesó con la mirada antes de clavar los ojos en Freyja, que estaba sentada con una serenidad muy poco habitual en ella y que no había exigido un inmediato informe acerca de lo sucedido tras su marcha de las habitaciones de Law.

—Se ha ido a casa —le dijo— en un coche de postas.

—¿A casa? —Rannulf la miró sin comprender.

—A Beaconsfield, en Wiltshire —le explicó—. A la rectoría. A casa, Ralf, donde cree que está su lugar.

Rannulf la miró sin parpadear, estupefacto.

—Por todos los infiernos —masculló.

Decía mucho de los Bedwyn el hecho de que ninguna de las damas mostrara el menor indicio de asombro ante semejante comentario.

Llovió durante casi toda la noche, lo que ralentizó el avance del coche de postas e hizo que a Judith se le agarrotara el estómago de miedo en un par de ocasiones, cuando el carruaje resbaló por terrenos demasiado embarrados. Sin embargo, el amanecer trajo un cielo despejado, un sol brillante y rostros conocidos que le sonrieron y le dieron la bienvenida una vez que se apeó en la posada de Beaconsfield.

Aunque no resultaron muy reconfortantes. Mientras se abría camino por la calle que conducía a la rectoría, emplazada al otro lado del pueblo, tenía la impresión de que con cada paso se le destrozaba más el corazón. Ni siquiera lo había mirado por última vez y había temido estúpidamente durante el interminable viaje no poder recordar su rostro.

Su historia había tenido un final feliz. No dejaba de repetírselo. Tanto ella como Bran habían sido exculpados del robo y habían atrapado al verdadero culpable. Habían recuperado las joyas de la abuela, o al menos suponía que lo habían hecho, dado que Horace no había negado que el resto estuviera en sus aposentos. Ella volvía a casa… Sin duda la tía Effingham no querría que regresara a Harewood tras lo acontecido. Y era muy improbable que quisiera a alguna otra de sus hermanas, así que Hilary también estaría a salvo de la miseria de vivir en aquel lugar.

Sin embargo, no le parecía un final feliz. Tenía el corazón destrozado y estaba convencida de que tardaría mucho tiempo en sanar.

Además, seguía sin ser un final feliz con independencia del estado de su corazón. No se había resuelto nada a favor de su familia. Muy al contrario. Bran estaba endeudado hasta el cuello y parecía convencido de que la única manera de salir del atolladero era jugando y rogándole a su padre que lo ayudara. No tardaría en recurrir a lo último, y pronto todos se verían sumidos en la pobreza. Parecía bastante probable que el destino final de Bran fuese la prisión de deudores. Y tal vez también el de su padre.

No, era una mañana horrible en todos los aspectos. No obstante, mientras lo pensaba, la puerta de la rectoría se abrió y Pamela salió al exterior seguida por Hilary, que no dejaba de gritar.

—¡Jude! —exclamó—. ¡Jude, has vuelto a casa!

Judith dejó la bolsa en el suelo junto a la puerta del jardín y se echó a reír cuando sus hermanas, primero una y después la otra, se arrojaron a sus brazos y la abrazaron hasta dejarla sin aliento. Cassandra las siguió más despacio con una cálida sonrisa y los brazos extendidos.

—Judith —dijo antes de abrazarla—. Ay, Jude, teníamos tanto miedo de que no regresaras a casa y jamás volviéramos a verte... —Tenía los ojos anegados de lágrimas—. Tiene que haber una explicación. Lo sé. ¿Dónde está Bran?

Sin embargo, antes de contestar, Judith vio la silenciosa y erguida figura de su padre en la puerta. Los dedos invisibles de un funesto destino se cernieron sobre ella.

—Judith —dijo sin levantar la voz... y con el mismo tono que utilizaba desde el púlpito—, ven a mi estudio si tienes la amabilidad.

No cabía la menor duda de que le habían llegado noticias de Harewood.

—Acabo de llegar de Londres, papá —le dijo—. Se han recuperado todas las joyas de la abuela. Fue Horace Effingham quien las robó con el único propósito de incriminarnos a Bran y a mí. Pero lo han atrapado y ha confesado. Y pueden atestiguarlo varias personas aparte de Bran y de mí; el duque de Bewcastle entre ellas. Me atrevería a decir que la abuela y el tío George serán informados de todo en los próximos días.

—Ay, Jude. —Cassandra había comenzado a llorar sin tapujos—. Lo sabía. De verdad que lo sabía. No dudé de ti ni un solo instante.

Su madre golpeó a su padre en su prisa por salir al sendero del jardín y abrazar a Judith con fuerza.

—Estaba en la cocina —dijo entre lágrimas—. Niñas, ¿por qué no me habéis avisado? Mi querida Judith. ¿Branwell también ha sido exculpado? Ese muchacho es una fuente de quebraderos de cabeza para tu pobre padre, pero sería tan capaz de robar como tú misma. ¿Has venido en el coche de postas? —Le alisó un mechón de cabello que se le había escapado del bonete—. No te tienes en pie del cansancio, cariño. Ven a comer algo y luego te meteremos en la cama.

Por una vez, su padre se vio superado por sus mujeres. Permaneció en pie, con el ceño fruncido y una expresión preocupada, pero no hizo ademán de llevarse a Judith para darle un sermón acerca de las noticias que había recibido desde Harewood. Y nadie, según pudo comprobar Judith, hizo comentario alguno acerca de su mención del duque de Bewcastle. Después de que la llevaron a la cocina, no volvió a ver a su padre hasta el mediodía. Pese a la insistencia de las demás, no se había acostado y había pasado la mañana con su madre y sus hermanas en la sala de estar. Mientras las demás se entretenían con la costura, ella había escrito dos cartas: una al duque de Bewcastle y otra a lord Rannulf. Les debía su más profunda gratitud a ambos, aun cuando hubiera huido de Bedwyn House sin despedirse de ninguno. Acababa de terminar la ardua tarea cuando su padre entró en la estancia con su habitual ceño y una carta abierta en las manos.

—Acabo de recibir esto de Horace Effingham —le dijo—. Apoya todo lo que me dijiste esta mañana, Judith. Es una confesión completa, no solo del robo y de su intento de incriminaros a Branwell y a ti, sino también de sus motivos. Trató de imponerte sus atenciones mientras estuviste en Harewood y tú las rechazaste con toda propiedad. Su plan era vengarse de ti. Según esta carta, también ha escrito a tu abuela y a sir George.

Judith cerró los ojos. Sabía que todos la habían creído esa mañana... incluso su padre. Pero era un alivio que la exoneraran por completo. Horace jamás habría escrito semejante carta por propia voluntad, por supuesto; sobre todo esa parte tan humillante en la que decía que ella había rechazado sus atenciones y que quería vengarse. Lo habían obligado a escribirla... Lord Rannulf lo había obligado. ¿De verdad había sucedido todo el día anterior? Le parecía que había pasado una eternidad.

Rannulf lo había hecho todo por ella.

—Se ha limpiado tu nombre, Judith —dijo su padre—. Pero ¿por qué creería Horace Effingham que podrías apreciar sus inapropiadas atenciones? ¿Y dónde está tu cofia?

Era la historia de siempre. Los hombres la miraban con lascivia y su padre le echaba la culpa a ella. La única diferencia residía en que ya sabía que no era fea.

«Y puedo afirmar con total sinceridad que jamás he visto a una mujer cuya belleza pueda equipararse a la tuya.»

Intentó rememorar el sonido de su voz al pronunciar esas palabras en el pequeño lago que había tras Harewood.

—No quiero llevar cofia nunca más, papá —le dijo.

Por sorprendente que pareciera, su padre no la reprendió ni le ordenó que fuera a su habitación en busca de una. En su lugar, le tendió otra carta que seguía lacrada.

—Esto llegó para ti ayer —le explicó—. Es de tu abuela.

A Judith se le hizo un nudo en el estómago. No quería leerla. Su abuela había creído que ella era la ladrona. Y todavía lo habría seguido creyendo en el momento de escribir esa carta. A pesar de todo, Judith se puso en pie y cogió el papel de manos de su padre. Sin embargo, de repente no pudo soportar estar encerrada en la casa, rodeada por la cómoda normalidad de su vida familiar. Nada era normal. Nada volvería a serlo.

—La leeré en el jardín —anunció.

No se detuvo a coger el bonete. Salió por la puerta trasera y vio que las plantas de floración estival de su madre estaban en pleno esplendor, rebosantes de colorido. Aunque ella no era capaz de disfrutar de su belleza. Bran no tardaría en apelar a su padre para que lo ayudara a salir de sus apuros. E incluso si cerraba su mente a esa idea, no se le ocurriría nada que pudiera levantarle el ánimo.

Ni siquiera se había girado para verlo por última vez.

El jardín se encontraba a una distancia sofocante de la casa. Miró con añoranza las colinas que había más allá de la valla posterior, su refugio cuando había querido estar a solas. Las colinas donde había vagado, se había sentado y había leído durante su infancia y donde había actuado, interpretando distintos personajes en voz alta para que las colinas la escucharan. Abrió la puerta de la verja, comenzó el ascenso y no se detuvo hasta que llegó a la conocida roca plana que se encontraba a un tercio de la cima de la colina más cercana. Desde allí podía ver el valle, el pueblo y las cercas que rodeaban las granjas. Se quedó sentada una media hora antes de atreverse a sacar la carta de su abuela del bolsillo.

Era una carta llena de emotividad, si bien no había rastros físicos de lágrimas. Durante una hora de debilidad, le había escrito su abuela, había creído esas malditas pruebas. Había llegado a amar a su nieta durante esas dos semanas más de lo que había amado a nadie desde que su marido había muerto; e incluso la habría perdonado, pero había creído esa mentira. Aunque solo durante una hora. Había pasado una terrible noche de remordimientos y había acudido tan pronto como creyó adecuado a la habitación de Judith para rogarle que la perdonara… de rodillas si hubiera sido preciso. Pero Judith se había marchado. No estaba segura de que pudiera perdonarse a sí misma por dudar de su nieta durante esa única hora. ¿Podría perdonarla Judith?

No podía hacerlo. Arrugó la carta en la mano y miró en dirección al valle con los ojos llenos de lágrimas. No podía.

Aunque después recordó que ella había sospechado de Branwell y durante mucho más que una hora. De hecho, no había tenido clara su inocencia hasta que se le presentaron pruebas. ¿En qué se diferenciaba entonces de su abuela, que incluso le había escrito esa carta cuando todavía no había pruebas que sustentaran su inocencia?

¿Permitiría que Horace obtuviera el placer de la victoria final dejando que se prolongara ese resentimiento entre ella y esa anciana a la que había llegado a querer en dos semanas tanto como a los miembros de su familia que estaban en la rectoría?

—Abuela —susurró al tiempo que se llevaba la carta a los labios—. Ay, abuela…

Permaneció sentada allí durante largo rato después de alisar la carta, doblarla con sumo cuidado y devolverla al bolsillo de su vestido. Se rodeó las rodillas con los brazos y contempló las colinas en lugar del valle, disfrutando de la calidez del sol y de la frescura de la brisa, sacando a la luz toda la infelicidad que sentía con el fin de enfrentarse a ella.

Tenía una familia que la amaba. La vida no tardaría en hacerse más difícil para ellos. Pero seguían siendo una familia y su padre seguiría teniendo su trabajo. A buen seguro, no acabarían desahuciados del todo. Qué egoísta de su parte tener miedo a la pobreza. Miles de pobres sobrevivían con dignidad y coraje. Tenía una abuela que tal vez la quería más que a nadie en el mundo. ¡Qué bendición era ser amada! Cierto que no podía tener al hombre al que amaba, pero había miles de personas en sus mismas circunstancias. Un corazón roto no era una sentencia de muerte. Tenía veintidós años. Todavía era joven. Nunca se casaría; no podría hacerlo por mucho que algún hombre decente la aceptara sin dote. De cualquier forma, la vida de soltera no tenía por qué carecer de sentido ni de felicidad.

Se labraría su propia felicidad. Lo haría. No esperaría imposibles. Se permitiría un tiempo para llorar su pérdida, pero no se regodearía en la miseria. No dejaría que la autocompasión la consumiera.

Haría mucho más que sobrevivir durante los años que le quedaban por delante. ¡Viviría!

—Ya comenzaba a pensar que tendría que subir todo el trecho hasta la cima antes de dar contigo —dijo una voz familiar.

Ella se giró sobresaltada al tiempo que se protegía los ojos del sol con una mano.

Había olvidado lo atractivo que era, pensó en un arranque de completa estupidez.

23

Estaba sentada sobre una enorme roca plana, rodeada de un halo de luz tan hermoso que le contrajo los músculos del pecho y le estrujó el corazón. No llevaba ni bonete ni cofia. Tenía todo el aspecto de alguien que hubiera escalado en busca de libertad, lejos de todos aquellos que le habrían impuesto sus ideas acerca de la belleza y el decoro.

—¿Qué está haciendo aquí? —le preguntó ella.

—Mirándote —dijo él—. Tengo la sensación de que hace al menos una semana desde la última vez que te vi, en lugar de veinticinco o veintiséis horas. Tienes la costumbre de huir de mí.

—Lord Rannulf —dijo ella al tiempo que se quitaba la mano de los ojos y se abrazaba las rodillas en un gesto tenso y defensivo—, ¿por qué ha venido? ¿Tal vez porque me marché sin decir una palabra o sin dejar una nota? Porque sí he escrito una carta, debe saberlo, y otra para el duque de Bewcastle. Están listas para enviarse.

—¿Esta es la mía? —Sostuvo en alto el pliego sellado en el que rezaba su nombre escrito con la pulcra caligrafía de la muchacha.

—¿Ha estado en mi casa? —Judith tenía los ojos abiertos de par en par.

—Por supuesto que he estado en la rectoría —respondió—. Tu ama de llaves me dejó pasar a la salita, donde conocí a tu madre y a tus tres hermanas. Son todas encantadoras. No tuve ningún problema en identificar a la que tú describiste como la belleza de la familia. Pero debo decirte que estabas equivocada. Su belleza no puede compararse con la tuya.

Ella se limitó a abrazarse las rodillas con más fuerza.

—Tu madre me dio esto —dijo al tiempo que le señalaba la carta.

Rompió el sello con el pulgar. Judith estuvo a punto de extender el brazo para detenerlo, pero luego volvió a su postura original. Agachó la cabeza para apoyar la frente sobre las rodillas.

—«Querido lord Rannulf» —leyó él en voz alta—. «No sé cómo empezar a agradecerle la amabilidad que me ha demostrado desde el día en que partí de Harewood Grange hasta ayer.» —Alzó la mirada para contemplar la cabeza gacha de la joven—. ¿«Amabilidad», Judith?

—Fue amable —se defendió ella—. Muy amable.

Él le echó un vistazo al resto de la carta, que continuaba con la misma tónica de las primeras palabras.

—«Atentamente» —leyó en alto cuando llegó al final—. ¿Y esto es todo lo que tienes que decirme?

—Sí. —Ella levantó la cabeza en ese momento y Rannulf dobló la carta antes de metérsela en el bolsillo de la chaqueta—. Siento no haberme quedado para decirlo en persona, pero ya debería saber a estas alturas que soy una cobarde en lo que a las despedidas se refiere.

—¿Y por qué creíste necesario despedirte? —preguntó él. Se sentó en la piedra a su lado. Estaba tibia por el calor del sol.

Ella suspiró.

—¿No es evidente?

Tan evidente como la prominente nariz de su cara... y eso era mucho decir. Era una mujer orgullosa y testaruda que a la vez, por paradójico que pareciera, tenía muy poca confianza en sí misma. Dicha confianza había quedado sepultada por unos padres represivos cuyas intenciones habían sido las mejores, pero que le habían provocado un daño indecible a la hija que no era sino el cisne entre el resto de sus patitos.

—El duque de Bewcastle es mi hermano —dijo él— y es un aristócrata arrogante, tan elevado en la escala social como cual-

quier monarca. Destila poder con el más mínimo gesto del me-
ñique. Freyja, Morgan y Alleyne son mis hermanos; se visten
con elegancia, caminan con orgullo y se comportan como si estuvieran muy por encima del resto de los mortales. Bedwyn
House es una de las propiedades de mi familia y es opulenta y espléndida. Tan solo Bewcastle y Aidan se interponen entre mi
persona y el ducado, las fabulosas riquezas y las tierras y propiedades que se extienden por amplias zonas de Inglaterra y de Gales. ¿Me he acercado un poco a la mitad de lo que es evidente?

—Sí. —Judith no miraba en su dirección; tenía los ojos cla-
vados en la pendiente de la colina.

—El reverendo Jeremiah Law es tu padre —continuó—. Es
un caballero de recursos modestos y rector de una comunidad
sin relevancia. Tiene cuatro hijas a las que atender con unos medios que se han visto seriamente mermados por los despilfarros
de un hijo que ni siquiera ha decidido todavía qué hacer para ga-
narse la vida. Por añadidura, tiene la enorme desgracia de ser el
nieto por parte de madre de un pañero y el hijo de una actriz.
¿He descrito la otra mitad que faltaba de lo evidente?

—Sí. —Pero ya no miraba la colina. Lo miraba a él, y Rannulf comprobó con cierta satisfacción que estaba enfadada. Prefería con mucho su enfado a su pasividad—. Sí, eso es exactamente, lord Rannulf. Pero yo no me avergüenzo de mi abuela. En
absoluto. La quiero muchísimo.

—No me cabía la menor duda —aseguró él—. Ella te adora,
Judith.

—No me convertiré en tu amante —le advirtió.

—¡Por el amor de Dios! —Rannulf la miró con estupefacción—. ¿Creías que era eso lo que había venido a ofrecerte?

—Jamás podrá haber otra cosa entre nosotros —dijo ella—.
¿No te das cuenta? ¿Es que no te das cuenta? Incluso los sirvientes de la residencia Bedwyn tenían más porte que yo. Todo el
mundo se comportó de manera educada conmigo y lady Freyja
y el duque de Bewcastle fueron de lo más amables en sus esfuerzos por ayudarme. Pero debieron de quedarse estupefactos
cuando aparecí allí.

—Se precisa mucho más que eso para escandalizar a un Bedwyn —afirmó él—. Además, Judith, no tienes por qué vivir en Bedwyn House; ni con ninguno de mis hermanos. Lo que quiero es que vivas conmigo, seguramente en Grandmaison, como mi esposa. No creo que mi abuela me permita llevarte allí en calidad de amante. Es un poco quisquillosa con esas cosas.

Ella se puso en pie de un respingo, si bien no se apartó de inmediato.

—No es posible que quieras casarte conmigo —dijo Judith.

—¿No? —inquirió él—. ¿Por qué no?

—No funcionaría —susurró ella—. No podría funcionar.

—¿Por qué no? —repitió él.

Ella se dio la vuelta y se alejó, decidiendo continuar el ascenso en lugar de bajar. Rannulf se puso en pie y la siguió a través de la corta y cimbreante hierba, que estaba muy verde después de las recientes lluvias.

—¿Es porque puede que esté embarazada? —quiso saber Judith.

—Casi espero que lo estés —respondió él—. No porque quiera atraparte en un matrimonio contra tu voluntad, sino porque me gustaría cumplir el último sueño de mi abuela mientras aún sigue con vida. Se está muriendo, por si no lo sabías. Su último deseo es que me case antes de que le llegue la hora y su sueño es que mi esposa y yo le presentemos a su nieto mientras aún vive.

Ella dejó de caminar.

—¿Esa es la razón de que quieras casarte conmigo?

Levantó una mano y colocó el dedo índice bajo la barbilla de Judith.

—Semejante pregunta no merece una respuesta —le dijo—. ¿No me conoces todavía, Judith?

—No, no te conozco. —Apartó su mano y prosiguió el ascenso.

La pendiente se estaba haciendo más pronunciada, pero ella no aminoró el paso. Rannulf se quitó el sombrero y se lo colocó bajo el brazo.

—Tú mismo me dijiste que el matrimonio solo servía para adquirir riquezas y posición; que los verdaderos placeres se encuentran fuera del matrimonio.

—Santo Dios, ¿he dicho yo eso? —Sabía qu... o había dicho. Recordaba haberlo dicho, o algo muy similar. Ni siquiera en aquel momento había hablado en serio; solo había querido escandalizarla—. ¿No sabías que a los Bedwyn no se les permite tener actividades fuera del lecho conyugal? Hay alguna regla al respecto en los archivos familiares, según creo. Cualquiera que rompa esa norma será desterrado a las tinieblas por el resto de la eternidad.

Judith aceleró el paso, por imposible que pareciera.

—Una vez que me case, Judith —dijo él al darse cuenta de que ella no estaba de humor para bromas—, mi esposa será la única depositaria de mi devoción incondicional, tanto dentro como fuera del lecho conyugal. Y eso seguiría así aun cuando por alguna razón me viera obligado a casarme con una mujer que no fuera de mi elección… como estuvo a punto de suceder durante las pasadas semanas. Tú eres la esposa de mi elección, el amor de mi corazón durante lo que me reste de vida.

Rannulf escuchó sus propias palabras como si se tratara de un espectador que nada tuviera que ver con sus emociones, tal vez por miedo a que no hubiera forma de persuadirla. El espectador era muy consciente de que habría encontrado la exorbitancia de sus palabras de lo más embarazosa apenas unas semanas atrás… «La esposa de mi elección, el amor de mi corazón…»

Judith tenía la cabeza gacha. Comprendió que estaba llorando. Rannulf no hizo comentario al respecto ni pronunció palabra alguna. Se limitó a caminar a su lado. Estaban a punto de llegar a la cima de esa colina en particular.

—No puedes casarte conmigo —dijo ella a la postre—. Pronto nos quedaremos en la ruina. No hubo final feliz en la habitación de Bran ayer. Sigue estando endeudado hasta el cuello. Acabará en la prisión de deudores o arruinará a mi padre… o ambas cosas. No puedes vincularte a una familia semejante.

Judith se detuvo de repente. No se podía tomar ningún camino aparte del que bajaba por la otra falda de la colina y que conducía a una propiedad abandonada tras la cual se alzaba la siguiente colina.

—Tu hermano ya no está endeudado —le dijo Rannulf— y tengo la esperanza de que no vuelva a estarlo nunca.

Ella lo miró con los ojos abiertos de par en par.

—El duque de Bewcastle no habrá… —No llegó a completar el pensamiento.

—No, Judith —le aseguró él—. No ha sido Wulf.

—¿Tú? —Se llevó una mano a la garganta—. ¿Has pagado sus deudas? ¿Cómo vamos a devolvértelo todo?

Rannulf le cogió la mano para apartársela del cuello.

—Judith —dijo—, es un asunto familiar. Branwell Law va a formar parte de mi familia, o ese es mi más ferviente deseo. No tiene sentido hablar de devoluciones. Siempre haré todo lo que esté en mi mano para mantenerte alejada de cualquier daño o desdicha. —Trató de esbozar una sonrisa, pero no estaba seguro de haberlo conseguido—. Aun cuando eso signifique alejarme de tu vida y no volver a verte nunca.

—Rannulf —dijo ella—, ¿has pagado sus deudas? ¿Por mí? Mi padre jamás lo aceptará.

No había resultado sencillo. El reverendo Jeremiah Law era un hombre orgulloso y severo que no condescendía con facilidad. También era un hombre estricto y honesto que amaba a sus hijos, incluso a Judith, cuyo carácter había aplastado sin pretenderlo a lo largo de los años.

—Tu padre ha aceptado el hecho de que no es nada extraño que su futuro yerno le preste cierta ayuda a un hijo suyo —le informó Rannulf—. He venido aquí con su permiso, Judith.

Ella abrió los ojos como platos.

—Tu futuro cuñado también ayudó —continuó él—. Utilizó su influencia para encontrarle a tu hermano un puesto inferior en la Compañía de las Indias Orientales. Si trabaja con ahínco podrá ascender de forma considerable. Se podría decir que su único límite es el cielo.

—¿El duque de Bewcastle? Vaya… —Judith se mordió el labio—. ¿Por qué ha hecho tanto por nosotros cuando debe de despreciarnos de todo corazón?

—También estoy aquí con su bendición, Judith —señaló antes de llevarse su mano a los labios.

—Vaya… —repitió Judith.

—Al parecer estás en la más absoluta minoría al considerar que un matrimonio conmigo es imposible —anunció él.

—Rannulf. —Las lágrimas brillaban de nuevo en sus ojos, logrando que parecieran más verdes que nunca.

El espectador que moraba en el interior de Rannulf contempló con horror cómo este se arriesgaba a echar a perder una de las perneras de su pantalón al postrarse de rodillas sobre la hierba delante de ella, al tiempo que le cogía la otra mano.

—Judith —dijo sin apartar la vista de su rostro sorprendido y arrebolado—, ¿me concederías el grandísimo honor de casarte conmigo? Te lo pido por una sola y única razón. Porque te adoro, mi amor, y no puedo imaginarme dicha mayor que pasar el resto de mi vida haciéndote feliz y compartiendo contigo mi amistad, mi amor y mi pasión. ¿Te casarás conmigo?

No se había sentido tan indefenso y ansioso en toda la vida. Le aferró con fuerza las manos, clavó la mirada en la hierba y trató de pasar por alto el hecho de que el resto de su vida dependía de la respuesta que ella le diera.

Le pareció que tardaba una eternidad en responder. Cuando Judith le soltó las manos, Rannulf sintió que se le caía el alma a los pies. Pero después notó el ligero roce de sus manos en la coronilla, antes de que empezara a acariciarle los mechones con delicadeza. Se dio cuenta de que se inclinaba hacia él y de que le daba un beso en la cabeza, la cual sostenía entre sus manos.

—Rannulf —dijo con suavidad—. Rannulf, amor mío…

Él se puso de inmediato en pie, la cogió por la cintura para levantarla del suelo y comenzó a girar con ella hasta que Judith echó la cabeza hacia atrás y se echó a reír.

—Mira lo que has hecho —le dijo sin dejar de reír una vez que la dejó en el suelo.

Se le había soltado el pelo en uno de los lados y la trenza se estaba deshaciendo con rapidez. Alzó los brazos, se soltó el cabello del otro lado y se guardó las horquillas en el bolsillo. Sacudió la cabeza, pero Rannulf acortó la distancia que los separaba.

—Déjame a mí —le pidió.

Enterró los dedos en su cabello para deshacer lo que quedaba de trenza hasta que el pelo cayó suelto en brillantes ondas sobre los hombros y la espalda. Clavó la mirada en esos resplandecientes y felices ojos verdes y esbozó una sonrisa antes de besarla. Judith le rodeó el cuello con los brazos y se recostó contra él mientras le rodeaba la cintura y la atraía hacia sí como si pudieran unirse en un solo ser allí mismo, sobre la cima de la colina.

Se sonrieron el uno al otro cuando por fin levantó la cabeza, sin necesidad de palabras, sin querer romper el abrazo. Fue entonces cuando se echó hacia atrás y extendió los brazos de Judith para contemplarla… Su recompensa, su amor, suya.

La brisa soplaba con cierta fuerza en la cima. Hacía que su vestido se agitara tras ella y que se le pegara por delante. Convertía su cabello en una nube de grana y oro que flotaba a sus espaldas. Rannulf sabía que tan solo unas semanas atrás se habría sentido terriblemente avergonzada de que la vieran así, en todo su vibrante y voluptuoso esplendor. Pero ese día ella le devolvió la mirada con la cabeza bien alta, una suave sonrisa en los labios y las mejillas sonrosadas.

Era toda una belleza, una diosa espectacular, toda una mujer que al fin se había aceptado tal y como era.

—¿Debo presumir que tu respuesta es sí? —preguntó Rannulf.

—Sí, desde luego —dijo ella entre risas—. ¿No te lo había dicho? ¡Sí, por supuesto que sí, Rannulf!

Se echaron a reír antes de que él la cogiera en brazos y empezara a girar hasta que ambos se sintieron mareados.

24

El pequeño vestidor de Judith estaba tan abarrotado que Tillie apenas podía doblar los codos para colocarle el bonete sobre la cabeza con mucho cuidado de no estropearle los delicados rizos del peinado.

—Estás preciosa, Jude —le dijo Pamela con los ojos brillantes por las lágrimas—. Siempre dije que eras la más bonita de todas.

—Lord Rannulf se va a quedar boquiabierto —comentó Hilary al tiempo que unía las manos sobre el pecho.

—Judith —comenzó Cassandra sin dejar de mirarla. Siempre había sido su mejor amiga. Las palabras le fallaron—. Ay, Judith...

Su madre hizo algo más que mirarla. Levantó las manos hacia el encaje que descansaba sobre el ala del bonete y lo bajó para cubrir el rostro de su hija.

—Tengo la sensación de haber esperado una eternidad para ver a una de mis hijas felizmente casada —le dijo—. Prométeme que serás feliz, Judith. —Aunque sus ademanes eran bruscos, resultaba evidente que estaba al borde de las lágrimas.

—Lo prometo, mamá —replicó Judith.

Su abuela, vestida de un fucsia chillón y engalanada con lo que parecía ser la totalidad de las joyas de su bolsa de terciopelo, no dejaba de emitir destellos y tintineos mientras abría y cerraba las manos y sonreía a su nieta preferida. No se había quejado de ninguna dolencia ese día. Y tampoco había desayunado otra cosa que su acostumbrada taza de chocolate matutina. Según sus propias palabras, estaba demasiado nerviosa.

—Judith, cariño… —dijo en ese momento—, desearía… Señor, cómo desearía que tu abuelo estuviera conmigo para compartir mi orgullo y mi alegría. Pero como no está, tendré que sentirme el doble de orgullosa y feliz.

Y en ese momento alguien llamó a la puerta y otra persona más se apretujó en la estancia.

—¡Bueno, bueno…! —exclamó Branwell—. Estás preciosa, Jude. El tío George me ha pedido que os diga que los carruajes esperan en el exterior para llevaros a todos a la iglesia, salvo a Jude y a papá.

Se alzó una nueva oleada de murmullos y emotivas felicitaciones, además de unas cuantas palabras de consejo, antes de que la habitación se vaciara y Judith se quedara a solas con Tillie.

Le habían asignado otra habitación, una mucho más grande que la anterior, en Harewood Grange. Era el día de su boda. Habían discutido mucho acerca del lugar más apropiado para celebrar el enlace. Su padre quería que fuera en Beaconsfield y Rannulf había estado dispuesto a darle el gusto. Aunque había unos cuantos obstáculos. ¿Dónde se alojarían todos los miembros de la familia del novio? ¿Podrían las abuelas de ambos desplazarse? Sobre todo lady Beamish, cuya salud era delicada. Se sugirió Londres, pero la opción quedó descartada porque supondría un viaje igual de largo para las ancianas. Tal vez Leicestershire fuera la mejor decisión, ya que tanto Rannulf como Judith tenían parientes con casas lo bastante grandes como para albergar a las dos familias. Aunque al principio había parecido imposible. ¿Cómo podrían Judith y su familia invitarse sin más a Harewood Grange tras los últimos acontecimientos?

El problema había quedado zanjado tras la llegada a la rectoría de una misiva muy educada procedente de sir George Effingham, que acababa de recibir la noticia del compromiso de labios de su suegra. Invitaba cordialmente a su cuñado a llevar a su familia a Harewood, había escrito sir George, si las nupcias se celebraban en las cercanías. En la misma carta mencionaba que su hijo había partido recientemente hacia América y que tanto su esposa como su hija estaban de visita en casa de los padres del señor Peter Webster, el futuro marido de Julianne.

Rannulf había pasado el último mes en Grandmaison mientras corrían las amonestaciones. Sus hermanos y hermanas también habían pasado allí la mayor parte del tiempo, atraídos tanto por la noticia de la delicada salud de lady Beamish como por la boda. La misma Judith no había llegado hasta el día anterior y había visto tan solo un instante a Rannulf, que se había desplazado desde Grandmaison con lord Alleyne después de la cena. Toda la familia de Judith había estado presente, y apenas se había quedado media hora.

Pero por fin, sí, por fin, seis semanas después de su milagrosa aparición en la colina cercana a la rectoría, había llegado el día de su boda.

—Está tan bonita como una estampa, señorita —le dijo Tillie.

—Gracias.

Judith se giró para mirarse en el espejo, que había estado oculto tras los cuerpos de sus familiares hasta hacía un minuto. Se había decidido por la sencillez pese a la insistencia de su padre en que no reparara en gastos. Su vestido de seda color marfil tenía un escote bajo y el talle alto que estaba tan de moda, las mangas cortas y el dobladillo estaban rematados por un festón y un bordado dorado. Su mayor atractivo era el modo en que se amoldaba a las curvas de su torso antes de caer en suaves pliegues sobre las caderas y las largas piernas. El bonete, al igual que los guantes, era del mismo color que el vestido, aunque la pluma que lo adornaba era dorada. Al igual que los escarpines. En el cuello llevaba una delicada cadena de oro de dos vueltas, un regalo de boda que Rannulf le había dado la noche anterior.

Sí, pensó Judith, tenía el aspecto que deseaba. Aunque las mariposas que habían revoloteado en su estómago desde el instante en que se despertó hasta el emocionante momento en que se colocó el vestido habían regresado con fuerza. No había terminado de creer que llegaría ese día hasta ese momento. E incluso en ese instante…

—Su padre debe de estar esperándola, señorita —le dijo Tillie.

—Sí. —Judith se apartó con decisión del espejo y salió del vestidor mientras una sonriente Tillie le hacía una reverencia al tiempo que le abría la puerta.

Su padre la esperaba al pie de la escalera, con un aspecto serio y formal, ataviado con su mejor traje negro. Sus ojos la recorrieron de arriba abajo mientras descendía y el ceño que le arrugaba la frente resultó de lo más evidente. Judith se preparó para escuchar sus críticas, decidida a que no la desanimara.

—Bueno, Judith —le dijo—, me he pasado años temiendo que toda esa belleza acabara por atraer a un hombre que no supiera ver más allá de las apariencias. Pero creo que has evitado ese destino tan común para las mujeres hermosas. Hoy estás radiante.

Judith apenas podía dar crédito a lo que estaba oyendo. ¿Siempre la había creído hermosa? ¿Por qué no se lo había dicho ni una sola vez? ¿Por qué no le había explicado…? Aunque supuso que los padres no eran esos pináculos de perfección que los hijos creían y esperaban que fueran. Eran seres humanos que lo hacían lo mejor posible, aunque se equivocaran a menudo.

—Gracias, papá. —Le sonrió—. Gracias.

Él le ofreció el brazo para conducirla al exterior, hacia el carruaje que los estaba esperando.

La iglesia local de Kennon, con sus antiguos muros de piedra y sus vidrieras, era pintoresca, pero también pequeña. Detalle de poca relevancia, dado que la lista de invitados al enlace de la señorita Judith Law y lord Rannulf Bedwyn se reducía a las familias de los contrayentes.

Rannulf estaba tan nervioso como si se tratara de una gran boda de sociedad celebrada en la tan de moda St. George en Hanover Square en Londres. Casi deseó haber hecho lo que Aidan, que se había llevado a Eve a Londres para casarse en privado con una licencia especial, teniendo tan solo a su tía abuela y su asistente personal como testigos, tras lo cual la había llevado de vuelta a su casa de Oxfordshire sin siquiera informar a Bewcastle del acontecimiento.

Rannulf esperaba junto al altar con Alleyne, su padrino. Bewcastle estaba sentado en el segundo banco junto a su abuela, Freyja y Morgan. Aidan se sentaba en el siguiente con Eve y sus dos hijos adoptivos, aunque siempre se referían a ellos como sus propios hijos. Detrás de ellos estaban los marqueses de Rochester, tíos de Rannulf. La madre de Judith se sentaba en el segundo banco al otro lado del pasillo, con su hijo y su suegra. Las tres hermanas de Judith estaban detrás con sir George Effingham. Algunos criados de Grandmaison y Harewood se habían acomodado en los bancos del fondo de la nave.

El último mes se le había hecho interminable pese a haber contado con la compañía de sus hermanos, salvo la de Aidan, que había llegado la semana anterior. Todos los días había temido que llegara una carta de Judith en la que rompiera el compromiso con la excusa más nimia. Mucho se temía que la confianza que su futura esposa tenía en sí misma era todavía muy frágil. De cualquier forma, la carta no había llegado y cuando cabalgó hasta Harewood la noche pasada, tuvo la grata sorpresa de descubrir que sí había llegado según lo previsto.

Aunque no terminaba de creérselo, ni siquiera esa mañana.

Pero en ese momento y gracias al silencio que reinaba en la iglesia, pudo percatarse de que las puertas se abrían y se cerraban, y Alleyne le tocó el codo para recordarle que había llegado la hora de ponerse en pie.

El vicario, vestido con la casulla y portando una gran sonrisa, le hizo un gesto al organista para que comenzara la música.

Rannulf giró primero la cabeza y luego el resto del cuerpo.

Señor, era tan hermosa que lo dejaba sin aliento... Y no solo por su voluptuoso cuerpo, que quedaba resaltado por el vestido de novia; ni por el glorioso cabello, medio oculto por el bonete; ni por su encantador rostro, ensombrecido por el velo. No era solo por su apariencia y su físico, sino porque se trataba de Judith.

Su Judith. Casi suya.

La novia no sonreía, se percató cuando se acercó a él del brazo de su padre. Tenía los ojos verdes abiertos de par en par. Parecía aterrada. Sin embargo, su mirada se posó al instante en él y de pronto pareció transformarse por la alegría.

Rannulf le sonrió.

Y comenzó a creer.

—Queridos hermanos… —dijo el vicario momentos después.

Era una extraña sensación, como si el tiempo pasara muy despacio… todo lo contrario a lo que ella había creído que sucedería. Judith escuchó y saboreó cada palabra de la ceremonia que la uniría en santo matrimonio con Rannulf para el resto de sus vidas. Escuchó cómo su padre le entregaba su mano al novio y se giró para ofrecerle una sonrisa. Notó el inusual brillo de sus ojos y se dio cuenta de que el momento lo había emocionado. Vio a lord Alleyne, atractivo, elegante y sonriente. Escuchó el murmullo de las personas que había a su espalda, así como los sollozos de su abuela y a alguien que mandaba callar a un niño que había preguntado demasiado alto si esa era su nueva tía. Olía las rosas, que estaban dispuestas en dos enormes jarrones a cada lado del altar.

Y sintió la presencia de Rannulf con cada fibra de su ser, se percató de lo mucho que lo había echado de menos durante el último mes y de que después de ese día permanecerían juntos hasta que la muerte los separara. Se había cortado el cabello, aunque todavía parecía un guerrero sajón. Estaba increíblemente atractivo con una chaqueta ajustada marrón, chaleco dorado, calzas de color crema, camisa, medias y encaje de color blanco y zapatos negros. Su mano parecía grande y firme mientras sostenía la suya, y sus dedos no temblaron ni un ápice cuando le deslizaron el anillo en el anular. Sus ojos azules la contemplaron con expresión risueña desde el momento en que lo vio hasta que el vicario hubo pronunciado las últimas palabras.

—Y yo os declaro marido y mujer en el nombre del Padre, del Hijo y del Espíritu Santo. Amén.

Judith se preguntó cómo era posible que la felicidad fuera tan intensa que resultara casi dolorosa.

—Mi esposa —le susurró Rannulf al oído antes de apartarle el velo de la cara y colocarlo sobre el ala del bonete para contemplarla con los ojos brillantes y una mirada intensa. Por un desconcertante momento, Judith creyó que iba a besarla allí en la iglesia, delante del vicario y de las familias de ambos.

Firmaron el registro que haría oficial su matrimonio y después salieron juntos de la iglesia como marido y mujer. Era septiembre. El calor del verano había desaparecido, pero el otoño aún no había hecho acto de presencia. El sol brillaba en el cielo azul.

—Amor mío —le dijo Rannulf en cuanto salieron de la nave de la iglesia mientras le rodeaba la cintura con un brazo y bajaba la cabeza para besarla.

Hubo vítores y aplausos, y cuando Judith levantó la vista vio a una multitud congregada junto a la puerta que daba acceso al camino de piedra que rodeaba el cementerio. Todos los aldeanos debían de haber acudido para verlos.

Se echó a reír y miró a Rannulf, que también reía.

—¿Corremos hacia el carruaje? —le preguntó él.

Judith se dio cuenta de que el cabriolé que había aparecido al otro lado de la puerta estaba decorado con unos enormes lazos blancos.

—Sí.

Le dio la mano, se levantó las faldas con la otra y corrió junto a él en dirección al carruaje. A lo largo de los últimos metros cayó sobre ellos una lluvia de pétalos de flores mientras se alzaba un coro de risas y de felicitaciones.

Se pusieron en marcha después de que Rannulf cogiera una bolsa repleta de monedas de un rincón del asiento y las lanzara a puñados hacia la multitud. Después se sentó junto a ella entre carcajadas, si bien la sonrisa desapareció de su rostro, quedando relegada a los ojos, cuando volvió a cogerle la mano entre las suyas.

—Judith, amor mío. ¿Eres feliz?

—Casi demasiado feliz —le contestó—. La felicidad quiere salir a borbotones de mi cuerpo, pero no encuentra el modo.

—Encontraremos el modo —replicó Rannulf al tiempo que bajaba la cabeza para besarla de nuevo—. Esta noche. Te lo prometo.

—Sí —dijo ella—, pero antes está el almuerzo de bodas.

—Antes el almuerzo de bodas —convino él.

—Me alegra tanto que nuestras dos familias estén aquí para celebrarlo con nosotros… —le dijo—. Creo que hasta hoy no me había dado cuenta de lo importante que es la familia.

Él le apretó la mano entre las suyas.

Desde luego que las familias eran un bien incalculable. Y las dos familias en cuestión, los Bedwyn y los Law, se llevaron mejor de lo que Rannulf había creído posible. Bewcastle se relajó lo bastante como para resultarles agradable a los Law cuando fueron presentados; durante la comida se enzarzó en una conversación con el reverendo Jeremiah Law que al parecer tenía como tema la teología. El marqués de Rochester conversó larga y tendidamente con sir George Effingham sobre política. La tía Rochester, la más altiva de las aristócratas, se permitió formar parte de la conversación que mantenían la madre de Judith y las abuelas de ambos. Alleyne se las ingenió para acabar sentado entre Hilary y Pamela. Morgan, que estaba frente a ellos, se sentó junto a Branwell Law. Eve, sonriente y encantadora, habló con todo el mundo sin despegarse de sus hijos, salvo cuando la pequeña por fin dio señales de cansancio a causa de todo el ajetreo y Aidan la cogió en brazos.

Los tíos de Rannulf se mostraron encantadores con Judith durante las presentaciones.

—Debes de ser algo fuera de lo normal si has conseguido atrapar el corazón de Rannulf —le dijo su tía con su habitual despliegue de sinceridad y los impertinentes en la mano dispuestos para su uso—, sin tener en cuenta las apariencias. Bewcastle ya me había dicho que eras una belleza.

—Gracias, señora. —Judith sonrió e hizo una reverencia.

Morgan y Freyja la habían besado en la mejilla cuando llegaron de la iglesia. Eve, a quien acababa de conocer en ese instante, le dio un fuerte abrazo.

—Rannulf vino a Grandmaison hace un par de meses con la firme decisión de resistir cualquier intento casamentero —le comentó con un guiño tras lanzarle a él una breve y traviesa mirada—. Me alegro mucho de que hayas frustrado sus planes.

Aidan, el alto, adusto y austero Aidan, le hizo una reverencia, haciéndole pensar a buen seguro que era incluso más rígido y frío que Bewcastle. Sin embargo, después de eso la cogió de los hombros, inclinó la cabeza para besarla en la mejilla y le sonrió.

—Bienvenida a la familia, Judith —le dijo—. Somos un grupo sin arreglo alguno. Se necesita una mujer muy valiente para casarse con uno de nosotros.

Eve se echó a reír y bajó la mano para posarla sobre la cabeza del niño.

—Puedo asegurar que Judith es tan intrépida como yo —dijo.

Freyja se movía de un grupo a otro, comportándose con total educación. Sin embargo, parecía la persona más fuera de lugar en medio de semejante celebración, pensó Rannulf. Llevó a su hermana hacia un rincón mientras Judith charlaba con su abuela, a quien acababa de escuchar decir que ya había empapado tres pañuelos pero que aún le quedaban otros tres de repuesto en el bolso.

—¿Estás sensiblera, Free? —le preguntó.

—Por supuesto que no —replicó Freyja con presteza—. Me alegro por ti, Ralf. Debo confesar que me sentí algo horrorizada cuando llegaste a Bedwyn House con Judith, pero no es ni una debilucha ni una cazafortunas, ¿verdad? Me atrevo a decir que serás feliz.

—Sí, yo también lo creo. —Inclinó la cabeza hacia un lado para estudiarla con más detenimiento—. ¿Te irás mañana a Lindsey Hall con Wulf y los demás?

—¡No! —respondió con brusquedad—. No, me marcho a Bath. Charlotte Holt-Barron está allí con su madre y me ha invitado a pasar una temporada con ellas.

—¿A Bath, Free? —Rannulf frunció el ceño—. No es un lugar en el que puedas encontrar a jóvenes con los que relacionarte ni tampoco mucha diversión, ¿no te parece?

—Me vendrá bien —dijo ella.

—Esto no tiene nada que ver con Kit, ¿verdad? —inquirió Rannulf—. Ni con el hecho de que su esposa esté a punto de tener un hijo.

Kit Butler, el vizconde de Ravensberg, el que fuera antiguo pretendiente de Freyja y su prometido el pasado verano, vivía por desgracia muy cerca de Lindsey Hall. Y lady Ravensberg estaba a punto de dar a luz.

—¡Por supuesto que no! —replicó ella con demasiada vehemencia—. Pero mira que eres estúpido, Ralf.

El inminente acontecimiento y la boda de un hermano debían de ser algo muy doloroso para Freyja.

—Lo siento, Free —le dijo—. Pero pronto encontrarás a alguien y entonces te alegrarás de haber esperado.

—Será mejor que te olvides de este ridículo asunto —le ordenó— si no quieres que te dé un puñetazo en la nariz, Ralf.

Él sonrió y le dio un beso en la mejilla... algo que rara vez hacía.

—Diviértete en Bath —le dijo.

—Tengo toda la intención de hacerlo —le contestó. Miró más allá de su hermano—. ¿Cómo te sientes, abuela?

Rannulf se dio la vuelta y rodeó a la anciana con los brazos.

—Abuela —le dijo.

—Me has hecho muy, pero que muy feliz hoy, Rannulf —le aseguró la anciana.

Él le sonrió. Verse rodeada de sus nietos durante el último mes parecía haberle sentado bien a su salud. Aunque uno nunca podría estar seguro con esa mujer, por supuesto. Su salud era un asunto del que nunca hablaba.

—Yo también soy feliz —le confesó.

—Lo sé. —Le dio un golpecito en el brazo—. Esa es la razón de que yo lo sea.

Por fin llegó una oportunidad de quedarse a solas con Judith. Pasaría la noche de bodas en la residencia de la viuda, que había sido aireada, limpiada y acondicionada para la ocasión. Aunque la mayor parte de lo que quedaba del día lo pasarían en Grandmaison con ambas familias. Por tanto solo fue un momento robado cuando a media tarde se escaparon al exterior y se encaminaron hacia el cenador. No estaba tan cuajado de flores como a principios de verano, pero incluso en ese instante era un lugar íntimo y encantador, con las distintas terrazas bañadas por el sol de la tarde y el arroyo que burbujeaba por su pedregoso lecho.

Se sentaron juntos en el borde del banco donde Judith se sentó la primera vez que visitó Grandmaison, aquel día en que él le pidió matrimonio por primera vez. Rannulf enlazó los dedos con los de ella.

—Aun a riesgo de parecer insensible —dijo—, me alegro de que lloviera aquel día y de que ni el cochero ni yo hiciéramos caso de las advertencias para no continuar el viaje. Me alegro de que el coche de postas volcara. Qué diferentes serían hoy nuestras vidas si esas cosas no hubieran sucedido…

—Y si te hubiera dicho que no cuando te ofreciste a llevarme a caballo —añadió ella—. Tenía la negativa en la punta de la lengua. Jamás había hecho algo tan inapropiado. Pero decidí robar un sueño y se ha convertido en el sueño del resto de mi vida. Rannulf, no sabes cuánto te quiero. Ojalá hubiera palabras para expresar lo que siento.

—No las hay —le dijo él al tiempo que alzaba sus manos entrelazadas y depositaba un beso sobre los nudillos de Judith—. Ni siquiera cuando hagamos el amor esta noche podremos expresar de forma adecuada lo que es el amor, ¿no te parece? Esa ha sido la mayor sorpresa de los últimos dos meses: el amor no se limita a un solo plano, ya sea físico, mental o emocional. Trasciende con mucho a cualquiera de ellos. Es la misma esencia de la vida, ¿no crees? Un misterio indescriptible que solo llegamos a vislumbrar gracias al descubrimiento del ser amado. Ayúdame un poco, Judith. ¿Crees que estoy diciendo tonterías?

—No. —Se echó a reír—. Te comprendo a la perfección.

Ella inclinó la cabeza y comenzó a acariciar el dorso de la mano de Rannulf con los dedos de la mano libre.

—Rannulf, ¿te acuerdas de cuando estábamos en la colina que hay cerca de mi casa hace seis semanas y dijiste que casi deseabas que fuera verdad?

—Te refieres a… —Rannulf clavó la mirada en los brillantes rizos de la nuca de su esposa con la boca repentinamente seca.

—Pues es verdad —le dijo ella en voz baja antes de levantar la cabeza para mirarlo a los ojos—. Estoy embarazada. Al menos, creo que lo estoy.

Él la contempló, incapaz de moverse.

—¿Te molesta mucho? —le preguntó.

Se inclinó sobre ella y le soltó la mano para poder rodearle los hombros con un brazo al tiempo que le deslizaba el otro por debajo de las rodillas y se ponía en pie con ella. Dio un par de vueltas con ella en brazos.

—¡Voy a ser padre! —gritó al cielo azul que se abría sobre ellos, con la cabeza echada hacia atrás—. Vamos a tener un hijo.

Gritó entusiasmado antes de bajar la cabeza hacia ella. Su esposa tenía los ojos brillantes y no dejaba de reír.

—Creo que no te molesta en absoluto —dijo ella.

—Judith —dijo rozándole la boca con los labios—. Mi esposa, mi amor, mi corazón. ¿Estoy diciendo tonterías otra vez?

—Es probable —respondió ella entre risas antes de rodearle el cuello con los brazos—. Pero solo estoy yo para escucharlas. Di alguna más.

Pero ¿cómo iba a hacerlo? Lo estaba besando apasionadamente.

Otras obras de Mary Balog
publicadas en Cisne

Momentos inolvidables

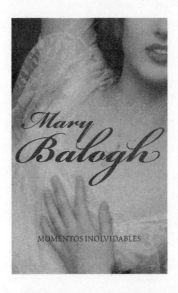

Kit Butler, vizconde de Ravensberg, es divertido y peligroso. El matrimonio es lo último en lo que piensa. Pero la familia de Kit tiene otros planes. Desesperado por frustrar las maquinaciones de su padre, Kit necesita una novia... y rápido. Y aquí es donde aparece Lauren.

Tras ser abandonada ante el altar, Lauren Edgeworth ha decidido, como Kit, que el matrimonio no es para ella. Y cuando se conocen, ambos traman un plan: Lauren se hará pasar por su prometida si él se aviene a proporcionarle un apasionado e inolvidable verano. Cuando este termine, ella romperá el compromiso y ambos recuperarán la libertad. Todo va a la perfección hasta que Kit hace lo impensable: se enamora.

En una noche cálida de verano, todo es posible...

Noche de amor

Cuando Neville Wyatt espera en el altar a su prometida, Lauren, se imagina una ceremonia tan perfecta como su novia. Pero justo cuando Lauren está a punto de iniciar el recorrido nupcial, aparece otra mujer, vestida con un traje raído. Neville se vuelve blanco como la cera, ya que se trata de Lily, su mujer, a quien daba por muerta desde hacía dos años, y de quien apenas conserva en el recuerdo y en la piel una gloriosa noche de amor. Ahora que ella ha vuelto, los problemas son numerosos. Neville debe solucionar la situación con la disgustada Lauren, que ha estado esperando esta boda desde hace años. Y es que en el recuerdo de Neville y Lily ha quedado algo más fuerte que el deseo, algo más que una simple noche de amor.

Dos mujeres y un hombre: lo que está en juego es el verdadero amor

Ligeramente casados

En Francia, en el campo de batalla, el altivo pero caballeroso lord Aidan Bedwyn le prometió a un soldado herido de muerte que en el futuro protegería a la hermana que este dejaba en Inglaterra. El azar lo lleva así ante Eve Morris, con un juramento que él está determinado a cumplir pese a que ella rechaza toda ayuda... O casi toda, porque, en efecto, si Eve no se casa se verá desposeída de la mansión en que se crió. Aidan le hace una oferta a la que no podrá oponerse: un simple matrimonio de conveniencia, pasar juntos unos cuantos días y después toda una vida de feliz independencia separados. Sin embargo, no contaban con la intromisión del hermano mayor de Aidan y una irresistible atracción mutua que puede dar al traste con sus prácticos planes...

¿Les será posible estar algo más que ligeramente casados?